無間人形

SHINJUKU ZAME

MUGEN NINGYOU

大澤在昌

ARIMASA OSAWA

ARIMASA OSAWA 大澤在昌作品集 4

推薦序——

操弄人心的製毒者，墜入無間地獄

推理作家 既晴

自《新宿鮫》（1990）以來，經過多年沉潛的大澤在昌，一躍躋身日本一線作家之列。續作《毒猿》（1991）、《屍蘭》（1993），同樣以刑警鮫島為主角，大澤節奏迅速的場面調度、簡潔明快的人物刻畫之獨特風格，也建立起日本冷硬派刑事搜查的創作典範，而《無間人形》（1993）為「新宿鮫」系列第四作，挾其銳不可擋之勢，終於獲得第一一〇屆直木獎的肯定，大澤的作家生涯首次攀上顛峰。

刑警鮫島探案之所以獲得評者、讀者的極高評價，主因乃由於鮫島與過去推理小說裡出現的刑警截然不同，而這又跟現實世界中日本警察體系息息相關。

日本警察的組織龐大、人數眾多、階級嚴明、分工精細、各有職掌。此外，為了因應廣域、跨知識範疇的現代犯罪，於是又加上很多統籌、協調的部會，到最後，疊床架屋、互相牽制的情況屢見不鮮。在以往日本推理的世界裡，面對大型犯罪，警方上下一心、眾志成城，展現團隊精神，是與現實有些差距的理想狀態。直到鮫島出現，才讓日本推理的刑警變得真實。

日本警察共分警視總監、警視監、警視長、警視正、警視、警部、警部補、巡查部長、巡查九個階級，篩選標準為國家Ⅰ、Ⅱ、Ⅲ種考試。通過國家Ⅰ種考試即為警部補，是有資格進入核心管理階級的菁英組；Ⅱ種考試合格者即巡查部長，為基層管理者，稱準菁英組；Ⅲ種考試合格者即巡查，為基層執行者，稱非菁英組。Ⅱ、Ⅲ種考試出身者的晉升之路有其極限，在職業生涯裡，要升到警視正以上的機會微乎其微。

鮫島原是前途不可限量的菁英組，但因捲入警界高層鬥爭而遭流放，才調職到新宿署生活安全部（一九九六年前稱防犯部），被局裡視為異數。這段經歷，也讓鮫島看穿警察體系的黑暗，使他從此蔑視組織，獨來獨往。

生活安全部主要負責少年犯罪、特種行業管理、槍枝毒品查緝，以及賭博、詐欺、老鼠會、高利貸、銷贓之金融犯罪等。《無間人形》裡鮫島偵查毒品買賣、來源的情節，在《毒猿》或第七作《灰夜》（2001）也都能看到。由於賭博、毒品、賣春經常伴隨出現，出入賭場、酒店，在街頭巡視可疑的隨機買賣，是鮫島的家常便飯。

然而，在《無間人形》裡，可以看到現代的犯罪／偵查關係，已不再是單純一對一，而是多對多。有權調查毒品來源的，除了生活安全部，還有厚生勞動省的麻藥取締官；若因毒品利益衝突，導致發生殺人案，那麼搜查一課就有權介入；萬一背後牽涉到暴力團體、甚至政治家，那麼組織犯罪對策部、公安部都不可能袖手旁觀。

複雜的犯罪，暴露出搜查的混亂、權限的掣肘。必須要有一個秉持打擊犯罪的信念、無視於組織僵行的刑警，才能直搗黃龍，讓真相水落石出。鮫島一出，令歹徒喪膽、令弱者破涕、令官僚低頭——象徵了平民百姓對正義的期盼、對秩序的需求、對信任的渴望，這就是鮫島深受愛戴的最大魅力。

1

三個少年站在黃昏的靖國通上。由這裡看過去，最右邊的那個穿著成套牛仔裝，上身裡面沒有穿其他衣物；中間那個穿著七分袖T恤和黑色短褲，左邊的則是下襬沒收邊的棉質運動衫加上棉褲，束起的長髮在棒球帽後面垂下。

三人身上都戴著各式各樣的銀製項鍊或戒指，從馬路對面凝視著他們的鮫島耳裡，似乎也聽到了叮鈴噹啷的聲響。

鮫島心想，他們的年紀應該還不到十八吧。

他們看起來既不像在耍帥，也不像在逞強。既不無聊，但也並不興奮。身處在這裡，對他們來說極其自然，只是日常生活中的一幕片段光景。

他們偶爾會看看穿過十字路口往自己這邊湧來的人潮，然而眼神中仍透露著無關緊要的氣息。

像是在等人，也像單純在打發時間。

牛仔裝少年從夾克裡取出香菸盒，用老練的手勢抖出一根菸，叼在嘴上。是Lucky Strike。

他用大腿摩擦著Zippo打火機的打火石，點火後拿到菸頭前。

三人都微微地搖動著身體。

他們正在跳舞。頭上並沒有耳機，除了電玩中心的噪音以外，附近聽不到任何音樂，可是他們卻在跳著舞。

他們正用只有他們自己聽得見的音樂在跳著舞。

三人的視線各自投往不同的方向。

這三個人是一個團隊，一個很完整的團隊，可以顧全三百六十度所有方位。

行人用燈號轉為紅色，車輛開始流動，三人的身影沒入其中。

鮫島將折起的報紙夾在腋下。

身穿迷你連身裙的兩個少女，穿過藥房轉角走來，停在紅綠燈前。

其中一個垂著一頭褪了顏色的小鬈長髮，另一個將頭髮剪得短到接近平頭。兩人身上都有日曬的痕跡，用自己的肌膚留戀剛結束的夏日。白色短襪堆在腳踝的位置，下面穿著運動鞋。

行人用燈號變綠。兩人開始走路，直直地穿過斑馬線。十六歲吧，鮫島猜測。

他拿出菸，點了火。

少女們走近那三人組，踏上人行道。平頭女孩迅速伸出右拳，長髮少年伸出左掌應聲接住，然後另一隻手則是輪流互拍手心，一切盡在不言中。

這時車陣再次流動。

聚集成一群的五人，開始走向附近的電玩中心。

鮫島慢慢走下地下道入口的樓梯。在避開那三人組全方位的監視之前，都急不得。等對方的視線被樓梯牆壁遮住之後，他猛然拔腿狂奔。筆直穿過地下道，兩階併作一步地爬上樓梯。

從地下道上來，就到了電玩中心門口。細鬈髮女孩和短褲男、長髮男三人正聚在入口的夾娃娃機前，短褲男和長髮男依然維持著全方位的警戒。

疤。

短褲男凝視著衝上樓梯的鮫島。他染成紅褐色的滑順頭髮在額頭上中分，臉頰上還有痘疤。

他面無表情地移開視線，接著身體慢慢轉向，把臉轉到鮫島看不見的位置說了些什麼。長髮男一聽便全身僵硬。

又來了，鮫島心想。難不成是自己的照片已經被傳開？或者這些十幾歲的小毛頭具有一眼就能認出對方是警察的超能力？

一般的流氓和罪犯無法看穿鮫島的真正身分，但這些傢伙卻一眼就看破。

鮫島之所以在馬路對面監視，也是因為這樣。只要走近他們十公尺範圍之內，這些傢伙就會像看到釋放惡臭的污物一樣，紛紛作鳥獸散。

側臉朝著鮫島的短褲男又轉回原本的方向。長髮男朝著電玩中心後方陰暗的角落前進。

鮫島也筆直地往那個方向前進。

「好了好了好了。」

短褲男跨出一步擋在鮫島前面，嘴上還帶著一股甜膩的輕笑。

「讓開！」

「哎呦，別這麼兇嘛。」

鮫島把手放在短褲男肩上。

「喔！」

他看著那隻手，又裝模作樣地仰頭看鮫島。鮫島說：

「你多大了？」

「十七。」

短褲男不正經地說。細鬈髮女孩第一個消失。

「你想在牢裡過成年禮❶嗎？」

「別開這種玩笑嘛。」

「那就給我讓開。」

少年噘起嘴，聳聳肩。鮫島推開他，走進電玩中心內部，往後方前進。

這個時段電玩中心裡有很多十幾歲的年輕人，同屬防犯課的少年科每週會來巡視兩次，不過這個時間大概只能逮到些抽菸的吧。

三分之一都穿著學校制服。

長髮男和平頭女站在更後方的代幣販賣機前。長髮男手撐著牆壁，平頭女則歪著身子。牛仔男則不見蹤影。

鮫島很清楚這間電玩中心的格局。右後方競馬遊戲機旁有道窄門，通往大樓後門。

鮫島毫不猶豫地走向那扇門。長髮男將手移開牆壁，跟鮫島走向相同方向。

長髮男比鮫島快一步走到門邊，他靠在牆上，跟鮫島面對面，臉上掛著跟短褲男一樣的輕浮笑容，左手插在棉褲口袋裡。

「喲！」

這次鮫島手下可不留情了。他右手拉過對方的領口，左手按住他右肩，一腳掃向對方下盤。

他把長髮男的身體轉了半圈後摔到地上，沒有等對方反應，一個馬步跨過去，推開了門。

右手邊是一條細長的走廊，有一道狹窄的逃生梯。牛仔男的背後貼在正面玻璃門上。

鮫島正要拔腿跑。就在這時候，有人抓住了他的左腳踝，讓他一個踉蹌趕緊扶住門框。

「大叔，很痛耶。」

鮫島甩開對方的手轉過身，長髮男正從地上爬起來。

牛仔男趁著這時穿過玻璃門。

長髮男從棉褲裡抽出左手，金屬製的翅膀在他手上一圈圈旋轉著，發出鏗鏘的清脆響聲，變形為一把小刀。

「我要刺囉。」

他從較低的位置把小刀隨意地往鮫島大腿附近刺。手勢看來並不是在耍帥，根本已經很習慣拿刀了。

鮫島迅速跳開。

長髮男的眼底有股兇光。

「我不知道你誰啦，誰教你突然推倒我嘛，老子當然會火大刺你啊。」

鮫島一步步慢慢往後退，他一心只想快點追上那牛仔男。

長髮男高舉右手，掌心朝向鮫島，指尖使力，作勢要往前撲。

這假動作讓鮫島無法背向他。

「吼！」

長髮男吐著氣，又做出假動作。他用在較高位置的右手轉移鮫島的注意力，從低處以小刀攻擊。

❶日本各地方機關每年會舉辦成年禮儀式，招待該年度內成人的青年，給予激勵、祝福。

狹窄的走廊上只能前後移動。

鮫島下定決心，把右手繞到腰後方，抓住放在皮套裡吊著的特殊警棒握柄。

長髮男似乎就等著這一刻，頓時撲上來。

鮫島的眼睛緊盯住長髮男左手的動作。

不過，就在長髮男的右手將棒球帽砸向鮫島臉上時，他的視線不自覺地離開了片刻。本來想扭轉身體，卻沒轉徹底，只覺得左邊臀部竄過一陣刺痛。

鮫島咬著牙，再次握好抽出的特殊警棒，往長髮男的左手揮下。

咚！鈍重的聲響之後，是長髮男的呻吟聲。小刀掉在走廊上。

「混帳東西！」

鮫島怒吼一聲，用手肘撞向長髮男的額頭。長髮男身體貼著牆壁，轉了半圈之後倒坐在地。

「痛死了！」

他大叫著用右手抱住左手。鼓起臉頰，再也沒說話，只是大大睜圓了眼睛。

鮫島就這樣拔腿開始跑。左腳每踏出一步，臀部就一陣痛。

推開玻璃門，衝進後巷。被追的人通常習慣盡量往歌舞伎町深處跑，想跑到人潮擁擠的地方。

鮫島稍微拖著步伐跑。他不清楚自己的傷勢有多嚴重，可能因為穿著牛仔褲，出血應該不太嚴重。從被刺的部位來看，也不需要太擔心。

要是不能在職安通前追到對方，鮫島就輸了。當然，牛仔男也有可能在這之前就把貨處理掉。

不過，他應該沒那個閒功夫。現在他滿腦子肯定只想著如何逃出歌舞伎町。除非等他確定自己已經逃到追兵看不到的位置，否則應該沒有餘力來處理貨。

基於同樣的理由，這個少年應該也不會躲進某個店家。被追的人本能上會避免停留在同一個地方。

除非是店裡有自己非常熟的人在，那還有可能逃進廚房之類的地方，要不然應該還在路上逃竄。

鮫島在東急文化會館前發現了對方的身影，他站在漢堡店門前的人潮裡。

牛仔男進入了逃亡的第二階段。他正要離開排在店門前的一個金屬製垃圾箱。

他跟鮫島之間的距離大約是三十公尺左右。牛仔男沒有發現鮫島，因為他現在全心在注意另一件事。

科瑪劇場❷前剛好有兩名制服巡警徒步在巡邏。

鮫島從褲子後口袋拿出口哨，用盡力氣吹了一聲。

「嗶」的尖銳聲響傳遍四周，行人們不約而同地對自己行注目禮。立即有了反應的，是兩位制服巡警。

僵在垃圾箱前的牛仔男，認出了鮫島，眼睛瞪得斗大。

巡警們朝鮫島跑來。鮫島搖搖頭，伸出右手。

❷Koma Stadium，コマ劇場。一九五六年在歌舞伎町一丁目開幕，舞台模仿希臘時代劇場樣式，採用圓形設計，同心圓狀配三重環迴的舞台，可表現出旋轉與上下運動的多樣舞台效果。日文名稱中的「コマ（陀螺）」，即取自此狀似陀螺的設計。二〇〇八年由於客數減少以及建築物老朽決定閉館，走入歷史。劇場拆除後與周邊土地一同進行再開發。

「那個穿牛仔裝的！」
牛仔男像反彈一樣，馬上拔腿就跑。巡警們瞬時兵分兩路，從前後包抄。其中一位巡警就像企圖阻止三壘跑者上壘的捕手一樣，擋在前方。牛仔男一轉身打算往右走，剛好被從後面來的巡警一把抓住他。
「放開我！你幹嘛啦！」
牛仔男蜷成一團在地面上滾了一圈，發出慘叫聲。
「站起來！」
被巡警拖起的牛仔男甩開巡警的手。
「放手啦！我又沒怎樣！」
鮫島拖著左腳走近。這兩人是隸屬巡邏課的年輕巡警，兩人都差不多二十五歲左右。其中一人注意到鮫島的傷。
「警部，您在流血——」
「不要緊。」
「傷您的是這個男人嗎？」
「媽的！你們搞屁啊！」
牛仔男大聲吼叫，周圍漸漸聚集起圍觀人潮。
「搜他的身。」
鮫島說。
「在這裡嗎?!」
那個注意到鮫島受傷的巡警驚訝地說。通常會將人帶到最近的派出所再進行。

「對。」

鮫島點點頭。兩人雖然一臉不解，還是聽命行事。

「站直，兩腳張開，手舉高。」

「喂！你們這是侵犯人權吧！快住手！」

少年大叫著。

「不要鬧了，你就乖乖聽話吧。」

或許是意識到這是在公眾面前進行的搜身，巡警的語氣放軟了不少。

「你懂得還真不少嘛。」

鮫島逼近少年。少年脹大了鼻孔瞪著鮫島。

「我犯了什麼法？你說啊！啊？」

鮫島無言地看著巡警們的檢查。巡警戴著手套的手從夾克口袋陸續取出了錢包、打火機、香菸、鑰匙圈、B.B. Call。

「就這些。」

巡警說。他雖然極力維持冷靜的表情，但眼神裡還是看得出些許的困惑。

「因為香菸嗎？警察杯杯。」

少年挖苦地說，還歪著嘴。

「你安靜。」

另一個巡警說。

「因為身上帶著香菸就要受到這種待遇？因為你們是警察就可以這樣嗎？」

少年一點也不退縮。他激動地抖著臉，瞪著向自己走近的鮫島。他眼睛周圍泛紅，突然放聲大叫。

「你們不要欺人太甚了！我又沒犯法！」

「你安靜一點。」

兩位巡警從少年兩側抓住他的手臂，仰頭望著鮫島。

「我做錯什麼了，你倒是說說看啊！說啊！」

「手套借我。」

鮫島對其中一名巡警說。

「是。」

巡警從制服裡取出白手套。四人附近已經圍了幾十個人。

「過來這裡。」

說著，鮫島開始前進。他戴上白手套，少年閉了嘴不再說話。

「走啊，快點，跟上去啊。」

人牆隨著四個人的移動瓦解、又再次圍起，巡警雖然大聲要大家離開，但圍觀人潮的數量並沒有減少，反而逐漸增加。巡警只好放棄，對著肩上的行動收訊器請求支援。

鮫島站到漢堡店前排列的垃圾箱旁時，增援的四位巡警已經趕到。

這四名巡警馬上散開形成一個圈，讓圍觀人潮無法進入半徑五公尺以內。

「不好意思，可以讓一讓嗎？」

鮫島走近一對正把紙杯放在中央垃圾箱、嚼著漢堡的情侶。

兩人慌張地後退。

垃圾箱是不鏽鋼製的箱體，高度一公尺左右。搖蓋式的投入口在前後各有一處。

鮫島用戴著手套的手拿起垃圾箱的蓋子。

裡面固定著水藍色的大型塑膠袋，好讓丟入的垃圾能掉進袋中。可樂和奶昔的紙杯、保麗龍製的漢堡盒、包裝紙等塞滿了垃圾箱的三分之一左右，也有飲料沒喝完或者還留有冰塊就直接丟進來的杯子，整個袋裡濕淋淋的。

鮫島將拆下的垃圾箱蓋放在地面，看著少年的臉。

「怎樣啦！」

少年雖然倔強地嘟著嘴，卻開始冒汗，臉色鐵青。

鮫島將手伸進塑膠袋裡，撥開紙巾、散落的炸薯條、紙杯等等。

他終於發現一個折疊起的灰色塑膠袋。大小差不多等於兩個香菸盒，厚度約是一個菸盒。

他隔著指尖潮濕的手套確認袋子裡的內容物，按到一個大小恰好等於大拇指指腹的圓形。

打開袋子，看了看裡面。背面用鋁箔、正面為透明膠殼，裝了藥錠的鋁片，共有五排。

「這是什麼？」

「不知道，又不是我的。」

「要是有你的指紋怎麼辦？」

鮫島說，同時折好袋子，交給巡警。停了一拍時間，少年才大聲怒吼。

「我都說了我不知道啊！」

「是嗎？」

鮫島說著，安靜地看著少年的眼睛。少年大口吐著氣，抬頭看著鮫島。兩人短暫地相視片刻後，少年終於垂下了視線。

「跟我回署裡。」

鮫島對他說。

少年的偵訊由鮫島和新宿署防犯課課長桃井來負責。鮫島將撿起的塑膠袋和垃圾箱內容交給鑑識科。少年到了新宿署之後，一句話都沒說。

他在沉默狀態下被採驗指紋，指紋證實跟在塑膠袋以及從裡面的藥錠片所採取的指紋一致。

正在醫務室接受臀部治療的鮫島接獲了報告。傷口深三公分、長度八公分，要兩星期才能完全恢復。

在這段時間少年被安置在空偵訊室中，由兩位負責監視的巡警陪同。

結束治療，換穿好放在署內置物櫃的備用休閒褲後，鮫島跟桃井一起進入偵訊室。

留下一名負責記錄的巡警，鮫島和桃井開始偵訊。

「先說你的名字吧。我是新宿署防犯課的鮫島，這位是課長桃井先生。」

隔著桌子坐在少年對面的鮫島說道。

少年還是不說話，只是瞪著桌面。

「你就算不說我們也知道你叫什麼名字。中山道弘，今年十七歲。你錢包裡有機車駕照。」

桃井說著。桃井是位五十出頭的警部，階級跟鮫島一樣。他總是留著一頭乾澀沒有油脂、黑白夾雜的頭髮，穿著樸素的褐色或灰色西裝。平常不太說話，也很少強調自己。

鮫島原本隸屬警視廳本廳公安部外事二課，五年前左右被調到新宿署防犯課來時，桃井就已經是防犯課的課長了。

當時桃井在署內有著「死饅頭」這個綽號。「饅頭」指的是死人，因為桃井的獨生子在十幾年前死於交通事故以後，他就彷彿對所有事喪失了熱情。

但其實桃井心裡的警察魂還沒有死盡。兩年前他射殺了一名私造手槍犯，就是最好的證明。當時如果他沒有那麼做，在署裡受到孤立的鮫島，就會被犯人拷問致死。

雖然從未明確說出口，但從那之後，鮫島和桃井之間就建立起深厚的互信關係。

「你知道自己因為什麼嫌疑來接受偵訊的嗎？」

桃井平靜地問。少年沒有回答。

「你要是以為自己還未成年，所以只要保持沉默最後都會送交家庭法院處分，那就大錯特錯了。」

鮫島說。

「我先解釋給你聽吧。未成年者犯罪時，在家庭法院裡經過審理之後，會接受保護觀察處分，或者轉送少年院。但這是指犯罪內容較輕微，也就是輕罪的狀況。如果犯了較重的罪，就不會送家庭法院，而是直接送地檢，也就是必須接受刑事裁判。如果判定有罪就會送少年監獄。這時不是送保護觀察也不是少年院，是監獄。你聽懂了嗎？」

少年只抬起眼睛。

「你威脅我也沒有用。」

「這位刑警剛剛說的並不是在威脅你。」

桃井沉著地說。

「你的朋友逃跑了，他讓這位刑警受了傷，這是傷害罪。如果他知道這個人是刑警，所以為了幫助你逃走而傷人，那你也適用妨礙公務罪。」

「又不是我刺的。」

少年——中山道弘用力地強調。

「沒有錯，你的嫌疑是另一條罪。」

「違反藥事法對吧。」

中山道弘想先發制人。

桃井瞄了鮫島一眼。

「你為什麼覺得是違反藥事法？」

「這還用說嗎？當然是因為那個藥啊。因為我不是藥劑師，卻隨便賣那種藥，你們就是想定我這條罪對吧。」

「所以賣藥這件事你承認囉？」

桃井問。

「我才不承認呢！你們又沒有證據，就算有指紋，也只能證明我拿過，又不能證明我有買賣。」

「原來如此。」

「不要以為我是未成年就好欺負。我什麼都沒幹，你們隨便給我冠上罪名算什麼！」

桃井點點頭，從西裝裡拿出香菸。

「要來一根嗎？」

「怎麼，現在想設圈套陷害我嗎？藥事法罪太輕，所以想加條抽菸的罪名嗎？」
「我可沒這麼想。」
桃井搖搖頭。
「你知道那個藥錠是什麼嗎？」
鮫島問。
「不知道，那只是朋友寄放在我這邊的。」
中山道弘扯著謊。
「那你沒試過囉？」
「沒有。」
「我想替你做個尿液檢查。」
「尿液檢查？為什麼？你們拿我尿去幹嘛啊。我才不幹！」
桃井把抽了一半的香菸在菸灰缸裡捻熄。
「如果你拒絕，我們就會向法院的法官申請鑑定處分許可書和搜身檢查的狀子。然後我們會請泌尿科的醫生過來，在你的尿道裡插入橡膠管，這東西叫導管。插入導管之後即使你不想上廁所，積在膀胱裡的尿液也會自動跑出來。不過，把導管插進尿道的時候，可能會有點痛呢。」
中山道弘倒吸了一口氣。
「為什麼要這麼做？」
「為了確認你有沒有服用那個藥錠。」
桃井說。

「我就說我沒有吃啊！」

「還是檢查看看吧。」

鮫島對桃井說。

「別開玩笑了。我才不讓你們插那種東西呢！這根本是拷問嘛！」

「如果你願意自己去做尿液檢查，我們就不放導管。」

中山道弘在喉嚨咕嚕了一聲。

「我說有吃總行了吧。」

鮫島和桃井都沒有回答。

「只要我承認有吃就可以了吧！又不是什麼大不了的藥，只是有點涼涼的而已啊！藥效又那麼短。根本是玩具，那種東西，連酣樂欣都比它有效。」

酣樂欣是一種安眠藥。

「跟酣樂欣不太一樣吧。」

鮫島說。

「那當然不一樣啊。這東西又不是安眠藥。」

「那是什麼？」

「我哪知道。一開始我們都叫它『飛涼』，現在都叫它冰糖果。」

「冰糖果？」

「冰冰的糖果啊。因為吃的時候會冰冰涼涼的，覺得頭腦變得很清醒，就跟薄荷一樣啊。」

「一顆多少錢？」

「五百圓。」
說完，中山道弘一驚，睜大了眼睛。
「我可沒有在賣喔，是從朋友那裡聽說的。」
桃井吐了一口氣，又叼起一根新的香菸。
「吃了藥效會持續多久？」
「一個小時左右吧，馬上就沒效了。」
「都什麼時候吃？」
「不一定啊。無聊的時候吧，跳舞啦……還有跟女人上床的時候。」
「吃了之後上床特別舒服吧？」
鮫島咄咄逼問。
「不只這個吧，喝酒也是一樣啊。」
「這比酒要來得好多了吧，不是嗎？」
「你到底想逼我說什麼！」
「我沒有要逼你說什麼。這在你們朋友之間很流行嗎？」
桃井問。
「對啊，最近。」
「東西是哪裡來的？」
「這是別人寄放的。」
「誰？」
中山道弘沒說話，眼睛狡猾地動著。

「不知道。」
「是嗎？」
鮫島低聲說。
「課長，是不是該告訴他比較好？」
「是嗎？」
「如果他本人不知情，這樣還要判十年徒刑的話——」
「你說什麼?!」
中山道弘突然叫了起來。
「為什麼我會被判十年徒刑？開什麼玩笑啊！」
鮫島盯著中山道弘的臉，他無言地從上衣拿出包在保管證據塑膠袋裡的「冰糖果」。
「你倒是回答我啊！為什麼要判十年！」
「看來你並不知道。」
桃井拿起袋子，說道。
「什麼?!」
「這個啊，這個你們叫作冰糖果的藥。三個月以來，在澀谷、新宿、六本木這些地方很流行。聽說吃了之後十分鐘左右會開始有效，藥效會大概持續一個小時。就如同你剛剛說的，一顆差不多五百到六百圓。在賣這些藥的呢，就是像你們這樣的傢伙。」
「我沒有賣！」
「聽好！」
鮫島的聲音裡多了點威脅的氣勢。

「——你們這些人也不知道這藥的真面目。你們以為這是從美國進來吃了很爽的新款藥，只覺得很酷。不是嗎？」

「那又怎麼樣？」

「所以我才說要替你做尿液檢查。在這個藥裡面會讓你們爽的成分，叫作甲基安非他命。甲基安非他命並不是什麼新藥，在這個國家已經出現五十多年了。雖然外表和藥效有點不同，不過這一樣是毒品，是種興奮劑。」

中山道弘愕然地睜大了眼睛。

「你騙人！」

「我沒有騙你。」

鮫島說。

「不要唬我了。毒品是流氓才會碰的蠢東西，那種東西、那種東西我怎麼可能碰。」

「但你確實碰了。」

中山道弘的臉變得一陣青一陣白。他臉上失去了表情，嘴唇半張。

「怎麼會這樣……」

「也是，你以為只有俗氣的傢伙才會碰毒品吧。」

「可是不一樣啊，毒品不是都用注射的嗎？」

「用吃的也有效。而且，這種冰糖果還下了點小功夫，可以在短時間內被吸收，因為甲基安非他命的量少，所以藥效無法持久。你懂嗎？市面上注射用的毒品，要賣五千圓到一萬圓左右，跟那些毒品比起來，冰糖果要便宜多了。畢竟一顆五百圓這樣的價錢，連國中生的零用錢都買得起。不過毒品終究是毒品，不要看它便宜，你試著每天吃吃看，要不了多久就會上癮。到時候一顆不夠，一次要吃兩、三顆，每隔幾個小時就會想吃。你不要再耍小聰明了。真正腦筋好的傢伙是製造這種冰糖果、告訴大家這是某種新藥、慫恿你們來賣藥的人。結果一堆笨蛋跑去當藥頭，更笨的傢伙跑去買來吃。這樣你懂了嗎？根據興奮劑取締法的規定，未經許可持有或者讓渡、使用的人，要處七年以下的徒刑。如果是以營利為目的，那就會判十年以下的徒刑。」

鮫島一口氣說完。

「現在你知道了嗎？跟香菸一點關係都沒有的。」

中山道弘完全說不出話來，他睜大眼睛，交互看著鮫島和桃井的臉。喉結處一抽一抽地顫動，臉色由青轉灰。他張大了嘴巴，彷彿想說些什麼，或者想慌張吸氣般喘著氣。

鮫島和桃井馬上就知道接下來要發生什麼事，將身體往後退。

中山道弘激烈地嘔吐，把胃裡的東西全吐在偵訊室的桌上。

中山道弘答應自動提供尿液供檢查之用。尿液檢查的結果，出現使用興奮劑的陽性反應。

興奮劑交易的過程，大致可以分成五個階段。

首先第一棒是製造者。現在幾乎都在日本國外秘密生產。理由有二，第一是現在在日本國內很難大量取得製造興奮劑的原料，另一個原因是興奮劑的製造過程中會產生氯化氫，這股刺激性的臭味很容易讓鄰近居民起疑。

製造者雖然以台灣、韓國等東南亞圈的販毒組織為中心，不過這幾年來檢舉的興奮劑，將近九成都是從台灣走私進來的貨。

第二棒是走私入國後興奮劑的大盤組織。其中也包含了日本這邊的走私者和國內的送貨、保管人等等。

第三棒是從這大盤手中將興奮劑批發給黑市藥頭的中盤組織。在這個階段會將從大盤手中買來的興奮劑分成小包裝。

第四棒是零售的黑市藥頭，這些藥頭和第五棒中毒患者之間的界線相當模糊。因為中毒患者固然是從零售商手中購買興奮劑的人，但這些中毒患者也需要設法賺錢來買藥，如果原有職業的收入不夠，他們就會自己也來當藥頭，把興奮劑賣給周圍的人。

因為藥頭和買藥患者中間的界線模糊，幾乎所有末端藥頭都是自己所販賣毒品的中毒患者，這是興奮劑毒犯的特徵，這使得警方很難從根本檢舉，鏟斷禍根。

只要中毒患者成為藥頭，有多少患者批發組織就有多少零售商可用，這麼一來不管逮捕幾個末端藥頭，永遠都有人可以替補，所以無法期待有多大的效果。

正因為如此，批發組織和零售商之間張著一道穩固不可破的防護欄。大部分的零售商都是從其他零售商手中買貨，就算偶爾有人會從屬於批發組織的人物或者地點拿到貨，多半也不知道對方的名字或長相，即使知道，也不可能告訴偵察警官。因為只要供出批發組織，警方的搜索行動就會一口氣上溯到大盤組織、製造者。因為這三者之間互有大筆金錢在流動，聯絡較為密切，這就表示比較容易進行搜查。所以想當然，批發組織也會盡可能地管制關於自己的消息。把情報洩露給偵察警官的人，自然必死無疑。

為了對抗這種狀況，偵察警官所採取的最有效措施，就是讓自己抓到的藥頭成為情報提供者，也就是所謂的間諜。

只要成為間諜，也就是「S」的藥頭，為了保命，不得不永遠配合警方。因為當他們S的身分曝光時，只有警察有可能保護他們。

S屬於每一個偵察警官，即使對其他刑警，也不會簡單透露。因為既然必須放S回巢，默認他們繼續進行販毒行為，就不能完全忽略他們身為S的身分被批發組織知道的可能性。

可是鮫島並不喜歡這種將自己所逮捕的藥頭當作S來利用的方法。

最後S往往被迫要在進監獄或者要自由之間做出選擇，可是自由也意味著永遠要面對死亡的危險。就算是自己手下養的S，身分曝光時，刑警也不見得會百分之百出手相助。不僅如此，被迫成為S的藥頭，通常會因為恐懼身為S的危險，為了排除這種恐懼，反而比以前更依賴興奮劑。

這種生活總有一天會面臨毀滅。興奮劑中毒一旦惡化就容易產生被害妄想，而或許再也沒有其他環境，比S的身分更讓他們容易陷入被害妄想了。

——殺手來了！

——有人在監視我！

到最後，一直緊繃到極限的精神細絲終於斷裂。

狂亂揮舞著兇器，可能還會傷及無辜，甚至致死，最後自戕。可是如果到這之前都服用了興奮劑，在這段期間他們會發揮超人般的體力。奪人命的興奮劑雖會縮減人的壽命，同時也可以讓人在短期間內有超乎尋常的燃燒。就像在車子的引擎裡加入噴射機的燃料一樣，短短一瞬間，會迸發驚人的力量，然後燃燒殆盡。

這種人不管在肉體上或者精神上，都只剩下絕望的未來。

警方用過的S，因為身為S的壓力，最後失去控制走向滅亡的樣子，只要是偵察警官都至少看過一次。

不過……

——這傢伙不管用了，得快點再找別的。也有人會說出這種冷血的字句。

這樣的下場確實可以說是自作自受。可是讓這些人成為S，又把他們逼到如此絕境的刑警，卻從不會被追究道義上的責任。

不使用S查緝興奮劑組織相當困難。但鮫島打從心裡希望，能夠避免這樣的抉擇。

2

中山道弘的偵訊結束時，已經是晚上八點多。處理完中山道弘的拘留手續，鮫島和桃井離開了新宿署。

「要不要去吃點東西？」

桃井口中罕見地吐出邀約的句子。大家都知道，桃井很少跟同事一起度過私人時間。課裡的忘年會等場合，他總是在第一攤結束後就馬上回家。難相處、個性陰沉等等，部下的這些評語他似乎毫不在意。

「好啊。」

鮫島附和著。

「避開新宿吧。」

桃井隨口這麼說，鮫島也點點頭。

轄區警署的警察對當地餐飲業者來說都是熟面孔，偶爾私下去用餐，店家也會極為客氣，到了付錢的時候，雖然沒有主動要求，可是店家有時候會少收一點。

——不要緊的，我們總是受您關照嘛。

警察的薪水並不高。這份工作讓他們幾乎耗盡心神和體力，可是能用來排解壓力的零用錢，卻是少得可憐。這一點警察自己比誰都清楚。

——不好意思啊。

——哪裡，歡迎再來啊。

絕對不會有人說，這是一種賄賂。提供餐點的並不是政治家之流常出入的高級料亭或餐廳，而是路邊的居酒屋、小餐館。在這裡展現的，是對默默忠於職守的男人們，獻上的一點善意，甚至是敬意。

可是，這種行為不知不覺中成為一種人情借貸，也是事實。

比方說消除交通違規紀錄或者放過輕罪等等。這些事本身都相當微不足道。不過，有時候這些微不足道的輕罪，往往是重要犯罪的線索。

而最清楚這一點的，也是警察。

鮫島和桃井來到四谷三丁目一間牛排店。這兩人都單身，所以還負擔得起這點小奢侈。

桃井點了菲力，鮫島點了沙朗，兩人舉起紅酒乾杯。

「抱歉啊，讓你在這種老氣的地方吃飯。」

桃井苦笑著說。

「其實應該帶你女朋友一起來，她會比較高興吧……」

「不，最近都不太想外出。偶爾兩個人都休假，也多半都待在家裡休息。」

鮫島一邊吃著最早端上來的沙拉一邊說。或許因為時間已晚，店裡還算空蕩。

「錄音帶──不，現在都是ＣＤ了吧，賣得怎麼樣？」

「看起來不太容易啊，有一陣子她還因為這樣心情很低落。」

這次輪到鮫島苦笑了。晶的樂團「Who´s Honey」出道就快要滿一年，他記得最近「Who´s Honey」有展開「週年紀念巡迴演唱」的計畫。

「真是不可思議。通常聽到搞樂團的，我們總是會用有色眼鏡來看對方，說不定在吸毒啦，或者打扮很古怪啦等等。我跟她只見過一面，不過我只覺得她個性很直率，沒有其他不好的印象。」

「就是太直率了，有時候也會惹來不少麻煩。不過我跟她交往之後，的確覺得自己好像慢慢能擺脫掉那種有色眼鏡的限制了。我想對方應該也是一樣吧。」

「開始覺得條子也有像樣傢伙了是嗎？」

「是啊。」

兩人相視而笑。

「關於中山那個案子——」

桃井換了個話題。

「你打算怎麼辦？」

「沒有怎麼辦。他還未成年，送家庭法院吧。」

「十七歲確實還沒辦法當S。」

「我不太喜歡用S。」

鮫島搖搖頭。

「以前在縣警的公安時，曾經發生過一些事……」

桃井點點頭。追查興奮劑、麻藥毒犯時，偵察警官最常利用S的，就是公安的搜查。

鮫島二十七歲時，曾經被分配到某縣警的公安三課擔任主任警部。當時那一課的警部補和公安調查官之間，曾經發生過彼此相爭激進派團體中S的事件。警部補知道某位公安調查官隱瞞自己的身分跟團體中一位成員接觸，不但把這件事告訴了那個成員，還恐嚇對方，要是不當自己的S，就要將雙方接觸的事實向團體「密告」。

知道這件事後，鮫島對這種卑劣的手段憤怒不已，叱責了部下，並且禁止對方跟該成員接觸。

心有不甘的警部補，送了一張證明該成員是S的照片給團體。一場悽慘的凌遲殺人案發生。結果與搜查一課的共同搜查之下，殲滅了激進派團體。鮫島知道凌遲殺人起因於警部補的密告之後，不惜譴責對方，雙方於是展開一場亂鬥。警部補用模造日本刀傷了鮫島，鮫島因而退職。

鮫島曾經告訴過桃井這件事。靜靜聆聽的桃井，等到鮫島說完後說：「你的意思是，這次也會發生同樣的狀況？」

「從有競爭對手這一點看來，是沒錯。」

「競爭對手嗎？確實沒錯。」

就像公安警察官有公安調查官這個競爭對手一樣，追查興奮劑、麻藥事犯的刑警也有競爭對手，那就是厚生省麻藥取締官。

麻藥取締官隸屬厚生省麻藥課，在麻藥取締法中保障其特別司法警察職員的身分。關於興奮劑取締，因為法律上允許持有興奮劑，所以也能夠進行秘密搜查。

這一點就是警察和麻藥取締官立場上的絕大差異。

麻藥取締官的獵物是麻藥、興奮劑。為了突破層層障壁，揪出批發組織上游的組織，他們會偽裝身分潛入搜查。因此他們很討厭跟警察接觸。要是身分曝光，他們跟S一樣危險，更重要的是，目前為止的潛入工作全部都會付諸流水。

「冰糖果一定會流行，他們一定會有動靜。」

鮫島說。

司法界最早知道冰糖果的存在，還只是短短一個月之前。少年輔導員在澀谷路上，輔導了兩名正在「High」的女高中生。輔導員看出這兩名女高中生使用藥物，對她們搜身後，發現了四顆冰糖果。兩名女高中生供出，這是在迪斯可舞廳認識的男孩給的。

下一個發現地點是新宿。警視廳保安二課和新宿署防犯課的共同搜查隊破獲了一個甲苯的密賣組織。當時遭逮捕的人之一，持有十顆冰糖果供自己享樂之用。分析成分的結果，確認是興奮劑。

被逮捕的成員供述，東西來自認識的幫派成員。幫派成員則說，冰糖果是從路上看似在賣藥的年輕人集團手中搶來的。

這個幫派成員曾經有使用興奮劑的前科。他自己試過搶來的藥後，馬上就發現成分裡含有興奮劑。

因為價錢便宜，外觀又是銀灰色的透明藥錠看起來「很酷」，所以冰糖果已經迅速地在年輕人，尤其是十五接近二十歲的年齡層滲透了。

警視廳保安二課很擔心這個狀況，打算追查冰糖果的中盤組織、大盤組織，以及製造者。但是現在取締得到的，幾乎都是在批發組織下、或者更下游的末端藥頭，連零售商都接觸不到。

再這樣下去，冰糖果即將廣為流行，很可能遍及十幾歲的年輕人之間。看來這比曾經流行一時的美國普強製藥公司出產的安眠藥濫用，會引發更加嚴重的狀況。

畢竟興奮劑跟安眠藥相反，在精神上的依賴性很高。安眠藥如果是為了原本的目的，也就是為了入睡而使用，那確實會有依賴性，不過如果是為了「茫」而使用，暫且不管對肉體造成的傷害，其實並不會有像興奮劑般的依賴性。

興奮劑生效的狀態和安眠藥生效的狀態，也可以說正好相反。

興奮劑會讓人頭腦清醒、身體變輕，讓使用者有種自己無所不能的亢奮感。而安眠藥則會讓人身體動作變得遲鈍、喪失判斷力，使用者會有喝醉酒般的幸福感。

當藥效結束後，興奮劑的使用者會因為其反動而感到強烈的倦怠感，連動動手指頭都覺得麻煩。最後還會因為討厭這種倦怠感，再次使用興奮劑。

中毒症狀日益嚴重，將會引起幻視、幻覺、妄想，更加惡化之後，將會陷入持續性的錯亂狀態。

而興奮劑最要不得的，就是吸食者在沒有使用興奮劑，或者戒藥經過將近一年後，這種錯亂狀態還會突然復發。

這就稱為「倒敘現象（flashback）」。會引起倒敘現象的藥劑，除了興奮劑之外還有L・S・D❸。

冰糖果比以往在年輕人之間流行的稀釋劑或甲苯等有機溶劑，都更便宜、更方便入手，而且也是更危險的玩具。

雖然始終很難掌握關於零售商或批發組織的情報，可是鮫島還是不能眼睜睜地看著冰糖果逐漸普及。

所以只要在街上看見賣藥的人，哪怕明知道是末端藥頭，還是會馬上逮捕。

當然，同時也需要有斷根的搜查。如果再慢吞吞地拖下去，漸漸習慣常用冰糖果的年輕人中，就會出現真正的興奮劑中毒患者。

到那時候，就算抓到冰糖果的中盤或大盤組織，他們也會開始注射從其他組織取得的興

❸又稱搖腳丸。

奮劑。

既然如此，即使這種檢舉幾乎看似毫無進展，鮫島也打算繼續堅持。

二課對冰糖果的出現抱著危機感的理由，還有其他原因。

「是利潤的問題吧。」

桃井回應著鮫島「冰糖果會流行」這句話，鮫島聽了點點頭。

「現在黑道幾乎到處叫苦連天，因為不景氣和新法，他們不能再搞跟經濟有關的工作了。」

這確是事實。由於土地價格急劇下降，而且也不能像以往一樣用土地擔保跟銀行借錢，所以許多原本從事不動產相關行業的業者，為了確保周轉資金，都只好依賴地下錢莊。當然，這種地下錢莊裡勢必有以幫派資金力量為後盾的高利貸。

這種店會以每月利息高於百分之三十的高利借金出去。有時候即使擔保是二胎、三胎等不利的物件，他們也會接受。

理由很簡單，因為他們背後有幫派撐腰，借錢的人只要有收入，一定會比其他債權人都早還款，另外因為利息很高，所以能確保有遠遠高於本金的進帳。

簡單地說，這些高利貸並不期待借錢的人歸還本金。光靠利息，只要付三個月分，就差不多等於本金了。既然這樣，只要盡量讓債務人多付利息，一年、兩年，對債主來說就愈有利。

當然，其中也有連利息都無法準時繳還的債務人，只好處分掉所有的財產，如果連這樣都無法還債，便會出動高利貸背後的幫派力量。

幫忙運送危險物品、販賣內臟，還有最後一招保險金殺人。為了能多榨取一塊錢，他們會如同字面上，連最後的骨頭都會啃得乾乾淨淨。

債務人當然也知道這個道理，所以不管怎麼樣也要拚命至少還掉利息。

但是，現在因為經濟不景氣和新法實施，正嚴厲地取締這種幫派。

首先是新法的實施，使得幫派不再能輕易插手這種經濟上的糾紛。

如果為了逼人還錢，稍微透露出幫派的聲息，馬上就會遭到逮捕。而且債務人也清楚這一點，所以反而變得強勢，沒錢還就是沒錢還。

換做從前，「這種傢伙抓去埋了再說」，是單純幫派常用的手法。不過現在這個時代，說到殺人，即便是幫派成員還是會有幾分躊躇。

最大的理由還是在新法上。新法對於幫派的取締措施是前所未有的嚴厲，這一點現場的成員最清楚。如果是為了組裡而犯下殺人罪，被警方發現逮捕入獄，以往幫裡會負責照顧留在外面的家人或情人。等到出獄之後，還會因為曾經為幫裡坐過牢，享有不薄的保障。

但是現在，組已經沒有這樣的餘力，運氣不好的，幫派本身還可能在入獄期間解散。這麼一來，到底是為了什麼而入獄留下前科？想來真是一點意義都沒有。

借錢的人也深知這樣的狀況，還有人打從一開始就知道還不了，故意找上背後有幫派的地下錢莊來借錢。其中甚至還有人膽子很大，故意從兩個以上對立的組借高利貸。

無法還錢時，萬一被其中一組抓住，想方設法要債務人還債時，為了避免只有對方嘗到甜頭，另一個組也會採取行動。這麼一來一定會發生糾紛，要是發生糾紛，警察就會像雪崩般襲來。所以雙方都沒那麼容易出手。

這就是所謂的「牽制力」。幫派裡也有人落入這種狡猾人物的陷阱中，甚至感嘆「最壞的其實是這些死老百姓」。

因此，有些人即使向幫派借了成山鉅款，也完全不害怕，若無其事。當流氓知道債務人事業完全陷入僵局，借款已經很難回收時，卻什麼都不能做，只能咬牙懊悔。

桃井笑了。

「前一陣子我在路上遇到放高利貸的幫派分子，聽到他抱怨，手上有將近一半客人都是拋也拋不掉。大家紛紛倒帳，算盤再怎麼打也不划算。」

「這樣很危險呢。」

聽了鮫島這麼說，桃井也點點頭。

高利貸這些生意對流氓來說是比較接近本業的領域。只要對方確實還錢，就不用冒險走上犯罪之路。

另外像賭博的抽頭等等，在景氣好的時候，客人手頭總是大把大把輕鬆錢，即使不動手腳，一個晚上也可以賺上幾百萬。

可是遇上了不景氣，幫派也失去了這種能「輕鬆賺錢」的機會。

曾經享受過的奢華生活，流氓們當然沒那麼容易改掉。他們只好鋌而走險，轉向犯罪性更高的賺錢途徑。

綁架資產家，恐嚇對方交出所有財產後，最後還撕票的手法，在以往的幫派犯罪中從未見過。

即使不殺人，也有高效率的賺錢方法。

那就是麻藥、興奮劑。

插手這些買賣馬上會變成警察的眼中釘，一旦被抓到罪也很重。可是如果跟經濟有關的工作不再像從前那樣好賺，也不得不把精力轉移到這方面。

「中毒患者自己也會淪為藥頭，甚至不惜去搶劫、恐嚇、偷竊，也要籌錢買藥。因為毒品的收入不會有被倒帳的問題。」
「還會增加嗎？」
「嗯，如果冰糖果開始流行，大家一定都爭相搶著賣吧。」
「藥頭會增加，中毒現象也會增加是吧。」
鮫島點點頭。
「或許不該用『風氣』來形容，不過泡沫經濟瓦解，吸毒成癮的人往往也隨之增加。現在出現的冰糖果，正是最適合這種時代的商品啊。」
「可是五百圓這個價錢，你不覺得太便宜了嗎？」
「看來供給的量應該相當大吧。零售的利潤如果是一半，那麼一顆就是兩百五十圓，批發價可能差不多五十圓吧。」
「這個價錢幾乎是不可能製造的。」
「對，如果是進口的，那就表示製造一顆只要幾塊錢。」
「那到底——」
「現在的毒品一次的量大約是五千到六千圓左右。」
「一次大概是零點零三公克左右吧。」
「對。根據冰糖果的成分分析，其中確實有百分之九十以上是葡萄糖，甲基安非他命的含量約為零點零零八左右。」
「就算是四分之一好了，如果不賣個一千圓，賣方根本不划算啊。」
鮫島點點頭。

「我想背後應該有一個腦袋相當靈光的傢伙在指使。」

「腦袋靈光？」

「五百圓其實是一種紀念開店的流血大拍賣。可能最近冰糖果就會陷入極度缺貨的狀態，到時候價錢就會成倍地翻漲。」

桃井睜大了眼睛。

「你的意思是說，先用便宜的價錢讓東西普及，盡量增加使用者，然後再漲價，是嗎？」

「沒有錯。」

「但他要是這麼做，大盤或者批發組織也不會乖乖任憑他漲價吧？至少零售商也會叫苦連天的啊。」

「是的。」

鮫島吐了一口氣。

「可是仔細想想，勢必會變成這個樣子。製造者不可能永遠用成本只有幾塊錢的方式繼續生產冰糖果。就算是十圓好了，也要一百萬顆才賺得到一千萬。其中還包含材料費和製造方的人事成本。算起來真正賺的只有一百萬上下。花了大錢投資設備，卻只賺這些錢，那還不如老實工作比較妥當。」

「那說不定是在中國等等物價便宜的地方製造的。」

鮫島搖搖頭。

「藥錠跟結晶或粉末不同，很佔空間。以走私來說效率很低。就算塞滿一整個行李箱帶進來，跟粉末毒品相比，價格也太低了。」

「國籍好像還沒有確定是吧。」

桃井低聲喃喃說道。

北里大學開發出一套檢查方法，可以藉由分析日本國內出現的興奮劑成分，特定製造的國家或者地方。

這種檢查的方法是測量原材料的麻黃素殘量，從其結晶化階段的溫度等掌握生產地的特色，登錄為「藥物指紋」，再跟押收的興奮劑比對。

目前押收的冰糖果數量還很少，其中含有的興奮劑成分也僅有微量，所以還無法鎖定其生產地。

只要能鎖定生產地，就有可能縮小批發組織所在地的範圍。

「這東西八九是台灣製的吧。」

聽了桃井的話，鮫島並沒有點頭。

「如果是台灣製，就必須要把進口來的結晶加工處理，製成藥錠，這樣太花錢了。」

「那麼你是怎麼想的呢？」

「我認為是個新的製造者。想出這個流血大拍賣點子的，應該也是製造者。」

「——哪個國家的？」

桃井低聲問。

「我認為是日本，冰糖果應該是在日本某個地方製造的。」

鮫島回答。

「日本……」

桃井頓時接不下話。警察的相關搜查官一向深信，現在日本國內幾乎沒有人在私造興奮劑。

這是因為便宜的外國製興奮劑大量流入市面，而且製造工廠又容易被發現等理由。

而沒有「國內生產」這個事實，也會帶來一份心情上的穩定，讓警方認為只要掌握走私管道，就可以阻斷興奮劑的供給。

可是，如果冰糖果真在日本國內生產，這種「穩定」就會瓦解。

「要是能從這次的押收品上判斷出藥物指紋就好了。」

鮫島說。

「怎麼說？」

「課長您或許認為，冰糖果很可能是日本製的，覺得事態不妙，但我卻不這麼想。」

「理由是什麼？」

桃井專注地看著鮫島。

「冰糖果如果是日本國產，那就表示目前還只有一間工廠在製造，換句話說，只要查到這間工廠，就可以斷絕冰糖果。但如果是外國製的，東西就有可能源源不斷地走私進口。」

「可是如果東西好賣，終究會有其他人也想分一杯羹，試著製造吧。」桃井說。

「沒有錯。所以如果不盡早查出冰糖果的工廠，後果將不堪設想。如果等到外國製造者發現冰糖果在日本流行，實際上拿到冰糖果生產同樣東西，那一切就太遲了。」

「說不定有人已經開始做了。」桃井表情沉重地說。

「不過，現在的價錢他們還無法回本，所以正在等目前的供應商漲價……」

「沒錯，這個可能性非常大。」鮫島凝視著桃井的眼睛，點點頭。

「要真是那樣，就太糟了。」桃井低聲說。

3

隔天晚上，晶來到鮫島的住處。晶所屬樂團「Who's Honey」從第二張專輯中收錄了幾首發行單曲ＣＤ，為了拍攝這張ＣＤ的封面照片，出國了三天左右。她今天來送紀念品，順便過夜。

晶現在正在留長頭髮。以前剪得像男孩子般短還加了挑染的頭髮，現在已經留到肩膀左右。晶自己並不知道，但鮫島總覺得這個髮型跟很久以前流行一時的「蘑菇頭」很像。他國中時喜歡的女孩子，也留著一樣的髮型。

「拿去，你的禮物。」

晚上七點多，晶來到鮫島住處，遞出手裡提的壽司連鎖店塑膠袋。她手裡還拎著另一個大紙袋。

鮫島看看裡面，好像裝著壽司紙盒跟免洗筷。

「這是妳從菲律賓買回來的嗎？」

「你白痴啊！這是晚飯啦。菲律賓的紀念品是這個。」

「等等慢慢來開吧。」

兩人在餐桌面對面坐下。晶站在冰箱前，她上下都穿著牛仔裝，裡面是T恤。

「有啤酒嗎？」

「有，還有健力士。」

「太好了。」

趁著鮫島打開壽司紙盒的時間，晶從冰箱裡拿出健力士和一般國產啤酒的罐子，再拿出兩個玻璃杯放在桌上。

她先在玻璃杯中倒入一半健力士，再倒進一般啤酒至滿。

這是鮫島喜歡的喝法，現在晶也學他愛上這種喝法。

「吃吧。」

乾杯後，晶馬上伸手去拿筷子。

「我可以先開禮物嗎？」

「好啊。」

晶已經抓起一貫鮭魚卵握壽司，一邊塞進嘴裡一邊點頭。

鮫島打開紙袋。除了放在免稅店袋裡的威士忌，還有T恤和棒球帽。

「這是什麼？」

鮫島拿起棒球帽，晶很開心地竊笑著。

深藍色的棒球帽，從正面徽章的位置突出一隻立體的鯊魚頭，正咧著銳利的牙齒。長度跟下面的帽舌差不多。

「不錯吧，我一看到馬上就覺得這個好。你戴戴看。」

鮫島戴上。雖然是塑膠製的立體魚頭，裝在重量輕的帽子上也顯得有一定的分量。晶抱著肚子大笑。

「太適合你了！」

「哪有。」

「你自己照照鏡子。」

鮫島站起來，走進浴室。鯊魚的表情很寫實，頭部從鮫島的額頭伸出來。

「我戴著這帽子能做什麼？」

晶差點被啤酒嗆到，搖搖頭。

「沒幹嘛啊，你要是心血來潮，可以戴著它到新宿去走走啊。」

「開什麼玩笑。」

鮫島瞪著晶。不過他知道，至少今天晚上到上床為止，可能都得戴著這頂帽子了。

「這是T恤吧。」

「其實我們待的時間很短，沒辦法好好逛。買了帽子之後我又想買T恤，我找得很辛苦呢。」

鮫島攤開T恤，上面畫著一隻鯊魚。不過這隻鯊魚不是寫實風的畫，而是戴著太陽眼鏡的鯊魚。

「這件就可以穿出去了吧。」

「是啦。」

鮫島苦笑著。晶開心地笑了。

「妳也買了一樣的嗎？」

「嗯，巡迴的時候會帶去。」

晶點點頭，又塞了一貫握壽司。

「照片拍得怎麼樣？」

「還好。我又不是偶像，不過也說不上開心啦。」

CD的銷售狀況不盡理想，所以晶的經紀公司也開始研究以晶的魅力來推銷「Who's

Honey」的策略。這次的攝影就是為了這個，單曲CD的封面上只會放晶的照片。

晶很不喜歡這樣，跟公司起了衝突。她的招牌火爆脾氣爆發，嚷著要離開公司，是樂團其他成員說服她留下來的。

晶說「下不為例」，其他成員也好不容易讓晶接受，就這麼一次，看看單曲CD賣得好不好再說。

「Who's Honey」的專輯始終沒有亮眼的成績，它的音樂性和包含主唱在內的演唱技巧，都獲得不錯的評價，但就是搭不上好時機。

樂團成員也強烈希望能嘗試各種機會，所以才會決定這次的拍攝以晶為主。

「畢竟只去了三天嘛。」

鮫島說。

「現在抱怨也沒什麼意義，不過攝影師一直把我當偶像藝人對待，所以我有好幾次都想狠狠揍他。」

鮫島看著晶。

「他對妳毛手毛腳嗎？」

雖然不知道實際情形如何，不過在海外拍外景時，經常聽說攝影師強迫模特兒跟自己發生肉體關係的謠言。

晶回望著鮫島，露出挑釁的笑容。

「如果有呢？」

「我不覺得妳會乖乖就範。如果真有這種事，妳現在就會因為殺人未遂被抓，關在菲律賓的大牢裡了。」

晶的笑容變得很開心。
「你很有自信嘛。」
「那當然，笨蛋。」
「那可不一定，如果對方是個很帥的男人，說不定我也會動心啊。」
「是嗎？」
「你看，」
晶啐了一聲。
「你就以為我對你死心塌地對吧。」
「要是我說，妳沒有那麼愛我，我看妳一定會氣瘋吧。」
「好卑鄙，你講話竟然耍這種心機！」
「那到底怎麼樣嘛？」
晶故意露出不高興的表情。
「看樣子我還是贏不了國家的公權力。」
「在外面可不要這樣胡說啊，人家會以為我在妳面前隨便亮警察手冊。」
「開什麼玩笑！要是告訴人家自己的男朋友是條子，我就一個歌迷都沒有了。」
晶在說謊。晶的樂團「Who´s Honey」出道專輯的名稱就叫「Cop」。晶自己雖然不會到處張揚，但是鮫島知道，她從來就沒隱瞞自己有男朋友，以及男朋友是刑警這件事。
「妳不喜歡他們把妳當小孩對待嗎？在菲律賓的時候。」
「嗯。不過，那種事其實雙方心裡都了解的。」
「怎麼說？」

「偶像藝人其實不全都是小毛頭。有些人也吃了不少苦、幹過特種行業才終於當上偶像。我想一定有些人聽到攝影師叫自己『小』什麼的，也覺得很火大。可是，一邊是心裡清楚卻裝作不知道，另一邊即使知道對方其實並不幼稚，還是像叫小孩一樣叫對方，回答的人也配合著喊『有！』骨子裡其實是雙方互相在裝傻。」

「裝傻不好嗎？」

「沒有不好，但是我不喜歡。」

「那妳有把自己的想法說清楚嗎？」

「這次沒有。因為總覺得，只會有這麼一次。所以決定一切都忍下來。」

「原來如此。」

「你這回怎麼不誇我懂事了？」

「我要是開玩笑，妳一定會發火吧。」

「嗯。你看，你又這樣猜人家的想法。」

最後還留下一個鮭魚卵握壽司。

「這你的。」

「是妳的。」

「我吃了一個啊。」

「是妳的。」

鮫島又說了一次。晶把壽司塞進嘴裡。

「你很愛我吧？」

「妳每次都把最喜歡的最先吃掉，我多半是把最喜歡的留到最後。一開始和最後都能吃到最喜歡的東西，也不錯吧。」

「那就吃啊。」

「妳就一開始和最後都吃吧。要是吃了鮭魚卵，我就等於被收買了。」

「我收買你能做什麼？」

「排解搖滾女王的慾求不滿。」

「喔。好，那快準備鞭子和蠟燭，看我好好抽你屁股幾下。」

「屁股就免了吧，現在受傷了。」

「為什麼？」

「被玩具刀刺傷。」

晶的表情一變。

「被誰?!」

「小鬼。他在街上賣藥，我正要逮他。」

「大概幾歲？」

「十七。」

「什麼藥？」

「冰糖果，妳知道嗎？」

「有聽過。聽說吃了會很High？真厲害。」

「跟會High的又不太一樣，吃了會覺得自己頭腦很清楚，成分其實是毒品。」

「毒品?!」

「是啊，一些腦袋靈光的傢伙把毒品弄成錠劑來賣。」

晶對毒品類的東西一概討厭，從她跟鮫島交往之前就是如此。

「你抓到犯人了嗎？」

「賣東西的抓到了，刺傷我的讓他給跑了。」

「這麼遜。」

「冰糖果比較重要。」

「傷嚴不嚴重？」

「沒事，傷比被狗咬到還輕。」

光是晶知道的，鮫島就受過好幾次重傷，每一次都讓晶氣到發狂。

晶交叉著雙臂瞪著鮫島，說：「待會要好好讓我看看。」

「好。」

「一定要讓我看清楚啊！」

「知道啦！對了！」

鮫島好像突然想起了什麼。

「怎麼了？」

「等等洗澡的時候，要拜託妳一件事。」

晶露出狐疑的表情。鮫島陪著笑臉對她說：

「傷口附近很痛，所以沒洗到。」

「你要我洗啊？」

鮫島點點頭。「說不定還沾著大便。」

「髒鬼！」晶大叫。

4

提供冰糖果給以中山道弘為首的青少年末端黑市零售集團的，是一個名叫筈野浩的男人，中山國中時的學長。

根據中山的供詞，筈野今年十九歲，是個上班族，在販賣中古進口車的公司工作。他拿著行動電話，總是一身西裝打扮，還開著不知道是自己還是公司的賓士車。晚上多半在澀谷或六本木等地喝酒，除了迪斯可舞廳之外，也出入有酒店小姐的高級酒店。

對中山這幫人來說，長他們兩歲的筈野，似乎是某種崇拜的對象。

假使筈野是幫派成員，那麼就可以一口氣收網逮住冰糖果的批發組織。可是綜合中山的話，筈野是幫派分子的可能性很低。

第一個理由是筈野的年齡。如果他是一個十九歲的幫派成員，一般來說應該還處於見習幫中規矩的研習生地位。幫裡不可能提供給他賓士，或者上酒店喝酒的待遇。如果跟幫派有關，那只可能是幹部或者幫派老大等級的血親。

筈野以三萬圓的價錢將一百顆冰糖果賣給中山等人。他大約在三個月前找上中山這些人，要他們販賣冰糖果。三個月以來賣出的冰糖果總量，已經高達五千顆。鮫島在現場破獲的販賣行為，每個月大概有十次、三十次，一天可以賣出超過一百五十顆。

如果筈野是幫派幹部的血親，那麼就表示販賣冰糖果的幫派提供給他遠超過自己消費的顆數，但這並不可能。不可能有任何幫派會允許幫派老大的兒子插手興奮劑的買賣。現在任何一個幫派，都公開禁止幫派分子插手興奮劑的買賣。

興奮劑的交易如果有幫派牽扯在內，一旦被檢舉，幫派老大以下許多幹部都會被「帶走」，如此一來幫派將會瓦解。上層要求幫派分子的，只有上繳金。

為了支付上繳金而進行興奮劑的交易，幹部多半會睜一隻眼閉一隻眼。即使交易的幫派分子被逮捕，幫派老大只會丟出一句「我們幫裡禁止買賣毒品」，否認涉案。

然而，實際的系統是在多位幹部之下，各自有以十人為單位的幫派分子，各小組競相販賣興奮劑，將一半的利益上繳給幫派老大。此時幫派老大絕對不會出現在興奮劑交易的現場，貨也不會放在幫派的事務所裡。

所以筈野浩如果是幫派幹部的血親，那麼組織的生態反而不會讓他接近興奮劑。足以販賣的大量冰糖果，不可能是從血親所屬的組獲得。

這麼說來，筈野應該也是末端藥頭之一。

為了走向下一個階段，一定得抓住筈野，從他的口中得知提供冰糖果給筈野的人名。

全國的檢察廳裡都安置有專門處理興奮劑事件的檢察官。逮捕興奮劑毒犯時，除了逮捕令之外還需要發行搜索令，所以需要迅速的對應。這些檢察官被稱為「毒管」。毒管的檢察官也討厭只抓買家，多半會把熱情灌注在逮捕賣家上。鮫島拿到筈野浩的逮捕令和搜索令，是在逮捕中山道弘的三天後。

筈野浩住在澀谷區初台的公寓。那是一個從京王線初台車站徒步十分鐘左右距離、專供出租的公寓。

逮捕嫌犯時，通常不會只由一個警察前往。因為不但有犯人抵抗、逃亡的危險，同時如果是興奮劑毒犯，也可能在當時將做為證據的興奮劑處理掉。

可是鮫島大多時候都是單獨前往逮捕嫌犯。如果鮫島要求警察協助，那也只會是制服警察，而不會是自己的同事新宿署防犯課刑警。

除了課長桃井之外，防犯課員和鮫島之間，很難說得上有信賴關係。鮫島的階級是警部，站在這個層面看來，鮫島是大家的「長官」，但鮫島卻不曾以命令來指使防犯課員。對類似軍隊組織的警察來說，出於命令的行動無法迴避，也完全忽視了本人的意志。

再也沒有比在這種狀態下趕往現場的警察更危險了。

因為他們可能會受到抵抗、受傷，放縱犯人逃亡。

鮫島最想避免的，就是這種狀態。不管是受傷或者犯錯，對本人來說都會造成警察生涯中的污點。鮫島並不想讓其他警察因為一個自己無法信賴的同事強行以命令方式指派來的任務，導致警察經歷出現瑕疵。

當然，這對鮫島本身也一樣。他對於身為警察的經歷，雖然已經不抱任何希望，但他還是希望能避免因為失敗引發其他的犯罪，或者產生被害者。

因此，鮫島在逮捕犯人時，總是盡量避免不帶武器。除了攜帶手槍需要另經許可之外，他一定會攜帶特殊警棒，小心不讓對方發現可抵抗的破綻。

逮捕笘野浩時，鮫島攜帶了手槍。興奮劑毒犯如果是中毒患者，可能會遭受意料之外的抵抗。

另外，在還沒查清笘野浩的背景時，也無法否定他非法持有手槍等武器的可能性。曾經逃過一次的興奮劑毒犯，如果武裝起來，並繼續吸食興奮劑，那麼第二次犯罪將會如何延燒擴大，事態也不難想像。

鮫島將車停在笘野浩住的公寓前，他坐在自己的ＢＭＷ裡，靜待笘野回家。他的ＢＭＷ是輛中古車。國產的自用車在盯梢跟蹤時，很容易被視破是刑警，所以他咬牙買了進口車。

公寓是棟橫長形的三層樓高建築，一樓部分有可停六台車的停車場，笘野用的是面向公寓最左邊的車位。

逮捕笘野之後，鮫島打算馬上把他帶到新宿署。在新宿署進行尿液檢查之後交由桃井偵訊，然後自己馬上回到笘野的住處展開搜查。搜索住處時會有防犯課其他刑警同行，因為這時候並沒有受傷或逃亡等危險。

他事先拜託桃井，如果超過晚上十點，就請他先回家。現在時間已經是晚上九點過三十分左右。

因為他不知道笘野幾點才會回家，同時如果深夜逮捕嫌犯，也必須等到第二天清晨才能進行偵訊。

他已經知道笘野在下午四點離開了上班的中古車銷售公司，但是之後的行蹤則還沒有掌握到。

是到處飲酒作樂？還是正在某個地方進行冰糖果的交易呢？

鮫島很猶豫，該不該在笘野回家時馬上逮捕他。笘野對中山等人來說是冰糖果的供應者，這一點已經在目前為止的調查中查清楚了。可是笘野是否將冰糖果供應給中山他們以外的人？還有，他又是從哪裡拿到貨的，不等到逮捕他後讓他自己供出，是沒辦法明白的。

這種時候日本的警察通常傾向先逮捕，然後再慢慢調查，一項一項確認嫌疑。

不過，萬一遇到對手頑固地抵抗——沉默，就很難使出這招。

刑警看到嫌犯的臉時，首先會靠直覺來判斷「黑還是白」。如果判斷是「黑」，接著就要推測「嘴硬不硬」。

所謂嘴硬，指的就是不會輕易招供嫌疑的個性。如果笘野乍看是個嘴不太硬的人，那麼鮫島就會毫不猶豫地決定逮捕。那麼看來嘴硬的人要如何對付呢？

要上溯興奮劑的管道，不能少了嫌犯的供詞。可是察覺到有生命危險時，嫌犯往往會保持沉默，阻斷上溯的線索。想避免這種情況只有一個方法。

那就是在鎖定嫌犯以後，掌握查清管道的線索，也就是秘密偵查。

笘野一定知道中山等人被逮捕的消息。這麼一來，冰糖果可能已經不在他家裡。

以笘野十九歲的年齡，讓鮫島在判斷時躊躇不已。

假使笘野輕視警察，那麼還很有可能把冰糖果藏在自家。相反地，如果他遠比自己的年齡還要狡猾，還有足夠的聰明才智來預測警察動向的話，他可能會把貨全部處理掉後，再準備一個能阻擾警方查清管道的假故事。假使如此，查明冰糖果管道的這條線就會隨著逮捕笘野而結束。鮫島就必須另外思考引出其他藥頭的方法。

這一切都是必須在看到笘野那張臉的瞬間，馬上做出的判斷。

要逮人，還是放長線釣魚？

會苦於這種判斷，也證明了鮫島並不執著於爭取警官生涯中眼前的分數。假如他要的是眼前的分數，那麼應該會馬上逮住笘野。

十點過了。

鮫島將香菸拈熄在置物箱的菸灰缸裡，吐了一口氣。看來今天晚上就算等到笘野回來逮捕了他，也無法進行偵訊。

他將在便利商店買來的紙杯咖啡送到嘴邊。咖啡已經變溫，積在杯底的粉末沾到舌尖，相當苦澀。

即使對筈野進行秘密偵查，期限也並非永久。逮捕令也有期限，過了一定期間就會失效。當然，如果確認有犯罪事實，當然可以再次發令。

萬一筈野是個腦袋靈光的男人，那麼他現在應該沉潛聲息。但如果他能預測警察的行動，事先有所準備，卻遲遲沒看到警方的動靜，那他心裡也終究會產生動搖。

問題就在於，這到底需要多少時間？一星期、十天，或者一個月？

難道他堅持一年多也不會鬆懈嗎？如果跟冰糖果斷絕關係一年，甚至可能就此斷了這樁買賣。

鮫島把筈野十九歲這件事放在心上。

十九歲。等到滿二十歲成人，對於犯下罪行所處的刑罰將會完全不同。

清楚認識到這一點的未成年犯罪者並不少。

——反正我們還未成年嘛，就算殺了人，也不會判死刑啊。

鮫島自己就不知道遇過幾次這種大發豪語的年輕人。

筈野獲得中山那些人某種尊敬。鮫島認為，那不只是因為他有錢，還因為透過他能一腳踏進大人玩樂的世界中。

筈野還有顆靈光的腦袋。中山他們在筈野的指示下，開始販賣冰糖果。據說，方法也是筈野教的。

假使筈野也是藥頭，至少筈野夠聰明，能夠在自己手下組織藥頭集團。

頭腦很好的筈野，不可能沒有意識到十九歲是適用少年法的最後一年。

笘野不知道什麼時候滿二十歲。但是就算他現在沉潛聲息，鮫島認為，在滿二十之前——當然，如果他的生日在一個月之內，就另當別論了——他一定會重新開始販賣冰糖果。

十九歲的年輕人，而且還是一個從沒見過的年輕人，自己是否太高估他了呢？

中山道弘今年十七歲。當他知道自己在路上賣的藥錠是興奮劑時，在偵訊室裡嘔吐了。

笘野浩跟中山只差兩歲。

頭燈從ＢＭＷ的正面照來，鮫島抬起頭。

晚上十一點五十八分。再兩分鐘，逮捕令的有效期間就只剩下六天了。

一輛白色賓士一九〇，正迴車準備進入公寓停車場。

賓士將車頭朝向道路的方向，倒退進了停車場。關掉車燈、停下引擎。

鮫島放低了身體。

賓士車門打開，身穿褐色軟式西裝的男人下了車。個子很高，以他的年齡看來，這身西裝穿得算是很得體。

左腋下夾著一個深綠色的手拿包。

鎖上賓士車門，他轉身看著附近邁開步走。他彎著頸子將一頭滑順的頭髮往後撩，再用手理好。看起來這個動作已經成了習慣。

走到公寓入口之間，有幾盞路燈。男人彷彿完全沒注意到鮫島的ＢＭＷ，就這麼走過。

鮫島仔細看著他。

笘野浩有著細長的眼睛、端整的鼻梁和薄薄的嘴唇。眼睛裡有著光芒、意志，以及為了多接近目標一步不惜驅動各種能力、與年齡不符的大膽，正佐證了鮫島的想像。

笘野浩身上散發的是自信。

原本笞野的心裡應該因為恐懼或警戒心而翻騰不已。

笞野的房間在這棟公寓的二樓最左邊，就在自己停的車正上方。

鮫島在ＢＭＷ裡看著那間房間的燈點亮。

他的自信是來自十九這個年齡？或者是因為年輕，只要有一件事順利就覺得世間的所有全都是為了自己而存在？

又或者是，遠高於實際年齡的靈活頭腦和行動力，給了笞野沉著和從容？

鮫島仰望著已經點亮燈卻依然拉上窗簾的窗戶，叼起一根菸。

這不是容易應付的對手。笞野浩雖然還年輕，但卻給鮫島這樣的印象。即使抓到他逼問，看來也不可能簡單供出關於冰糖果批發組織的情報。

沒辦法。

鮫島隨著菸深深吐出一口嘆息。對方只有一個人，自己也只有一個人。直到揪住他露出的狐狸尾巴為止，只有徹底監視一途了。

即使手頭上的逮捕令到期，還是要繼續。為了阻止冰糖果再繼續擴散，不管需要多少忍耐，自己也都得承受。

鮫島已經有了心理準備，要承受等待的苦痛。

5

新幹線滑入月台中，等到車完全停妥，香川進才站了起來。下午兩點到達東京車站的列車商務車廂裡相當空蕩。

進事先告訴過角，最好能一個人來。如果角帶著大批手下到場，那就得把他們趕回去。一想到這裡，就覺得心情有點沉重。他並不特別喜歡或是討厭角這個人，最重要的是，他很慶幸這個人並不太笨。可是角下面那批人就很棘手了。

那些人的腦筋之笨簡直讓人受不了。他們在外面要是不從頭頂到指尖宣傳自己是流氓，彷彿就不甘心似的，蠢極了。

不知道是什麼時候，他跟角兩個人在沙貴店裡喝酒時，他曾經這麼抱怨過。

──凡事不是只會耍威風就行了，是吧，角哥。

那時的事他記得很清楚。進有點看不起角。角膚色白皙，長相俊俏，在流氓中很少見，燙成波浪的頭髮從中分開，個子很高，穿衣服的品味也不差。第一眼看起來並不像流氓。他們曾經討論過彼此喜歡的服裝品牌，其中還有兩個重複的牌子。

──原田先生，我們這一行最重要的就是讓人害怕啊。

雖然當時已經喝乾了將近兩瓶軒尼詩，可是角看起來似乎一點醉意也沒有。進則醉得很厲害。

──可是你看起來就一點也不可怕啊。

角微微一笑。他這笑容最是令人難忘。明明只是笑，卻可以讓包含進和角這一桌等周圍的座位，陷入一片沉靜。

——你——希望我——讓你害怕嗎？

角用一種不帶抑揚頓挫的奇妙聲音平靜地問。聽到這句話，進不禁搖了搖頭。

角又笑了。這次的笑就不是那種讓周圍隨之凍結的笑了。

——讓別人害怕，就是我們吃飯的傢伙。不過如果用演的來嚇唬人，那遲早會露出馬腳。如果能靠演戲賺錢，那早就去當演員了。

進點點頭，心想，他再也不要繼續這個話題。

從小大家就說，進是個淘氣的孩子，很自我中心，從來不肯退讓。他跟哥哥昇年紀差很多，雙親對待進就像是對待獨生子一樣。

高中去唸東京私立大學的附屬高中，也是因為他在家鄉的國中太過囂張，被某個暴走族盯上的緣故。

他在家鄉天不怕地不怕——到國中三年級為止，進都這麼以為。進的家族在香川家中雖屬分家，但也掌握了建設、運輸、電視台等地方財界的牛耳。地方上的流氓也要敬他們幾分。

暴走族多半是流氓的下層組織。所以，進自己沒有加入暴走族的意思，但不管再怎麼猖狂，也沒有哪個笨蛋敢對進下手。

進體格壯，打扮跟那些不良少年不同風格，但也算招搖，所以即使有暴走族的人盯上他想「教訓教訓」，也並不奇怪。

不過，把甲苯賣給這些暴走族的地方幫派首腦，在進父親的面前總是抬不起頭來。暴走族要是對進動了手，會有什麼樣的處罰在等著自己，再愚蠢的傢伙也想像得到。

可是在國中三年級時，當地誕生了一個新的暴走族「狂鬥會」，這個組織跟以往的暴走族不同，他們的老大是從外縣市來的，很會打架，剛轉校來那天，就給新高中的人下馬威。「狂鬥會」雖然是只騎單車的族，但首腦定下不准吸食麵包❹的方針。他們打著武鬥派的名號，闖進其他族的集會中，傷人滋事。

聽到這個「狂鬥會」盯上了進的消息，是在國中三年的暑假。

「狂鬥會」的首腦即使知道進的父親是個大人物，還是不減銳氣。

——那又怎麼樣？你們這些傢伙，怕流氓怕成這樣還想混下去嗎？

聽說首腦氣勢逼人地這麼對部下說，進第一次感到害怕。可是，他又不能跟任何人說這件事。

「香川家的阿進」應該是天不怕地不怕的。

進請求雙親，讓他暑假到東京去。當時哥哥在東京的大學唸四年級。哥哥向雙親表示，那年夏天要在東京度過。

哥哥昇想要不靠雙親的幫助，在東京找工作。但是日本不久之前才剛受石油危機和美元危機❺的重挫，景氣還受餘波影響下很難找到工作。尤其是哥哥想找的電視台等傳媒相關工作，更是一大難關。

哥哥和進一起在東京度過了一個夏天。這個夏天說不定是兄弟倆第一次真正好好說話。

❹吸食稀釋劑等有機溶劑的人，多將其置入塑膠袋，用雙手摩擦搓揉後再以口鼻吸食，由於狀似吃麵包，故有此俗稱。
❺又稱尼克森衝擊，一九七一年八月美國尼克森總統為解決越戰造成的財務惡化狀況，宣布停止接受各國以美金向美國兌換黃金等一連串的新經濟政策，對世界經濟帶來莫大衝擊。之後衍生的日幣升值、美元貶值現象，更打擊了日本經濟。

長自己七歲的哥哥在進眼中，是個有學問又神經纖細的人。可是當進知道哥哥對香川家產生反抗心，企圖靠自己的力量來開創命運時，他開始對哥哥有了尊敬之意。

哥哥靠自己的力量決定在電視台的外包製作公司上班時，父親簡直氣瘋了。

父親身體原本就不好，他打算等到哥哥昇大學畢業之後，讓他接手自己經營的運輸公司。

更讓雙親失望的是，進想要唸東京的高中。

如果唸當地的高中，進知道自己一定會被「狂鬥會」盯上。圍毆、下跪，或者被迫加入旗下。要逃過這一切，去東京唸高中是最好的方法。

說服猶豫父親的，是向來溺愛進的後母。進和昇的生母在生下進後過世，後母藉機從妾升格為正妻。

進終於如願在東京和哥哥一起生活，靠本家的關係進了一所名門私立大學的附屬高中。

母親替昇和進兄弟在四谷買了一間公寓。但是他們在這間三房公寓的共同生活，只持續了兩年。

父親過世了，死於胃癌。哥哥因為父親的死，回到老家。

這兩年之間讓兄弟之間的感情更深。哥哥想在東京上班的理由，和弟弟想唸東京高中的理由，他們彼此心裡都清楚。

哥哥想留在東京，是出於對本家的反抗。或者應該說，他是對什麼都要分清本家與分家、事事都顧忌著要退讓三分的父親產生的叛逆。

即使繼承父親的事業，只要父親還在世，任何事都要以本家為主，自己不得不往後退一步，昇曾經對進說，他很討厭這種傳統封建的關係。

哥哥回到家鄉後，進繼續在東京一個人生活。父親的死並沒有帶來任何經濟上的問題。哥哥看來就像把對鄉下陳腐舊習的批判硬吞下肚裡，繼承了父親的衣缽。

一年後，哥哥突然打了電話來，這麼對他說。

——你以前說過的「狂鬥會」那個暴走族，現在已經沒有了。

——為什麼？

——他們老大死了，聽說是意外。在國道上被後面開來的砂石車追撞，整個人衝出護欄，就這樣掛了。

——是嗎……？

——所以，你什麼時候想回來都可以。

哥哥平淡地說。這時候，不知道為什麼，進覺得解決「狂鬥會」老大的，說不定就是哥哥。

只要有心，哥哥是辦得到的。

而一想到這裡，進就開始覺得在東京的生活不再像以往那麼有趣了。

回到家鄉，自己又是那個天不怕地不怕的進。而且，現在在家鄉等著自己的不再是父親，而是哥哥昇。

但話雖如此，進還是上了大學。他花了五年才畢業，這也證明了他充分享受了學生生活。

一個人住在高級公寓，大學一年級時也買了車。身高一百八十，身上穿的都是奢侈名牌，所以身邊總是不缺女伴。大學二年級、三年級，還有了搭訕大師的稱號。除了女大學生，他還交往過酒店小姐、小明星等等，什麼樣的樂子他都沒放過。

不過，進的心裡還是有一個聲音輕輕對他說，回到家鄉一定會更有趣。
大學畢業後已經過了八年。進的期待並沒有錯。
可是，真正有趣的事，現在才要開始。

在高輪的飯店辦完入住手續後，進拿著公事包上了十六樓的房間。
到東京時住的飯店並不固定。昇命令進不能住同一間飯店。事先一定要預約，但不能用真名。

走進了雙人房，進先坐在電話前。
他先打到香川運輸的社長室，這是只有昇會接的熱線電話。
「喂。」
昇回應的聲音既陰沉又憂鬱。極少表露出感情變化的哥哥，接電話時簡直像個即將瀕臨死期的重病患者。
「我到了。」
「知道了。手機的電源開著，有事我會跟你聯絡。」
「好。」
「角那裡會很麻煩嗎？」
「不知道，現在才要開始談。」
「盡量讓他一個人來。還有，如果談得不順利，你就不要住在飯店，回四谷去。」
「我知道。」
「要穩住啊。」

「知道啦。」
昇掛了電話。按掉電話，進吐了一口氣。他比誰都了解，昇很擔心自己。
可是，這是他們兄弟決定好的角色。
昇不離開老家。到東京跟流氓交涉，全都是進的工作。
四谷公寓隨時都可以用。但是，那些流氓並不知道他在東京有這麼一個「神秘住處」。
接著，他又撥了別的號碼。
「喂！關東共榮會藤野組！」
一個氣勢十足的年輕聲音接了電話。
「我是原田，請問角先生在嗎？」
他知道對方一定在，因為昨晚已經事先確認過了。
「請等一下。」
〈環遊世界八十天〉的音樂從話筒中傳出，這音樂實在不太適合流氓的事務所。
「我是角。」
甜美的男中音打斷了音樂。
「我是原田。」
「您好。」
「您好。」
「我幾點過去好呢？」
角問道。進看看手錶，迅速地計算。
「七點怎麼樣？」

「七點嗎？好，沒問題。在大廳等嗎？」

「不，這裡的二樓有間中餐廳，我預約了那裡的包廂。」

「飯店是高輪吧？」

「對。還有，如果方便的話，請您一個人過來。」

「喔，好，這我知道。我讓其他人在停車場等。」

「真不好意思。」

「哪裡。那，就待會見吧……」

說著，角掛上了電話。

總之，待會就能跟角單獨談話。

進嘆了一口氣，從剛剛脫下來放在床上的外套裡，拿出香菸和打火機。

點了火，抽完一根菸後，他才按下沙貴房間的號碼。這時候她差不多醒了。

「喂，找誰？」

一個聽來像鬧脾氣的孩子般、睡意很重的聲音說道。

「醒了嗎？該不會大白天就自己來了吧。」

「白痴啊你！到了嗎？」

話筒裡傳來伸懶腰的悠長呵聲，沙貴問。

「嗯，到了。」

「住哪間飯店？」

「高輪。」

「嗯。我今年夏天有去過那裡的泳池呢，大概五次左右吧。」

「跟禿頭一起嗎？」
「才不是呢，真是的。小進總是愛說些奇怪的話。」
「妳快點起床啦，到這裡來。」
「那你要買我出場嗎？」
「今天不行，我得跟工作夥伴吃飯。」
「什麼嘛。」
「結束之後我會到店裡去一下。」
「幾點？」
「幾點都無所謂吧，妳說話不要像個欺騙客人的酒店小姐一樣。」
「我本來就是酒店小姐嘛。」
沙貴用她甜膩的聲音說著。
「妳不想幹可以不要幹啊。」
「才不要。」
「錢應該夠用吧。」
他每個月給沙貴一百萬，還無限期借給她保時捷九一一。
「可是辭了很無聊啊。先別說這個，我今天請假，我們去迪斯可舞廳吧。」
「迪斯可舞廳嗎？」
「要是看見好女人，我就幫你搭訕。」
「會有比妳好的女人嗎？」
沙貴從喉嚨深處發出咯咯笑聲。

「你這個花花公子，想哄我開心啊。」
「誰教我是鄉下人呢，看到東京的女孩子我就暈頭轉向了。」
「是嗎？原來是這樣啊。」
進愈來愈難耐，沙貴完美的胴體從昨天晚上就浮現在腦裡揮之不去。
「快點過來啦。」
「你到幾點有空？」
「六點半。」
「時間很多嘛，我讓你爽到翻。」
「真的嗎？」
「嗯。不過，你工作結束之後一定要陪我啊。」
「真拿妳沒辦法，我再打電話給妳。」
「ＯＫ，那我現在過去。」
沙貴掛了電話。
放下話筒，進解開領帶。沙貴住在五反田，所以不到三十分就會過來。在這之前他想先沖個澡。
等到沙貴進了房間，他就要馬上壓著她，讓她穿著衣服趴著。
進喜歡跟穿著衣服的女人做愛。
然後，再讓沙貴好好用嘴巴替自己服務。沙貴很知道怎麼取悅進。即使她豐滿的胸部被揉捏，呼吸變得粗淺，除非進說好，不然她絕對不會掙脫。一想到這種時候，進就覺得雙腿之間變硬了。

沙貴知道進的喜好。她身穿黑色吊帶襪和縫著亮片的大膽緊身連身裙進來。太陽眼鏡的鏡腳掛在可以窺探到胸前兩座隆起的低領口上。這身打扮再戴上太陽眼鏡開著紅色保時捷的沙貴，一定吸引了不少其他駕駛人的目光吧。

迎接沙貴進房時，進身上穿著浴袍。

「哈囉。」

說著，沙貴反手關上門，說時遲那時快，進已經把她推倒。

「不要這樣啦，真是……」

嘴上雖然這麼說，但是沙貴的那裡已經相當濕潤。拉起她迷你裙的裙襬，把內褲拉到膝蓋時，沙貴發出了甜膩的鼻音。

「不是已經很濕了嗎？」

沙貴維持手撐在地板上的姿勢回頭仰望進，輕輕一笑吐出了舌頭，舌頭上放著一顆銀色的藥錠。

「我一邊吃一邊來的，這很有效呢。」

「笨蛋。」

「那是誰讓我變成這種身體的？」

「妳本來就這樣吧。」

說著，他一邊進入沙貴的身體。沙貴發出尖銳的哀鳴。浴袍的前襟敞開，進開始激烈地動著腰。不到一分鐘，沙貴就有了第一次高潮。冰糖果的效果真是太棒了。

「真是的……」

進就這樣在床上躺了一會兒，然後說著。全裸的沙貴趴在進膝蓋附近，像隻小貓一樣動著舌頭。

「妳真是個Anytime、Anywhere的女人。」

「你在說什麼啊？」

沙貴悶著聲音問道。在這之後，進被她一口含住，忍不住嘆了一口氣。

「意思就是說妳隨時隨地都可以。要是不說，一定沒人看得出來吧。」

「說什麼鬼話，啊，沒了。」

沙貴抬起頭，說道。

「什麼沒了？」

「還會是什麼，你等一下。」

沙貴趴在進的身上將手伸出去。被墊在下面的進發出呻吟。沙貴從床邊桌上拿過香奈兒的皮包，從裡面拿出一顆冰糖果，放在舌頭上。

「我吃了之後再幫你含吧，很有效喔。」

「剛剛的已經停了嗎？」

「嗯，撐不到三十分鐘呢。一下子就來，然後馬上就結束了。」

沙貴說著，再次把臉埋入進的雙腿之間。進開始覺得不安。

他沒想到沙貴會這麼上癮。

把冰糖果介紹給沙貴的是進。沙貴說，自從她高中輟學，在六本木的高級酒店當酒店小姐以來，試過大麻和古柯鹼等各種藥，其中最喜歡的就是冰糖果。喜歡做愛的沙貴，最愛的藥就是冰糖果。

進跟沙貴是一年前在沙貴之前工作的店裡認識的。因為沙貴說想辭掉工作，所以進每個月在她身上花一百萬，照顧她約三個月。三個月後，沙貴開始在現在的店工作，進每個月還是照樣給她錢。

對現在的進來說，沙貴就是東京。他來到東京的理由並不是為了沙貴。可是，來到東京的證據，就是他跟沙貴共度的時間。

短則兩天一夜，長則一週，在東京的期間，進總是盡量多跟沙貴享受做愛的樂趣。老家沒有沙貴這種女人。如果只是淫亂的女人，那麼或許找得到。長相好看的女人也有。不過，既有這番姿色又喜歡做愛，而且還愛吃冰糖果的女人，家鄉絕對找不到。

昇不知道進跟沙貴的事，要是知道他一定會大發雷霆吧。特別是進給沙貴吃冰糖果這件事，要是昇知道了說不定會暴跳如雷。

可是，看來自己暫時離不開沙貴的身體了。

進突然感到手腳的指尖瞬間變得冰冷，同時頭髮也似乎根根倒豎，視野變得明亮，來自下半身的快感浪潮撲向腦袋中心。

（來了）

進眨著眼。溶在沙貴唾液裡的冰糖果，從進的性器粘膜吸收，開始生效。

同樣也感覺到藥效的沙貴，發出哀悽的鼻音，扭動著身體。進將指尖伸向她留著明顯泳衣痕跡的胸前。她的乳頭突起，堅硬得像石頭一樣。進碰觸到前端的那一瞬間，沙貴就發出了甜美的哀鳴。

（停不下來了）

進彷彿獲得了不可思議的怪力，雙手將沙貴的身體高高舉起。

快點，快點，沙貴的眼睛這麼叫著。他讓沙貴跨坐在自己屹立的象徵之上，往前推。沙貴美麗的喉嚨往後仰。兩人就像壞掉的機械人偶一樣，激烈地互相撞擊著身體。

6

角比約定的時間還要早出現。到目前為止的交往，進早已了然於心，這是流氓的習慣。已經獨當一面的流氓有一點絕對勝過一般人。那就是，他們是心理戰術的專家。

比方說，約定見面的時候。比約定的時間早許多出現，或者讓對方等到心急——這兩者都是有理由的。讓對方等待的狀況又分為，和對方聯絡，或完全不跟對方聯絡讓對方空等，兩者帶給對方情緒變化的效果完全不同。

出現的時候，可能是出乎對方意料的大陣仗，假使對方預期自己會帶著許多人一起現身，那麼就故意一個人出現等等。總之，必須不斷地猜測對方的心理，反其道而行。

雙方入座的位置也要經過計算。不只是單純分主座、客座，而必須要思考各種心理效果，是想讓對方高興，或者想將對方逼入絕境等等。不管任何時候都必須在精神上處於優勢，這麼一來，對方就會自然而然地說出自己所期望的結果。這些交際手法都必須時常放在心上。

能夠獨當一面的流氓一定都已經熟悉這些技巧。當然，這些方法並不是在學校裡學來的。而是親眼看過自己的大哥或頭目這麼做，並且親身感受而學來的。

這就是身處於一個無法依靠學歷或道理的世界裡，為了能盡量不直接行使暴力而達到目的，所思考出的戰術。

進在認識角這些人之前就已經知道，心理戰術當中最單純、效果也最快的，就是以暴力為背景來恫嚇對方。但是暴力的呈現方法，並不像一般人所想像的那麼簡單。對自己想威脅的人直接使用暴力，那是腦筋不好的流氓才會用的方法。腦筋稍微靈光一點的人，就會在威脅對象身邊安插一個自己人。以進的例子來說，這個人就是角。

當有需要對進施加某種壓力時，他們便會對角暴力相向。

——有點小誤會啦。

有一天角渾身是傷，出現在進面前。進問他受傷的理由，角並沒有馬上清楚回答。但是他又暗示著這件事並非和進毫無關係。

覺得好奇的進繼續追問角，角才終於不情不願透露，幫裡要求進幫忙做些事，但是自己回答進不可能幫這個忙。結果，幫派便對角執行了「監督不周」之罪的制裁。

進聽了之後大受打擊。這表示角是為了袒護自己而受到幫裡的懲罰。可是，角對進卻毫無怨言。

——你就忘了吧，這是我們幫裡自己的事。其實只是一點小誤會。

不過，沒過多久，角又找了進談話。這時候他才告訴進，幫裡對他真正的要求是什麼。

——上次那件事，在我這裡勉強擋了下來，可是這次就……

這時候，如果進斷然拒絕，那麼，為了袒護進而受傷的角面子就會掛不住。而且進也必須知道，這次拒絕了對方，不僅會惹惱幫派，同時角個人一定也會相當生氣。

即使發現到目前為止的過程全都是被設計好的，進也無法有任何抵抗。流氓最善於操控人的這種心理。只要曾經陷入一次，就會發現這一切都是心理戰術的技巧，但到了這時候，除了將對方期望的東西拱手奉上之外，已經沒有其他脫身的辦法了。

當然，還有報警這一條逃生之路。

角看到進比約定的時間早二十分鐘到，臉上浮現著苦笑。
「原田先生我真是服了你了。」
「誰叫角哥您總是這麼早到——」
進的臉上也浮現著同樣的笑容。
「我已經先隨便點了些菜了，可以嗎？」
「當然當然，你看著辦吧。」
角用服務生送上來的濕毛巾擦了臉和手，微笑地點了頭。今天晚上，角身穿深藍色的輕便西裝，搭配千鳥格紋的休閒褲，白色的襯衫上繫著紅色金色相間的斜紋領帶。進則是身穿義大利製的軟式西裝。
「來，先喝點啤酒吧。」
說完，進伸手去拿還沒有碰過的啤酒瓶。
「不不不，這可不行。原田先生您先來。」
說著，角搶過啤酒瓶，在進的酒杯裡倒了啤酒。
桌上擺了皮蛋、海蜇皮以及清蒸雞肉等前菜。
「來吧。」
說著，兩個人碰了碰杯。
「今天請您一個人來，真的非常抱歉。」
進一口氣乾完一杯啤酒後，頭低低地俯在桌面向角致歉。
「你快別這樣，怎麼說這種話呢？我們兩個都這麼熟了。」
角看到進突然低頭，驚訝地說。

「不，今天要談的事，如果還有別人在，會有很多不方便的地方，所以才希望角哥您能一個人來。」

進看著角的眼睛說著。聽了之後，角的視線頓時冷卻。但並非變得冰冷，而是變得冷靜。

「到底發生什麼事了？」

服務生端來下一道菜，是炒雞肉腰果和汆燙過的明蝦。

等到服務生離開之後，進才開口說。

「今天我先帶了十萬左右的貨來。但是在這批貨之後，我暫時沒辦法出貨了。」

角沒有馬上回答，他一直盯著進的臉。

過了一會兒，他終於開了口。

「你想收手嗎？」

「不。」

進搖搖頭，遲疑地說。

「我並不想收手，不過……」

「是成本問題嗎？」

「老實說，確實沒錯。」

角點點頭。

「我想也是。如果依照目前為止的價錢，我想你總有一天，這筆生意會沒辦法做下去的。」

接著他看著進。

「你就說吧！要多少錢？」

「目前為止的四倍。」

「四倍？」

這一瞬間，角臉上溫和的表情幾乎要瓦解。進並沒有漏看他眼中閃過的那一絲尖銳怒氣。

「……也就是說，你給我們的批發價會變成一百六十圓日幣是嗎？」

角低聲地問。

「沒錯。畢竟，目前為止的價錢實在是太難做了——」

「請你等一下。」

角打斷進的話，閉上眼睛，在腦裡快速地計算。

「……我們現在給的批價是兩百二十到兩百五十，也就是價錢得變成一千。」

「是的。」

但是實際賺取的價差增加了，進將這句話吞進肚子裡。

「——如果是這個價錢，你從什麼時候可以再繼續出貨呢？」

「明年的——」

「不行！太晚了。你聽好了，現在能做這東西的只有你們。不過，要是等到明年，還有將近半年的時間。如果市場上沒有這東西，一定會有人自己做。」

「不過，那個價錢別人是絕對做不來的。」

「這我知道，我很清楚。不過，隔這麼久實在太危險了。千萬不能這麼做。」

「就算是市場上有類似的東西，也都是劣質品啊！」

「話是沒錯。可是大部分的客人根本不懂這些。而且更嚴重的問題，是那些藥頭，他們是靠這個生活的。如果我們沒有貨給他們，一定會有人轉而去賣別家的東西。」

「在這段時間，我們用其他的線來……」

「這可不行。」

角搖搖頭。

「為什麼呢？」

「原田先生，即使像你這麼瞭解我們這行的人，還是有想不明白的地方啊。」

進無言地看著角。

「我們做生意一定有所謂的地盤。打個簡單的比方，就說擺路邊攤好了，昨天賣章魚燒，生意不好，那我今天改賣炒麵吧！這可不行，要是這麼做，等於去找原本賣炒麵那人的麻煩。」

「那角哥您這邊——」

「我們已經好一陣子不做那方面的買賣了。因為幾年前出了點麻煩。在那之前做的甲苯生意，現在也都不做了。」

角低聲地說。

「麻煩……」

角點點頭，接著他拿起筷子。

「好了，先吃東西吧！這件事我慢慢告訴你，就當先閒聊兩句。」

進也拿起筷子。服務生又送上了鮑魚。

「小哥，拿老酒來吧，要加熱。」

角對服務生說。
「好的。」
服務生離開後，角將酒杯裡剩下的啤酒，一口氣倒進嘴裡，直接流入喉嚨深處。他吐了一口氣，用折好的濕毛巾擦了擦嘴邊。
「我的兄弟裡，有個叫真壁的傢伙，我很欣賞他。年紀雖然比我輕一點，但如果是這個人，我甘願替他賣命辦事。」
「我好像沒跟他見過面。」
角輕輕搖搖頭，說道：
「他現在去旅行了。」
「旅行？」
進重複了一次角的話之後自己才發現，旅行指的應該是入監服刑吧。
「直接理由是其他案件。當時有個無法令人原諒的外國人渾蛋，他去找那個人談事情，結果死了一個人，另外一個人受重傷。我兄弟也受了傷，被打得剩半條命。」
「那是幾年前？」
「大概三年前吧。因為他有前科，大概還要再蹲個三年左右。那時候我們主要的買賣就是甲苯和女人。跟那些人起糾紛，就是因為女人。」
「既然如此，那為什麼……？」
角緊閉著嘴唇。似乎很猶豫，但還是開了口。
「我的兄弟真正在經營的是甲苯的生意。當時因為許多緣故，不得不做。在這件事情稍早之前，我們的地盤裡有個外行的年輕小毛頭搞了個賣甲苯的集團。我們去找他們，教他們做生意應該先來打個招呼。不過，幫裡的年輕人做得太過火，搞到新宿署都出動，一發不可收拾。」

「做得太過火……」

「搞死了人哪。我們馬上叫那傢伙趕快去自首。不過，有個新宿署的條子除了追查殺人案之外，也盯上了甲苯這條線。那個條子很會死纏爛打，一直緊咬著我們不放。他有個綽號叫新宿鮫，是個很棘手的傢伙。那傢伙想要趁這機會把我們的甲苯生意從根鏟起。總之，是個很麻煩的人，話也講不通，腦筋很頑固。聽說在警察裡他也不怎麼受歡迎。」

「新宿鮫，是嗎？」

「那不是他的名字。他姓鮫島，不過沒有人這樣叫他，大家都叫他新宿鮫。你到新宿去，隨便找一個小混混都好，只要是流氓，沒有人不知道這個名字。」

角口中的鮫這個字，帶著點兇惡不祥的感覺。這個第一次聽到的刑警名，有一瞬間讓進感覺到一股不安的寒意從腳邊竄了上來。

「不過，那條子最後還是沒辦法把我們連根鏟除。過了沒多久，就發生了那件讓我兄弟不得不出門旅行的事，我們也自然不得不對甲苯生意撒手。那可以說是我們組裡最難熬的一段時期。」

「逮捕真壁先生的也是那個鮫島刑警嗎？」

「我兄弟是自首的。但是也不知道為什麼，我兄弟特別欣賞那個條子，說他很帶種。我可不這麼認為，我覺得那個新宿鮫只是個纏人的笨蛋而已。看到大家都討厭他、怕他，他就得意起來。像那種笨蛋，才不會有人真正怕他呢！」

進深深地吸了一口氣。

「所以，就是發生過這些事，你們現在才不做甲苯的買賣是嗎？」

「沒有錯。我們收手之後，馬上就有人補上這個洞。可是，後來補上這條線的地方已經和我們談好，我們隨時可以回來做甲苯的買賣。所以說，如果現在一定要開別條線，那只能再搞甲苯買賣。但甲苯也就罷了，毒品就完全不行了。毒品現在還有別人在經營。這就是所謂的先來後到。」

「冰糖果不一樣嗎？」

兩個人的聲音，自然變得極小。

「那是目前為止從沒出現過的東西，所以最早開始的我們就有既得權。」

「既得權，原來如此。」

「原田先生，剛剛我說要開新的路。不過，一條已經封閉多年的管道要重新打開是十分辛苦的。而且，甲苯這樁買賣是我兄弟的工作。如果可以的話，我希望在我兄弟出來之前能夠維持現狀。雖然是一條已經生滿鐵鏽的管道，但那畢竟不是我的東西，是我兄弟的東西。這種事我看得很重。」

進咬了咬嘴唇。服務生將熱好的紹興酒裝在壺中送上來。

進無言地替角斟了酒，也在自己杯裡倒滿。

兩個人有好一會兒沒有交談。角不斷動著筷子，進也配合著他。

他沒什麼食慾。並不是因為談話的內容，而是因為剛剛跟沙貴一起吃了冰糖果的緣故。

桌上的盤子終於漸漸空了。在一旁觀察用餐狀況的服務生，適時將包好的北京烤鴨和魚翅湯端上來。

「這是魚翅呢。」

進說著，和角對看了一眼笑了。
「要是有一天，能好好地料理那傢伙一番，一定很有趣。」
角說。
角嚼著北京烤鴨，一邊舔著手指上的醬汁。
「原田先生，關於漲價這件事，我想應該可以說服藥頭們，畢竟東西很受歡迎。雖然一口氣漲四倍，一定會有很多問題，但是其他東西以往也漲過價。不過停止供貨半年問題就大了，千萬不能這麼辦。」
「那你們可以等多久呢？」
「頂多兩、三個月，最好能在一個月以內。你帶來這十萬，不用兩、三個禮拜就賣完了。東西一下子就賣光，如果停止供貨，到時候沒東西賣的藥頭就會去找其他管道。」
「可是您剛剛不是說有所謂的既得權嗎？」
角搖搖頭。
「那是指有東西供貨的情況。如果沒貨，還談什麼既得權呢？就跟我剛剛說的甲苯一樣，我們雖然可以重新大開這條管道，但是卻不能把之後做這生意的人趕跑，除非我們始終都維持著自己的生意。」
「藥頭他們這麼快就會跑嗎？」
「那種人你很難掌握，都是一群垃圾。為了錢，他們什麼都幹得出來。我們做流氓的還比他們乾淨點。這些人可不一樣，背叛對他們來說根本不算什麼，都是群忘恩負義的傢伙。」
「那，其他的幫派會怎麼樣呢？就算他們不知道冰糖果是角哥您這裡的東西，也知道是屬於某個幫派的吧？隨便搞些劣質品到市面上，不是會惹來糾紛嗎？」

「因為現在的時機不好。」

角很快地打斷他，

「原田先生，現在不管在日本的任何地方，都沒有一個幫派會因為生意好、大賺錢而開心的。不僅如此，有些小到被風一吹就散了的小幫派，都快被逼到歇業的地步了。對這些傢伙來說，他們雖然不希望挑起戰爭，可是儘管多少有不講道義的地方，還是得設法找生意來做。反過來說，現在這個時局，就算稍微破壞行規，大家也不會簡單地挑起戰爭。」

「那我們就多注意點——」

「多加注意，不就等於去宣告東西是我們批發的嗎？確實，這樣一來其他幫派就不會出手了，不過到時候條子就會找上門來了。」

進吐了一口氣。角看著他的臉。

「聽好了。關於冰糖果這件事，你和我到目前為止都進行得很順利。我也很清楚，這都是多虧了你的聰明才智。尤其是把價錢壓得這麼低，以年輕人為主，把東西散播出去，這個點子真的相當好。多虧了你，現在這東西在市面上相當流行。所以我才不想放過這樁買賣，無論怎麼樣，我都不想放棄。不管價錢如何，總之，請你不要停止供貨。」

進沉默著。昇說的一點都沒有錯。角現在所說的話，跟昇所猜測的一模一樣。

——接著他就會向你下跪。

角突然推開桌子站了起來，雙膝就地。

「算我拜託你了，原田先生。」

「快別這樣，我知道了。」

進說道。
「真的嗎？您真的願意幫忙嗎？」
角看著進的眼神裡還帶著懷疑。
「是啊，給我一個月的時間，怎麼樣？」
「如果是一個月的話，實際上缺貨的時間是兩個禮拜，這樣我還有辦法控制。不，這反而可以成為我漲價的好藉口。」
角很快地說，進也點點頭，
「既然如此，我這邊也會盡快準備。」
「原田先生，算我欠你一次。我不知道您的背後有誰，但是你們真的相當聰明。」
「你想知道嗎？」
「不想。在事情還順利的時候，我想我們彼此都不要互相認識比較好。」
「角哥，給您帶來麻煩我真的很過意不去。為了表達我的歉意，這次的十萬顆，就算您兩百萬好了。」
「這、這不等於半價嗎？」
「沒有錯。不過，讓我帶東西來的人是這麼交代的。」
角不敢置信地搖搖頭。
「原田先生，你們真是重義理的人哪！我都快迷上你們了！」
進差點要笑了出來。因為昇也曾經說過，角一定會這麼說。
角的眼角有點泛紅。
——不要相信他！這種人任何時候都會認真地生氣，但是他們也會哭得跟真的一樣給你看。

角伸出手，抓住進的手。

「──原田先生，今天晚上，就讓我們痛快喝個夠吧！」

雖然心裡清楚，但是面對這樣的角，進還是沒有辦法隨便拒絕。

「我知道了。在這之前，請先讓我打個電話。」

「沒問題。」

進出了包廂。看來，最早也要過十二點才能和沙貴見面。

他沒有用中餐廳裡的電話，進走進大廳裡的公共電話區。

「喂？」

人在公司裡的昇，在鈴聲還沒響完第一次前就接起了話筒。

「事情已經談好了，一切照計畫。」

「一個月嗎？」

「一個月。」

「兩百萬那件事呢？」

「他都快哭出來了。」

「小心點。今天晚上看看情況差不多就跟他分開。不要回飯店，不要讓他有機會打探你的底細。」

「我知道。」

「其他還有什麼事嗎？」

「他提到一個刑警。新宿署的鮫島，他好像很討厭這個人。」

「新宿署的鮫島是嗎？知道了，這傢伙說不定派得上用場。」

昇好像在抄筆記。

「那我回去了。」

「小心一點。」

掛上電話，進回到中餐廳。他到櫃檯算帳，用現金當場付了錢。之所以不簽在房帳上，是因為避免臨時要退房時，預付房帳不夠付，還得另外結這筆餐費。只要事先多預付點房帳，即使外出沒有回到房間，飯店也不會多說些什麼。

回到包廂時，角就像什麼也沒有發生般，正在吃杏仁豆腐。

7

鮫島開始監視筈野浩已經過了四天，筈野浩似乎還沒有發現這件事。可是，在這四天之內也完全沒發現能證明他販賣冰糖果的行動。

筈野工作的進口中古車公司，位於世田谷的千歲台環狀八號線邊。這是一間專賣歐洲車的公司，員工並不多。

筈野通常在晚上八點多下班，這四天以來，他從來沒有一天直接回家。

上班的時間是十一點左右，並不算早。他有許多跑外勤的工作，十二點到四點左右一定會在外行動。當然，光靠鮫島一個人，不太可能掌握筈野的行動，這段期間就成為監視的「盲點」。

鮫島將監視的重點放在筈野下班後的行動。

雖然無法斷言筈野不會趁著跑外勤的時候去進貨。可是，在出入人員無法特定、又可能被同事看到的工作場所，他不太可能保管進貨的冰糖果。

這四天當中，筈野有兩天在澀谷，剩下的其他兩天在六本木和自由之丘玩樂。筈野晚上玩樂的模式，並沒有特別限定在某個地方，從這一點也可以推論他並不是幫派成員。如果是幫派成員，當然會有地盤和非地盤的差別，常去玩樂的地方多半是固定的。

另外，也沒有看到筈野跟類似幫派成員的人接觸。筈野這四天以來曾經去過的店，有兩間迪斯可舞廳、三間小酒店，和兩間高級酒店。高級酒店位於六本木和自由之丘，迪斯可舞廳位於澀谷和六本木，小酒店則是帶著高級酒店裡的小姐到附近的店裡去。

從他玩樂的方式看來，他出手確實闊綽。但是這四天當中，他從不曾重複去過任何一間店。到迪斯可舞廳時，一次是和類似公司同事的人，另一次則是和二十出頭的長髮女子一起去。他和這個女人離開迪斯可舞廳後，還進了賓館。

鮫島跟蹤清晨四點從賓館走出來的兩人。笘野把女人送回家，那女人住在砧的護士宿舍裡，是個在私立大學醫院裡工作、今年二十三歲的護士。鮫島花了半天的時間調查了這個護士。如果兩人在交往，那麼這個護士很可能跟冰糖果的進貨有關。

不過，在鮫島的調查範圍之內，這個護士與事件無關。她確實很愛玩，除了笘野之外，也同時跟好幾個男人交往。不過，另一方面，她現在的經濟狀況似乎相當窘迫，還曾經告訴過同事，想要到特種行業去打工。

如果她參與了冰糖果的地下買賣，那當然會獲得應得的報酬。鮫島判斷她與事件無關的根據就在這裡。而且更重要的是，在對周圍的人問訊中得知，這個護士身邊的人對她的評價，都說她的個性藏不住事情，這種個性的人並不適合被選為共犯。

一個人單獨進行的監視，是一場與自己信心的戰爭。自己是不是忽略了笘野實際上在某個地方拿到冰糖果的蹤跡呢？與短暫睡眠時間和疲勞的這一場拉鋸戰，會不會全是一場徒勞？

可是，讓鮫島認為笘野並沒有進貨，還有另一個原因。

那就是，笘野除了沒有進貨，也同樣沒有零售。如果這四天當中，曾經目睹過笘野和曾經被逮捕的中山等末端藥頭一樣正在零售冰糖果的場面，那就表示鮫島的監視有漏洞。

通常像笘野這種零售商，進貨之後不會長時間把貨堆在身邊。因為把貨留在身邊，不但換不到一毛錢，還只會引來危險。所以笘野沒有和末端零售少年集團接觸這個事實，同時也就證明了他沒有進貨。

第五天，鮫島到新宿署報到。他開始進行對笘野浩的監視活動這件事，已經向上司桃井報告過。鮫島到新宿署來，是因為冰糖果的成分分析結果差不多要出爐了。

只有課長桃井一個人迎接早上出現在防犯課辦公室的鮫島，課員全都外出吃飯或者執勤。由於正值防範犯罪月，所以有些人也外出協助少年科。

「看你的樣子應該還沒有結果吧。」

桃井越過下滑的老花眼鏡鏡框仰望著鮫島說道。

「才過了四天。」

鮫島回答。桃井輕輕點點頭，從桌上拿起資料檔案夾。

「一個人很辛苦的。」

鮫島無言的微笑。自己是在知道辛苦的前提下而這麼做，而桃井也了解這一點。

桃井將檔案夾交給鮫島。

「這份結果證明了你的直覺。大學和科警研都無法確定冰糖果的國籍。這就表示它並不符合既有的藥物指紋。」

他緊盯著鮫島。

「本廳保安二課聽到這個結果也覺得很震驚，他們甚至打算要為了冰糖果組成一支特別小組。」

「有什麼辦法嗎？」

「現在還沒有。」

桃井搖搖頭。

「保安二課現在光手邊的案件就已經夠忙的了。」

毒品和興奮劑在內部的秘密偵查上要花上龐大的時間和人力。要摧毀一個藥頭或一個地下販毒組織，有時候花上半年到一年的時間也並不稀奇，而大部分搜查都仰賴現在鮫島正在進行的平實監視活動。

如果能夠鎖定地下買賣的場所，他們不會馬上逮捕，而會使用錄影機等記錄出入的人，盡可能進行大範圍的逮捕。因此，大規模的逮捕一年頂多只有一、兩次，其餘的時間多半忙於秘密偵查的工作。

「當然，如果有人密告那就另當別論了。」

聽到鮫島的話，桃井點點頭。

毒品、興奮劑搜查的導火線多半是從密告開始。不同組織間的競爭、內訌。在犯罪者，特別是毒品、興奮劑犯的世界裡，不存在仁義或友情。

連接他們的只有哪裡可以買到藥的情報，而且他們幾乎無一例外，每個人都曾有想放棄、認為自己必須要收手的想法，所以對於已經成功脫離這個世界的人，會懷抱著一種出於自卑感產生的憎恨。

有一句知名的標語：「要放棄興奮劑，還是放棄當人。」

在他們放棄當人的時候，他們都是「夥伴」。在這其中有一股自我憐憫的一體感。可是，回頭當人的人，就不再是他們的夥伴了。他會被排擠，許多毒品、興奮劑的慣犯經常會這麼說。

因為吸毒成癮而被社會隔絕的人，唯一願意接受他們為夥伴的，就是同樣吸毒成癮的人。

當他們有了放棄吸食毒品的勇氣，才會知道這種感覺都是一種錯覺。這樣的傾向在十幾歲的甲苯中毒者身上也可以看得到。他們被排除於學校及家庭之外，只有吸食甲苯的夥伴才是他們的「朋友」，很多少年都曾經這麼說。而對自己的不相信和不安，更助長了他們這樣的想法。

毒品、興奮劑中毒者的心就像個無底的沼澤，被無窮無盡的厭惡和不信任給蠶食。所以跟其他犯罪比起來，密告爆料的機率才會特別高。

「問題在於，現在在賣冰糖果的幫派，好像還沒賺錢到有人密告的程度。」

不景氣和新法給了幫派重重一擊。

在這當中，一定有某個人、某個幫派，因為冰糖果而大發利市。

鮫島之所以覺得奇怪，就是因為一點都沒有聽到類似的風聲。

黑道正在迎接前所未有的時代。每一個組織或者末端都在痛苦地掙扎求生，在這種狀況下，只要哪個幫派手頭稍微寬鬆，風聲一定很快就會傳出去。

——你看他們過得挺舒服的嘛，不像我們家，都快喘不過氣來了。

——這我是聽說的啦，現在那個冰糖果，聽說是那裡的東西耶。

由羨慕產生的臆測，會傳出這樣的謠言絕不奇怪。

「幫派絕對跟這次事件有關，地下組織買賣擴展到這個程度，光靠外行人是不可能辦到的，反過來說，如果外行人在從事這麼有賺頭的買賣，那些傢伙也不可能放過的。」

「不過會是哪一個幫派呢？在我們第二次逮捕的時候，並沒有任何幫派介入。這就表示，連流氓也不知道冰糖果是從哪裡流出來的。」

桃井所謂第二次的逮捕，是指從在街上逮捕到的少年口中問出的持有冰糖果幫派分子，如果這個幫派分子知道冰糖果是哪個幫派的買賣，那麼就不會有這樣的狀況發生，因為這就表示故意要找那個幫派的麻煩。手指頭馬上會不保。

「他們幫派裡有腦筋很好的傢伙，這個人連同一個幫派的人，都不讓他們知道買賣冰糖果的事。」

聽到鮫島的話，桃井深深地吐了一口氣。

「是新宿的幫派嗎？」

「很有可能。」

「如果是年輕人，那還可能是六本木或澀谷那條線。笞野浩他住在初台吧。」

「我認為笞野也不知道從事冰糖果買賣的是哪個幫派。」

「你推論是新宿的證據在哪裡？」

「因為這是毒品，如果是古柯鹼或是L・S・D、嗎啡，那有可能是新宿以外的地方。但冰糖果是一種毒品，而且它看似毒品又不是毒品，我認為買賣冰糖果的應該是以前沒有做過毒品買賣的新宿某個幫派，他們在不侵犯毒品地盤的狀況下販賣毒品。再也不會有比這更有賺頭的買賣了。」

「可是他要怎麼樣保守秘密呢？如果說冰糖果是這麼好賺的生意，那麼出現其他想要插手的幫派也不足為奇吧？」

「重點在供貨，藥的供貨源只有一個。我之前也曾經說過，冰糖果的價錢之所以會便宜得這麼不合理，就表示在國內只有一個製造者。不管是任何商品，只要它的通路愈複雜就會因為中間利潤的層層剝削讓價格提高。冰糖果能夠保持神秘和它的價錢便宜，這兩件事情都代表著製造者只有一個，而且只經由一條管道，讓貨流到批發組織去。」

「所以是某個幫派讓人去做冰糖果的？」

「不。如果這是幫派自己的事業，那我想情報一定會從某些地方出去，我認為製造者和批發的幫派應該是不一樣的。」

「這當中的交易該不會也是遮眼式交易吧。」

「這我想不可能。因為流氓在自己出錢的時候，不可能接受這樣的交易方法。」

鮫島說。所謂遮眼交易是指批發組織把貨賣給零售商時所用的方法。

當零售商要向批發組織要貨的時候，並不是到一個特定的批發賣場取得貨品，零售商通常會接到批發組織的指示，以電話為聯絡方式，在電話中的指示下繞過好幾個地方，最後被要求把錢放在投幣式置物櫃或是行李寄放處等地方。而貨則會從其他的投幣式置物櫃或者停在自動停車場的車子行李廂裡回收。因為批發組織知道這些零售商只是「消耗品」，所以他們非常不想讓零售商知道自己的長相和名字。如果知道，那麼他們就會要零售商就算賭上生命也得守密。

即使如此還是有密告的事情發生，這就象徵著這個世界的病態。

「窗口只有一個嗎？」

「對。為了要表演供貨不足而漲價的這一齣戲，這樣也比較方便。」

「所以你才在等筈野上鉤嗎？」

「沒錯。筈野的貨應該不是從其他的藥頭，而是從批發組織那裡拿到的。即使是遮眼交易，只要監視住筈野，我想也能夠查出批發組織。」

「逮捕令的有效期限還有一天是嗎？抓住他逼問應該也是一個方法——」

「就算我們逼他說，也不可能問出批發組織的情報。」

桃井吐了一口氣，拿下老花眼鏡。

「你打算一直一個人這麼幹嗎？這件事要耗到什麼時候可是一點頭緒都沒有。我想是不是先把他抓來比較好呢？」

「這傢伙看起來毫無戒心，每天晚上到處玩樂。看起來就好像他覺得自己完全不可能被抓。我想這就代表著他手上現在一顆冰糖果也沒有，所以他才這麼安心。就算現在強制搜索也什麼都查不出來。但是，只要他還是藥頭，總有一天他會採取行動進貨的。既然現在揮霍得這麼豪爽，我想這一天也不遠了。」

桃井露出深思的表情。鮫島無言地看著桃井。

這時候有一個人走進了防犯課的辦公室，兩人不約而同地將臉轉過去。

那是鑑識科的藪。藪在署內是出了名的怪人，他總是一身邋遢的服裝，想到什麼就說什麼。對於在搜查上出錯的刑警，即使對方是本廳所派來的人，他也毫不忌諱的罵對方無能。可是關於鑑識的技術，特別是彈道檢查方面，他具有高人一等的知識和技術。

對鮫島來說，藪也是除了桃井以外少數能了解他的人。藪總是穿著鬆垮的休閒褲，和大到不合身、形狀走樣的上衣，領帶過小的結緊緊繫在喉嚨。他有一張特別大的臉，年紀跟鮫島差不了幾歲，可是髮線卻已經後退得相當明顯，他是個老菸槍，但是自己從不買菸，總是習慣向別人要，讓其他署員也拿他沒辦法。

「你好久沒來了嘛。」

藪看著鮫島這麼說。

「怎麼了？」

聽到鮫島這個問題，藪只是回答也沒什麼，一邊摸著自己的下巴。

「我打斷你們了嗎？」
「倒也沒有。」
鮫島說著，看著藪。沒有想傳達的情報，藪這個人通常不會離開他那布置得極為詭異的鑑識科房間。
桃井也無言地看著藪。
藪總算是鬆了口。
「聽說你們正在追查一種製成藥錠的毒品？」
他走進來，交叉著右手的食指和中指。鮫島遞出了香菸。
「謝了。」
一如往常，他叼起一根菸。把剩下的菸盒塞進自己的口袋裡。打火機他倒是隨身帶著，他替自己點上了火。
「消息傳得真快。」
「在署裡並沒有傳出什麼風聲，我是從其他管道聽說的。」
「其他管道？」
「你拿了藥頭的逮捕令不是嗎？」
藪說道，一屁股坐在鮫島的辦公桌上。
「你的消息挺靈通的啊。」
藪點點頭，相當滿足地呵出一口煙。
「我有個朋友，明明去了藥學部，最後卻沒有當藥劑師，是那傢伙來問我的。」
藪❻總是說其實他本來想當醫生，後來因為自己的名字才打消了這個念頭。

「來問你？」

「問你的事啊。」

說著，藪用菸指著鮫島，打了個嗝，那聲音就像青蛙叫聲一樣。

「他問我認不認識一個叫鮫島的刑警。我說我認識，他又問是個什麼樣的人，能力怎麼樣，難不難纏，關於毒品有什麼想法等等。」

桃井開了口。

「你說你朋友是麻藥取締官？」

「對。」

回答後，藪看著鮫島。

「他好像是從地檢的毒品科那裡聽說逮捕令的事的。你有認識麻藥取締官嗎？」

「沒有。」

鮫島搖搖頭。

「那要不要我替你們介紹一下，那個人說不定跟你很談得來。」

「你說那個人是藥學部畢業的？」

「他現在是關東的麻取❼，幾乎算是個藥學士。如果大學畢業大概只要半年就可以結束研習。」

鮫島回頭看桃井。

「所以麻取也有在行動。」

「對方想知道你掌握了多少消息，不過，這一點你應該也一樣吧。」

藪說。

「他是個什麼樣的人？」

桃井問。

「他叫塔下。我高中時跟他是同一個理組班的。他是藥房的二兒子，大學上了藥學部，本來以為會繼承家裡的店，沒想到成為麻取，聽說是在藥大被挖角的。」

通常要成為麻藥取締官，如果是高中畢業進入厚生省的情況，必須經過四年的研習期間。

「麻取裡的人通常是考過二種或者是藥學士，總之幾乎都是大學畢業。」

桃井說。所謂二種是指國家公務員二種考試，跟一種考試合格的鮫島相比，算是準官僚。

「知識分子就是知識分子，跟這附近晃來晃去的刑警相比，他們腦筋可好多了。」

藪在桃井面前毫不避諱的說。

「那些人原本就自認為活在陰影裡，即使知道我只是鑑識科的人，話沒說兩句就開始挖苦人，『當警察真好，人多錢也多。』」

麻藥取締官的頭銜雖然是厚生省的職員，但是並非以一般職員的身分任用。也不是從厚生省裡徵選人才，通常是從各地區的麻藥取締官事務所徵才錄用。因此，他們通常不會期望能在厚生省裡出人頭地，而是在麻藥取締官事務所裡待到退休。

退休之後通常會到製藥公司上班。

❻日文中「藪醫師」為蒙古大夫之意。

❼即麻藥取締官。

「麻取也盯上了筈野嗎？」

聽到鮫島的問題，藪搖搖頭。

「詳細的事我不知道。他只不過是來問了你的事。」

「那你是怎麼回答的？」

桃井帶著感興趣的表情問道。

「我說新宿的黑道只要聽到鮫這個名字就會嚇得撒尿。」

鮫島皺起了眉。

「你真的這麼說？」

「是啊，我說了。我還順便說了些你抓過的壞人的故事。我還說你這個人雖然彆扭，但不是個死腦筋的刑警。」

藪臉上堆著笑意這麼說。

「那他怎麼說？」

「他說，是嗎？」

「他說什麼？」

「他說，是嗎？他只說了這麼一句，就掛了電話。這個人從以前就很頑固，一旦決定的事，誰也別想說動。我想他如果到藥品公司去上班，應該一輩子都別想升遷了吧。」

「他是不是希望我們逮到人之後可以參加偵訊？」

「這我就不知道了。」

聽到鮫島的問題，桃井偏著頭。

「一定是因為你雖然申請了逮捕令，卻遲遲沒有逮捕筈野，所以他才覺得奇怪。」

藪又這麼補充。

「他手上是不是掌握了什麼消息……」

鮫島喃喃地唸道。

「誰知道呢？」

「如果想見面的話，對方應該會主動來接觸吧。」

桃井說。藪將菸捻熄在鮫島桌上的菸灰缸中。

「那你手上到底掌握了多少東西呢？」

「我說藪啊，你現在是以麻取間諜的身分在問，還是以新宿署同事的身分在問呢？」

桃井的口氣一聽就知道是在開玩笑。

「當然是以同事的身分在問啊。不管我給麻取再多的情報他們也不會給我一分錢。」

「現在幾乎等於什麼都沒掌握到。笘野是我們之前以現行犯逮捕的末端小毛頭冰糖果進貨的對象，雖然已經拿到逮捕令，可是即使現在逮到他，看來也很難再往上追，所以我們還在猶豫。」

「你說小毛頭，就是上次刺你屁股的傢伙嗎？」

「是他朋友。」

鮫島的表情變得嚴肅。

「真可惜。他如果要了你的命，一夜之間就可以在新宿出名了呢。」

「這種玩笑可別開，萬一真有這種傢伙出現，我可受不了。」

「誰知道呢？說不定過不久就會有哪個幫派拿賞金來要你的人頭呢。」

「現在哪個幫派有這種閒功夫呢？」

桃井否定了這個可能。

「大家都自身難保了。」

「那買賣冰糖果的地方怎麼樣呢？」

鮫島瞪著藪。

「就是因為不知道，我們才這麼頭痛啊。」

「連一點風聲也沒有嗎？」

「沒有。一點線索都沒有，根本不知道這是誰家的買賣。」

「既然這樣，那應該有其他也想插手這樁買賣的幫派吧。只要有東西，要模仿就很簡單。」

「以現在的價錢是不可能的，所以其他地方才沒有插手。」

「很便宜嗎？」

「五百圓。」

「那還真便宜。要是貨賣出去大口大口的吃，那街上就到處是上癮的傢伙了。」

「所以我們才這麼緊張啊。」

「逮捕令的期限到什麼時候？」

「到明天。」

藪也陷入了沉思。

「我以前曾經看過毒品成癮的料理師傅命案現場，那可真慘。」

「他上癮很嚴重嗎？」

桃井問。

「一天要注射五、六次。被抓的時候，他已經切斷自己左手的第三根指頭，正在切第四根。那個人住在木造公寓裡，我們去的時候嚇了一大跳。洗衣機、冰箱、電視、時鐘等等，所有東西都被分解堆在房間角落裡，簡直就像是一個堆滿機械破銅爛鐵的房子。他刺殺了住在隔壁房間的兩歲孩子和孩子的母親，母親得救了，但是孩子沒保住。」

桃井點點頭，閉上眼睛吐出一口氣。

「我想起來了，是大久保三丁目的公寓吧，我記得那母親是菲律賓人。」

「對，真是可憐。犯人口吐白沫，如果我是刑警，真想一槍斃了他。很多犯人都把自己幹的事推說是毒品的錯，但是打從一開始就該知道，吸毒會有這樣的下場，等到殺了人才來反省就太遲了。」

「更惡質的是靠賣這些東西來賺錢的傢伙。」

鮫島低聲說，藪也輕輕點了頭。

「毒品成癮的人的命案最讓人受不了，因為毒已經侵蝕了他們的腦袋，就連一點關係都沒有的孩子，他也能夠下得了手。」

「筈野有沒有可能自己也吸毒呢？」

桃井問。

「目前看來我覺得可能性很低，就算有應該也還沒有上癮吧。我想他賣冰糖果最大的目的還是在賺錢。」

「賺錢嗎？」

「光是我監視他的這幾天，四天他就花了二十萬。」

「錢花得這麼兇，那他馬上就會需要用錢。」

「對。」

「那就再努力一陣子吧。」

「我也是這麼想的。」

藪的這番話讓桃井接受鮫島繼續執行監視。

8

對筈野浩的逮捕令最後還是過期了。不過到了第九天，筈野終於有了動靜。

那天是星期一。前一天星期天，筈野一整天都沒有離開自己在初台的公寓。再上一個星期天，鮫島看到他帶在自由之丘高級酒店工作的小姐到橫濱去，在中華街的餐廳大手筆揮霍。

豪遊的資金應該差不多用盡了吧？鮫島一邊這麼想，一邊監視著一步也沒出公寓的筈野。

隔天星期一。筈野比平常早下班，下午六點半就離開了公司。

開車離開的筈野，沒回家，也沒往鬧區去。

他一如往常開著白色賓士一九〇，離開中古車店開上了環狀八號線，鮫島追在後面。

知道賓士開上甲州街道時，鮫島很緊張。在目前為止的監視中，筈野還是第一次這麼早離開公司，也是第一次開上甲州街道。

終於開始行動了——鮫島如此確信。

筈野的賓士開上甲州街道的位置，比環狀八號線更偏市中心。他的目的地並不是市中心，他開在甲州街道出東京的車道上。

匯入甲州街道後不久，就可以看到首都高速公路的永福入口。賓士亮起方向燈，往高速公路入口接近。

首都高速四號線出東京的方向，在永福之後高井戶起就是中央自動車道。鮫島知道，因為高井戶沒有下行方向的入口，所以箬野才開回永福。

中央自動車道下行方向過了八王子收費站後車數就驟然減少。賓士一口氣加快了車速，以一百四十到一百五十公里的速度巡航在超車道上。

鮫島一邊擔心自己的跟蹤會不會被發現，一邊忐忑不安地追在後面。

箬野的賓士和鮫島的ＢＭＷ一轉眼就穿過小佛隧道，過了相模湖交流道。車速再次加快開過了上野原，在大月岔口沒有開往河口湖，而是筆直朝勝沼、諏訪湖方向前進，最後終於進入全長四點七公里的笹子隧道。

鮫島稍早開始跟箬野保持距離。只要過了大月岔口前的初狩小型休息站，到下個勝沼交流道為止，既沒有出口也沒有能停車的地方。

在高速公路上往同方向前進的車總是很容易被記住。如果這是一趟跟冰糖果買賣有關的車程，那箬野當然會很小心注意有沒有車尾隨在後。

進入笹子隧道，整體的車流開始變差。運氣不好可能會緊貼在對方車子之後。

賓士的尾燈跟國產車相比紅色的光更強烈，天暗之後也很容易區分出來。

開在長長直線形的隧道裡，或許也因為看不見對向車，慢慢有種掉進垂直洞穴裡的錯覺。太過筆直的道路，因為周圍被封閉，反而難開。

穿過笹子隧道，距離勝沼交流道還有五公里。這麼算來距離八王子收費站已經走了六十公里。

出了隧道之後，行車道上只有一台大卡車，看不到賓士車的蹤影，鮫島加快了車速。如果箬野在勝沼交流道下了車，那就追不到他的去向了。

踩下油門，將車速提升到將近一百六十公里。一轉眼就接近勝沼交流道的標誌。

沒看到賓士的蹤跡。

下交流道了嗎？還是開走了？鮫島緊咬牙關，凝視著前方。

他開過了勝沼交流道的出口。前方和後方都沒看到車燈的影子。

不過，在通過的那一瞬間，鮫島踩滿了煞車。一閃而過的勝沼交流道出口收費站方向，似乎看到了一台映在水銀燈光下的白色車體。

防鎖死煞車系統開始動作，ＢＭＷ的輪胎同時發出白煙和尖銳的哀鳴。鮫島確認了後照鏡，超過左車道，開上路肩，打了後退檔。

ＢＭＷ在中央高速道的路肩倒開了數百公尺，回到勝沼交流道出口。

旁邊是在笹子隧道出口超車的大卡車，一邊發出轟聲和喇叭聲一邊駛過。

鮫島將車頭朝向收費站。幸好這時候只有一個收費站開著。放下車窗，他把通行券和警察手冊同時出示給收費員看。

「剛剛有沒有一台白色賓士開過去？一個年輕男人開的車？」

收費員是位六十出頭的男性。不知道是感冒還是擋廢氣用，臉上戴著口罩。

「我不記得是不是賓士，不過是有一台白色的車子開過去，開車的是個年輕人。」

「他往哪邊去了？」

「剛剛才在那裡迴轉，往上行方向開去了。」

「往上行？」

「對。」

收費員點點頭。是笘野。如果之後的來車在高速公路收費站迴轉，那肯定是在跟蹤自己。雖然單純，卻是很聰明的做法。

鮫島道了謝，付了錢後讓ＢＭＷ迴轉。在上行方向的收費站拿了通行券，匯入車道。

上行車道的車數比下行車道的還要多。愈接近笹子隧道，車流跟下行車道相比就愈糟。

鮫島穿梭在行車道和超車道之間。他違反禁止變換車道的規定，試圖追上賓士。

可是，在笹子隧道內部，車流終於一動也不動。車流擁擠到直到離開隧道為止，都無法變換車道。

筈野所採取的行動很明顯地在警戒跟蹤，這是趕赴冰糖果買賣的安全措施。

他從下行車道開回上行車道，就表示買賣預計在上行車道的某處進行。

會是哪裡？

有可能的，就是某個休息站或者小型休息站。筈野有行動電話。如果使用行動電話，就能隨機決定交貨的地點。

如果在勝沼迴轉，那應該是最接近勝沼的休息站或小型休息站。假如過了勝沼再迴轉，就會跑多餘的距離。在勝沼之前的收費站迴轉，就到不了目的地。

是初狩小型休息站，出笹子隧道後約七公里的地點。

鮫島一點一點往前跟，等著離開笹子隧道。穿出隧道，等到車流順暢之後便提升了車速。

小型休息站是座巨大的停車場。有不特定多數的人車出入，是最適合進行遮掩交易的場所。

車頭燈照在初狩小型休息站的標示板上，然後疾馳而過。鮫島打起左邊方向燈，進入初狩小型休息站。

小型休息站跟一般休息站不同，沒有加油站或餐廳等設施，只有廁所和一些小商店。所以家族用餐多半會選擇到大月岔口前的談合坂休息站。

小型休息站主要是休息和上廁所之用。

不過因為是晚餐時段，初狩小型休息站的停車場也有六成滿。

鮫島減慢ＢＭＷ的車速，慢慢切進停車場。縱長型的停車場裡，停車密度高的只有接近廁所和商店的區域。那附近車停得滿滿的。

連結車和卡車等大型車在稍微遠一點的地方整齊地停放著，其中也有怠速中的車。

要進行交易，應該會挑選避人耳目的位置。箬野可能會先接到電話聯絡，然後在這休息站裡的指定場所取貨。

鮫島在停車場接近出口的地方發現了白色賓士。燈已經熄滅，不過引擎還開著。

鮫島開過旁邊，箬野人不在車上。

他將ＢＭＷ停在與賓士相隔幾台車的距離，慢慢環視周圍。距離商店或廁所還有一段距離，所以停的車沒幾輛。雖然沒幾輛，但也不只一台。

這個時間開在中央自動車道上行方向的，多半是急著回家的人。不管是卡車或者自用車，很少人會注意到停在小型休息站的車。

鮫島叼起菸。

如果在這裡進行交易，那等到箬野回來對他進行公務詢問，以持有冰糖果的現行犯罪名逮捕他就輕而易舉了。

可是，如果箬野進行的是遮眼式交易，要抓到把冰糖果批給箬野的人就很困難。

假使發現了車或人，對方也絕對不會在這裡吐實。但不在這裡供出來就沒有意義了。

既然如此，只剩下在交易時逮捕一途了。

但是，這種交易當然會有把風的人負責監視。把風者分散在停車場內好幾個地方，確認有沒有舉止可疑的人。

鮫島開始注意除了筈野的車以外的高級車，特別是東京車牌的進口車。

靠近廁所處有一台深藍色的賓士車。賓士車很醒目，所以進行交易的時候應該不會使用賓士車。批發組織的人很可能分乘三輛左右的車子，以其中最不醒目的車來進行交易。

停車場裡沒有看到筈野。鮫島忍住想從ＢＭＷ下車的衝動。

盤據新宿的許多流氓，都認得鮫島的長相。如果下車到處晃，姑且不管筈野有沒有發現，把風者一定馬上會被注意到自己在跟監。

至少要查出是哪個幫派，這就要確認深藍色賓士的車牌。

鮫島一驚。筈野從一百公尺左右前的廂型車走下，那是商用車中常見的平凡米色車體。車旁的拉門打開，筈野下了車，手上拿著看似商店給的白色塑膠袋。

筈野慢慢走近賓士。臉頰看起來有點脹紅了，左手拿著行動電話。

他打開賓士車門，坐了進去。白色袋子隨意地丟在前座。這之後可能會若無其事地開回東京，找個都內安全的地方保管冰糖果。

鮫島注視著筈野下了車的廂型車。車牌被其他車擋住，看不清楚。

筈野發動了賓士。一反來時的駕駛風格，小心穩健地朝出口開去。

鮫島心想，直到筈野離開小型休息站為止，應該不會有人接近廂型車吧。說不定車裡面根本沒有人。

通常這種時候交易順序是這樣的。

首先，筈野會事先用電話通知某處要進行交易。打電話的對象應該是轉接機和電話留言的連結，讓筈野不能聽到對方的聲音。筈野單方面地把自己期望的冰糖果數量和金額，告知這個聯絡對象。

如果對方有意答應交易，就會主動回電。昨天星期日他一整天都沒有外出，說不定就是在等待聯絡。

在這時候，筈野還不知道交易的地點。接獲通知是在他開在中央自動車道下行車道的時候。迴轉可能也是電話來的指示。當然，行動電話或車用電話很容易被竊聽，因此所有聯絡都會使用暗語。

依照指示進入這個小型休息站的筈野，再次等待聯絡。想來是被命令在確認有沒有跟蹤或監視之前，不准行動。

等到確認安全之後，對方才告訴筈野是哪一台車，筈野接近那輛車，打開車門。裡面放著事先決定好分量的冰糖果。筈野拿走貨、放下錢。接著只需要開車離開現場。

筈野知道有人在監視自己。如果他輕舉妄動，交易馬上就會被取消，甚至還可能遭到報復，所以他必須慎重行事。而批發組織的人，完全不會在筈野面前露面。

以往逮捕過的例子中，曾經有過幫派買來公寓的一間房間，改裝成像小鋼珠的獎品兌換場一樣，但窗口內卻空無一人。除了窗戶以外都用鐵板來補強，無法簡單擊破。客人在窗口付錢，交換毒品。

可是，這種固定的交易場所，還是很容易被發現。跟電影裡一樣，與大批武裝分子面對面交易是不可能的。不管在哪裡進行，都太引人注目，一旦武裝，更會成為被警察注意的理由，嚴格地追究為什麼要武裝。

鮫島正在思考，把風者和廂型車主人有沒有可能在停車場會合？不可能。廂型車的司機只有一個人，他可能只負責開車。

司機應該是被交代，要在幾點幾分之前把車開到初狩小型休息站，不要上鎖，直到有進一步指示為止，都待在餐廳別出來。司機人在餐廳裡時，由其他人將冰糖果放在廂型車裡。等到交易結束，那個人會回來收錢，人在餐廳裡的司機會接到電話，通知他可以回去了。

萬一廂型車的司機被逮捕，也不用擔心有任何情報洩露。

機會只有在人回廂型車收錢的那一刻。

鮫島集中精神，凝視著廂型車。

遲遲都沒看到有人接近。那輛車裡現在隨意放著幾十萬、甚至幾百萬的現金。任何人都可以打開門，抓了錢就跑。不能就這樣長時間放著不管。

商店那邊有個穿著運動夾克和牛仔褲的男人走來。年紀大約三十五左右，戴著眼鏡。是他嗎？

不過，男人走過廂型車旁，筆直地朝鮫島的ＢＭＷ方向前進，接著往後方走去。

接著，一台白色豐田皇冠滑進停車場，停在廂型車旁邊。皇冠的車牌是練馬區的。駕駛座的車門打開，身穿皮夾克的男人下了車。從背影看不見他的臉，但是留著燙小鬈的髮型。

男人逕自往商店的方向走去。

鮫島吐了一口氣，掌心滲著汗。該不會那廂型車的司機直接回車上，載著裝滿錢的車走吧？這麼一來，表示司機是個深受信賴的人，可能屬於批發組織的一員。

鮫島再次叼起菸。長時間在一個位置不動，可能會讓把風者起疑。快點、快點行動啊，他這麼凝視著廂型車。

即使有人回到廂型車收錢，也很難用任何嫌疑扣押這個人。到那個地步，只能以竊盜現行犯的嫌疑來抓人，但是在筈野已經離開的現狀，幾乎無法證明這和冰糖果的買賣有關。

沒有抓筈野的目的，就是要揪出冰糖果的批發組織。所以，至少要在逮到一個批發組織的成員之後，才能逮捕筈野。要是沒逮到人就逮捕筈野，批發組織可能會換掉電話號碼，藏得更隱密。直到下次找到跟筈野這種批發組織直接相關的藥頭之前，線索都就會斷絕。

鮫島現在正在進行的作業，彷彿是一根一根找出看不見另一頭的線。如果線連接了另一條更粗的線，那就再循線查上去。接著，就這樣依序往上查，最後到達冰糖果的製造商。在途中逮捕相關人員，是種接近賭注的行為。被逮捕的人要是能供出連接下一條線的線索也就罷了，如果像筈野一樣，連本人都不知道下一條線的所在，那這種逮捕就等於自己一刀剪掉線索。

批發組織的成員如果是流氓，只要知道是屬於哪個組織的人，對鮫島來說就有放筈野回海裡游的價值。最好是能在知道是哪個幫派的前提下，再讓筈野多游一陣子，等待釐清批發組織全貌的機會。

流氓們之所以害怕鮫島，就是因為他是個不在乎眼前分數，願意耐心等待的刑警。正因為他觀察自己盯上的犯罪者，瞄準對方最脆弱的地方咧嘴露出利牙，才會被稱為「新宿鮫」。被鮫咬到，對罪犯來說是最致命的結果。

突然有人敲了前座的車窗。手指敲擊玻璃的清脆聲音，讓鮫島出乎意料。他專心注意著廂型車，完全沒注意到有人接近。

鮫島銳利的視線轉向前座的車窗。一個陌生男人左手夾著香菸，蹲在車旁。戴著眼鏡，身穿深藍色的運動夾克。香菸上沒有點火。

鮫島注意到，那個男人就是剛剛走過ＢＭＷ旁的人。

鮫島的手瞬間伸向右腰。從他開始監視笘野，就隨身攜帶手槍。

男人可能是想妨礙鮫島監視的把風者。如果真是如此，那麼放下車窗那一剎那就有可能被襲擊。

鮫島再次握住固定在右腰後的新南部❽手槍握柄，左手把車窗放下，露出一條細縫。

「什麼事？」

「不好意思，可以借個火嗎？」

「抱歉，你找別人借吧。」

說著，他在意起有沒有人接近廂型車。正要關上車窗，那男人說：

「別這樣嘛。我有話跟你說，鮫島警部。」

鮫島凝視著男人的臉，驚訝竄過全身。

「你是誰？」

「你沒聽我同學說嗎？一個叫藪的男人。」

「不知道。」

鮫島說了謊。

男人看向廂型車那邊，搖了搖頭。這人膚色白，長相像個大學研究生。

「拜託了，我有話跟你說。」

鮫島思考了一瞬間。不過，這個男人在這裡，就表示他同事正在監視著整個初狩小型休息站。

鮫島嘆了一口氣，解開門鎖。男人滑進了前座。

「謝謝了，警部。」

「身分證。」
鮫島繼續望向廂型車。男人將證件拿了出來。
「關東信越地區麻藥取締官事務所，取締官，塔下修。」
鮫島把身分證還給他。
「要跟你說話很需要勇氣。你身上有帶傢伙吧？我還想，說不定你會開槍。」
說著，塔下把香菸收進夾克口袋。
「抱歉了，不要火嗎？」
「不用，這是偽裝用的。我不抽菸，這根是跟同事借來的。」
他們果然在監視這個停車場。
「你們的目標是誰？」
「跟你一樣。不過鮫島先生是追著笘野這條線來的，我們呢──」
說著，塔下用下巴指向廂型車。
「我們已經追很久了。」
「那你也知道他們要在這裡進行交易──？」
「對。不好意思，可以請你離開這裡嗎？」
鮫島抬起頭。
「你要我現在走？」

❽美蓓亞（舊名新中央工業）公司生產的點三八口徑官用左輪手槍。一九六〇年被警察廳採用，故有「M60」之稱。新南部之名取自美蓓亞（新中央工業）的前身「中央工業」創設者南部麒次郎。

「我很難啟齒，不過，是這樣沒有錯。利用那輛車來回收，笞野已經是第三人了。廂型車在之前的釋迦堂小型休息站和境川小型休息站，都卸貨給藥頭過。」

鮫島看著塔下。這柔弱的男人看起來似乎不太適合當麻藥取締官。

「既然已經掌握到這些，為什麼——」

「為什麼不逮捕，是嗎？」

「是啊。這就表示你們已經掌握住批發組織了，不是嗎？」

「我們是掌握住了。」

塔下很乾脆地點點頭。

「至少其中一部分的成員。我們一直用裝了望遠鏡頭的攝影機在拍攝。出入那輛廂型車的人，我們全部都拍到了。想抓那些人，我們隨時都能抓。」

鮫島無言地看著塔下。塔下一定掌握到了什麼，比批發組織還要重大的情報。

「你快離開這裡吧。後照鏡可以看到那輛車身畫著圖案的大型卡車吧。」

那是停在ＢＭＷ斜後方二十公尺位置的卡車，上面噴著弁天❾的圖案。

「嗯。」

「那是把風者。司機從剛剛就開始注意你這輛車。你要是不離開，我們的跟監也會跟著泡湯。」

鮫島放下手煞車。

「我帶你一起離開也無所謂嗎？」

「反正既然我搭上這輛車，他們一定也會開始注意我。不管你開車離開或者我下車後到其他地方，他們都會繼續注意我的。」

「我知道了。」

鮫島發動ＢＭＷ。他好不容易才等到的交易場面，竟然全部都在麻藥取締官事務所的監視下，這讓他相當震驚。

離開初狩小型休息站，鮫島將車匯入中央自動車道的行車道，遵守速限開著。

塔下確認了後方，從夾克口袋取出攜帶式無線電。他將耳機塞進耳裡，開始說話。

「這裡是塔下，離開初狩小型休息站了，與新宿署員同行。」

他專心傾聽耳機裡的聲音，然後回答：

「了解。」

塔下手裡拿的是跟警視廳同樣規格的數位無線電，無須擔心竊聽的機種。

「不好意思，請問在監視的只有鮫島先生一個人嗎？」

「沒錯，你們那邊呢？」

「我們派了十個人在這裡，這是關東所有人員的四分之一。」

「四分之一？」

「我們只有四十個人，所以必要的時候甚至會所有人參與同一個案件。」

鮫島略感驚訝。管理整個關東信越地區的麻藥取締官事務所，竟然只有四十位取締官，讓他不敢置信。警察光在新宿署就有六百位警官了。

「但是，我們每個案子都會徹底地追。」

或許是看懂了鮫島的驚訝，塔下平靜地這麼說。

❾正式名稱為弁財天，佛教守護神之一，民間視為水、藝能之神，因寫為弁財天，又被信奉為財富之神。

「因為我們無法像警察一樣，不管案件大小都一律清查。但是一旦要查，就會徹底翻查清楚。」

聽他說話的語氣可以感受到對警察的強烈對抗心。

「你怎麼發現我的？」

「這輛車的車牌。我從地檢那裡聽說，你拿到了筈野的令狀。可是你卻遲遲沒有抓人，我心想，你一定是開始監視他了。我剛好有個同學藪人在新宿署，所以我問了他你是不是這種偵察警官。藪告訴我你是個多麼難纏的人。既然這樣，我們就無法坐視不管。萬一你在途中插手，問題就會變得更複雜。」

「所以，你查了我的事？」

「對。因為你在監視筈野，所以我馬上就認出你的車。」

鮫島緊咬了嘴唇。

「冰糖果的案子進行到什麼程度？」

「從我的口中不能說。我希望你不要覺得不愉快，但是關於這個案子，是我們先盯上的。如果可以，希望你可以完全放棄。」

「你們不打算互相協助嗎？」

「很遺憾，這是我們上司的方針。」

塔下簡短地這麼說，搖搖頭。

「既然已經查明了批發組織，為什麼還不抓人呢？」

「我說過了，這我不能回答。」

「什麼都不知道，我怎麼可能收手呢？我知道你們的努力，可是我也一直在注意筈野，我至少要查出批發跟哪個幫派有關。」

「要是鮫島先生知道，一定會盯上那個幫派，去向對方逼問情報，不是嗎？」

「當然。現在販賣冰糖果的，只有一個地方。可是只要殲滅那裡，就可以一口氣剷除貨源。」

「這可不行。」

塔下低聲說。

「為什麼？」

鮫島看著塔下，他的右耳裡塞著耳機。

塔下看來似乎很猶豫，他望著紅色尾燈相連不絕的高速公路前方。

「──你的搜查方式如何，我都聽藪說了，還有你在新宿署處於什麼樣的立場，我也聽說了。那個個性彆扭的男人，唯有對你這個人毫不吝惜地稱讚，說你是個最棒的刑警。如果連他都這麼說，那你一定真的很優秀吧？」

「這種事別問我。我現在想知道的是為什麼你還不抓批發組織。這跟我不抓筈野的狀況不同。聽好了，再過不久冰糖果一定會缺貨。在那之後冰糖果會漲價，然後大量出現在市場上。到那之後一切就太遲了。等到價錢變高，其他各個幫派也會紛紛開始賣類似品。如果看到日本這個好市場，說不定台灣也會有人開始製造。現在製造者還只有一個，要毀掉它只有趁現在了。」

「你已經看得這麼清楚？」

「那當然。」

「但是冰糖果一定還會出現在市面上的。」

「這是為什麼？」

塔下用嘲諷的眼光看著鮫島。

「我們到底是個什麼樣的組織，鮫島先生您知道嗎？」

「你這話是什麼意思？」

「我們是麻藥取締官，是麻藥，興奮劑並不屬於麻藥。」

「可是現在市面上幾乎沒有麻藥——海洛因。」

「對，這是因為日本人體質的關係。」

「什麼意思？」

「對日本人來說，興奮劑比麻藥更適合。以前在日本進入高度成長期之前，我的前輩們在追查的，都是鴉片、嗎啡、海洛因。這些故事聽了實在讓人笑不出來，當時有好幾位取締官曾經因為海洛因喪命。他們每押收一次貨，為了確認純度，就要把東西塗在牙齦上。

然而等到日本愈來愈富裕，麻藥消失了蹤影。這實在很有趣。日本人果然都很勤奮。生活變得富裕之後，與其讓人放鬆的藥，大家開始想要能讓自己更猛烈工作或者玩樂的藥。興奮劑是專為日本人而有的藥。所以假設冰糖果的製造商只有一個，那麼即使毀了這個地方，一定還會有同樣的東西出現。就算不是冰糖果，其他的興奮劑也到處都是啊。」

「冰糖果最大的問題，就是它會在孩子之間擴散。有很多孩子不知道冰糖果是一種興奮劑而進行買賣。如果放任不管，這些孩子不久就會變成興奮劑成癮者。」

「一點也沒錯。所以我們現在最想逮到的，就是那些製造冰糖果的傢伙。那些給毒品加上糖衣，做成給孩子玩的玩具的傢伙。」

「——是日本人吧？」

「沒錯，我們想抓到他們。抓到他，讓他被判長期徒刑。所以我才不希望你出手。」
塔下很爽快地說。
「批發組織跟製造者的關係怎麼樣呢？」
鮫島問。他車開得很慢，但現在已經開過大月岔口，再兩公里就是談合坂休息站。
塔下慢慢搖頭，嘴角浮現了看似苦笑的笑容。
「不行。結果你根本沒有意思要撤手。即使我跟你說了，你還是一心想逮到那些賣冰糖果的傢伙。請你在談合坂放我下去吧。我會請我同事來接我的。」
鮫島不知道該怎麼接話。他心裡湧上一股焦躁。他只覺得，麻藥取締官事務所出於跟警察的對抗意識，抗拒合作。
他無言地打方向燈。塔下在談合坂休息站對他說。
「我知道你不高興，但是我不是出於保護自己單位本位主義才這麼說的，我們跟警察不一樣。」
「你這是什麼意思?!跟警察不一樣是什麼！你的意思是警察在干擾麻取嗎！」
鮫島怒吼著。他將車停在擁擠的停車場一角，面對塔下。
「重要的是什麼？你聽好了，重要的是盡早停止冰糖果的供應。還有揪出批發組織，找到製造者。但是為什麼現在不能逮住那些批發組織呢?!」
塔下沒有說話。他自己打開門鎖，手放在門把上。鮫島按住他的肩，緊咬著牙，說道：
「等等。」
塔下面無表情地轉向他。
「怎麼了？」

「我依照你說的，不打擾你們的行動，也離開了剛剛的小型休息站。但是你呢？你除了再三重複要我收手之外，什麼情報都不告訴我。這樣實在太不公平了，我不能接受。」

鮫島跟塔下互相瞪著。

「——等到時機成熟我會通知你的。」

「到那時候就太晚了！」

「那，我只說一點。批發組織跟製造者之間的關係，跟笘野和批發組織很類似。這樣如何？你應該知道這是什麼意思吧？」

鮫島看著塔下的臉，搖搖頭。

「那不可能。如果批發的是黑道，他們是不可能接受遮眼交易的。」

「不是遮眼，但結果是一樣的。製造者是個腦筋相當好的傢伙，所以即使逮到批發，也絕對查不到製造者。」

「理由應該不只這樣吧。如果這是理由，那你們故意不抓批發就沒有意義了。」

「請你放手。」

塔下說。

「我不放。你要我幫忙，我幫。但是要我塞住自己的眼睛鼻子耳朵，我可不幹。」

鮫島說。塔下的眼神裡帶著銳利的光線，在這個瞬間，鮫島知道塔下絕不是外表看上去的優柔男人。

「談判破裂了。」

說著，塔下打開ＢＭＷ的車門，下了車。然後他回頭。

「請不要回到初狩。如果你回來，我就會以妨礙公務執行告發你。」

右的地方站住。

鮫島狠狠地捶著方向盤。塔下一邊對無線電說話，一邊離開ＢＭＷ，他在離車十公尺左

鮫島飽含著怒氣瞪著塔下。塔下的眼裡也有著焦躁。

有一瞬間，鮫島甚至想衝到下個交流道，迴轉回到初狩小型休息站。

可是，這麼做也不會有任何結果。

他並不是害怕因妨礙執行公務被抓。就算現在回去，廂型車很可能也不在了，如果還在，那就表示把風者肯定看穿鮫島是刑警。自己不能因為要洩憤，就毀了麻藥取締官事務所的監視。這麼做得利的也只有賣冰糖果的那些傢伙而已。

結果對方順利地將鮫島請走。不過，比起這件事，他們明明掌握了相當多跟批發組織有關的情報，卻沒有行動，這更讓他生氣。

他們的目的是麻藥——在這個案子裡來說是冰糖果——這一點相當明顯。他們只想著要抓到冰糖果的製造者，如此而已。對鮫島來說，這當然也需要，但是破獲把孩子當藥頭販賣冰糖果的批發組織，也很重要。如果批發組織是幫派，那他們可能會以從冰糖果上獲得的資金當作後盾，再染手其他的犯罪。

他沒有根據斷定塔下在說謊。逮到批發組織，也可能無法獲得跟製造者相關的情報。可是，至少在批發組織和窗口都只有一個的情況下，確實可以給製造者帶來打擊。如果說現在還不能貿然行事，那只要有令人接受的理由，鮫島都會等。只要有理由。

只希望能消滅冰糖果，對於靠冰糖果賺錢的傢伙不感興趣，這可不成為理由。

隔天，來到新宿署的鮫島，又聽到更讓他愕然的情報。那天一早，麻藥取締官事務所緊

急突襲笘野浩家，以違反興奮劑取締法的嫌疑逮捕了他。

「怎麼會有這種事！」鮫島大叫。

「我也不敢相信，但這是真的。地檢的毒管也覺得奇怪，偏著頭搞不清楚為什麼會這樣。畢竟你申請過的笘野逮捕令失效，還沒過幾天。他們還問，我們是不是跟麻取之間有什麼約定。」桃井說。笘野被逮捕的消息一大早就由檢察官通知了桃井。

「這是真的嗎？」

「我跟目黑署確認過了，聽說人確實在他們那裡。」

關東信越地區麻藥取締官事務所在中目黑，但事務所並沒有拘留設施，所以被逮捕後的嫌犯會送到附近的目黑署去。而偵訊是由在事務所的取締官來進行的。

麻藥取締官的偵訊有多嚴苛，在流氓之間也有風聲。據說他們比刑警還不把嫌犯當人看。但也是因為被逮捕的許多嫌犯都陷入某種藥物中毒的症狀，所以在偵訊途中，容易引發戒斷症狀或倒敘現象。

鮫島仰望天花板。他不認為逮捕笘野是一種有意圖的妨礙工作，麻藥取締官事務所斬斷了鮫島手中掌握的唯一線索。

「他們想要把我排除在外。」

鮫島將日前發生的事告訴桃井，這麼說道。

「他們到底為什麼這麼討厭你介入？」

「不知道。要是我在不知情的狀況下搶了他們的獵物，那還可以理解。關於這些人，課長應該比我了解。」

「的確，他們跟我們關係說不上好。組織和資金都是我們多，他們要這樣看也是事實。

再加上，人數少使他們彼此之間更為團結，所以會有排他的心態。」

「他們說，自己跟警察不一樣。」

「你也待過本廳，應該知道，比起警察，他們跟稅關關係更好。所屬官廳各自是大藏省、厚生省，不過他們都有人數少、組織小拚命努力的自負。警察相較之下呢，比方說麻取拿到情報，跟稅關聯絡後在成田抓到了嫌犯，最後抓人的也是警察，發表也通常是在警察的記者俱樂部進行。所以他們可能有過好幾次功勞被白白搶走的不甘吧。但是他們跟警察處不好，還有其他理由。」

「是什麼？」

「作風不同。保安的刑警大部分都會迅速行動，重視直覺甚於道理。可是麻藥取締官則比較接近科學家或技術者。特別是關東，就像之前藪曾經說的，幾乎都是在大學裡學過藥學的人。關於搜查或逮捕的研習，跟警察官相比也很短，這讓他們跟重視行動的刑事比較起來，成為行事作風完全不同的人。刑警在成為刑警之前，必須在現場徹底執行制服警官的工作，他們結束研習之後，馬上就是便服搜查官。因為人數少，所以即使是新人，只要具備藥物的相關知識，就能成為戰力。」

「簡單地說就是這樣。刑警即使有關於犯罪者的知識，對藥物也不了解。但是麻取的現場經驗雖然少，對藥物卻很強。」

「嗯，簡單地說就是這麼回事。因為追查的犯罪都相同，所以很快就可以累積現場經驗。」

鮫島心想，所以才處不來——

確實是這樣沒錯。警察其實就是軍隊，軍隊被要求不用腦，用身體。被允許用腦的，只有相當資深的警官或者警察幹部。

相較之下，組織小、學歷高的麻藥取締官事務所裡，每個人都要同時使用頭腦和身體，來彌補組織的不足。雙方都認為即使彼此組成團隊，也不可能順利合作，這一點並不奇怪。

「老實說，從沒有拘留設施這一點看來也可以知道，跟警察相比，他們的資源絕對稱不上豐富。在厚生省裡面他們的地位也像個小媳婦，支撐著他們的只有撲滅麻藥的使命感。」

「但如果是二種合格——」

話說到一半，鮫島閉了嘴。二種合格的公務員固然有準官僚的身分，但那也要像警察一樣，下面有個巨大非官僚集團時，這樣的地位才有意義。

「塔下說，他的上司不會跟警察聯手。」

「可能是因為剛剛說的那些理由，讓他有過被本廳保安二課搶了功的經驗吧。」

「可是只因為這樣，而動手去抓笘野嗎？如果只因為討厭我而這麼做，那也太荒唐了吧？」

「當然不只因為這樣，一定還有其他的理由。他們之所以這麼極力拒絕其他偵察警官介入冰糖果的案件，一定還有其他的理由。」

「會是什麼呢？」

「不知道。你會放棄嗎？」

「不會，我一定會查出批發組織到底是哪裡。不是因為面子什麼的，既然查到了一半，我想查到最後。」

「早就料到你會這麼說，那你打算從什麼事開始？」

「車，先查昨天在初狩小型休息站看到那台把風者的車。」

桃井點點頭。「好吧。要是麻取找上門來，由我來擋。」

接著他微笑著。

「就算把冰糖果交給他們，你也要給那些因為冰糖果而自肥的傢伙致命一擊。」

9

位於區役所通的酒吧「媽媽弗思」，跟往常一樣清閒。曾經做過礦工的媽媽桑一個人打理著店。這是間只有吧檯座位的店，店裡一個客人都沒有。

媽媽桑知道進來的是鮫島之後，故意嘆了一口氣。

「怎麼了？有什麼不好的事嗎？」

「要是有好事我還真想知道呢。老是說不景氣、不景氣的，管他進來的是不是條子，只要是客人我都想撲上去啊。」

坐在吧檯一角的鮫島露出苦笑。

「看來今天會來的都是些不景氣的傢伙呢。」

「怎麼？你在等人？」

「是啊，老面孔。」

「如果是那個孩子，怎麼會不景氣呢？」

「難說啊。」

鮫島用媽媽桑從櫃子裡拿出的愛爾蘭威士忌，調了一杯較濃的兌水威士忌。

喝了兩口左右，門就開了，晶走進來。她穿著長袖花稍的T恤以及黑色緊身牛仔褲，外罩著羊毛外套。T恤上畫著嘴唇滴著血的怪獸，用英語大叫著「讓我吃！」。

鮫島無言地點點頭。晶坐在他身邊，從肩包拿出香菸。

「怎麼樣，賣得好嗎？」

「完全不行。」
她回答了媽媽桑的問題，從旁邊搶過鮫島的杯子，先喝了一口。
「怎麼這麼濃。」
「會嗎？」
晶將臉湊近，端詳著鮫島的臉，問道：
「怎麼了？幹嘛一張臭臉？」
「人生總有不順心的時候。」
「別裝老成了。」
雖然反駁，但是語氣並沒有太強勢。
接下來好一陣子兩人都沒說話。媽媽桑也在吧檯內側的椅子坐下，拿起書看。
「巡迴演出什麼時候開始？」
「明天傍晚出發，搭夜車。」
「到什麼時候？」
「兩星期，說不定會到二十號。」
「是嗎？妳說要到哪些地方？」
「北邊。會去四個地方巡迴，最後可能會到朋友的Live House去看看。」
「我也好久沒看妳現場演唱了。」
晶看著鮫島，微笑著。
「要一起來嗎？」
「想去也去不成。」

晶死心地點點頭。

「我想，場面可能不會太熱烈。」

「為什麼這麼想？」

「因為我。」

晶突然這麼說。

「總覺得我現在狀況不太好，對團裡的大家覺得很抱歉。」

「還在意攝影的事嗎？」

「大家都裝出不這麼想的樣子。可是我不一樣，總覺得，自己和樂團一直往不對的方向在走。」

「妳覺得樂團的夥伴也都這麼想嗎？」

「不知道。如果是，那就糟了。」

說完，晶咬了咬嘴唇。

「妳組現在的樂團，過多久了？」

「快三年了，之前的樂團一年多就解散了。」

「為什麼解散？」

「很常有的理由啊。大家都以當職業歌手為目標，不過，只要出道就好的人，往往沒有想過真正出道之後的事。等到有人來談出道的事，馬上就各說各的意見。總之，與其以樂團出道，大家只想要個人出道。但是對方一開始並不是以樂團的角度來看，而是看全體的感覺。一旦有人找上門，心就開始浮躁，有人自己跑到其他唱片公司，想單飛、找上奇怪的經紀公司，步調開始不一致。結果大家好好談了一次，才發現出道之後大家想做的事其實都不一樣。」
「聽起來真可惜。」
「不過當時也曾經想，不如就這樣試試看。等到樂團正式出道，忍耐幾年看看。可是當時的成員都不是能忍耐的人。」
「那些人現在都在做什麼？」
「有兩個人現在是職業歌手，另外兩個人放棄了。其中一個離開了東京。」
「有聯絡嗎？」
「偶爾。這次巡迴演出回程想去看看的Live House，就是其中一個人的店。」
「喔。」
鮫島點點頭。
「你在想什麼？」
「什麼意思？」
「你在懷疑我跟那傢伙嗎？」
沉默了一會兒，鮫島說：
「沒有。」
「那你剛剛幹嘛不說話？」
「我只是想，你們以前怎麼樣我不知道，不過現在一定沒什麼。不是嗎？」
「你這人真討厭。」
晶說著，仰頭喝乾了酒。
「要是我說，我可能會去住他家呢？」

「只是借住而已吧。」
晶深深地吐出一口氣。
「以前我們經常大家睡在一起。現在的樂團還有以前的樂團都一樣，大家在同一個房間裡一起作曲、合音，聊很多。」
「妳跟樂團裡的人睡過嗎？」
鮫島問，晶很驚訝地看著他。鮫島還是第一次問這種問題。
「——有啊。」
「沒在一起嗎？」
「總覺得不對。那不像是愛上對方，比較像是突然想確認彼此的友情。不過只有一次。」
「是嗎？」
「你生氣嗎？」
鮫島轉向她。
「為從前的事生氣做什麼？」
媽媽桑突然站起來。
「今天晚上真奇怪，要開始吵架了嗎？」
「在這裡？」
晶問。
「不是啦，在外面。如果你們要吵那我就到外面去，記得鎖門啊。」
「聽說最近流氓滿老實的。」

鮫島說。

「也是，不過只有現在吧。流氓也有腦筋轉得快的，過一陣子就會起死回生了吧？」

「現在哪裡景氣比較好啊？」

聽到鮫島的問題，媽媽桑噗哧一笑。

「腦筋好的流氓就算景氣好也不會表現出來的，相反的，腦筋不好的流氓就算窮到剩一條褲子，也會打腫臉充胖子，怎麼也不會說不好的。」

「說得也是。」

「你又在查什麼了吧？」

媽媽桑問。鮫島笑著。

「原來如此，真是奇怪的晚上，媽媽桑竟然會問我工作的事。」

「毒品。」

晶說。

「毒品？這不是常有的案子嗎？」

「沒錯，不過這次是新產品，妳聽說過冰糖果嗎？」

「當然聽過。那是毒品啊，都是些街頭小混混在賣不是嗎？」

「現在查不出貨是從哪裡來的。」

媽媽桑眼睛望著天空，輕嘆了一口氣。

「沒聽說呢，應該不是流氓吧。」

「假如不是流氓，那流氓也不會放過的。」

「打死不說就好啦，又不需要把名字告訴賣藥的小鬼。」

「話是沒錯。可是要形成藥頭的網絡，需要相關的知識。就算隨隨便便找來一群笨蛋，不管三七二十一跟路上行人兜售，別說賺錢了，可能還會被抓走連累自己。」

「這就是流氓的知識？」

「關於這方面，他們可是專家。」

「在新宿販毒的幫派到處都是，只是地盤不同而已。」

「對了！」

說著，鮫島突然靈機一動。說不定，先找出沒販毒的幫派反而比較快。當然，即使在同一個幫派裡，也可能因為表面上禁止碰毒品，所以部分幫派分子並不知道自己幫裡有賣，因此要找出沒販毒的幫派，也並沒有那麼簡單。

「我不知道冰糖果竟然是毒品，我還以為現在的年輕孩子都不太吸毒了。」

「這就是他們的目的。」

「畢竟跟大麻或古柯鹼相比，感覺更新潮呢。」

晶說著，媽媽桑看著晶。

「小晶沒碰過這些藥嗎？」

晶顯得不感興趣地喝乾酒杯。

「我只愛這個，也不是故意要耍帥啦。」

「這才聰明。對身體好不好當然是一個問題，不過，只不過為了覺得舒服點就吃藥，也太不划算了。相較之下負面的效果大多了。」

說著，媽媽桑看著鮫島。

「礦坑裡有很多人都吃藥，還有漁夫。冬天夜裡要起來一個人在黑暗海上工作不是嗎？

要是不來一記興奮劑，既冷又可怕，還真撐不下去。」
「這種藥就是這樣趁人之危。」
有段時間利用漁船的走私相當橫行。在韓國產的興奮劑大量流入日本的一九八〇年代前半，日韓的走私船很盛行在公海上接頭交貨這種「丟包」的交易方法。現在依然有大量興奮劑利用海上交易以船運輸往日本。
「妳知道興奮劑這種東西，為什麼會變得這麼可怕嗎？」
媽媽桑問晶。
「妳說可怕，是指會精神不正常發狂的人嗎？」
「對。我曾經聽說，那本來是做為一種藥，在日本的藥局裡也賣過。以前考生為了熬夜會喝，還會讓特攻隊的士兵喝，就像現在喝的營養飲料一樣。這對身體當然不好，可是情況變得更糟，其實是在立法禁止、流氓開始販賣、添加雜質加量之後。」
「我聽說是化學調味料。」
聽到晶這麼說，媽媽桑搖搖頭。
「才不是那麼單純的東西呢。興奮劑的大結晶他們叫作岩塊，有種東西跟這很像，而且還可以簡單買到。妳知道是什麼嗎？」
晶看看鮫島。
「你知道嗎？」
「知道，媽媽桑妳懂很多嘛。是樟腦。」
「樟腦？」
晶皺起鼻頭。

「樟腦，就是那個防蟲用的樟腦？」

「對。他們把樟腦打碎混進去，外表上看不出差別。但是把這種東西注射到身體裡，當然不會有好處。」

「樟腦也是強心劑的原料。所以不管怎麼樣，注射過多都會翹辮子的。」

鮫島說。

「注射殺蟲藥，腦筋當然會不正常。」

晶說。

「是吧。告訴我這些事的是興奮劑成癮的夥伴。他一邊哭著說，好想戒、好想戒，一邊掉著眼淚注射。我就告訴他們，要是這麼討厭，就抱著一死的決心戒掉不就成了。但還是不行。在那之後，他在一場小坍崩事故裡死了。他老婆早就跑了，所以葬禮是我們幫他辦的。火葬場撿骨的時候我嚇了一大跳。那骨頭啊，用筷子一夾就散掉了，連骨頭都碎得徹底。」

「這麼嚴重……」

晶睜大了眼。

「興奮劑是最要不得的東西。就算做愛的時候舒服，這話我來說是有點奇怪啦，但是這世界上比做愛快樂的事還多得是。上床當然是好事，是人生樂趣之一。現在吸毒，都不是為了勉強自己多些體力而注射，都是為了床上功夫更好而注射。真傻！就算一、兩次上床舒服，卻把身體搞壞了，到頭來只是減少一輩子能上床的次數而已啊。」

「真是。」

鮫島微笑著。媽媽桑說：

「我也有好幾次想試試看。一開始頭很痛，一點都不覺得舒服。第二次變得很有精神。

聽說這種東西啊，有人第一次就迷上，也有人注射了好幾次才慢慢上癮。」

「麵包那種好像很快就會上癮。」

晶無意地插了一句話。這等於承認她朋友中有人吸毒上癮。鮫島稍微看了晶一眼，但他什麼都沒有說。

晶轉向鮫島。

「你以前是不是以為所有搞樂團的人都在吃藥？」

「不至於全部，但是不少吧。」

「才不是呢，那是因為一有搞音樂的人被抓，報紙馬上就會大肆報導的關係吧。」

「那種報導是故意的。」

「故意？」

「所謂的知名人士因為麻藥或興奮劑被抓，警視廳一定會透過記者俱樂部發表。結果呢，報上就會出現平時走路有風的知名人士被銬上手銬縮成一團的照片。一般到處可見的小混混，即使因為藥物被抓，照片也不會外流。換句話說，這是為了讓民眾看看，被抓到之後下場會有多悽慘，才故意放出去的。」

「真卑鄙。」

「確實算不上公平。不過，這樣做可以讓人先入為主地產生藥物很可怕、被抓了很悽慘等觀念。」

「然後讓大家不要碰嗎？」

「對。可是，這一招最近好像也不怎麼有效了。」

「為什麼？」

媽媽桑問。鮫島開始說明。

「就像媽媽桑剛剛說的，以前吸毒成癮的人，多半是低所得或者進行嚴酷勞動的藍領勞工。對他們來說，為了維持討生活所需的勞動，興奮劑就是一種『提神藥』。但是現在生活整體變得富裕，勞動時間縮短，注射興奮劑才能工作的生活型態逐漸變少。反而比較常用在另一個效用，也就是增進性趣上。這些人花錢在興奮劑上，並不表示他們因此沒有錢吃飯、買衣服。所以即使是興奮劑成癮，看起來也跟一般人沒什麼兩樣。於是，看不清楚前面有什麼可怕結局的人就會這麼想，『什麼嘛，原來那個人有吸毒啊。只要次數不多，也好好吃東西，對身體好像沒什麼壞處嘛。這跟酒還有香菸不都一樣嗎？』當然，跟酒和香菸並不一樣。興奮劑不僅確實會傷害內臟，還會侵蝕腦部。換個角度想，會用這種想法來說服自己，就證明了這個人已經中毒很深。」

「——真是看不下去。」

晶啐道。

「沒錯。有人認為興奮劑和麻藥如果只為了自己享樂，就算是一種沒有被害者的犯罪。畢竟他們是在破壞自己的身體，沒有影響到其他人。會這麼想的人都相信，自己不可能哪一天突然發狂刺殺行人或者潑汽油點火。但是事實卻不然。只要吸毒，每個人都有可能變成這個樣子。」

「好了別說了，我聽得都快吐了。」

「對啊，還是喝酒好。」

說著，媽媽桑在自己的杯子裡又加了冰塊。

「酒喝多了也會中毒的。」

10

「K&K」店外的霓虹燈到了午夜零點便會熄滅。不過，這條街上營業到很晚的店不多，所以客人多半會留到兩點，有時候甚至三點都遲遲不散。

霓虹燈一關，國前耕二就會彈起〈鳥園搖籃曲〉（Lullaby of Birdland）唱歌，其實他根本就不想彈爵士的標準曲。

不過老闆喜歡，他也無可奈何。

今天晚上客人很少。正確地說，只有一組。市議員延田在吧檯上黏著從上海來日本賺錢的酒店小姐不放。聽說他很喜歡爵士樂，只要耕二彈起標準曲，他馬上就會「啊」、「嗚」地發出哼唱聲。那聲音既不像在哼歌，也不像在合聲。他不但發出這種讓人聽不下去的聲音，還一邊搖著頭。他本人或許覺得很帥氣，但是在耕二看起來，根本就既庸俗又難堪。

延田家是間有歷史的老酒店，這個俗氣的男人很以自己曾經上過東京的大學為傲，他聽說耕二也去過東京，就開始想聊新宿和銀座的話題，故意讓自己帶來的酒店小姐聽。他身上的服裝到現在還是學院時尚風。雖然算是精心打扮了一番，不過看到他這個樣子，耕二真正的感覺是——在這種鄉下地方，你想打扮給誰看呀？

但是老闆一來，延田便會起身招呼。雖然他總是擺個大人物的架子，不過在香川本家面前終究抬不起頭來。在這條街上，不，在這個縣裡，沒有人能在香川本家面前抬得起頭來。不管是政治家、電視台，或者是報社，甚至大型醫院，所有主要產業和大眾媒體，香川本家都是大股東，掌握著實權。

那本家長女，正是「K＆K」的老闆。

〈鳥園搖籃曲〉進入第二段時，景子穿過堆滿紅酒的走廊現身。她應該跟平常一樣，喝了不少白蘭地，但是看起來一點都沒有醉意。

景子身穿焦褐色的褲裝，還繫了一條絲質大領巾。這個地方最具有時尚品味的人，應該就是香川景子了吧！她每年四次，春、夏、秋、冬各個季節都會到歐洲一趟，多半都是去米蘭或者巴黎，一口氣添購好當季的衣服。

她一百七十公分的天生好身材，也能輕鬆地將這些歐洲生產的衣服穿得好看。在東京上女子大學的時候，她還曾經瞞著家人打工當過模特兒呢。

景子一進來，身穿白襯衫打著領結的兩個年輕服務生，就像是撲向主人的小狗一般，馬上跑向前，從景子手中接過了外套。

景子像女王般，輕輕地點了頭，接著便直接走向耕二所在的舞台。

抱著酒店小姐的延田太晚注意到景子的存在。就在延田正想親上酒店小姐的臉頰時，景子走入了落在舞台上的聚光燈當中。

當景子形狀美麗的瓜子臉躍入延田眼中，他反射性地站了起來。身旁的酒店小姐幾乎是被推開，手扶在吧檯上支撐著身體。

「晚安，景子小姐。」

景子應該知道延田在店裡，但是卻看也不看他一眼。她把手肘撐在平台鋼琴上，望著耕二的臉。她撩起從額頭上垂下的髮絲，塗著淡粉紅色口紅的嘴唇綻放出笑容。

「哎呀，自從在漁連大樓那場宴會以來，就沒見到您了呢。」

延田忐忑地問候著。景子這才慢慢地轉過頭來。

她臉上仍然帶著微笑，將食指放在嘴唇前「噓」的一聲。
延田頓時滿臉通紅，坐回高凳上。
一直到〈鳥園搖籃曲〉結束之前，景子都沒有離開她的位置。等耕二彈完最後一小節時，她露出燦爛的笑容，說著：
「好棒好棒！」
接著她甩著那一頭柔順的長髮，轉向延田。
「歡迎光臨啊，延田先生，晚安。」
「您、您好！」
延田站起來，低頭行禮。景子點點頭。
「這位是？」
她手指著酒店小姐。
「啊！她是二丁目『馥香』的新人，名叫由香里。」
「由香里小姐？」
還搞不清楚狀況的中國籍酒店小姐，臉上堆起來笑容，用她生硬的日文輕聲說了句晚安。
「長得真漂亮。妳要小心點，延田先生可是個花花公子呢。」
景子輕拍著對方的手這麼說。
延田整張臉都脹紅了。
「這、小姐，這個……」
「沒關係的，延田先生。這裡是喝酒的地方，您請慢慢坐吧。」

景子優雅地低頭行禮，然後回到耕二那邊。
耕二將手指放在鍵盤上，噹啷地響了幾個音符。
「妳又喝了酒開車來嗎？」
「對，因為待會兒耕二會送我回家啊。」
景子直勾勾地看著耕二的眼睛。
「真是拿妳沒辦法，妳還真是天不怕地不怕。」
店後面的停車場裡，一定胡亂停著她那輛黑色的保時捷Carrera。
「先別說這個了，隨便彈什麼來聽吧，不是爵士也可以，就彈你喜歡的歌吧。」
耕二搖搖頭。
「我才一個人。」
「那彈吉他也可以。」
景子比了比舞台。「K&K」的舞台，每個月有兩次會從東京請來大型爵士樂團。
「我今天就彈鋼琴吧，有想點的歌嗎？」
這兩年來，即使自己不喜歡，主要的標準曲也大致會彈了。兩年的時間，跟耕二和景子上床以來的時間是一致的。
耕二是看了徵人廣告之後，才到「K&K」來的。這家店在有「K&K」這個名字之前，是個毫不起眼的小酒店。本來是景子的父親讓自己的情人之一打理的店。不過，那個情人死於交通事故後，父親就把店交給景子管理。
對父親來說，這像給了景子一個新玩具一樣。實際上景子也非常熱中於替這家店改裝，呈現出嶄新的概念。景子心裡並沒有要靠這家店賺錢的念頭，耕二心想，就算這間店裡都沒有客人的狀況持續一百年，別說是香川家了，就連景子本人應該也不會皺一下眉頭吧。

香川本家的財產究竟有多少，連景子也不太清楚。

景子想要一間以往地方上從未有過的店。她特別挑選年輕人擔任員工，保留一些優雅的氣息，讓大家可以在店裡喝酒。

「Ｋ＆Ｋ」白天不營業的時間，會出租給當地的業餘樂團。因為對這些樂團來說，除了社區活動中心和學校的體育館以外，就沒有可以練習的地方了。像東京市區裡常見的出租練習室，在這裡一間都沒有。

把空間出租給業餘樂團這個點子，是景子聽說耕二在東京曾經搞過搖滾樂團後，才想到的主意。

耕二早就已經放棄要成為職業樂團的希望。不過，從前曾經被職業樂團邀請過的經歷，在他心裡仍然是一份驕傲。當他談起這件事時，景子好像深深地被打動了。

——我們這個地方，一定也有像你從前那樣的孩子。我們就把店開放，做為那些人練習的地方吧！

耕二起初是反對的。要是把店借給一些不知道有幾斤幾兩重的傢伙，凡事講究的景子特意準備的音響設備，說不定會被搞得亂七八糟的。

——不要緊的，耕二你會好好幫我看著的。

——是要我來監視嗎？

——是啊，如果你看到有潛力的樂團，記得告訴我。讓我們一起替他們當製作人，幫助他們發展吧。

對於與生俱來就擁有優渥金錢和優越地位的景子來說，創造一個能讓大眾狂熱的明星，她一定認為是椿極具魅力的冒險吧。

但是就連在這個地方事事都能如願以償的景子，這都只不過是個「夢想」而已。

這兩年來，耕二在「K&K」的舞台上看過數十組業餘樂團的演奏，別說職業水準了，沒有一個樂團擁有能讓小型Live House滿座的技巧和魅力。如果說歌唱得不好、技巧也差，但是長相還不錯，或者是整體的風格夠明顯，那還有救。可是，看到這些連一個賣點都沒有，卻痴心妄想著要征服東京的鄉下小毛頭，耕二只覺得厭煩。

聽著他們那稱不上是音樂、笨拙不協調的聲音，耕二就會懷念起從前的樂團。現在想想，或許當時的樂團稱不上頂尖，不過和這些傢伙相比，可要好上好幾倍。

以前在樂團裡彈吉他，現在耕二則彈鋼琴。當年父親在車站前經營電影院和餐廳的生意還不錯，讓耕二學了五年左右的鋼琴。但是他現在的鋼琴技巧卻比大部分樂團的鍵盤手都要來得好。

總之，關鍵就在於毅力。在鄉下自以為特立獨行，只要在髮型和服裝上顯眼就行的傢伙，跟住在東京便宜公寓裡，打工過著過一天算一天的生活，以成為頂尖明星為目標的傢伙相比，他們的毅力和格調都遠遠不及。

談到樂團時講到毅力，耕二自己也覺得真是老套。可是不搞樂團之後，看看現在依然持續走在這條路上的老朋友，他才發現，這果然需要毅力；而自己並沒有這種持續下去的毅力。「K&K」是從景子姓和名發音的第一個字母所取的名字。但是，耕二的姓名縮寫也正好是K&K。

在景子的誘惑之下，兩人第一次上床的夜裡，景子說：

——我把「K&K」裡，其中一個K給你。

——給我？

——希望你在這裡能找到你在東京沒能找到的東西。

景子看上了耕二的能力。不只是他彈唱的能力，還有他做為一家酒店老闆的能力。

在景子的心裡，相當嚴肅的部分和非常浪漫的部分，毫不矛盾地共存著。

她嚴肅的部分，表現在她以本家長女的身分君臨著這個城市，痛快地貶低像延田這種鄉下人的這一面上。（地方上傳說著）她一個女人家每天晚上飲酒作樂，領著地方上的媒體和少數的藝術家，表現得像個地下領袖一樣，但也同時稱職地扮演著白天本家長女的身分。

而她浪漫的部分，在她聽到耕二在東京受傷失敗（景子如此深信），撿回這樣的耕二後，聽到他在東京辛苦奮戰的經歷，淚流滿面地說：

——大家都為了自己的夢想，拚命在努力著啊！

一個事事滿足、生活不虞匱乏的女王，為了他人的悲劇而流下眼淚。對耕二來說，自己在東京所走過的路，其實一點也算不上悲劇。這只不過是稀鬆平常，即使在這一瞬間，都可能有幾百人、幾千人重複著相同的經歷。

而景子決定要上東京知名女子大學的附屬高中之後，家裡就買了公寓給她，又有巨額生活費，在香川財閥東京分公司的保護下過著獨居生活，對這樣的她來說，耕二口中的東京生活或許可以想像，卻從來沒有親眼見識過。

景子在耕二的回憶當中，想到與自己無緣的窮苦生活，沉浸在感傷之中。而她對耕二的挫折，彷彿產生了罪惡感，所以才把「Ｋ＆Ｋ」交給耕二打理。

或許這也可以說是一個太過幸福的人的心血來潮。一個事事都順利美滿的人，只要看到有一點點不幸的人，就會輕蔑對方，或者產生罪惡感。但是罪惡感所衍生的也不過是憐憫而已。

耕二知道，自己就跟這家店一樣，對景子來說，就只是個玩具而已。

但話雖如此，耕二並不打算安於如此。

他要利用景子，在這個地方上出人頭地。方法雖然還不明確，但他隱隱約約感覺到，一定有路可走。

景子除了經營「K＆K」之外，還有許多其他玩具。其中也有些玩具並不屬於景子一個人，有其他和她一起玩的「夥伴」。這個「夥伴」是景子唯一願意低頭，並且認同的人物。

那是一個家世背景好、頭腦也聰明的男人。跟耕二一樣，是從東京回到家鄉來。回到這個地方，建立起自己小帝國的男人。

只有對這個男人，景子才允許「對等」。

不過有些事情，景子並沒有發現。

那個男人憎恨著景子。因為男人不能接受景子下意識地對自己採取著「我恩准你」的態度。

而且那個男人還和弟弟聯手，經營著不能見光的生意。

這筆生意，同時有龐大的利潤和高度的危險。

耕二希望能把這筆生意搶過來。這麼一來，就算有一天，女王大人厭倦了自己，他也能繼續優雅地在這個地方生活。

這將會讓自己觸法。不過事到如今，犯法又怎麼樣？

耕二的父親在耕二回來後不久就腦中風倒下，雖然已經出院，但是還留有後遺症，如果沒有母親或者已出嫁的姐姐幫忙照顧，一個人根本沒有辦法好好吃東西。除了房子之外，已經沒有剩下可以稱為財產的東西了。耕二雖然回到老家，但是只要回家就馬馬虎虎過日子的天真夢想，他不得不馬上拋棄。

告訴耕二這地方上有這種危險生意存在的人，是他的國中同學。那個男人高中輟學，從地方上的暴走族加入了幫派。後來雖然金盆洗手，但也沒有找到正當職業，一直遊手好閒。

這個男人叫平瀨，加上和平瀨當酒保時認識的石渡，是耕二「搶生意」夢想的夥伴。石渡在藥科大學輟學後，一直玩樂度日。現在好像在地方上當保險業務員。他雖然有讓人摸不清底細的感覺，但耕二他們需要石渡的知識。

「搶生意」計畫沒有那麼簡單，耕二自己也相當清楚。

因為要對付的，不只景子一個人，還有景子唯一認同的香川昇。

如果是一般的事業，耕二壓根也不會想要和香川家為敵。但是他們三個人計畫要搶過來的這筆生意是香川昇絕對不能對外公開的。萬一事跡敗露，香川家的威信就會頓時瓦解。也就是說，香川兄弟染指的危險買賣一旦失敗，他們失去的東西將難以估計。

這筆生意應該是私造興奮劑。耕二他們還沒有明確掌握到內容，這只是平瀨在當流氓時曾經聽過的謠傳。

在地方上，香川家的勢力也對幫派有很大的影響。所以當地的流氓們雖然隱隱約約地察覺到，但也不敢輕舉妄動去查明真相。據平瀨說，這些幫派在縣內的溫泉區和市內的鬧區都已經有了足夠的利潤，所以他們的幫裡規定不准對毒品出手。這個幫派雖小，但向心力很強，所以到目前為止，還沒有人敢打破這個規定。而現在其他縣的幫派也還沒有進軍這個地方的動向。

簡單地說，這就是一個無風地帶。就算有選舉活動，最後當選的，也只有接受香川家金援的保守黨員。在黑道的世界裡，也已經好幾十年都由同樣的幫派來控制這個地盤。

現在耕二唯一不明白的就是：景子為什麼要加入這麼危險的買賣中？

他不認為景子是在不知情的情況下被香川兄弟利用的。姑且不提她是本家長女，景子是個頭腦很好的女人，她不可能完全沒發現自己兄弟經手的危險買賣內容為何。據說，景子之所以成為現在的景子，是因為在東京與高級官僚的婚姻以失敗收場的緣故。

女子大學畢業後，再加上短期留學總共兩年的「新娘修業」後，景子和通產省的官僚結婚了。結婚典禮上據說還邀請了首相。不過，才短短一年半，婚姻生活就失敗了。景子搬離雙親所準備位於麴町的豪華大廈，回到這個地方。

她原本就是個個性很好強的大小姐，現在則變得好像把自己整個人生都豁出去了。豁出去——用這幾個字來形容景子相當的適合。她明明是個聰明有錢又美麗的女人，卻只因為一次失敗的婚姻，就放棄了自己的人生。

景子以前曾經這麼說：

——我爸爸從來就沒有罵過我，他總是「景子、景子」地叫我，相當疼愛我。不過只有一次，他氣到差點要揍我，那就是我跟我前夫離婚的時候。

世界上離過婚的人不知有多少，不論男人或者女人。尤其在東京，根本沒什麼稀奇。可是在這個無風地帶，本家長女有椿失敗婚姻是個決定性的事實。街上任何人看到景子，心裡都會聯想到這件事。

從某個角度來看，這很不公平。但耕二覺得很不可思議，為什麼景子沒有想過再次離開這個地方。

或許對景子以及香川兄弟來說，這個地方具有某些特別的意義，是耕二想也想不到的。

而這特別的意義，如果不是生長在權力擴及政治、經濟和犯罪領域的「世家」中，絕對無法瞭解。

耕二和其他兩個夥伴想要把這「世家」玩弄於股掌，而他們三人唯一的武器就是沒有任何可以失去的東西。

「那，〈佛蒙特之月〉（Moonlight in Vermont）可以嗎？」

耕二看著景子問道。

「好啊，我喜歡這首。」

景子說著慢慢地點了頭。

她長得很美，就是因為太美了，所以有時候很難去猜測她的心思。白淨透明的肌膚、明顯的雙眼皮下細長的眼睛、充滿女人味的圓潤臉頰。一百七十公分的身高，看起來卻並不會太過纖細，豐潤得恰到好處。

全裸的景子，體型看起來一點都不像日本人。她美麗的胸型，在耕二以往不缺女人的人生中也算是數一數二。

耕二記得，景子今年三十二歲。不過，應該沒有人會覺得她已經年過三十了。

耕二問過她不只一次，為什麼不進演藝圈發展。景子只是笑了笑。最近他才終於瞭解，對於像景子這種身分地位的人來說，演藝圈是極為下層的存在。她或許對製作有興趣，但一定想都沒想過要把自己當成商品。

耕二彈著〈佛蒙特之月〉的時候，看到延田悄悄地站起來準備離開。耕二看著延田的眼睛，輕輕地對他點了頭。延田的臉上浮現狼狽的表情。

背向延田的景子，看到耕二的動作，一定也知道其中的意思。不過，景子並沒有回頭。

她只是一直盯著耕二的臉。

在不知情的人眼裡看來，會以為景子愛上了耕二。

事實上景子也常常在耕二的耳邊輕聲說，我喜歡你。但是耕二察覺到，景子對自己，其實更像在對待自己疼愛的寵物一樣。

但景子到底有沒有發現呢？

說不定她並沒有發現。或者，景子真以為這樣的感情就是男女之間的愛。

耕二彈完了一曲。

「彈得真好。」

景子臉上浮現了微笑。一名服務生端來倒在冰塊鑿成的酒杯裡的軒尼詩ＸＯ。景子端起酒杯，啜飲了一口。

「今天去了哪些地方？」

耕二靠在椅背上，拿出香菸。

「跟平常一樣。在皇家飯店有場陶藝家的宴會，報社的文化部和電視台的人都在。他們還想來這裡，但是我把他們甩掉了。裡面有好多酒品不好的人。今天怎麼樣？」

「很安靜。除了延田先生之外，早一點還有五組客人左右。對了，島崎先生來過了，交代我向妳打聲招呼。」

「那位老先生身體還好嗎？」

「還不錯，聽說明年他兒子好像會從東京的大學醫院回到這裡來。」

「要繼承他的事業是吧？他一定會把在東京認識的護士一起帶回來的。」

「妳認識嗎？」

「是啊。」
景子臉上浮現曖昧的笑容。景子在宴席之中撿回的資訊，往往是地方上八卦的核心。
「還有，」
耕二看準了轉換話題的時機。
「大概是下禮拜吧，我以前的夥伴會到這裡來。」
「以前的夥伴？」
「搞樂團的時候。」
「她現在在做什麼？」
「現在是職業歌手。在仙台開演唱會，說是回程的時候要繞過來一下。」
「職業歌手……叫什麼名字？」
「我說了妳大概也不知道。她的名字叫晶，水晶的晶。」
「一個人來嗎？」
「是女孩子嗎？」
耕二點點頭。景子的眼中閃過一抹表情，但這意味著什麼，耕二還看不出來。
「對，她是新樂團裡的主唱。樂團的名字叫『Who's Honey』。」
「『Who's Honey』？」
景子歪著頭。
「沒聽過呢。」
「是啊，才剛出了一張專輯而已。」
「賣得好嗎？」

耕二搖搖頭。景子還等著他繼續說下去，耕二只好繼續說。
「她聲音不錯，歌唱得相當好。」
「她來，會過夜嗎？」
這話問得很有技巧。耕二急忙搖搖頭。
「她不會住我家。」
「你在說什麼，我又沒有問這個。我是問她有沒有要在鎮上過夜。」
「這、這個嘛……有的。我想，如果妳同意的話，讓她在這裡唱幾首歌，不用付她錢也沒關係的。」
「唉，這怎麼行呢，人家可是職業歌手呢，既然要唱，就該付人家錢才對……」
「不要緊的。」
耕二堅決地說。
「她一定肯唱，而且一定不會拿錢的。」
「為什麼？既然已經成為職業歌手，說不定心態會改變啊。你們經常聯絡嗎？」
「沒有。這家店剛開的時候，曾經寄了通知給她。隔了好久以後的前幾天才通電話的。」
「那，她可能已經變了啊，耕二你很瞭解那個女孩嗎？」
「是啊……因為我們一起合作很久。」
景子玩著杯子，看起來很開心。
「她長得漂亮嗎？」
「還好。」

「是什麼感覺的人？」
「該怎麼說呢……很好強的人。」
「好強？像不良少女那樣嗎？」
「不、不是那樣。她更有個性，有點火爆。」
「你跟她上過床嗎？」
「啊？不，沒有上過床。」
這話是騙人的。現在想想，有時不太確定是否真的發生過。但就那麼一次，在一個凌晨，兩人曾經有過短暫的片刻。
「嗯。」
沒有聽到上床這個答案，似乎讓景子覺得很不滿意。
「可是她要一個人來找你，不是嗎？」
「怎麼說呢……以前的樂團夥伴總是會覺得像老朋友一樣，我們以前老是混在一起，但是從某一天開始，卻再也見不到面了。」
「耕二你也覺得很懷念嗎？」
「是沒錯……」
景子一直盯著耕二看，過了好一會兒，才終於綻放出笑容。
「好啊，如果她願意過來，就請她唱首歌吧。音樂怎麼辦？用伴唱帶嗎？」
「不，我來彈，而且那傢伙以前也當過鍵盤手。」
「好令人期待呀，還有，再怎麼說，人家來唱歌，不能不付錢。不如就由我們來替她付住宿費用吧，我會交代皇家飯店準備她的房間。」

「不好意思。如果是這樣，我想那傢伙應該也會同意的。」

景子點點頭。一邊搖晃著身體一邊離開鋼琴邊，走了幾步，接著她回頭問道：「不過，為什麼她要過來呢？只是單純因為到附近而已？」

「這也是一個原因，另外……」

「另外什麼？她想把你挖角到她的樂團去嗎？」

聽到這個出乎意料的問題，耕二嚇了一跳。「不、這不可能，絕對不可能，她現在的吉他手彈得比我好多了。而且……我在猜，她可能現在遇到瓶頸，所以才想見見以前的樂團夥伴，重新回味自己剛開始搞音樂時候的日子吧。」

景子無言地點點頭。

接著她一個轉身，走向收銀台旁。負責收銀的人正在等著景子的確認。

離開時景子相當冰冷的側臉，讓耕二有一瞬間覺得後悔。

她在吃醋嗎？

多少有一點。不過景子在意的，比起晶和自己恢復過去可能有過一、兩晚的關係，她更擔心的應該是非關男女感情，晶可能會把自己以樂團成員的身分挖角回東京這件事吧。

她擔心自己心愛的寵物會被帶走。

晶是不是會看穿自己和景子的關係呢？她一定會看透的，晶是個直覺相當敏銳的女人。

而她又會怎麼想呢？

不知道。晶在這兩年半以來，是不是也跟回到這個地方後的自己有一樣的成長，耕二無從得知。

11

結果，具有突破性的線索並不是車牌，而是筈野浩的一個顧客。

筈野高中輟學後第一份工作並不是現在的公司，那間公司雖然一樣是進口車的中古經銷商，但卻還受理高利金融擔保，有點可疑。筈野大約工作八個月就辭掉那份工作，換到現在的公司，不過他在那裡認識的客人當中，有一個是間小演藝經紀公司的社長。

那間經紀公司有個由前暴走族成員組成的搖滾樂團。鮫島查出，樂團成員和筈野碰巧認識。

樂團成員名叫日野原圭太。

鮫島從車裡的座椅上起身，將手上檔案資料的照片跟迎面走來穿著成套皮衣的男人相互比較。

這份資料是經紀公司為了把藝人推銷到電影、電視等而製作的。上面寫著，日野原圭太年齡二十二歲，身高一八二公分，體重八十公斤，專長是機車限定解除駕照⑩和空手道。二十歲時因施暴傷害而被逮捕的前科並沒有記載。聽說大伯之類的親戚好像是右派的大人物，所以總是大發豪語說自己什麼都不怕。

實際上他在前一間經紀公司也傳出曾經對同公司的十九歲女藝人施暴，因而差點被提告的消息。他總是自傲地對朋友說，我在流氓和警察面前都吃得開。他是筈野曾短期待過的暴走族的前輩。

日野原穿著到處打有鉚釘的黑皮褲裝，腳踏皮靴。他正走向距離鮫島的ＢＭＷ稍遠處的重型機車，那是一台裝了違法加高把手的一千ＣＣ。

地點是從六本木十字路口往飯倉片町方向，從大馬路往裡走的一條小路上，時間是凌晨三點。

日野原走過街燈下時，鮫島發現他的眼睛泛紅。

日野原沒把嘴裡叼的香菸熄火就丟掉，跨上了機車。

鮫島下了車。聽到關門的聲音，日野原漠不關心地轉過頭來看。

「您是日野原圭太吧？」

聽到鮫島這麼說，對方抬起下巴瞇著眼。

「怎樣？」

日野原用他嘶啞但尖銳得異樣的聲音回答，看著鮫島出示的警察手冊。

「我想請教一些有關您朋友的事，可以耽誤十分鐘嗎？」

「我很累，你明天再來吧。」

說著，日野原將鑰匙插進了機車。

「我知道了。不過看您現在的樣子，應該剛喝過酒，現在這個狀態騎機車是不是有點危險呢？前面就有間營業到早上的咖啡廳，要不要到那裡喝杯咖啡，醒醒酒呢？」

「煩不煩啊，很囉唆耶。你哪個署的？麻布的交通課嗎？」

❿駕照上若有限定可駕駛車輛等種類時，通過限定解除審查可解除其限定。機車之限定解除審查合格後，可駕駛所有類型的機車。

日野原開始大聲了起來。
「新宿的防犯課。」
「新宿？那這裡不是你管區吧，還這麼神氣地問我話。你小心被調走啊！」
「調走？」
「調你去站派出所啦。像你這種小警察，誰有閒功夫理你啊。」
「我真的有重要的事情要請教。」
「吵死了，閃開啦！」
日野原對擋在機車前的鮫島搖搖頭，發動了引擎。
「你只要敢動機車一公分，我就會用酒後駕車的現行犯名義逮捕你。」
鮫島說，日野原的臉色一變。
「你說什麼？這渾蛋，想威脅我嗎？」
「不是威脅。我只是在教你，太過逞強對你沒什麼好處。」
「媽的……」
日野原轉動鑰匙，關掉引擎。他慢慢下了機車，湊近鮫島的臉，一副要恫嚇他的樣子。
「喂，報上你的名字來。」
「鮫島。」
「防犯課是吧。」
「對。」
「新宿的署長現在是誰來著？要不要我跟你們署長說一聲啊？」
「如果你想見署長，可以現在過去，或者再等五、六個小時，他就會到。」

「白痴。誰會跟你混那麼久啊。我警告你，本廳警視正等級的人，大家都認識我。你一定會被調走的。」
「沒關係。只要你願意說，我被調到哪裡都無所謂。」
日野原很不耐煩地仰望天空。
「你聽好了。不要以為把手冊亮出來就能嚇唬人，我可不怕你。本大爺沒功夫跟你聊，快滾吧！」
「你認識筈野浩吧，他上星期因為違反興奮劑取締法被逮捕了。」
「不認識啦，我不是告訴你我不想談嗎？」
鮫島不管他，繼續說。
「你是筈野以前在暴走族『帝都連合』裡的前輩，而且你隸屬的經紀公司社長，以前還跟筈野買過賓士車。」
「是嗎？這我倒不知道。所以呢？」
鮫島持續盯著日野原。
「我建議你不要太小看警察……」
「跩什麼跩啊你！」
日野原用嘶啞的聲音說道。
「請把手放在牆壁上。」
「為什麼！」
日野原的表情變了。這一瞬間，鮫島確信他身上有東西，一切都是在虛張聲勢。
「我現在開始公務詢問。請讓我檢查你身上的物品。」

話還沒說完，日野原就用突如其來的蠻力推倒鮫島。他跨上機車，發動了引擎。

鮫島在日野原收回支架前站起身，勒住他的脖子。機車就快翻倒，日野原連忙跳開，怕成為沉重車輛的肉墊。

「你這小子！」

日野原揮開鮫島的手，手肘撞向鮫島的側腹。機車慢慢倒下，鏡子發出響亮的碎裂聲。

鮫島腳步一個不穩。日野原踏出一步，扭轉著身體背向鮫島。

鮫島的眼裡看到他皮外套背後畫的藍色骷髏圖案。看穿對方舉動的用意後，鮫島舉起雙手蹲低了身體。

沉重的迴旋踢命中鮫島的手臂，鮫島往後彈開，背撞在建築物的牆壁上，差點喘不過氣來。

日野原轉身背向鮫島，正要開始奔跑。

「等等！」

鮫島大叫。

「你再動我就開槍了。」

日野原停止了動作。鮫島把手裡的新南部槍口朝空，一邊撐起身體。

「你搞什麼……我要去告你，說你拿槍對著一個手無寸鐵的人。」

日野原睜大了眼睛，瞪著鮫島。

「把手放過去！」

鮫島沒理他，指著自己剛剛撞上的那面牆。日野原依言行事，鮫島收起手槍，慢慢走近他。

戴上手套，鮫島迅速搜了日野原的身，發現了一把十五公分左右的蝴蝶刀，和用塑膠袋包起的鋁箔。

「這是什麼，說啊？」

日野原沉默著沒有回答。鮫島打開袋子，展開折疊好的鋁箔。裡面是裝在塑膠小袋裡、看似磨碎咖啡糖般的半透明結晶，還有印了大量小唐老鴨頭、刻著撕裂線的紙片。

「又是岩塊又是酸紙，你行李還挺有派頭的嘛。」

岩塊是興奮劑的結晶，酸紙則是滴過L・S・D的紙。從這些東西包在鋁箔裡看來，岩塊應該是打算放在鋁箔上，再利用打火機的火從下面加熱來吸入蒸氣服用的。

「不知道啦。」

日野原別過臉去。鮫島把東西放回塑膠袋，拿出手銬。

「現在以違反興奮劑及麻藥取締法的現行犯嫌疑逮捕你。」

「好啦，我知道了啦！」

日野原突然大叫，回頭看鮫島。

「我說就是了，你就饒了我吧。」

「你要說什麼？」

「箬野的事不是嗎？」

「箬野的什麼事？」

「你不是在查那個嗎？箬野的買賣。」

「你也在賣嗎？」

「我才沒有，我又不缺錢。那些是我自己用的，我才不會拿去賣。」

「筈野為什麼要賣？」
「還不是為了錢。他在之前那間公司時，抱怨說沒賺頭，我才介紹給他的。」
「介紹誰？」
「一個叫古賀的高利貸，在新宿那邊。」
「古賀？」
「古賀武夫，他的事務所在一間叫『海鮮樓』的中餐廳樓上。」
鮫島慢慢吐了一口氣，終於找到線索了。
在初狩小型休息站看見的那輛深藍色賓士，就是那間「海鮮樓」的中國籍老闆所有。偵訊之後說不定可以知道當天開車的是車主本人，還是借用的其他人。可是因為擔心對方有所警戒，鮫島沒有繼續追查這條線，轉而開始向筈野的身邊調查。
關東信越地區的麻藥取締官事務所逮捕筈野已經過了十多天。麻藥取締官事務所偵訊筈野所獲得的情報，一條都沒有傳到鮫島這裡來。鮫島無計可施，才開始了現在的調查活動。
辛苦總算有了回報。
古賀武夫是「丸正金融」這間高利貸公司的社長。他雖然沒有正式加入幫派，公司本身卻是幫派為了獲得資金而經營的黑道企業。
鮫島也知道「丸正金融」背後是什麼組織。
關東共榮會系藤野組，靠賣春和甲苯地下買賣興起的幫派。藤野組原本應該沒有販賣興奮劑的。
「古賀告訴筈野什麼賺錢方法？」
「那我就不清楚了。」

日野原別過臉。
「你跟古賀是什麼關係？」
「我還在混暴走族的時候，他常常請我吃飯喝酒。現在不混了，沒什麼往來。」
「不混了？誰？」
「我啊。」
「那這又是什麼？」
「我剛不是說了嗎？這是我自己找樂子用的。」
「難道不是古賀給你的嗎？」
「不是啦，古賀先生跟我已經很久沒見了。我是用電話把筈野介紹給他的。」
「那這些你是從哪弄來的？」
「跟澀谷的藥頭買的。」
「你知道古賀的背景嗎？」
「應該是流氓吧，不過我不知道是哪個組的。」
「是嗎？」
說著，鮫島還是把手銬銬在日野原手上。
「你幹什麼?!」
日野原大聲叫著。
「我不是都說了嗎？你就放我一馬吧！」
「誰說要放過你了。」
「你這傢伙！」

日野原用他被銬上手銬的手揪住鮫島的領口，把他拉近。

「給我記著，我一定會叫上面的人好好修理你的。像你這種垃圾條子，隨隨便便就會被整死的。」

「你想這麼做儘管去。不過，我會先狠狠地揍你一頓讓你屁股的血流乾，再丟你去蹲苦窯。」

鮫島看著日野原的眼睛平靜地說。日野原的臉上沒了血色，變得蒼白。

鮫島抓住手銬的鎖頭，把他拉進ＢＭＷ裡。

「藤野組。」

桃井停下了動作。鮫島先把日野原帶到新宿署拘留，等桃井來上班，正在向他報告。

桃井拿著早報到署裡，安靜地聽著鮫島的報告。他給自己泡了茶，將脫掉的外套掛在椅背上，動作在途中止住。

「沒錯，聽說是古賀介紹笘野冰糖果買賣的工作，批發冰糖果的很可能是藤野組。」

桃井坐下，想了一會兒後開口道。

「真壁在裡面吧？」

「是的，至少還要三年才能出來。」

「如果是他，或許有這等腦筋……」

真壁是藤野組裡公認最有能力的流氓。鮫島曾追查過一名後來被桃井射殺的私造手槍犯人，真壁用這個人所製造的槍殺傷了兩名外籍罪犯，因而入監服刑。他自己也被刺傷，在半死半生、渾身是血的狀態下搭車到新宿署，說是要找鮫島，然後就昏過去了。

「真壁進去之後，藤野組不是曾經快要毀了嗎？」
聽到桃井的疑問，鮫島點點頭。
「沒錯，甲苯的買賣做不成後少了賺錢的生意，對他們打擊很大。不過女人的生意因為泡沫經濟而興盛，才起死回生的。」
「最近有什麼動靜嗎？」
「沒什麼特別的，我以為他們還是一樣以飯店電話賣春為中心在賺錢……」
「古賀那邊應該撐得很辛苦吧？」
「倒帳的應該很多，但現在還沒聽說有倒閉的跡象。」
「古賀嗎……」
桃井陷入沉思。
「那個日野原涉入冰糖果買賣的可能性呢？」
鮫島搖搖頭。
「他手上有的是岩塊和L。如果有涉入，身上應該也會有冰糖果。」
「總之先查查看吧。麻取還沒有查到日野原身上吧？」
「還沒有，我想除非是箬野沒有供出來，不然就是老樣子，他們不出手。」
「我不認為箬野沒有供出來。會不會他們跳過了日野原，直接對古賀進行秘密搜查……」
「要是對古賀出手，消息就會走漏到藤野組耳裡。」
「你知道古賀跟藤野組之間的管道嗎？」
「不知道。」

鮫島搖搖頭。

「說不定掃黑那邊會有情報，我去問問。趁這時候對日野原進行偵訊吧。」

「這傢伙很囂張，口口聲聲說自己親戚是大人物。」

桃井瞄了鮫島一眼。

「他說了什麼？」

「說要把我調走。」

桃井輕輕點了點頭。

「我拭目以待。」

轄區警署刑事課四科，負責掃黑，對於在管區內設有事務所或者進行各種買賣的主要幫派成員都瞭若指掌。他們也會留意幫派內微小的人事更動或者稍具規模的幫派分子旅行，時時掌握幫派業務的方向性或方針變化。在任何一個幫派中都會有幾個年輕幹部候補，只要特別注意這幾個人，就可以預測不久的將來可能發生的戰爭或大型交易。

找到聯絡「丸正金融」的古賀和藤野組之間的線索，就是來自其中一個年輕幹部候補。

「聽說是一個名叫角的男人。他跟真壁是好兄弟，真壁還沒進去時，他總是躲在角落不惹人注意，但是等到真壁進去之後，他突然開始嶄露頭角。」

「角……」

鮫島偏著頭聽桃井這番話。這個名字他從來沒聽過。

「他年紀大概幾歲？」

「不知道過三十了沒，看來年紀應該比真壁大一點。資料我要來了。」

第一次見面時真壁二十五、六歲，當時他已經擁有超過藤野組少頭目的力量。藤野組的上層組織關東共榮會，是以南關東為主要地盤的廣域幫派。

這種廣域幫派果然跟小幫派不同，擁有年輕時就已經能力出眾的優秀成員。這些人最後會被幫中本家本部看上，獲得提拔而往上爬。

鮫島心想，真壁應該就是其中的典型。等他出獄之後，本家肯定會找上他，把他提拔到以往的大哥或頭目望塵莫及的地位。從這一點看來，流氓社會也算講求實力主義。

大企業會在一開始以就職考試等方式來篩選優秀員工，下包公司員工能在總公司裡出人頭地的情況可說少之又少。但是在流氓社會裡，這卻有可能發生。不管是旁系或者本家，進入幫派時地位就像在同一條線上。

不提拔有實力的人，這樣的幫派遲早要面臨衰弱的命運。

「聽說角是個看起來不太像流氓的男人。他大學輟學，在幫裡的評價很兩極。這個人到底是不是個厲害角色，四科他們也很難判斷。畢竟真壁已經先給人深刻的印象。」

「如果是真壁看中的兄弟，那不可能是個沒有膽識的人。」

桃井看著鮫島，凝神思考。日野原的偵訊已經告一段落。因為他好歹算是個藝人，本廳保安二課想要人，鮫島也很乾脆地答應了。日野原顯然不太走運，不管他背後有多強的靠山，看來是逃不過當眾丟臉的命運了。

「要不要對角進行秘密搜查呢？說不定麻取已經開始了。」

桃井這麼說，是因為知道角是個正面迎擊也不容易露出狐狸尾巴的對象。

「麻取的塔下說，批發組織跟冰糖果的製造者之間進行的也是遮眼式交易。如果他說得沒錯，那麼角絕對不會把自己的交易方法透露給幫裡知道。因為幫裡的人一定會認為他被人小看了。」

「還有用其他案子來抓角的方法。我們跟麻取不同，可以用其他案子的名義來行動。」

這麼一來一定會讓麻取大吃悶虧。可是一個不小心，也可能斷了連接製造者的線索。

「如果角這個人夠聰明，他也可能掌握住製造者的真面目，卻裝作不知情，不是嗎？」

「那把他抓來也不失為一個方法。你認為哪一種可能性大？」

「我查查看。」

12

「就是那個男的，站在中間高個子的那一個——」

四科巡警部長田久保告訴鮫島。田久保年紀跟鮫島差不多，聽到鮫島要求他幫忙指認角，他表情僵硬地跟來。兩人在鮫島的ＢＭＷ裡，車停在百人町一棟公寓前。

角在四個年輕手下的包圍下，正從公寓的入口走出來。他個子比其他人高出許多，身上穿著顏色低調的軟式西裝。兩手雖然插在口袋，但如果沒有這個動作和包圍在身邊的男人，外表看來確實不像流氓。

「謝謝，你可以回署裡去了。」

聽到鮫島這麼說，田久保顯得有點出乎意料。

「可以嗎？」

「接下來我一個人就行了。」

在署裡素有惹事鬼、愛出鋒頭等風評的鮫島要求協助，很明顯可以看出田久保並不怎麼樂意。他在其他署員面前相當不情願地跟著鮫島走了。

「你想查出他的老巢嗎？」

「不，他家裡的住址我已經知道了，如果他沒有搬家的話——」

「早稻田鶴卷町的公寓，他已經結婚了。」

「那應該是那裡沒錯。」

鮫島點點頭。角三年前曾經有恐嚇未遂的前科，住址跟那時候一樣。

田久保露出了安心的表情，打開前座車門。

「辛苦了。」

「哪裡。如果還有什麼幫得上忙的，請別客氣。」

嘴上雖然這麼說，但鮫島知道，對方一定希望不要再跟自己有瓜葛。除了桃井和藪以外，署裡沒有其他人對鮫島示好。雖然有些外勤巡警暗地裡尊敬鮫島，不過，如果表現出這種態度，一定會受到其他署員排擠。

下了ＢＭＷ後，田久保迅速地環視周圍，快步往角等人行進的反方向走去。

鮫島看了看ＢＭＷ的時鐘，時間是晚上九點四十分，他們可能要外出喝酒。

圍繞在角周圍的，都看起來比角年輕，應該是他的手下。能夠帶著自己的手下外出喝酒就表示他在幫派裡有了一定的地位，否則上面的人一定會說些挖苦的話，甚至還會以行動懲戒。

角身邊這群人裡並沒有鮫島認識的面孔。跟角不同，這四人一眼就可以看出是流氓。雖然鮫島不認識這四個人，但並不表示這四人不知道鮫島的長相。鮫島要是走在街上，被他們不知不覺中記住長相，也是很有可能的事，所以他不能夠掉以輕心下車接近對方。

角等人走進了西武新宿車站附近的烤肉店，他們在晚上將近十一點離開。之後，又連去了兩間酒店，鮫島一路上都很小心的跟蹤他們。

凌晨一點二十分，其中一個手下先離開了店裡，跑去開車。他開著停在停車場裡的白色賓士來到酒店的綜合大樓前。

不久後三個部下和角現身。

「您辛苦了！」

「謝謝大哥。」

年輕手下粗重有力的叫聲，和年輕酒店小姐出來送客的甜美清脆聲音重疊。三個部下目送著角坐進賓士後座，賓士後面立著車用電話的天線。

終於要回去了嗎，鮫島心想。賓士在歌舞伎町二丁目往明治通的方向走。如果要回到鶴卷町的自家，那麼走在明治通上接下來應該會從拔弁天開過大久保通。

但賓士並沒有走這條路線，車子在明治通右轉，然後又在明治通和靖國通的十字路口左轉。

難道要繞遠路回家嗎？鮫島小心地跟在後面，一邊猜測。

不過，接下來賓士車所走的卻是在外苑西通往右轉的路線。這跟角的住處完全是相反方向。

賓士以急快的車速開在車流變少的外苑西通上。開過四谷四丁目，往右彎之後閃起左邊的方向燈。車子走上從大京町通往慶應醫院邊的小路。接著又在外苑東通右轉，往青山一丁目的方向開。

他要到哪裡去呢？如果在青山一丁目的紅綠燈右轉就是去澀谷，左轉則是去赤坂，要是直走，那就是去六本木。

賓士往前走。在過了青山一丁目十字路口後第一個紅綠燈左轉，又馬上在T字路口右轉，這是往六本木前進的路線。

難道他還要繼續喝嗎？可是六本木顯然不是藤野組的地盤。當然，流氓並非完全不可能在自家幫派的地盤以外喝酒，可是既不在自家附近，也沒有特別跟人約定，這就算是個特例了。

難道跟人有約？鮫島開始緊張。如果跟人有約，那就是以六本木為地盤的幫派，甚至有可能跟製造冰糖果的相關人員見面。

賓士開過了乃木坂的十字路口，通過防衛廳正門。在六本木十字路口前往左停靠，車子閃著停車燈。

沒等司機開門，角自己開了後座的門下車，鮫島的車開過他旁邊。站在車道上的角，表情看來相當清醒，就好像一滴酒都沒喝一樣。

在賓士約一百公尺左右前是麻布警察派出所，警車停在派出所前，鮫島的ＢＭＷ停在警車後面。

巡警從派出所探出臉來，一副有話想問的樣子。不過，看到鮫島亮出警察手冊，他便敬了禮縮回身子。派出所裡有兩個把阿波羅帽倒著戴的少年，正在接受其他巡警的偵訊。

這天晚上，鮫島身穿淺灰色的外套和牛仔褲。他快步走在人行道上朝防衛廳的方向回去。

角正好在等行人用燈號由紅轉綠，才剛剛開始要過馬路，他沒有跟司機一起，只有一個人行動。

鮫島在斑馬線十公尺左右前，跨過護欄穿越馬路。

人行道上雖然不是空無一人，但是人並不多。

為了避免跟角打照面，鮫島過了馬路之後便進了電話亭。他一邊拿起話筒一邊回頭，剛好看到角走進斑馬線前的一棟綜合大樓裡。這棟大樓的一樓是間夜間營業的咖啡店。

鮫島放回話筒，走出電話亭。咖啡廳的外牆是玻璃，從外面可以看到裡面的客人，角並不在裡面。

大樓入口下四、五階樓梯的位置有一座電梯。

鮫島看了電梯的顯示盤。黃色的顯示燈正從二樓往三樓爬，停了下來。上面寫著「Club Menuetto」。其他樓層都寫著兩個以上的店名，可見得這間店規模不小。

鮫島離開電梯前。角一個人進去，就表示他很有可能在這間酒店跟人約好。而無論如何鮫島都想知道他見面的對象是誰。

要是在店門前等，兩人會一起出現嗎？如果對方不想暴露關係，那麼不管是進去或出來，兩人應該都會分頭行動。

角認得鮫島長相的可能性有百分之五十。如果慎重行事，說不定不會被角發現自己的存在。

鮫島下定決心，按下了電梯的按鈕。

在三樓出了電梯的鮫島，推開厚重的金屬門。聚光燈圓形的光環照亮了門上「Club Menuetto」等文字。

「歡迎光臨！」

梳著一頭服貼的頭髮，身穿黑衣的男人回頭。入口的櫃檯有黑人和一個看似混血的女人正睜著大眼睛望向鮫島。

「您一位嗎？」

「我等人。」

鮫島說。

「知道了，這邊請。」

黑衣人先往前走在照著紫色燈光的通道上。

穿著大膽迷你套裝，年紀大約二十到二十二、三左右的年輕女孩們，坐在通路兩邊的包廂裡。店裡很暗，只有被皮製包廂圍繞的桌子有埋設式的燈光打下。女孩們一動，手環、項鍊或者從她們低深衣領露出的白色豐滿前胸就會反射著光線。

笑聲、嬌嗔聲和低聲談話的聲音，還有現場演奏的鋼琴，充斥在寬廣的店內。這是一間高級而且還有點詭異的酒店。酒店小姐都年輕又美麗，其中有一半是白人或黑人。每個女孩都穿著既性感又花稍的服裝，看上去都不是能夠走在大街上的衣服。每個ㄇ字形的包廂都很寬敞，在玻璃隔間下各自獨立。大約有三分之二都坐滿了人，一個包廂最少都有兩個小姐。

通道的正前方放著一台白色鋼琴，身穿露肩禮服的女人正彈著琴。

「請往這邊走。」

走到通道一半，黑衣人指向左手的包廂。鮫島坐在沙發上，椅子相當柔軟，屁股幾乎陷進去一半。

黑衣人半蹲著。

「請問您有指名的小姐嗎？」

「不，沒有。」

鮫島搖搖頭，還好有帶信用卡在身上。看樣子不點瓶酒是不行的，這麼一來差不多也要十萬圓。

「請問您等的客人是哪位？」

「田久保。」

「田久保先生……那請問是要用田久保先生的名字，還是用您的名字呢？」

「我不知道田久保是不是第一次來，不過我是第一次。」

「我知道了，請您稍等一會。」

黑衣人離開之後，來了兩個女孩。一個是黑人，身穿撒滿亮片V字低到接近肚臍的禮服。另一個女孩大約二十歲，身上的超迷你裙要是蹲下肯定會露出內褲。

兩人都是少見的美女，而且落落大方。

「歡迎光臨！」

「歡迎光臨！」

黑人女孩說話有點口音，但日文相當流暢。兩人各坐在鮫島左右兩側，大腿緊貼著鮫島的大腿。

緊鄰的隔壁包廂響起了歡呼聲和大笑聲，鮫島忍不住回頭看。在雜誌和電視上看過好幾次的賽車手正被一群女孩包圍著，身邊還跟著兩個男性友人。

鮫島轉回頭，跟黑人女孩對上了眼睛，那女孩嫣然一笑。

「隔壁真熱鬧呢，是嗎？」

黑衣人走進來。

「我們這裡沒有田久保寄的酒，請問您打算怎麼辦呢？」

「那我先來杯啤酒等他好了。」

黑衣人聽了，頓了一瞬後回答：

「好的。」

他的眼神裡頓時閃過了輕蔑的表情。

鮫島假裝沒注意，點上了菸。迷你裙少女馬上遞出打火機。

「我是小葵，請多指教。」

「我是鮫島。」
「我是Kay。」
黑人女孩說。
「Kay小姐，妳日文說得真好。」
「店裡讓我去上學。」
「上學？」
「日文學校，店裡會出學費。」
小葵替Kay說明，她拿起送來的小瓶啤酒。啤酒送來了三瓶，另外還有燉煮貝肉和醃製物等小菜，裝在講究的玻璃盆裡。同樣的服務如果是在新宿的酒店裡，肯定是種坑錢的手法。說不定這裡的價錢也差不多。
「店裡幫忙付學費啊，還真不錯。」
鮫島對Kay說。
「不過，會從薪水裡扣掉。」
Kay露出白色的牙齒，眨著眼睛。
「所以，我要找個好老闆才行。」
這語氣聽不出她是認真的還是在開玩笑。
「鮫島先生您是做什麼的？」
小葵探出身子問道。
「妳覺得呢？」
鮫島反問，一邊環視著這間酒店。包括自己大部分的客人都坐在桌上強力光柱的對面，因此很難看清長相。

「攝影師？」

小葵說。

「要不然就是設計師之類的，反正一定不是普通的上班族。」

「我看起來像那種人嗎？」

「是啊，而且你的眼神看起來好銳利喔。」

「說不定是混黑道的啊。」

「噓。」

小葵豎起食指。

「不行啦，不行大聲說。他們也會來我們店裡的。」

「現在也有嗎？」

「不知道。可是店裡這麼黑，誰知道他們在哪裡呢？而且在六本木，只要是生意好一點的店，大部分的客人幾乎都是流氓。」

「妳們不害怕嗎？」

「不會啊，會來這種地方的人通常都是幹部。他們不會亂來，而且也會好好付錢。」

「原來如此。」

鮫島苦笑著。

「鮫島先生你也是嗎？」

「不是。」

「我就說嘛。」

「你看起來有點可怕，但是不像流氓。」
黑衣人走近。
「小葵小姐。」
他半蹲著輕聲說了幾句。小葵點點頭，用布製杯墊蓋住自己喝到一半的酒杯。
「謝謝您的招待。」
說完，她站了起來。
「要走啦。」
「不好意思，我的客人好像來了。」
小葵露出了笑臉，接著她把形狀漂亮的屁股朝向鮫島，離開了包廂。
鮫島看著Kay。
「很受歡迎嗎？」
「你說小葵嗎？對啊，很受歡迎。」
「妳是美國來的？」
Kay輕輕地點點頭。
「舊金山。」
這句話她的發音倒挺漂亮。
鮫島發現了角，他在鮫島斜對面的包廂裡。
角只有一個人，旁邊有穿著白色超短迷你裙、胸部豐滿的女孩陪著。說到她胸部豐滿的程度，大概跟晶有得比。桌上放著白蘭地的酒瓶。
「第一次來嗎？我們店裡。」

Kay摸著鮫島的大腿說。

「對，我跟朋友約在這裡，但他怎麼還不來呢……你們開到幾點？」

「現在幾點？」

Kay看看鮫島的手錶，店裡突然間亮了起來。

「喔，兩點了。」

「好亮啊。」

天花板的照明全亮起。所有的燈光都打亮，釋放到最極限。

鮫島眨著眼。

「店要關門了，這是我們休息的時間。」

就好像從夢中驚醒的光景一般。不過，沒有一個客人從位置上站起來。

「大家怎麼都不回去？」

Kay聳聳肩。

「店開到兩點，但是客人很多，有時候到四點。」

鮫島點點頭，再次環視店內，客人大部分都不是上班族，穿著西裝的人很少。大概都是運動衣、開襟毛衣、運動夾克等打扮。每個客人看來都花了不少錢在穿著打扮上。

「不好意思，請給我電話。」

坐在角身旁的白色迷你裙女孩叫住黑衣人。角的兩手在沙發椅背上伸長，一邊蹺著腳。

鮫島和女孩對上了眼。那女孩年紀大約二十上下，她的一對丹鳳眼發出令人寒毛直豎的淫蕩光芒。女孩盯了鮫島片刻，黑衣人拿來無線電話機後，她便移開了視線。

「那女孩真漂亮。」

女孩接過無線電話機，按下角所說的號碼。

「你說誰？喔，沙貴啊，她很受歡迎的。」

Kay說道。那個叫沙貴的女孩把無線電話機放在耳邊，確認了通話聲之後，再把電話交給角。

角放下蹺起的腳，接了電話。

難道不是等人？鮫島看著兩人開始猜想。快關門的時候到店裡來，還指名那個叫沙貴的女孩，說不定那個女孩是他的情人。

「她旁邊那個客人是常客嗎？」

鮫島問Kay。隔壁桌的賽車手一行人突然站了起來。

「謝謝您的光臨！」

黑衣人異口同聲道謝。

「誰？不知道。我沒有坐過他的檯。」

Kay回答。鮫島將視線拉回角身上，角也正看著這邊。他顯然是被隔壁那群人吸引了目光，無意間連帶看到鮫島。

鮫島故作不經意地移開視線。他沒有料到店裡會變得這麼亮，緊張感慢慢地在他的胸口擴散。

他又看了一次角，角的臉還朝向這裡。他維持著面對鮫島的方向，跟身旁叫沙貴的女孩說話。沙貴搖搖頭。

是時候了。鮫島向黑衣人打了聲招呼，說要結帳。

送上來的帳單上寫著六萬兩千圓。鮫島遞出了信用卡。

「謝謝您，需要收據嗎？」

「不用。」

黑衣人行了禮，離開桌邊。如果是桃井，說不定願意認列這筆經費。但是，鮫島並沒有這個意思。

簽完名，鮫島站起來。他知道角的視線正跟著自己。

角認得鮫島。

鮫島走過櫃檯前。跟他一起出來的Kay按下電梯的按鈕，等著電梯。

鮫島背向酒店入口。面向鮫島的Kay表情突然一變，鮫島知道自己的身後有人。

耳邊響起了一個聲音。

「有什麼事嗎？」

鮫島慢慢地回頭。這時電梯剛好上來，門正打開。

角站在身後。腳步微微岔開，雙手插在褲子口袋裡。沙貴就站在他背後。

「你說我嗎？」

鮫島反問他。角慢慢地上下點頭。

「是啊。」

「你說我找誰有事？」

角嘴角浮現淺笑。

「還會有誰？當然是我啦。」

接著他摟過沙貴的肩。沙貴則攬著角的腰仰頭望著鮫島。她半張的嘴唇可以看到裡面的舌尖。

「沙貴啊，妳要記清楚客人的這張臉。」
「好。不過，為什麼啊？」
沙貴稚氣地這麼問。
「別問這麼多，妳記住就是。要是來了，妳記得告訴我。」
說完，角將自己的臉疊在沙貴的臉之前，嘴唇與嘴唇之間發出激烈的聲音開始接吻。
鮫島看著他們倆，走進了電梯。Kay則瞪圓了眼睛聳聳肩。
「妳不用送他。」
角說著，看著鮫島。接著他咧嘴一笑，問道：
「可以一起坐嗎？」
「請。」
鮫島面無表情地說。
角站在鮫島身邊。
「謝謝光臨。」
在女孩們的合唱歡送下，電梯門關上。角按下一樓的按鈕，一邊仰望著天花板，一邊吐著氣。
「在這種地方見面還真是奇怪啊。」
「我以前跟你見過面嗎？」
「只有一次。」
角笑了。
「在我的兄弟上法院的時候。」

原來如此，鮫島心想。角去旁聽了真壁的審判，那時候鮫島曾經站在證人席。
「能到那種店喝酒，警部的薪水很不錯嘛。還是，其實是搜查費？」
角的嘴邊依然帶著笑。
鮫島慢慢地轉向他，從正面看著角的臉。笑容從角臉上消失。
「別說我了，你看起來才過得不錯呢，現在每個幫派不是都因為做生意很辛苦而叫苦連天嗎？」
「我們這種人要是少了玩心，一切就毀了。就算把老婆給淹了，也要到外面玩才行。」
「你淹了你老婆嗎？」
「這是比喻啊，比喻。」
「那你現在靠什麼賺錢？」
「做買賣啊，正經買賣。」
電梯來到一樓，門打開。角的司機站在電梯間，看到鮫島頓時臉色大變。
「要不要送你一程呢，鮫大爺？」
角的表情又恢復了從容。
「不，不用了。」
說著，他看著角。
「怎麼了？」
角沒好氣地說。
「要喝好酒你就趁現在多喝一點吧。」
「你這句話是什麼意思？」

「我很快就會讓你去見你兄弟的。」

「你說什麼！這個渾蛋！」

司機出聲怒罵。

「住手，笨蛋！」

角制止了司機。接著他看著鮫島，告訴他：

「好啊，記得到時候讓我跟他同一間牢房。」

13

這是個悶熱的夜晚，連一絲微風都沒有，飽含著濕氣的空氣在海面上捲起白色的泡沫。

「可惡！媽的。」

平瀨將菸在豐田皇冠中古車內的菸灰缸裡捻熄。他的落腮鬍和燙髮的頭髮，都留長了一點，身穿成套的運動衣，赤腳踩著涼鞋坐在駕駛座上。

「那幫人一點動靜都沒有，再這樣等下去就太蠢了吧？」

說著他仰頭喝乾了啤酒。坐在前座的石渡一句話都沒有說。耕二心想，這個沉默的男人竟然是個拉保險的業務員，還真是不可思議。人家常說喜劇演員回家之後多半不喜歡說話，說不定石渡也是這種人。在婆婆媽媽這群客人面前，他可以殷勤談笑，替客人按摩，不斷說著無聊的笑話。

戴著黑框眼鏡的石渡梳著三七分的西裝頭，上半身穿運動衣，下半身穿牛仔褲，他穿起牛仔褲一點都不適合，可能因為工作的關係，平常總是穿西裝。身高不知道有沒有一百七十公分，體型很纖瘦，據平瀨說，他對麻將或賽馬等賭博遊戲相當熱中，也因此大學才沒有唸完，之後各種工作也無法長久持續。

平瀨打了一個很大聲的嗝，從運動上衣口袋裡拿出一包Hi-Lite，塞進滿是齒垢、齒列不整的嘴裡。他從國中二年級一直到高中被退學為止，經常吸食甲苯，證據就在他一口牙齒上。

「耕二啊。」

說著他將那圓滾滾的眼睛轉向後座。
「我看要不要把你們店裡的老闆娘綁來，威脅她一下，應該什麼都會說了吧。她人在哪？」
「要是老闆娘不知情那怎麼辦？」
「她怎麼可能不知道呢？他們是一夥的吧，他們是表親不是嗎？她說不定還跟那兄弟倆有一腿呢！嘿！搞不好是3P呢，對吧！」
平瀨戳了戳石渡的手臂，噗哧的發出猥褻的笑聲。
「有吧，一定有吧！你是小白臉嘛，耕二可是她可愛的寵物呢。」
平瀨繼續嗤嗤地笑著，石渡也沒出聲地笑了，他一笑表情看起來就更陰森了。
「把她綁來也沒用啊，重要的是要查出東西在哪裡才行。」
「可是你想想，我們已經跟蹤那個笨社長一個多禮拜了，要是東西不在他家裡，那會在哪裡呢？」
「東西不會放在家裡的。」
石渡平靜地說。
「你怎麼知道？」
「因為很危險啊，是吧？石渡。」
聽到耕二這麼說，石渡點點頭。
平瀨大大地嘆了口氣，同時吐著煙圈，他將吸完的菸蒂從打開的車窗丟了出去。
「不管怎麼樣，你們誰來跟我換手吧……」
「我不行，我要去店裡。」

「休息一天又不會怎麼樣，你就蹺個班吧。」
「那可不行。別看老闆娘那個樣子，她在工作上可是很嚴格的。」
「你還真是被吃得死死的，她又不是你老婆，是吧……」
平瀨回頭看著石渡，石渡也咧著嘴角笑。
平瀨已經跟蹤香川運輸的社長一個禮拜了，他從社長香川昇離開公司時一直跟蹤，一直到他回家，等到半夜將近三點左右，確認香川昇不再離開他才回去。平瀨能睡覺的時間只有香川在公司的時間，香川昇早上離家到上班為止，由石渡每天負責監視，星期六、日則輪流從早監視到晚。
他們的目標是毒品，三個人計畫找出香川兄弟和景子製造毒品的地方，偷走毒品當作證據來勒索香川兄弟和景子。這些人手裡的錢多得要爛掉，他們一人先跟他們要個一億，如果對方不同意，那給毒品也好。石渡知道其他縣有能將毒品換錢的管道。
「換你了，耕二。總不能只有你一個人輕鬆吧。」
「開什麼玩笑，等到東西拿到之後要有誰來負責交涉啊，最危險的可是我呢！」
「沒問題的，那對兄弟和黑道沒有關係，根本沒什麼危險的，要是有事，我會去跟寄居先生說一聲的。」
寄居是平瀨加入幫派時期的大哥，就是他聽說了毒品的事，告訴平瀨的。
「那對兄弟直接把毒品批發給東京那邊，沒有透過我們幫裡，如果是一般老百姓敢這麼做的，你試試看，現在早就不知道浮在哪個海面上了。」
平瀨用下巴示意他們停車的碼頭前方，那是一個兼具漁港和碼頭的大港口。漁會大概在半年前完成了費時兩年的工程，國家和縣政府支付了龐大的工程費用，據說所有的費用都流向了香川建設。

「他們為什麼要製造毒品？」

耕二喃喃自語道。

「為了錢，不需要繳稅的錢。」

「可是他們已經那麼有錢了。」

「所以有錢人啊，就是永遠都覺得自己的錢不夠，他們的想法，我們窮人是不會懂的。」

「真的只是這樣嗎？」

「那就去問問那個笨社長不就知道了嗎？在我們跟他交易的時候，問問他好好的幹嘛要搞毒品這種買賣。」

「是啊……」

耕二看著手錶，再過不久天就亮了。跟平常一樣把景子送回公寓，再回到自己家後，平瀨和石渡就會來接他，每三天會有一次像這樣聚集開會。

「我差不多該走了。」

少話的石渡開了口。

「說得也是，你車停在哪？」

「國道旁的自動販賣機那邊。」

「那我送你過去。耕二啊，你快點來換班啦，跟你說真的。」

「我從下個禮拜再開始。」

「下個禮拜？為什麼？」

「這個禮拜，我以前樂團的朋友要來，我得招呼一下人家。」
「搞什麼嘛你。」
這件事本來不想告訴平瀨他們的，但還是說了。
「我有個朋友現在是職業歌手，才剛出道沒多久，樂團的名字叫『Who's Honey』。」
「什麼？整個樂團都要來嗎？」
「沒有，只有主唱那個女的。這個女的以前跟我一起搞過樂團。」
「是女的，漂亮嗎？」
「還可以。」
「你跟她上過床嗎？」
平瀨探出身子，這個男的腦筋裡除了女人之外，似乎沒有其他東西了。
「什麼？沒有啦！」
「其實有吧。你們搞搖滾樂團的一天到晚都在搞這些事，不是嗎？」
他用手肘撞了撞石渡的肩膀笑了。
「跟你說沒有。」
「神氣什麼啊，去過東京有什麼了不起，記得介紹給我們喔。」
「那你們到店裡來啊。」
「想去也不能去啊，我得跟蹤那個笨社長。」
「香川社長應該也會來吧。」
昨天晚上，香川昇到「K&K」來過。他大約每兩星期會來一次，那時候景子跟昇提過這件事，昇顯得很有興趣。

「太好了！那我也可以去了。」

平瀨拉高了聲音。

「那女的很騷吧？」

「不知道啦！」

「有什麼關係嘛，她要住你家嗎？」

「老闆娘替她訂了皇家飯店的房間，說是代替請她唱歌的酬勞。」

「那太好啦。結束之後介紹一下嘛，我會好好照顧她的。」

「照顧她？」

耕二對平瀨的厚臉皮感到相當的不耐煩。

「人家可是歌手耶，是有名的人。」

「還沒有那麼出名啦。」

「沒有那麼簡單的啊。」

「誰知道呢，這些歌手說不定哪一天一砲而紅，馬上變成大明星啊。」

「你在神氣什麼啊，有什麼關係，介紹一下啊。」

平瀨半似認真的瞪著耕二，耕二也瞪了回去。

「要我介紹是可以，你可不要亂說話喔。」

「什麼啊，什麼叫亂說話，東京來的女人有什麼架子好擺的？女人都是一樣的啦，只要灌醉了都一樣！」

「你在想什麼啊！」

「你不用擔心，我一定會用我的必殺絕招，把她伺候得服服貼貼的，嘿嘿。」

平瀨對石渡使了個眼色，咧著嘴笑著。石渡也一樣笑著。
「既然是搞樂團的，她身邊應該有帶一些藥吧，大麻之類的。」
「那個女人最討厭這種東西了。」
「個性很正經嘛。」
「也不是，很特別就是了。」
「當然很特別啦，會當搖滾歌手的一定都很特別。」
「你可不要隨便亂來啊。」
耕二顯得無可奈何。
「為什麼？」
「她有男朋友了。」
「這有什麼關係，她男人又沒有要跟著一起來。還是說，她男朋友是混道上的？」
「剛好相反。」
「相反？」
「是警察。我跟她講電話時聽說的，對方是新宿署的刑警。」
「什麼，是刑警？」
平瀨發出驚慌的聲音。
「不會吧，你是說真的嗎？」
「是真的。」
「她幹嘛跟刑警交往啊？」
「我也不知道，不過晶她——我那朋友的名字叫晶，她曾經遇過一個變態殺手，那傢伙拿著手槍對著她，晶快要被對方射殺時，還好那個警察即時還擊了。」
「酷斃了。」
平瀨兩個眼睛都亮了起來。
「對方死了嗎？」
「沒有。不過他還殺了很多新宿署的警官，可能被判死刑，或者一輩子都被關著吧。」
石渡突然說：
「這個案子我聽過，好像在八卦雜誌上有寫過。」
「不知道。」
耕二搖搖頭。
「那個刑警是不是新宿署防犯課的人？」
「我不清楚，晶也沒告訴我名字。」
耕二對自己直呼晶的名字感到莫名的驕傲。因為正如平瀨所說的，再過不久晶就有可能成為真正的名人，而自己就是她的朋友。
而且就算只有一次，他也曾經跟晶上過床。
「可是，刑警的女人不太妙吧。」
石渡小聲地說。
「說得也是。」
平瀨很無奈地附和著。
「跟這種人扯上關係一定沒什麼好事。」
「那你別來了吧？」

耕二問。

「沒關係啊，我去聽歌跟這件事又沒關係。你要知道，要是想聽什麼奇怪的演歌，可以到附近的溫泉區聽小歌手走唱，可是搖滾樂耶，如果不去演唱會，可不是常常聽得到的。耕二你也會上台彈嗎？」

「是啊。」

他無法抑制自己聲音裡的興奮。

「我也想看看你彈啊。」

「我就不去了。」

石渡很乾脆地說。

「我不是很喜歡搖滾樂。」

「是啊，你年紀大了嘛。」

石渡確實比耕二和平瀨大個一兩歲。

「我覺得演歌比較好，搖滾樂吵死了。」

石渡很少像這樣表達自己的意見，他雖然年紀比較長，可是在平瀨面前總是抬不起頭來，耕二認為，可能是石渡害怕平瀨的蠻力吧。

平瀨不只好女色，他從以前開始就很粗暴。國中和高中時的平瀨比現在還要粗暴，加入幫派之後總是隨身攜帶短刀和匕首，一有狀況馬上就會亮出傢伙。

這台車上說不定也載著些木刀。

但是他人雖然粗暴，本性卻是個很單純的人。至少在那個時候的平瀨是這樣的，高中輟學之後的平瀨，可能因為寂寞，經常出現在高中附近、耕二他們常去的咖啡店。

平瀨常常會請耕二喝茶，或者是請他玩小鋼珠。耕二高三那年，他還開車載他到紅燈區，陪他告別處男。當時他已經是幫派裡的見習生了，他在大哥熟悉的店裡，介紹耕二一個很受歡迎的女人，耕二後來才知道，那個女人是他大哥包養的女人，而且平瀨有一陣子還愛上了那個女孩。

耕二並不知道平瀨離開幫派的原因，不過，現在雖然離開了，他和那位大哥似乎還有往來。提到幫派也總是會以「我們的」來稱呼。

平瀨似乎也認為，身為流氓的自己不會有將來。忘了是什麼時候，耕二回到這個地方，跟平瀨重逢、兩人第一次喝酒的那個晚上，他曾經這麼說：

「到頭來，要在道上混，腦筋也要靈光才行，因為愚蠢的軍隊只是消耗品，我腦袋不好，不喜歡唸書，如果想要在道上成為一流的人物，還得去學法律那些東西，我發現自己不行，實在沒有那種才能。」

聽到這番話耕二才想起，對於高中輟學的幫派分子、回到鄉下又被大家避之唯恐不及的平瀨來說，自己是他少有的朋友之一。耕二自己雖然沒有像平瀨那樣素行不良，不過他因為喜歡搖滾樂，所以留長了頭髮，總是一個人彈著吉他。或許也因為這樣，讓他在班上成為與其他人格格不入的存在。

耕二和平瀨都試圖在尋找自己心中「與其他人不同的可能」，但是卻無法如願。不管要成為職業的樂團或者走上黑道，他們的天分都稍嫌不足。

他再次和平瀨聯絡上，平瀨現在沒有工作，偶爾以前幫派裡認識的人會介紹些搬運的粗工或類似保鑣的工作，讓他賺點零用錢。不過，隔了七年沒見，他覺得平瀨跟以前相比個性似乎有點改變，現在的他對於利用人或者陷害人一點都不會猶豫，雖然不像以前那樣動不動就想揍人、找人吵架，可是在幫派裡度過的這四年讓他學會了奸巧的重要性。當耕二注意到這一點，心中感到一絲微微的不安。

「那你就不用來了。」

平瀨對石渡說。石渡無言地點點頭。

「什麼時候來啊？那個叫晶的女人。」

平瀨問道，他放開皇冠的手煞車，把左手放在前座椅背回頭望，迅速讓車轉圈。

平瀨開車雖然很猛，不過技術很好。曾經待過暴走族，但開車技巧這麼好的男人應該很少看到吧。「狂鬥會」——耕二記得他加入的暴走族應該是這個名字，第一代頭目在耕二高二時發生意外死了，後來勢力減弱，分崩離析。平瀨相當崇拜那個頭目。

「下星期六。」

「那還有十天嘛。」

說著，平瀨加速開在港灣設施之間，碼頭邊沒有人，不過漁港那裡已經相當熱鬧了。天還沒亮就出海撒網的漁船，現在陸陸續續回來了。

放下車窗，灑著輕柔陽光的海面上，可以聽到這些漁船迴盪的引擎聲，耕二覺得海潮聲尖銳地穿入他熬了一夜的腦袋中。

14

香川運輸股份有限公司的總公司大樓位於市中心偏南、縣警本部和ＵＨＦ電視台之間。在縣內還有另外一處配送中心，從高速公路下交流道過一公里左右的位置，還有為了貨櫃所準備的停放處。

大樓是八年左右前蓋的，最高層九樓有「會長室」和「社長室」。

香川運輸的會長香川彥一郎同時也兼任其他香川集團的會長，不過實際上他使用「會長室」的次數，一年只有兩、三次。

晚上九點，進和哥哥昇一起進了「社長室」。

「社長室」北面和東面的牆壁是大片玻璃窗，從北面窗戶可以俯瞰市中心，根據光線的分布，可以辨認出各棟建築物，例如縣廳大樓、車站、香川屋百貨公司等等。

進小的時候，這棟香川運輸的大樓還是六層樓高的細長形狀，他經常在六樓最旁邊父親的房間眺望著不斷開進車站又開出來的國鐵列車，一輛、兩輛，數著貨車的數量。

街上的燈光以距離這棟大樓約一公里左右的地方為中心，在半徑數百公尺的範圍內密集散放，往外不消兩公里，燈光馬上變得稀疏，再遠一點就少到幾乎可以數得出來。

東側的窗戶光線更少，不過距離約八公里左右的地方有高速公路。進很喜歡這種直線式的光線排列，看著連成一線的車燈，就讓他想起從前從父親工作的房間遠眺列車從車站開出時的情景。

印象中自己並不常到父親工作的地方，哥哥昇因為是長男，中間又隔了七年才生了下一個孩子，所以曾經被帶到這個房間許多次。

進印象最深刻的是初冬寒冷的午後，下著冰冷的雨，似乎晚上就要變成雪了。父親的「社長室」裡燒著大型石油暖爐，進在一旁俯瞰著呼出白色蒸氣的火車。

現在到了冬天，雖然不再有蒸氣火車，不過櫛比鱗次的大樓屋頂則升起了好幾道鍋爐的白煙。

進到這裡來接昇，是為了要打電話到東京。

香川運輸這棟大樓從地下室到二樓都是店舖，三樓到五樓租給其他公司。實際上這棟大樓全部都屬於香川集團的不動產管理部門，香川運輸也只是租用而已，現在六樓到九樓的香川運輸公司，除了五位輪值的員工以外，沒有其他人，員工大都在七樓，進剛剛開車來的時候，確認過六樓和八樓的窗口已經完全都熄了燈，九樓亮著燈的只有這個房間。

香川運輸在東京品川區大森車站附近擁有一棟小公寓。公寓裡總共有六間房間，其中四間房間是供香川運輸員工住在東京時當作宿舍使用。沒有使用的兩間房間之一放了裝有轉接機的電話。

只要一撥這號碼，轉接機就會啟動，自動地連接到四谷公寓裡的電話留言。

當藤野組想要聯絡進的時候，總是會用這個方法留下留言。放有轉接電話的公寓房間，名義上是由香川運輸借給鈴木年男這個男人。鈴木年男這個人並不存在，不過房租會定期的匯入帳戶。

今天下午進從家裡打電話到四谷公寓，聽了錄音的留言，知道角想要跟自己聯絡，距離約定好的一個月期限還剩下兩週，在這個時候對方想聯絡，一定是要通知自己什麼不好的消息。

回覆對方的聯絡，固定是在接到角通知後的隔天晚上十點，電話會打到角的家裡去。

「好，可以了。」

面對書桌沉默地看著文件的昇抬起臉說道。他的無框眼鏡鏡片反射著桌上檯燈的亮光。進心想，大哥的白髮又多了幾條。昇家裡有妻子和兩個小孩，他妻子是縣裡最大醫院的院長女兒。

「走吧。」

進從坐著的沙發上站起身來。

他們總是從高速公路休息站裡的公共電話打電話給角，休息站位於從交流道往下行車道開四公里左右的地方。

萬一角那裡出了什麼狀況，最擔心的就是有人偵測電話的來源。角並不知道進的本名和住址。

跟昇一起離開「社長室」的進，利用昇關門的時間，按下電梯的按鈕，在一旁等待著。

兩人搭電梯到地下停車場，進在電梯當中一直觀察哥哥。

和進相比，昇的身高矮了十公分左右，體型纖瘦，但臉也很小，維持著恰到好處的比例。眼鏡後方的眼睛有著大大的瞳孔，乍看之下好像很懦弱，實際上，其他人很難讀懂他的心思。雖然慎重多慮，可是一旦下定決心，就有自己遠遠無法相比的行動力——這是進心中的哥哥，同時也是世界上他最尊敬的人。只要住在這個地方，和哥哥聯手，自己就不會感到任何不安。

地下停車場裡有一台白色廂型車，跟香川運輸的營業用車相排並列。進平常開的ＢＭＷ太過醒目，所以工作的時候都開這台廂型車。這種國產廂型車，街上隨時都可以看見好幾十台。

哥哥坐在前座，進發動了車子。昇很少開口說不必要的話，他安靜地往後倒在椅背上。

車子開到高速公路的交流道時，昇才第一次開了口。

「關於新宿署刑警那件事，明天報告書會寄過來。」

「會有麻煩嗎？」

進問道。

「還不清楚。不過對方是刑警，不管本事再大的徵信社，都沒那麼簡單能調查到。」

提出要調查令角忌諱三分的刑警的是昇，他心想，萬一和角之間的關係惡化，說不定可以利用這個刑警。

「你打算怎麼辦？」

「還沒看資料很難說，如果用錢就能擺平，那也可以把他吸收到我們這一邊來。要是不行，就得找出他其他的弱點。」

「他有弱點嗎？」

「沒有沒弱點的人。想出人頭地的人，會怕自己的上司，如果已經結婚，就會顧慮到太太那邊的親戚或者是他的媒人，要是不是警察幹部，而是其他行業的人，就可以從這方面下手。」

「那對付刑警有什麼方法呢？」

「也不一定要現在馬上想出什麼方法，這就像買保險一樣。」

看到休息站的入口，進亮起了方向燈減速開入。

除了幾台停在這裡休息的大卡車之外，沒有其他車輛。

他們直接把廂型車停在距離公共廁所的電話亭前。

進沒有熄火，拉了手煞車打開車門。

「那我過去了。」

昇點點頭，稍微開了一點窗戶，面無表情的環視著停車場。

走進電話亭的進，插入電話卡，按下角家裡的電話號碼。

時間是十點過兩分，鈴聲響了三次左右後，角本人拿起了話筒。

「我是原田，我接到了您的電話。」

「是啊，不好意思麻煩您了。」

角的語氣聽起來很抱歉。

「其實，也沒有什麼急事啦，只是有件事想先通知您。」

「什麼事呢？」

「這個……該從哪裡說起呢。總之，關於我們上次提的那件事，有沒有可能提早一點呢？」

「為什麼呢？」

「我想提早一點對我們雙方都好，現在發生了一點小麻煩。」

「麻煩？」

「這在電話裡不方便說……」

進沉默了下來。看來角並不打算透露更多，進沒有辦法，只好說道：

「有人生病了嗎？」

「這個嘛……簡單的說也就是這麼回事。」

他心裡的不安愈來愈強烈。
「是身邊的人？」
「不……一點也不近，是我們的下包的下包的那些人。」
「那些人？你是說不只一個囉。」
「大概有兩、三個吧。」
角的口氣聽起來很冷靜。
「那你那邊的自己人沒事吧？」
「是啊，那當然。一點也沒問題。不過要是這病再傳染下去，我們就要好一陣子不能行動，所以我才覺得是不是趁現在趕快交貨比較好，……您看怎麼樣？」
「既然這樣，應該是暫時不要交貨比較好吧。」
「不，那可不行，我們這邊也需要籌措資金。如果可以的話，希望能為新的下包商著想，早點拿到貨，那就太感激了。」
「這麼說來，生病的那些人手上的貨——」
「沒有錯。」
角說道。
角告訴進的是，有幾個藥頭被逮捕了，而且身上都帶著冰糖果。
「那錢怎麼辦？」
「有些人是貨到付款，也有些人不是，所以對我們來說損失很大。」
「不過那些東西本來就是半價批給你們的貨啊。」
「雖然是半價，損失還是損失。東西被拿走了，錢又還沒收到啊。」

角把聲音放得很低。

「可能的話，希望能盡早把新貨給我們開始做生意，我們這邊也有不少對將來的規劃。」

「病情沒有關係嗎？會不會傳染給其他人呢？」

「就像我剛剛說的，您一點都不用擔心。萬一有什麼狀況，事情也會在我們這邊完全防堵住的。」

「……」

「這一點我可以保證。」

角說得很肯定。

「——那你可以給我一點時間嗎？我這裡也要稍微安排一下。」

「好的。那我先說說我的期望好了，如果下次您能帶貨來的話，我最少希望有五十萬。」

五十萬顆——即使是舊價錢也要二千萬，如果是新的價錢那就是八千萬。在市面上的賣價就有五億。

「請讓我想想看。」

「好的，請您考慮考慮。我會等您的聯絡，您可以直接打到我家裡，或者是事務所也無所謂。」

五十度⓫的電話卡已經剩下不到十度了，進放回話筒。

電話卡隨著警示音一起退了出來，進抽出電話卡回到車內。

昇無言的看著進。進放下手煞車，發動了廂型車。

等車子開上高速公路，他才說了剛剛交談的內容。

「不可能。」

聽完後，昇說道。

「這種荒唐的交易，我們不可能答應。」

「我想也是。」

「當然。藥頭被抓，冰糖果又被警方押收，現在哪裡會有人蠢到拿新貨去。直到確認角那邊真正安全為止，都不可以再重新開始交易。」

「我也是這麼想的，真不知道角那傢伙在想什麼。」

「他應該是急到火燒屁股了。」

「那不是更糟嗎？」

「他上次進了十萬顆，如果那些貨他都賣出去了，至少也能賺個兩千到兩千五百萬，假如貨到付款的東西佔了一半，那就表示他有一千萬左右泡湯了。」

角曾經說過不能讓所有的藥頭用貨到付款的方式來批貨。有時候會在進貨的時候付一半，剩下的一半等到賣完的時候再付。藥頭如果沒有辦法一次付清批貨的貨款，大盤商也不得不接受。確實，如果能夠一口氣就準備好幾百萬，這種人也不會來當藥頭了。

「這些收不回的帳最後會影響到他們上繳給幫裡的錢。為了能在上面的人跟前爭取好表現，他不得不盡早回收這筆錢。」

「不過我們沒有必要蹚這趟渾水。」

⓫相當於五百日圓。

「那當然。可是如果擺明著告訴那傢伙，你覺得他會接受嗎？」

「不知道。」

進吐了一口氣，他開始想吃冰糖果。像今天晚上這樣緊張，或者出現必須用腦的問題時，他就會想吃冰糖果。

吃了冰糖果腦袋就會變得清醒，自己似乎就能想出好辦法。

可是這件事情不能告訴哥哥，絕對不行。除了交易的時候以外，哥哥禁止自己把冰糖果帶在身上。

「該怎麼辦好？」

進點起了菸。

「還是乾脆跟藤野組斷了關係算了。」

「這不行，這跟景子也有關係。」

聽到昇這句話，進才想起來決定在東京賣冰糖果時，幫忙找到批貨對象的幫派就是景子。

當時景子每年會到國外旅行好幾趟，回程時都在東京大玩一番才回家。她在東京的玩伴，一個六本木的男同志介紹了角給她，那個男同志迷上了角，為了在角面前求表現，才將自己的大客戶景子介紹給角。知道角是流氓後，景子並沒有跟角太過接近，不過進卻利用了這條管道。

進聲稱自己是景子的朋友跟角接觸，詢問對方願不願意批售冰糖果。有景子在中間雖然危險，但同時也是一道保障。角知道景子的背後是相當有分量的大人物，所以並沒有再對進的背景深加追究。相反的，如果角起疑，他也可以循著景子這條線，追查出進的身分。但是惹上景子，不管對角或者是對幫派來說，都只會讓自己陷入危險處境。

——流氓絕對不會對政治家出手。

昇說過。香川本家旗下有好幾位政治家，對角來說，這些都不是他有能耐對付的對手。

「要把景子拉進來是你的點子啊。」

進說。

「這無所謂。讓景子和我們變成生命共同體，這一點很重要。」

昇顯得很鎮定。

進並不知道哥哥對景子的想法，對哥哥來說，他跟小自己六歲的堂妹景子一起度過的時間，甚至比自己的親弟弟還要長。

景子的丈夫跟昇也有幾次見面的機會。

——對方是什麼樣的人？

只在景子的結婚典禮上見過對方一面的進，曾經這麼問過昇。對此，昇的回答很簡單。

——無聊的傢伙，除了頭銜以外，沒有任何價值的男人。

聽了這些話，讓進心裡一驚。昇對於跟自己沒有血緣關係的人，第一次有這種充滿情感表現的描述。

他是不是愛上了景子——這個疑問頓時出現在他的腦中。不過，進並不敢開口詢問，不知道為什麼，只有這件事他覺得不能問昇。

景子最後離婚又回到了這個地方，知道這件事的昇並沒有表現出任何變化。

他們兄弟和景子每個月會見一、兩次，有時候兩人一起見面，有時候則分別見面。

進和景子曾經上過一次床。那是景子才剛回來沒多久的時候，現在他們兩個之間表現得好像完全沒有這回事一樣。

而昇又如何呢？自己不在的時候，是不是也在景子的誘惑下跟她同床共枕過？

當然，這也是一個無法問出口的問題。

不管怎麼樣，唯一確定的是，哥哥昇對景子一定有著複雜的心情，那可能是愛情，也說不定是憎恨。

昇將景子拉入冰糖果事業就是出於這樣的心情。

當兄弟倆拜託景子介紹東京的流氓時，她並沒有露出驚訝的神色，也沒有問他們是為了什麼。

——我去找找。

隔天進到「K&K」時，景子便給了他角的名片。

——你就說是我介紹的。

她挑釁地看著進說道。這天晚上，在昇允許的範圍內，進將事情告訴了景子。

——聽起來滿有趣的嘛。

這就是景子的反應，滿有趣的嘛，香川家本家的女兒對於私造興奮劑，是這麼說的。

昇是個很難捉摸的人，景子也是個很難捉摸的女人。唯一不同的是，進很尊敬昇，他對景子卻有一種畏懼的感覺。

他不知道這份畏懼是針對景子的個性，還是針對她的家世。老實說，進自己也並不清楚。

「該怎麼處理？」

「拖個兩天左右。這段期間去搜集關於藤野組的情報，最好確定角他現在的狀況到底有多緊急。」
昇如此回答著進的問題。
「如果真的已經火燒眉毛了呢？」
昇並沒有馬上回答。
「那就難辦了。」
他低聲地說。進在最近的交流道讓廂型車迴轉，將車子開回城裡的高速公路。
「到時候就看是他要哭，還是我們要哭了。」
「如果是我們哭的話，算是他欠我們一份人情啊。」
「不。」
昇搖搖頭。
「這次不算是人情，他並沒有說自己很苦惱，要求我們幫他。藥頭被抓這件事，他也不覺得是自己的過失。他想要用『這是為大家好』來混過去，如果我們拒絕，角就會認為是我們欠他一次。」
「開什麼玩笑！話全部都是他在講的嘛。」
「沒有錯。因為我們身在安全範圍裡，而角卻會親身陷入危險，所以一旦有麻煩發生，角就會採取強硬的態度。」
「你怎麼還能這麼鎮定。」
進覺得相當的焦躁，他心裡的不安又更強烈了。
「重點就在於角會不會突然翻臉，如果會，那這一次最好輪到我們哭。」

「應該不會吧，我們又沒有弱點在他手上，只要我們裝傻，他也拿我們沒辦法。」
「他既然說出五十萬這個數字，就表示他很有自信，抓住了我們的小辮子。進——」
「怎麼了？」
昇盯著他。
「除了景子這條線以外，你沒有做什麼危險的事吧？」
「沒有啦，真的。」
「你沒有告訴對方你的本名和住址吧？」
「那怎麼可能，對方可是流氓呢。」
昇吐了一口氣，深深地往後靠，凝視著前方完全沒有車子的高速公路。
「那就來硬的吧……」
「就這麼做吧。」
進說道。
「進。」
昇低聲地說。
「怎麼了？」
「我相信你。」
「廢話！」
進故作生氣地說，但心中卻開始覺得哥哥可怕。

15

鮫島人在吉祥寺車站附近的咖啡廳。二樓的座位可以看見停在店前的整排自行車。現在那裡的一角有個年輕男人正在停五十ＣＣ的機車，身穿皮夾克和牛仔褲，他把脫下的全罩安全帽收到座椅下，往上抬頭。往後梳的頭髮塗了髮油，閃閃發亮。他對鮫島露出白亮的牙齒，跑上大樓外側的樓梯。

「歡迎光臨！」

穿過玻璃自動門，年輕男子筆直地往鮫島這邊走來。

「早啊！」

他快速地低頭行禮。

「在工作？」

他點頭回答了鮫島的問題，攤開雙手。

掌心沾染著黑色墨水的污漬。男人坐在鮫島對面，向走到附近的女服務生點了冰咖啡。

「怎麼樣？」

「好像真的很慘耶。我朋友剛好有一個認識的人，在『丸正』幹討債的，他的口頭禪就是『要不要去你家放個火啊？』……他現在已經不幹了啦，不過聽說共榮會最近上繳的錢好像相當吃緊，下面的每個幫派也都叫苦連連……。」

男人名叫速坂，今年二十五，三年左右前他還是個準幫派分子，因為在歌舞伎町被鮫島逮捕，趁機退出。

這個男人會打拳擊，酷愛機車。速坂想退幫時，曾經被幫裡的大哥威脅，說他如果想退幫，要不就準備五百萬，不然就得斷指。

速坂還有另一項特技，那就是畫漫畫。他為了這項興趣還去上專門學校，雖然不擅長編故事或者畫人物，不過他很擅長畫槍或車等機械。加入幫派的起因也是因為想賺錢買機車，朋友告訴他有個打工很好賺，他才受邀去當拉客酒店的保鑣。

大哥威脅速坂，不斷他左手小指而是右手食指。如果失去食指，就不可能畫精密的機械畫了。

知道這件事後，鮫島馬上採取了行動。

鮫島在速坂不知情的狀況下盯上了大哥，查出他使用興奮劑，把他送進大牢。大哥被判處兩年徒刑，還被逐出幫。速坂則完全離開黑道，現在是暢銷漫畫家的助手。

鮫島知道，速坂再也不想重回黑道，但速坂在道上混時的夥伴，現在還有很多人都住在新宿。

鮫島雖然沒有開口拜託，速坂偶爾會告訴他一些老同伴在電話裡告訴他的情報。這似乎是出於對鮫島「排除」了大哥的感謝心情。

鮫島並沒有因速坂提供的情報而直接逮捕誰。這是接觸速坂這種善意情報提供者時絕對要遵守的鐵則，因為速坂並非想密告，只是想幫上鮫島的忙。

所以鮫島只是將速坂提供的情報，再加上自己收集到的情報，輸入自家的文字處理機裡，再分類、記錄。可是這些情報在他分析新宿幫派動向時，都相當有幫助。

這次是鮫島第一次拜託速坂收集跟「丸正金融」及其上游藤野組有關的情報。

自己的行動已經被角發現，現在他不能再慢慢等待了。他不知道角是否察覺自己被盯上的原因在於冰糖果。可是，既然對方並非腦筋不靈光的流氓，就很有可能採取暫且按兵不動，或者幹一票大買賣然後暫時銷聲匿跡。

「藤野組的狀況呢？」

「應該跟其他地方沒什麼兩樣啊，聽說現在大家都一樣，混得很辛苦。但是你這麼一說我就想起來，他們只有一個比其他地方好。」

「什麼？」

「應該是慰勞品吧。大家不是都會給被關的幫派分子送去不少慰勞品嗎？我聽說藤野組在慰勞品上給錢毫不手軟。」

流氓是種愛慕虛榮的生物，即使入監服刑也一樣，甚至更愛面子。現金的慰勞確實需要，可以購買在房內閱讀的雜誌或點心等等。流氓最怕的就是在刑務所這種沒有自由的空間裡日益消沉。可是在外面的世界向來囂張跋扈的他們，一進了監獄這瞬間，女人也跑了，手頭也不再闊綽。

現在跟以前不同，已經很少幫派會照顧服刑中的幫派分子。因為現在的情勢讓他們就算想，也沒有多餘的心力。至少在入監這段期間不用擔心餓死，生病了也可以看醫生——這個時代偶爾會聽到在外辛苦謀生的幫派分子半開玩笑地這麼說。

「用錢當慰勞品？」

「是啊，我聽說有個人正在裡面蹲，他太太——不過他們還沒登記啦，就送了錢給他。用布巾包起來，應該有四、五百吧。」

鮫島心想，這個人可能是真壁。當然，不可能對所有服刑中的幫派分子都花這麼大筆錢，但真壁跟角以兄弟相稱。這些雖然是上繳的錢，不過如果負責賺錢的角要求把錢分一點給自己兄弟，組裡的高層應該也不會有意見吧。
聽到這些話時，鮫島確認角一定在買賣冰糖果。
正因為有角在賺錢，所以藤野組裡才能對入監中的幫派分子如此大方。
「關於冰糖果呢？」
「完全沒線索。看來大盤應該是相當小心謹慎地行動吧。大家都知道有人在賣，也知道這東西在流行，可是卻摸不清楚東西到底是從哪裡流出來的。」
鮫島點點頭。
「真是多謝你了。」
「客氣什麼！還有什麼我幫得上的嗎？」
鮫島想了想，說：
「那我可以再拜託一件事嗎？」
「當然可以啊。」
「藤野組有個叫角的男人，雖然年輕，不過聽說將來很有希望出頭。你知道角這個人平常帶在身邊的保鑣或司機的名字嗎？」
「這簡單，去問問『丸正』馬上就知道了。」
「拜託你了。」
「鮫島先生。」
「什麼事。」
「現在可以換我請您幫個忙嗎？」
速坂忽然嚴肅地說話，鮫島苦笑了一下。

「輪到你了嗎？什麼事？」
「您有空的時候就可以了啦，可以跟我們老師見個面嗎？」
「老師……你是說那位漫畫家？」
「對。以前我曾經跟他說過我認識一個新宿署的刑警，後來他就一直吵著要我介紹你們見一面……因為他正在畫這類漫畫。」
「這類漫畫，你是說刑警漫畫？」
「對。名稱叫『野狗』，Stray Dog。很受歡迎呢。是講一個單槍匹馬、很酷的警察。」
「一天到晚開槍對吧。」
「那個我最擅長了，我以前還用過葛拉克十七⑫。」
「葛拉克十七？」
「您不知道嗎？幾乎所有的零件都是塑膠製的，所以X光也偵測不到，在『終極警探2』裡布魯斯．威利就說過啊，奧地利製，雙排彈匣裡可以裝進十七發九釐米子彈。」
「裝進十七發？」
「是啊。鮫島先生現在用的是什麼？」
「現在沒帶在身上，不過我用的是新南部。」
速坂「呿」了一聲。
「太落伍了啦，手槍現在九釐米才是主流啊。貝瑞塔⑬、葛拉克、斯泰爾⑭，全部都是

⑫Glock 17，奧地利Glock公司開發的自動手槍。
⑬Beretta，義大利Pietro Beretta公司生產銷售的自動手槍。
⑭Steyr，與葛拉克齊名之奧地利代表性軍火廠商。

九釐米，裝彈數也都在十五發以上。新南部是三八口徑吧，子彈也只能裝五發。遇到槍戰的話這樣是贏不了的啊。」

「很少會遇到槍戰的，而且那種時候通常會有機動隊出動。」

「日本的警察實在太落伍了。」

速坂嘆了一口氣，鮫島瞪著他。

「所以才好啊。如果我們不得不配備那種重裝備，就表示你們也永遠都有被攻擊的危險。」

「但是不久之後就會進來了，現在日幣升值嘛。到時候用三八口徑左輪手槍打一場看看，絕對沒勝算的啦。」

「真的遇到了再說吧。」

「『新宿鮫』怎麼能說這種話呢。」

「我又不是執行死刑的。」

「不，我是認真的。現在外面武裝愈來愈強。」

「這我知道。這個話題等到跟你老師見面時再繼續聊吧。」

「您願意見他嗎？」

「無所謂啊。」

「老師一定會很高興的。那我先去問問『丸正』的人。」

速坂看看手錶。

「糟了！」

他站了起來。

「我從今天開始要在老師那裡住三天。有封面彩頁要畫，這週一定是地獄啦！」

鮫島笑著點點頭。

「好好幹啊。」

看著速坂飛奔出門，鮫島點起香菸。說到真壁，他第一次見到這個人是在吉祥寺。那時候的真壁只不過是個年輕小輩之一，卻已經有著超越少頭目的力量。很多流氓看到對手是刑警，多半會退縮，可是真壁臉上一點怯意也沒有。要是真壁有那個意思，哪怕是刑警他一定也會毫不猶豫下手。

但是，在現在的流氓社會裡，像他這麼有膽識的男人，反而很難出頭。他一定可以獲得機會，但也因為有膽識，所以才容易送命，或者吃下長期徒刑。

到真壁出獄，最少還要三年。如果到時候藤野組解散不存在，那真壁該怎麼辦呢？他會被惜才的上層提拔，移到旗下其他幫派嗎？不過，既然是外來的和尚，他在那裡也不可能快意自在吧。他會忍受屈辱靜待往上爬的機會？還是乾脆洗手不幹呢？

像真壁這種男人，往往深信自己除了流氓以外沒有其他人生可以選擇。但也因為這樣，他們才能往上爬。

可是這種人如果認真想金盆洗手，找點正當生意做，那能夠功成名就也絕不奇怪。難的是在這個過程中，如何乾淨地斬斷想來扯後腿或跟著分油水的舊日戰友。活在視「義氣」為最高美德的流氓社會裡，即使離開了黑道，也不容易拒絕往日夥伴的希望或請託。

鮫島心想，真希望真壁也能有這樣的機會。但是在此同時，他也深知，一個資深士兵在新宿這個「戰場」看遍種種惡鬥，他生存的本能正斷絕了這份夢想的可能。

16

進和昇平常在不同地方工作。昇在總公司，進在配送中心裡的配送管理部。進的職銜是配送管理常董，為了和他縣的運送業者和倉庫業者開會，經常需要出差。

這天晚上結束了白天出差行程的進，晚上十點多來到昇的家。裝設有暖爐的豪華客廳就有二十坪左右，昇的妻子替吃過晚飯的進準備了簡單的下酒菜之後就回房了，因為早上必須早起替孩子們準備便當，所以昇的妻子通常在十一點左右就會就寢。

這天晚上很冷，在馬球衫外披著薄開襟羊毛外套的昇，坐在暖爐前的皮沙發上。暖爐裡生著火。

「今年第一次用嗎？」

坐在他對面望著火焰的進說道。

昇輕輕點著頭說：

「今天晚上實在太冷了，所以生了火。會不會有點熱？」

「那倒不會，我車裡也已經開了暖氣。」

進回答。昇將放在沙發旁的公事包放在膝蓋上。

「徵信社來的報告，你要看嗎？」

進搖搖頭。開了長時間的車，他現在很累。

「報告裡寫了些什麼？」

「難怪角會怕他，這個男人相當不好對付。」

「不就是個爬不上去的官僚嗎？」

「他通過了國家一級公務員考試，本來現在應該是警視正了。他跟新宿署的署長是相同階級，算來也不奇怪。」

「現在幾歲？」

「跟我一樣。」

「很年輕嘛……」

進說道，他原本想像會是個四十歲後半將近五十歲的難纏中年男子。

「對，而且還沒結婚。」

「還沒結婚……」

「這次委託調查的徵信社是由以前幹過刑警的人開的，調查得很仔細，真令人佩服。」

「這樣不危險嗎？以前幹過刑警，說不定他們還有聯絡——」

昇搖搖頭。

「不要緊的。這個男人以前發生過許多事被開除了，雖然還有聯繫，不過畢竟是做生意，他口風很緊的。」

進點起了菸。剛剛一邊開車一邊吃著冰糖果，藥效快要結束，覺得自己身體裡面有一股鈍重感。

「那他查到了什麼？」

「女人。他有一個在交往的女人，而且以刑警來說，交往的對象還挺奇怪的。」

「是酒店小姐之類的嗎？」

「不，是歌手，而且還是職業搖滾樂團的主唱。」

「樂團名字是什麼？」

「『Who's Honey』，出道才一年多。」

「沒聽過呢。」

「好像賣得不怎麼好，不過搖滾樂團這一點倒是可以好好利用。」

「為什麼？」

「你想清楚，對方是搖滾歌手呢，如果有在吸毒或者吃L・S・D、嗎啡也不奇怪吧。」

「也對……」

「而且這個男人還是防犯課的警部。要是他的情人因為吸毒而被抓，那他不是面子掃地嗎？」

「那個女人有在吸毒嗎？」

「不知道。現在正在調查那個女的，如果有，就可以用這個當作證據來威脅那個刑警。」

「他會袒護那個女人嗎？」

「當然會。對方是他的情人，而且這件事要是曝光，他就別想再幹刑警了。」

「要是那個女的沒有吸毒呢？」

「那就讓她吸。」

昇很冷靜地說道。

「只要讓她吃一次，接下來就在我們掌握之中了。」

「搖滾歌手啊。」

進打了個哈欠，昇的眼睛變得很銳利。
「怎麼了？你為什麼看起來這麼累？」
「嗯，不知為什麼今天就覺得很累。」
「我還有新宿的事要跟你談。」
「我知道啦。」
進再一次端正坐姿，要是表現得太懶散，昇就會開始懷疑自己吃過冰糖果。
「關於藤野組的事，角在組裡好像挺吃得開的，大家都說他是最會賺錢的。」
「看來冰糖果的確替他賺了不少。」
進說道。他睏極了。
「話是沒錯，不過，就因為他出手太大方，反而讓自己沒有後路可走。而且他為了照顧服刑中的兄弟，花了太多錢。」
「這件事我聽他說過，抓他兄弟的就是剛剛說的那個新宿署的男人吧。」
昇點點頭。眼鏡的鏡片反射著火焰的火紅光線。家裡很安靜，昇的妻子和孩子們睡覺的二樓，一點聲音都沒有傳出來。
「藥頭被抓的那件事也是真的，不過，下手的不是警察。」
「那是哪裡？」
昇壓低了聲音。
「是麻藥取締官事務所。但是，這方面的情報卻掌握不到，這裡跟警察不一樣，不太容易洩露情報。現在也還不確認他們有沒有對藤野組進行強制搜索。」
「那怎麼辦？」

「不過有一點可以肯定，不能再像以前一樣出貨給角，之前給他的貨想必全部被押收了，所以他拿到的錢沒有原先想像的多。這次的五十萬他一定會要求先出貨後付款的。」

「那怎麼成！」

「沒錯，那怎麼成。如果不是現金交易，對我們來說太危險了。這一個禮拜以來，他為了籌錢到處奔走。不過，五十萬的貨以新價格來說就是八千萬，他根本籌不到這麼多錢。」

進看著昇。

「所以說已經有結論了吧。」

「沒有錯，不能答應角的要求。」

進重新點了一根菸，他想要讓自己專心思考。

「我們還有多少貨？」

「以商品來說還有三十萬，原料的話還有一百萬顆的分量。」

「下次什麼時候要開船？」

「現在預計是下週末左右吧。你那邊的計畫怎麼樣？」

「現在還沒有什麼特別的事，不過有人邀我禮拜六要不要打高爾夫……」

昇點點頭。

「確實沒有必要著急，如果拒絕角的要求的話……」

進說道。

「要是他就這樣放棄也就罷了，但是也得想想，如果對方不肯放棄時的對策。」

「你為什麼突然這麼軟弱呢？難道你覺得會失敗？沒有問題的啦。」

進開始覺得不安，這不像哥哥。哥哥這人雖然很慎重小心，但是這一次他未免把事態想像得太嚴重了。

「這和以往的狀況不同，我們剛跟對方討論要漲價，藥頭就被抓了。角現在的立場也很為難。如果角是個在困難處境時可以忍耐的人，那跟一般世界的人沒什麼兩樣。但是我們現在做生意的對象，可不是一般人啊。」

「我知道了。明天我會打電話給角，好好確認他打算怎麼處理。」

昇點點頭。

「我總覺得有種不好的預感，就好像腳邊有一條毒蛇接近，但是自己卻沒有注意，快要踩上去的感覺。」

哥哥還是第一次說這種話。

「你說的毒蛇是指角嗎？」

「或許吧，也可能是完全不同的人。總之，不管發生了什麼事，我都希望能從容的應付。」

「你一定沒問題的。」

「不只是我，還有你。」

昇將目光由火焰移到進的身上，進含糊不清地說：

「我？我沒問題的啦，只要你在我身邊。」

他笑得有點害羞。

「我可是很相信你的，大哥。」

昇點點頭，但臉上並沒有笑容。

17

「喂。」

一開始進沒有認出這就是角的聲音。因為這聲音格外地低沉，還帶著危險的氣息。

「我是原田——」

角的聲音頓時改變，這劇烈的轉變讓人幾乎要懷疑是不是刻意的。

「您好，我等您電話很久了。」

「我這裡花了點時間……真不好意思。」

「哪裡，是我這邊給您出了難題……結果，談得怎麼樣？」

「這個嘛……那之後我也想了不少辦法，但是這麼緊急要五十萬的貨，實在是——」

「來不及嗎？」

「是啊。」

「那湊得到多少？」

「這個，現在手邊幾乎都沒有貨了……」

「但是，上次見面的時候，你說再過十天左右，下一批貨就會——」

「本來是這樣啦。」

進打斷了角的話說。

「我們這邊有一派人認為，應該慎重行事。」

「是上次生病的那件事嗎？」

角馬上接著說。

「沒錯，就是那件事。」

「那件事完全不需要擔心。」

「我也是這樣想的啊。不過——」

「不，您的想法我了解。不過，站在我的立場，我也希望您能夠盡量想想辦法。拜託您了，原田先生。我們兩個都這麼好的交情了不是嗎？」

昇說得沒錯，角果然把「交情」搬出來了。

「真的，我其實也這樣想。為了角哥，我這兩三天也非常拚命地到處想辦法。」

「那結果怎麼樣呢？」

「可是主張要慎重的那一派還是佔了上風……」

進很想趕快掛電話，看來角很快就會放棄了。

「為了不破壞我們目前為止好不容易建立起來的信賴關係，角哥，這一次就請您放棄吧。」

角吐出一口沉重的氣息。

「事情怎麼會變成這樣呢？」

他說來口氣很遺憾。進放下了心。

「那如果這次不行，下次出貨是什麼時候呢？」

「他們好像希望最少隔一個月的時間。」

「一個月……那還真長呢！」

「是啊，我們這邊也有我們這邊的狀況，沒有辦法如預期的拿到貨。」

「努力一點的話可以縮短到多久？」

「……再怎麼樣都要一個月左右。」

「原田先生，這樣不會太過分嗎？」

「啊？」

「希望你們提早，你們說沒辦法，這我了解。但是如果比原本約定的時間還要多拖二十幾天，那我跟你之間的溝通到底算什麼呢？」

「不過，因為你們那邊的病——」

「所以我已經告訴你那件事絕對沒問題。而且生病的事，要是我不說，你們也不會知道，換句話說，這就是我們的誠意。如果你們因為這樣而食言，那就太過分了。」

「不要說食言嘛，沒有那麼——」

「原田先生，我可是賭了命在做這樁生意。關於這次的貨，從很多方面來看，我都把自己的命賭在這上面。所以老實說，那些壞消息，我本來不想告訴你的，你是不是太小看了我的決心呢？」

「你在說什麼呢，角哥，難道你以為我在騙你嗎？」

「這不是你有沒有騙我的問題，就算原田先生你所說的話都是真的，我從你的話裡，也感覺不到一丁點你個人的誠意！」

「我的誠意……」

「沒錯。就算事情很困難，我也傻傻地相信你一定會替我想辦法。」

進說不出話來，他感覺到角正慢慢地咧嘴露出牙。就在這時候電話卡的殘值顯示為「1」，信號聲嘟地響起。

「我過一會兒，再打電話過去。電話卡快用完了……」
「你掛掉無所謂，我會再打給你的。」
角說道。
「你再打過來？」
進的聲音因為驚訝而變得尖銳，但是他並沒有聽到角對這句話的回答。殘值顯示為「0」，電話被切斷了。
電話卡隨著信號聲被退了出來，進握著話筒呆呆地站在原地不動。

這天晚上，進一個人開著車到小型休息站打電話，走出電話亭的進，回到他開來的那台BMW裡。
電話卡當然還有，不過，他認為現在馬上回撥給角，就等於屈服在對方的威脅之下。先跟昇商量之後再說吧。他看了看手錶。
晚上十點十分。他將手伸向置物箱，裡面放著行動電話。拿出行動電話後，再往後翻，那裡有一個四角形的糖果罐。
他用手裡的硬幣撬開了金屬罐蓋，將冰糖果倒入掌中，在嘴裡含了一顆。
等藥效發作再說吧，這樣比較好，進這麼告訴自己。
他把頭往後靠在椅背上，吐著一口氣。不知道是不是因為反射作用，最近光是把糖果含在嘴裡，就會覺得兩手兩腳的末端也跟著變冷。實際上糖果的成分溶於血管中還要花上更長的時間才對。最近他每天都吃一顆糖果，或許是因為這樣，身體比藥效實際發作還要快產生反應。

說不定再過不久，把普通的水果糖放進嘴巴裡，也會有同樣的反應。

問題在於，只要自己在這個鎮上，就無法找到能和自己分享快感的性伴侶。這種甲基安非他命含量低的糖果，跟藉由注射來攝取的興奮劑不同，一旦習慣，藥效就無法長久持續。所以現在如果在跟女人見面之前服用，總是到途中藥效就會中斷。

如果想要用糖果來增加做愛的樂趣，就要在女人面前把糖果放入口中。

剛開始在吃冰糖果的時候，即使在和女人見面之前吃，藥效也能一直持續到做愛的時候。

自己的體質開始變化，讓他感到一絲不安。但是，不管怎麼說，冰糖果裡所含的興奮劑成分真的相當微量，而且自己也正常吃三餐，目前為止並不覺得自己的內臟有任何異常。

進眨了眨眼，吐出一口氣。腦中浮現跟沙貴做愛的情景，感到自己的下半身慢慢變硬。

要是現在沙貴在身邊，他早就二話不說跨了上去。沙貴一定會粗亂地喘著氣，一邊揪住進的頭髮一邊推動自己的腰。最後，她會把進身體釋放出來的生命，喝得一滴也不剩……

電話響了，有點出人意料，電話正發出與現實隔絕的聲響。

進將他呆呆望向車窗前方的視線移回車內，正發出響聲的是他放在置物箱蓋上的行動電話。

他將行動電話連接著電源，收在置物箱後方。現在打開了箱蓋，所以電話可以收到訊號。

進伸出手去。

「喂……」

接電話的聲音連自己都覺得很不踏實。

「你怎麼真的掛斷電話了呢，太過分了吧，原田先生，在你老家應該是叫香川先生吧。」

角的聲音流進耳裡，進覺得自己的身體瞬時凍僵了。

「角哥……」

糟了，這樣一來，就不能用打錯電話當作搪塞的藉口了。

他讓冰糖果藥效發作的腦袋全力運轉，在這種時候冰糖果一定可以幫得上忙的。

「你竟然能查得到這個號碼。」

他用沉著的聲音說道。

「那當然，畢竟我們也認識這麼久了，我有很多調查的方法，你說是吧？香川進先生。」

「……連我的名字你也知道了嗎？」

「是啊。不過，對我們來說，你是香川先生也好，是原田先生也罷，都不要緊。重要的是，你什麼時候可以把五十萬顆冰糖果送過來？」

「所以這件事我剛剛不是跟你說過了嗎？」

「那這麼辦吧。」

角好像完全沒有在聽進說話般，打斷了他。

「下週選一天，大概是週間的時候好了，請你過來我們這裡一趟可以嗎？」

「要我過去，我隨時都能去。不過——」

角發出了笑聲。

「我又不是香川先生的情人，你一個人來對我也沒什麼意義。你來了會高興的人不是我，而是你在六本木的女朋友吧。就是那個迷上香川先生的——」

對了，沒錯。進閉上眼睛。是沙貴，角一定是從沙貴那裡問出這個號碼還有本名的。

「對了，如果您肯來的話，我就帶她一起去接你吧。如果知道能見到香川先生，她應該會願意跟店裡請個假吧。」

角的聲音聽起來很開朗。但是，這卻是一絲不假的恐嚇。

「這不關她的事！」

進說道。自己的手掌滲著汗，電話變得很滑手。

「那孩子真是個不錯的孩子，我甚至覺得可以由我們來照顧她。你知道吧，由我們這裡。」

角的聲音變得很低很遠，在這之後他什麼都沒有說。

他想要把沙貴當作人質。

「畢竟只是個酒店小姐嘛。」

進終於擠出這句話。

「沒錯，只是個小姐。不過是消耗品而已，消耗品。」

他要殺了沙貴嗎？

「像她那樣的身體，如果由我們這裡來照顧，應該可以為我們掙不少錢吧。」

血液彷彿慢慢地被抽乾。

「但是她可能會有點恨你吧，覺得香川先生竟然這麼冷淡……」

「你可不可以不要牽扯到她！」

「那當然，我什麼都不會做。我可不會那麼不解風情，去阻撓別人談戀愛。」

進深呼吸了一口氣，這完全在他料想之外。他沒想到角會使出這麼激烈的手段，他竟然會以沙貴當人質要求交換冰糖果。

「角哥。」

「什麼事？」

「你要我帶去的東西，我會想辦法的。但是錢的方面——」

「這點你不用擔心，我會準備。」

角很乾脆地說。真的嗎？進忍住想要這麼回問的心情。角現在刻意按捺著自己怒氣的爆發，享受著一切——進這麼想。如果現在進說出任何激怒角的話，角一定會像衝破薄薄地表的岩漿一般，威力全開的威脅自己吧。

「——我知道了。」

「我會再跟你聯絡的。」

角很快地說。

「我會有好一陣子在外面奔走，所以香川先生可能聯絡不到我。」

「是嗎？」

「沒錯。那就拜託您了。」

說完，角掛了電話。

進緊握著結束通話的行動電話。昇，還有沙貫……

總之，他先撥了沙貴店裡的號碼。如果沙貴接了電話，那就得馬上準備逃走，讓她到這個鎮上來也好，總之要到角無法控制的地方。

「——喂，謝謝您的來電，這裡是『Menuetto』。」

一個男人的聲音接了電話。
「我找沙貴小姐。」
「很抱歉，沙貴今天請假。」
「今天？」
「是的。」
「我是原田。」
「啊，您好，原田先生。沙貴她好像感冒了，從今天開始請假，您現在人在哪裡？」
「我在外面旅行。」
「是嗎？那……該怎麼辦才好呢？」
「沒關係，我會再打電話來的。」
「很抱歉——」
進掛了電話。他又打了沙貴住處的電話號碼。電話響了兩次後，有人接了電話。
「喂！喂！」
「誰啊？」
「是我——」
「騙你的，你以為我在家嗎？不好意思啊，小沙貴現在人不在家，所以呢，等一下會有嘟聲響起喔——」
電話掛斷了。
沙貴已經被抓走了。進咬著唇，將行動電話砸向方向盤。
沙貴。進覺得胸口相當的悶。

沙貴。怎麼會這樣？我竟然愛上了沙貴。原本以為自己和那個女人之間只有冰糖果和上床兩件事。

不知道為什麼，進覺得自己的眼淚不斷的跑出來，怎麼會這樣？為什麼眼淚會不斷跑出來呢？

沙貴被抓走了，被抓到角那些低級又粗野的手下身邊。

他彷彿聽見沙貴的叫聲，彷彿看見沙貴扭曲的身體試圖從正要侵犯她的男人身邊逃走，聽見沙貴不斷哭喊著的聲音。

沙貴，我一定會去救妳的。

18

穿過便利商店的自動門，一個剃著光頭、身材矮壯的男子出現。他穿著招搖的夾克，一看就知道是流氓。兩手各提著一個白色塑膠袋，其中一個袋子露出了裡面的飲料寶特瓶，賽馬報紙捲在瓶身上。

男人的名字叫唐木，是角的司機兼保鑣，年紀大約二十六、七。

鮫島從停著的ＢＭＷ觀察唐木坐進賓士駕駛座的樣子。

這裡離唐木住的公寓很近，是世田谷的櫻上水。時間是晚上八點。唐木在六點多離開百人町的藤野組事務所，回到櫻上水的公寓。唐木坐的白色賓士是角的車，但是並沒有跟他同時出現在事務所，這兩天，角沒有出現在唐木身邊。

回家一趟後的唐木，不到三十分鐘又外出了。而他外出的第一個目的地就是這家便利商店。他買了成堆的東西後，回到車裡。

他看起來不像是要回自己的住處，如果是買自己的東西，那麼從事務所回來的時候就可以買齊。他一定是有什麼理由，需要回家一趟再外出購物。

賓士車開進甲州街道，往新宿方面走。在大原右轉環狀七號線，走逆時針方向往上馬、目黑方面去。

大約從三天前開始，角身邊的行動就開始出現異樣。首先，角和他手下慣例的飲酒作樂暫時中止了。接著，角不再現身，只有他一個部下守在角鶴卷町的公寓。角的妻子和孩子在前幾天做了旅行的準備，出門去了，並沒有交代管理員任何事。

包含唐木在內，角其他部下都一副若無其事的樣子出入事務所。但是，他們並沒有在外喝酒，工作結束之後馬上就回家，很明顯是在為某件事待命。

同時，這樣的舉動並沒有擴及藤野組整體，除了角這群人之外，藤野組的動靜沒有特別奇怪的地方。只有角和他的部下正在做某些準備。

環七相當擁擠。因為工程很多，所以處處都會塞車。塞車是跟蹤的頭號敵人，因為車停下來的時候，駕駛人很自然地會把目光投向後照鏡。

在緩慢前進的車流當中，鮫島跟在唐木所開賓士的三台車之後。離開便利商店之後的唐木，很明顯地在警戒跟蹤。他慢慢地開著車，當車流不多的時候，偶爾會一口氣加速，穿梭在車道之間，一次超過好幾台車，如此確認著沒有來車跟蹤自己。

鮫島並沒有勉強追蹤。長年以來單獨搜查，他開始可以憑直覺知道自己跟蹤的車朝哪個方向走。所以除非有特殊狀況，他並不會緊跟著對方。特別是這種狀況，唐木並不是確認了有人跟蹤打算甩掉對方，而只是想確認有沒有人跟蹤。要是慌張地追上，就中了唐木的計。如果唐木發現有人跟蹤，鮫島可以想像他一定不會甩掉來車，而會迴轉開回自己家裡吧。

賓士繼續走在環七上。過了柿木坂，從目黑區進入大田區。開過南千束，連接國道一號線，穿過東海道線，再過不久就到大森了。

鮫島從ＢＭＷ的置物箱裡拿出營養口糧CalorieMate，一口咬下。接著灌下小瓶裝的礦泉水，吃過早餐以來，到現在還沒有吃過任何東西，他開始感到肚子很餓。

賓士往左轉。這裡是南馬込二丁目一條通往大森海岸的路。

過了一會兒車又右轉，進入山王的住宅區，鮫島減慢車速。現在車輛數目變少，很容易被發現跟蹤。

賓士在狹窄的單行道左轉。鮫島沒有追過去，在單行道前停下車。他嘴裡含著CalorieMate，下了ＢＭＷ。

單行道的左邊蓋著大型公寓。橫長型的公寓大約五樓高，是座外觀貼了磁磚的高級公寓。

唐木將賓士緊貼著路邊護欄停著。駕駛座旁的車門打不開，所以他亮著停車燈，辛苦地從前座車門下了車。鮫島躲在附近。

下車後的唐木注意著周圍。

公寓一樓有停車場，但是看來沒有唐木停車的空間。唐木提著塑膠袋爬上連接到停車場左邊入口的樓梯。

穿過玻璃自動門，進入公寓裡。

鮫島看看時間差不多，徒步走近公寓。

這棟高級公寓的入口是雙重自動門，公寓的自動門鎖系統還裝有集合式對講機。

青銅板上標示著「山王王國華廈」。在兩層自動門之間有管理員室，不過夜間看來並沒有人。

過了不到十分鐘，唐木又出現。塑膠袋不見了，但他手裡拿著紙製的購物袋。袋子看來雖然大，不過內容物顯然很輕，鮫島猜想應該是衣服類的東西。

坐進賓士的唐木，把車子開到單行道盡頭，然後重複左右轉，開回環七。

上環七之後，他並沒有繞到其他地方，直接回櫻上水的公寓。鮫島從他ＢＭＷ的車窗，確認十二點多以後，唐木房間的燈光熄滅。

隔天，鮫島對「山王王國華廈」的管理員問訊。這裡在六年前以億元單位分讓出售，共有十二間房間。一年之內，並沒有新的房客，但三〇二及五〇一號房現在是空屋。

這兩間房間中，三〇二號房正打算出售，但是五〇一號房的所有權從屋主轉移到債權人身上，而屋主的行蹤目前不明。

鮫島問出「山王王國華廈」的管理公司，接著造訪了位渋谷的管理業者。

結果，他查出五〇一房的所有者是新宿的一間金融公司，公司名稱就叫「丸正金融」。

19

「看到了沒啊？」

平瀨很不耐煩地對石渡說。耕二看了看握著釣竿的左手上戴的手錶，心情很不平靜。

他們三個人在漁港的堤防前端。大約三十分鐘前，他們從隔壁的碼頭新港目送遊艇「ＫＥＩ」出航。石渡不知道從哪裡找來加上望遠鏡頭的大型照相機，視線追隨著遊艇，凝視著水平線。

耕二和平瀨為了偽裝，手裡拿著釣竿，平瀨手中是小學時曾經用過幾乎快要腐朽的爛釣竿，因為轉輪沒有上油，再加上潮水的影響，所以幾乎無法轉動，釣線也形成長年纏捲的彎曲痕跡，鬆垮垮地垂著。

但是他們還是裝上了浮標，把從釣具店買來的磷蝦穿過針丟到海面上。

星期天下午兩點。耕二之所以心情不平靜是有理由的。昨天晚上，晶打來的電話告訴他今天晚上會到。

「不行啦，還是應該把三腳架帶來的。」

石渡放下相機說。

「真沒辦法，說不定他們也在釣魚吧，今天天氣這麼好。」

平瀨說道，收起釣竿。

「奇怪，餌怎麼又沒了……」

他蹲下來再次把磷蝦插到針上。

一改前幾天之前的寒冷，這天的天氣相當的溫暖。海面也很平靜，藍色的水面閃閃發著光。

一直在香川昇家埋伏的平瀨召集大家，是今天早上十一點的事。耕二到今天早上六點多都陪著景子，因為宿醉和疲累讓他整個人顯得相當的倦怠。

即使戴著眼鏡，海面反射的太陽光也讓他眼睛深處一陣一陣的刺痛。

香川昇大概十點離家，少見的拜訪了香川進所住的老家。大約一小時後，開著香川進的ＢＭＷ來到了新港。

耕二知道這對兄弟大約每兩個月會在新港的遊艇「ＫＥＩ」開會。「ＫＥＩ」是景子的船，因為這樣，景子還曾經要求耕二去考一級小型船舶的執照。

結果，耕二因為沒有空而沒拿到執照，不過香川昇和進兩兄弟都有執照。昇在大學時候，參加了遊艇部，而進因為喜歡浮潛，所以大約在半年前也考取了執照。

「還看得到嗎？」

平瀨回頭看石渡問道，石渡正盤腿坐在高出一層的堤防靠近外海的部分。

「嗯……還勉強看得到。」

石渡一邊看著照相機，一邊說。

「他們在做什麼？」

「看不清楚，應該在釣魚吧。」

耕二伸長著脖子，也往石渡望遠鏡頭朝向的方向望去。不過，剛好面對東南方向，太陽的反射光很強烈，實在是看不清楚。

「出海多遠了？」

耕二只好放棄，轉而詢問石渡。

「大概多遠呢？並沒有太遠，應該不到十公里吧。」

「船還在開嗎？」

「沒有，現在好像停了。」

「那應該真的是在釣魚吧。」

耕二半似埋怨的看著平瀨。但是平瀨卻瞇著眼，好像在思考著什麼一樣，直盯著水平線的另一端。

「這麼悠閒開船釣魚嗎？現在可以釣到什麼？」

耕二說。收回了魚竿，他的魚餌又不見了。不知道是烏魚還是小瓜子鱲，聰明地只把餌肉吸乾淨，留下外殼。

「——現在正是釣魚的好時期，這附近會有很多紅甘鰺和縱帶鰺。」

平瀨沒有改變面朝的方向，說著。

接著，他好像想起了什麼似的問石渡。

「喂，他們附近有沒有其他的船？」

「其他的船？」

「對，不管是大的還是小的，看起來像釣魚船的，還有嗎？」

「附近是指哪邊？」

「就在他們的船旁邊，說話聲音可以傳得到的距離。」

「等等。」

石渡慢慢移動他的相機。過了一會兒後，他說道：

「沒有……完全沒有。只有一艘像漁船的正往我們這裡開過來。」
「一艘都沒有？」
「一艘都沒有啊。」
石渡將眼睛移開了照相機，很疲倦地轉了轉脖子。
「這就奇怪了。」
平瀨低聲說道。
「什麼地方奇怪？」
耕二問。石渡看看耕二，收回了釣竿。石渡釣竿上的魚餌也被吃光了。
「不管是船釣或者是磯釣，所謂的釣魚不是把魚餌丟到水裡就算了。」
「你是指位置的問題嗎？」
「沒錯。就算是出海不遠的地方，如果是什麼東西都沒有的平坦海底，是不會有魚的。魚群是有根的，那就是釣得到魚的位置，所以只要稍微懂得釣魚的人，就會把船開到這些位置上。首先，他的船上不可能沒有魚群探測器。」
「說不定魚群探測器已經放出去了啊。」
「如果是這樣，那老練的漁夫就不會放過這個位置。不管是漁夫或是釣漁船，在海岸邊通常聚集在相同的地方，那就是有比較多魚的位置。」
「可是魚會游泳啊，他們不一定會聚集在相同的地方吧。」
石渡這麼說，平瀨則搖搖頭。
「魚確實會游泳。可是，在魚的世界裡，中型魚會吃小魚，那大魚又會吃這些中型魚，牠們是有順序的。所以，魚群聚集的這個根附近，一定從小魚到大魚都有。更別說像紅甘鰺和縱帶鰺這些魚，牠們會吃沙丁魚和秋刀魚，所以一定會在根的附近游的。」

「所以說，在他們的船附近沒有其他的船，就表示那裡不是魚群聚集的位置囉？」

耕二說。

「沒有錯。如果他們真的在釣魚，那麼不是太傻，就是在裝傻。」

「應該是太傻了吧。」

石渡說。

「香川他弟弟有在浮潛，他不可能不知道這些事。那會不會正在潛水呢？」

「如果在漁場潛水，會被漁夫罵的吧。」

耕二說。

「潛水也不會在什麼東西都沒有的地方潛水。而且，這個時期的水溫高，潛下去的水潮也很混濁，應該什麼東西都看不見的。」

「你懂很多嘛。」

石渡很佩服地說道。

「因為我去世的爺爺是漁夫。」

平瀨吐出這一句，他再次收回魚竿，魚竿前端稍微地彎曲。

「喔，你釣到了！」

石渡說道。一隻背上有著黑色斑紋的白色小魚浮出水面。平瀨啐了一聲。

「是河豚啊！呿！」

「河豚？能吃嗎？」

石渡看了看魚。平瀨左手握著魚，正要拆開釣鉤，就在這時候釣線斷了，河豚把釣鉤給吞了下去。

河豚被平瀨的手緊握著，瞬時像個氣球般膨脹了起來。

「河豚的牙齒就像刮鬍刀一樣，可以把魚鉤咬得很細。就算這麼小的河豚也有毒，而且全身滑滑的。」

平瀨將河豚鬆手丟在堤防上，約莫十公分的河豚，身體脹大，不斷拍動著尾鰭。

「把毒拿掉能吃嗎？」

石渡入迷的看著河豚。

「把肝拿掉之後，根本就沒剩多少肉了。」

他們聽到「唧唧」的聲音，是河豚在叫。河豚現在已經變得像一顆球了，牠拚命的膨脹身體，拍動著鰭，想要回到海裡。

「這爛東西竟然敢偷我的魚餌！」

平瀨說著，提起一隻腳。下一個瞬間，他的鞋底用力地停在河豚上面。

河豚發出了小小的破裂聲。耕二忍不住移開了視線。

「你看腸子都噴出來了。」

他聽到石渡這麼說。平瀨把扁塌的魚踢走，「砰」的一聲，死掉的魚浮在耕二腳邊的海面上漂啊漂的。

「這種東西就要這樣對付。」

平瀨開心的說。

耕二吐出一口氣，回頭看著外海。

「既然這樣，那他們到底在幹什麼呢？」

「石渡，記得拍照。還有我們要在他們回來之前，先回到新港那邊去。」

平瀨說。耕二看著平瀨，平瀨的嘴邊浮起了淺淺的笑意。

「他們一定會帶東西回來的。」

20

「再過一會兒我就會離開飯店到會場去。結束後我就會跟其他人分開，到上次跟你說的朋友那裡。」

晶說道。

「那妳要住哪裡？」

「不知道，住朋友家吧。」

晶故意這麼說惹鮫島吃醋。

鮫島低聲地說：「很行嘛妳。」

他已經很久沒放假了，枕邊的時鐘指著上午十一點。昨天晚上是十二點多上床的，不過直到晶打電話來為止，鮫島都沒有睜開眼睛。

晶在喉嚨裡悶笑著。她顯得比離開東京之前心情更好，看來在舞台上唱歌，是她最能排解壓力的方法。

「騙你的啦，我朋友幫我訂了飯店，他說飯店的費用就不用給了，但是要我到他上班的店裡去唱歌。」

「反正就算對方不幫妳付飯店的錢，妳也一樣會唱吧。」

「我現在已經是職業歌手了，可不能免費唱歌。」

「少來了。」

「要告訴你飯店的電話號碼嗎？」

「好。」
鮫島伸長了身體把便條紙拉了過來。這姿勢太過勉強，讓他的側腹部肌肉快要抽筋了。他忍不住發出呻吟聲。
「你這是什麼聲音，你身邊有人吧。」
「是啊。昨天晚上，我輔導了一個在歌舞伎町遊蕩的十六歲女孩，為了跟她說教，只好讓她在我這裡住了一晚。」
「你這個渾蛋，當心我去告你的狀，說有刑警犯了猥褻罪。」
「好啊，我等著。幾號？」
「現在還不知道。」
「為什麼？」
「到了當地才會知道。你今天晚上會在家嗎？」
「應該會吧，如果沒什麼事的話。」
「你的話不能信，我傳到你B.B.Call裡吧。」
「好，或者是留言也可以。」
「如果你B.B.Call沒開，我就留言。」
晶說道。
「妳會在那裡待多久？」
「一個晚上或兩個晚上吧，我想順便吃點好吃的海鮮。」
「巡迴演出的時候應該已經吃很多了吧？」
「開什麼玩笑。表演結束都已經快半夜了，累都累死了。」

「以前的大胃王到哪裡去了？」
「隔天還要上台啊，巡迴演出的時候，我有控制食量啦。」
「開心嗎？」
「開心，還是唱歌的時候最開心。」
晶的聲音顯得很雀躍。
「回來之後的計畫呢？」
「會先休息一陣子，我會到你那裡去的。」
「我從今天開始有好一陣子都沒有休假。」
「你房間很髒吧？」
鮫島看了看自己的房裡。
「是啊，今天打算來洗衣服。」
「你放著吧，我幫你洗。」
「真可疑。」
「什麼可疑？」
「妳怎麼突然對我這麼好？」
「大渾蛋，你在想什麼。」
「我在想好吃的海鮮到底是什麼東西？」
「我才不告訴你呢，我進飯店後再Call你。」
「好，那就這樣。最後的表演，加油啊。」
「放心啦。」

說著，晶掛了電話。
鮫島放回話筒，仰望天花板。老實說，即使當天來回，他也想飆車去看今天晚上晶的表演。不過，角現在的動向很不穩定，他不能離開東京。
雖然今天是假日，他還是打算下午開始到「山王王國華廈」去盯梢。
他從床上起身走到廚房去，從冰箱裡拿出吐司麵包，設定好烤箱的時間後，他走進浴室。
洗完臉，準備好咖啡機，從信箱抽出報紙，放在床上。
房間裡相當凌亂，該洗的衣服也堆了一大堆，看來，早上剩下的時間都得花在投幣式洗衣機和打掃上了。
咖啡煮好後，他倒進跟晶成對的馬克杯裡。
烤箱的鈴聲響了，他將兩片烤好的外餡三明治放在盤子上，在報紙上吃了起來。
晶現在應該和「Who´s Honey」的工作人員往會場出發了吧。先開會討論舞台上的注意事項，然後調KEY。接著在等待開演的期間，大家會在休息室聊天或者戴上耳機聽音樂。等到時間接近，她會化好妝、穿上衣服，開始集中精神。
樂團要求鮫島替下一張專輯寫詞，鮫島給了他們兩首，曲子不是晶寫的，而是隊長吉他手周。周今年二十六歲，是個很安靜的男人，他留著長髮，戴眼鏡，在舞台上就像在守護晶的存在一樣。
鮫島在剛開始和晶交往的時候，周並沒有對鮫島敞開心胸。
但現在則不同。他認定晶是鮫島的「女人」，也理解鮫島對晶的態度。同時，也積極的請鮫島替「Who´s Honey」寫詞。

——你很有天分呢。

最後一次見面，看到鮫島拿出的兩首歌詞，周這麼說。

——我很少先看詞再譜曲，不過如果是鮫島先生的詞，我無所謂。

——如果東西不能用，你們丟了也無所謂。

——這我知道。我們現在好歹也是職業歌手了。

周笑著。

——但是，你的詞比晶寫的要好多了。

說著，他吐了吐舌頭。

——不能告訴晶，要不然我會被宰的。

——我總是過著刀上舔血的日子啊。

——那是因為鮫島先生你有這種癖好啊。

周意有所指的眨著眼。

——我們大家都這麼想。雖然不知道晶和鮫島先生你們兩個能交往多久，不過，就算哪一天你們分手了，晶一定會變得更強。

——變得更強？

——對，因為女人愈哭就會變得愈堅強。

——是嗎？那男人呢？

周歪了歪頭。周在二十一歲的時候結婚，妻子年紀比他大，現在還有個獨生女。

——男人沒有辦法對女人強勢，不過在工作上或許可以變得更強吧。

——有人寫過這種詞嗎？

——有啊，「眼淚愈多，男人愈會出人頭地，女人愈會對付男人。」

——最後是女人贏啊。

——與其說女人，應該是說晶吧。

周的眼神彷彿望向很遠的地方，這麼說著。

電話響了。

鮫島拿起話筒。

「喂，我是鮫島。」

隔了一瞬，對方才回答。

「我是塔下。」

是個男人的聲音。

鮫島稍稍地吸了一口氣。剛剛跟晶說話時鬆懈的情緒，再次緊繃了起來。

「上次多謝您了。」

塔下用低沉的聲音說道。他從塔下的聲音也感覺得到對方的緊張。不管因為什麼理由，打電話到鮫島家來，一定有著十足的心理準備。身為毒品取締官的塔下，對鮫島所採取的態度相當不講情面，但鮫島卻不覺得塔下本身也是這種男人。

「我打電話到署裡，他們說你今天休假。所以——」

「是署裡告訴你我家電話號碼的？」

「怎麼可能，我是用其他的方法查到的。」

塔下說。

「有什麼事嗎？」

「我有話想跟你說。」

「那麼請依照正式的程序來，我不能在非正式的狀況跟你交換搜查情報。」

「這一點也不像鮫島先生的作風啊，不是嗎？」

「你是什麼意思？」

「你一向單槍匹馬進行搜查，不管你要洩露搜查情報，或者是從其他人那裡接收，新宿署裡都不會有人不高興吧？」

「你是不是誤會了什麼？我是防犯課的偵察警官之一。」

鮫島冰冷地說。

「你或許這麼想，但是除了你之外，在新宿署裡，沒有人跟你有同樣的想法。關於鮫島先生，我也聽過不少傳說。」

「不管是什麼樣的傳說，我勸你還是不要照單全收。」

既然曾經那樣對待鮫島，麻藥取締官事務所一定也會提防鮫島的反彈，針對鮫島做了許多調查吧。

「除非你根本沒把我放在眼裡？」

「絕對沒有這種事，不可能。」

塔下很果決的說。

「剛好相反，我們這裡也有相當的心理準備。但是鮫島先生您卻沒有任何行動……」

正在進行秘密偵查的嫌犯，如果沒有任何事先的照會就被其他單位帶走，任何刑警都會氣到發狂。更別說塔下等人，他們絕不可能撇清說自己不知道鮫島正在對笘野進行秘密偵查。

如果是其他的刑警，不惜動用本廳，也會進行強烈抗議搶回笘野吧。不僅如此，可能還會企圖報復，做出種種行動來阻礙麻藥取締官事務所的搜查行動。

「我們主任認為，因為你是個異端分子，所以本廳才沒有行動。不過，我卻不這麼想。」

鮫島再次坐下，伸手去拿菸。他現在已經沒有食慾。塔下這句話，意味著這通電話是出於他個人意願打來的。

當然他並不知道這到底是真是假。

「你根本不需要借助其他人的幫助，就有足夠把我們整垮的能力，之所以沒有這麼做，是因為你不想。」

「但是你也不會因為這樣就想跟我交朋友吧。」

他覺得塔下似乎在苦笑。

「我並沒有這麼想。相反的，下次見到你的時候，我已經有要捱你一拳的覺悟了。」

鮫島吐出嘴裡的煙。

「這我倒是相當的期待。」

「鮫島先生，您以相當特殊的形式在警視廳裡執勤，但是這件事和您的搜查能力是兩回事。即使笘野被我們帶走，你也一點都不氣餒，反而更加深入調查。」

「所以呢？」

所以接下來你們要抓走角嗎？不過，除非從笘野那裡得到相當有力的情報，角並沒有任何的嫌疑。難道他們從其他的管道確認了他的嫌疑嗎？

「要不要見一面呢？」

塔下說。

「姑且不管我這邊，跟我見面的話，你難道不會被自己人譴責嗎？」

「那種事很無聊。我們主任很討厭警察，但是我覺得要看是哪一種警察。」

塔下很平靜地說，聽起來並不像是負氣逞強。

「當然，如果鮫島先生您很堅持要按照警察的規則來辦事，那就另當別論了。」

「我並不想聽你批評我的做法，你到底想怎麼樣？」

「今天下午，在你家或者在我家附近見個面。」

鮫島想了想，說出在野方車站附近一家咖啡廳的名字。

「我知道了，那我們約幾點？」

「幾點都好。」

「那就兩點吧。」

「知道了。」

說完，鮫島放回話筒。

塔下跟在中央高速道小型休息站見面時一樣穿著牛仔褲現身。這裡並不是商業區，如果下午有兩個身穿西裝的男人在咖啡廳見面，一定會引人注意。他應該是想到這一點，才做這身打扮的。鮫島則穿著棉褲，上面搭著寬鬆的毛線外套。

第一次見面時，塔下看起來像個大學裡的研究員。像這樣面對面，他看來也有點像自由作家或者設計師。

總之，雖然是個司法警察職員，但是，外表看起來並不太像一般的上班族。

「非常謝謝您。」

塔下在先到的鮫島對面坐下，一邊說。

這間咖啡廳每桌的間隔很寬，每次來的時候人潮都不少，所以不需要擔心被其他客人或員工偷聽到談話內容。

「你既然會來，應該有了心理準備吧？」

鮫島說。

「你不會在這裡動手吧，畢竟附近就有派出所。」

塔下用眼睛往派出所的方向示意。鮫島無言地凝視著塔下。

服務生走來，塔下點了冰咖啡。等到服務生走了之後，他說：

「角到底在想什麼？」

「不知道。我不是在裝傻，我真的不知道。」

「你知道他現在在哪裡嗎？」

「大森的山王。」

聽到鮫島這麼回答，塔下的眼睛微微睜大，點點頭。

「果然。」

不知道這句話是針對鮫島知情而說，或者是針對角的藏身處而說。

「角就是冰糖果的大盤。」

鮫島說。

「沒錯。」

塔下點點頭。

「這是角一個人幹的，整個藤野組還沒有牽涉到冰糖果買賣。」

「東西是從哪裡來的？」

塔下回看鮫島的眼睛，鮫島心想，這眼神代表他知情。

「你認為是哪裡？」

「這個國家，冰糖果並不是進口的東西。」

「我也這麼想。姑且不管原料是不是進口，一定是在國內加工成那種樣子的。」

「你知道嗎？」

「要是完全查清楚，我早就去逮人了。」

「你還沒有抓角就是因為這樣嗎？」

「那鮫島先生呢？」

鮫島吸了一口氣。服務生送來一杯冰咖啡。

「你認為即將有事要發生是吧？」

塔下將吸管插入冰咖啡裡說道。

「沒有錯。即將有什麼事會發生，到時候我會去抓角。除了角之外，一定還可以抓到其他傢伙。」

塔下點點頭，開始說。

「我們已經追查冰糖果的販賣管道很久了，冰糖果的藥頭和以往毒品的藥頭不一樣，小鬼特別多。但是不管我們抓到幾個小鬼，都追查不到大盤。如果想接近大盤，就必須要抓到手上有可觀進貨資金的藥頭。笘野很可能就是這種藥頭其中之一。不過，笘野並不是。我們逼問他逼問得滿嚴厲的，但是結果他也只能進行遮眼交易。」

「那時候你們也應該查到一些關於其他藥頭，或者是廂型車的情報吧？」

「對。廂型車是住在練馬的卡車司機自己的車，司機幫忙他們在休息站的交易，當作打工。提出這個建議的是因為毒品而被逐出幫派的淺草攤商，這個人應該就是他們跟角之間的聯絡窗口吧。因為在那之後他就消失了，他也沒老婆孩子，應該回老家去了吧。」

「你們應該就是從這條線查到角身上的吧？」

「對。」

塔下用吸管吸了一口咖啡。

「冰糖果在新宿和澁谷特別普及，可是我們在另外一個地方也找到了線索。」

「是哪裡？」

「六本木。」

塔下說話的語氣似乎這件事並不重要。

「六本木有很多明星或運動選手出入。他們是很特別的客人，自己絕對不會轉當藥頭，但是出手大方，口風又緊。當然，擁有這些貴客的藥頭，等級又會提高，跟賣給一般小毛頭的藥頭是不同的類型。」

「我聽說六本木的主流是古柯鹼？」

「古柯鹼確實增加了。真要說起來，他們覺得毒品是鄉下人的玩意。不過冰糖果不一樣，在六本木的反應還不錯。」

「你們掌握六本木的管道了嗎？」

「或許還說不上管道，我們知道一部分讓冰糖果在六本木流行的人。」

「讓冰糖果流行？」

「對。有個女人說，做愛時吃冰糖果很好。」

鮫島凝視著塔下。

「能查到這件事算我們幸運。我們接獲密告說，有個男的在經營粉紅宅急便。當我們到他的事務所去強制搜索時，從店裡女孩放個人物品的置物櫃裡搜出了冰糖果。這個女孩以前是酒店小姐，她說這是以前的同事給她的，我們對她供出的這個同事進行了秘密搜索。她工作的地方是個高級俱樂部，有很多明星和運動選手出入，這家店裡部分的酒店小姐和客人之間正在流行冰糖果，現在我們還沒有對這家店進行搜索。」

「『Menuetto』。」

鮫島低聲地說，塔下輕輕地點了頭。

「『Menuetto』雖然不是自己的地盤，但角卻是那裡的常客。負責接待角的小姐就是把冰糖果給剛剛那個宅急便女孩的人。」

所謂粉紅宅急便，指的是藉由將傳單丟入郵筒來開拓客源的出差應召女郎，為了跟一般的情色行業做區別，俗稱為「粉紅」或者「宅急便」。

「你覺得是角把冰糖果給那個酒店小姐的嗎？」

「很有可能，而且我們手中還有更重要的消息。」

鮫島看著他笑。塔下似乎猶豫了一瞬間，但他馬上開了口。

「鮫島先生，您應該也很清楚。我們的組織和警察相比規模很小。麻藥取締官事務所包含橫濱和神戶等分室，在全國只有十二處。但是也因為這樣，一些細小的情報要流傳比較不花時間。」

塔下暫停了一下，把剩下的冰咖啡喝完。

「接下來我要告訴你的是非常敏感的話題，因為這可能跟某個地方上和政治家也有關係的財團有關。」

「財團？」

「對。我們主任之所以這麼緊張，最重要的就是因為這個理由。在財團所支持的政治家裡，也有厚生省出身的議員。」

麻藥取締官事務所屬於司法警察組織，同時也在厚生省的管轄之下。萬一，對厚生省有影響力的國會議員知道了有人對自己身邊進行秘密偵查，那案子一定會被吃掉的。

鮫島知道塔下是真心想要告訴他這個超級祕密的情報，即使鮫島沒有洩露這些情報，一旦上層知道塔下要告訴鮫島的這些事實，塔下的公務員生涯就等於畫上句點了。

「還有別的幫派也牽扯在內嗎？」

鮫島問。說到地方財團，不只政界、官界，對當地的幫派也會有強大的影響力。

塔下搖搖頭。

「對方不是流氓。如果這件事和流氓有關係，那議員和財團還可以佯裝不知。現在我們在懷疑的並不是流氓，而是這財團裡的人。」

「——聽你這麼說，的確很有可能。」

鮫島說。興奮劑的地下買賣的確是一筆高額收入，可是，這對沒有其他獲得高收入方法的人來說才具有魅力。一個對政官界都具有影響的財團分子要染手這種買賣，風險實在太高。

萬一受到司法的制裁，要比收受賄賂等等要遭受更嚴重的社會批判。

塔下輕輕地點了頭。

「我們也是。老實說，當我聽到這些消息的時候也半信半疑。」

「消息是哪裡來的？」

塔下沒有回答鮫島的問題。鮫島吐了一口氣，點起菸。

「你們的情報已經獲得證實了嗎？」

「剛剛提到的那個酒店小姐跟那個客人正在交往。他每個月會來店裡一兩次，好像是從其他縣來的。這個男人是在『Menuetto』俱樂部認識角的。而在情報中提到的財團成員，跟這個男的在容貌上有很多共同點。」

「男人的名字叫什麼？」

「他在店裡自稱原田。」

塔下只說到這裡。

「原田──」

鮫島在記憶中搜尋著目前為止跟冰糖果有關的搜查中出現的人名。

並沒有。原田這個名字他第一次聽到。

「如果這個人是財團的一員，那這應該是假名。」

塔下說。

「原田和角的關係呢？」

「他們在『Menuetto』宣稱是朋友。」

「這就奇怪了。」

鮫島喃喃地說，看著塔下。他覺得麻藥取締官事務所等於接下一個燙手山芋。除了角和

「Menuetto」，鮫島手中也已經掌握的具體名稱之外，塔下剛剛的話裡有太多令人難以置信的部分。特別是對政治家具有影響力的財團牽扯到製造興奮劑這件事。

他並不懷疑地方上會有這樣的財團。甚至正因為是外縣市，有可能一個財團一手掌握所有可稱為基礎產業的事業，並且對當地選出的政治家具有絕對的操控力。

關於政治家和幫派的關係，愈是鄉下地方，關係就愈穩固，也愈容易變得複雜。

但是，如果政治家直接從以興奮劑為資金來源的幫派手中接受資金，這將會成為致命傷。政治家對幫派的要求不是錢，而是其他眼睛看不到的影響力。

至於站在政治家上層的財團，更不可能因為經濟理由牽涉到興奮劑地下買賣。

如果這是事實，那麼一定有相當重要的理由。

「你說外縣市指的是哪裡？」

鮫島問道。塔下沒有說話。

「藤野組的地盤是東京新宿和多摩地區的一部分，不過他們上面的共榮會就不一樣了——」

「我們認為藤野組全體或者是共榮會跟這件事情並沒有關係。鮫島先生，這並不是黑道的犯罪，是更上層的人所幹的。」

「既然是這麼上層的人，為什麼要和黑道聯手呢？在地方上也就罷了，在人生地不熟的東京，他們連要認識都很難。難道說他人來到東京，在街上看到應該是黑道的人，就走過去拍拍他肩膀，『喂，你要不要幫我賣毒品？』」

鮫島說。替原田和角牽線應該還有另一個重要的人物，但是，塔下卻完全不肯提到這個人。

塔下的臉頰微微泛紅。

「當然，我們並沒有這樣想。鮫島先生，請發揮你的想像力。」

「想像力？」

「如果已經握有所有情報，我們早就開始行動了。但是這件事情，不能光靠猜想就採取行動。我們沒辦法隨隨便便打草驚蛇，看對方會露出多少馬腳。在這件事情上，我們的行動除了慎重還是慎重。現在我們所面對的對手，說不定是個連所長被換下來都沒辦法擺平事情的對手。」

「如果要把你的話當胡言亂語，那很簡單，塔下先生，你在我面前把我們的獵物搶走，然後現在又告訴我，因為這件事情跟財團有關，所以必須慎重行事，但我想問你的是，那又怎樣？不管厚生省的大頭被砍了幾個人，都不關我的事。如果說你現在告訴我的這些話，只是為了轉移我的注意力所放出的煙霧彈，那我一定不會放過你的。這一點你應該很清楚吧。」

「正因為我知道你是這樣的人，我才把這些話告訴你。」

塔下的眼睛散發著銳利的光。

「我家在西新井開藥局，我是家裡的老二。因為父母親的建議，我考進了藥科大學，也考取了藥劑師執照。就在我打算繼承父親的店時，我改變了想法。我心想，與其在藥局裡披著白袍，賣感冒藥給附近的人，應該還有對社會更有幫助的工作吧。但是實際做了之後，我才發現這份工作不像社會上所想得那麼光鮮，也一點都不體面。我們每天面對的是吃藥吃到腦筋壞了一半的藥頭，或者是連自己做為商品的身體都已經殘破不堪、讓人完全提不起性致的妓女。除此之外，就是一些幫忙送藥的雜碎。你應該也知道這些人吐出來的氣有多麼的臭，我每天都要聞他們的味道。光是聞他們吐出來的氣息，我就知道這傢伙一定在吸毒。每一個案子，我們可能會追上幾個月，有時候甚至要追好幾年。追查案子的起點多半是因為密告，但是我們和跟幫派有交情的你們不同，我們沒有辦法只靠一條密告就把被告抓來，我們會用你們不用、或者即使想也沒辦法用的方法，慢慢地、慢慢地花時間蒐集證據。可是，這樣的結果，我們所抓到的既不是殺了好幾個人的渾蛋，也不是撈了幾億的傢伙，頂多只是幫派裡的幹部。我們的功勞也不過是押收到的部分東西而已，可是就算我們押收了幾十公斤的貨，還是有很多人毫不在意，他們會覺得反正東西還會再進來。一點也沒錯，東西馬上就會在下次出貨的時間進來，只要我們不毀了毒品的管道，願意付錢的人永遠買得到東西。不過我們也會因此而鬆了口氣，押收了十公斤的東西，就表示可能減少了十公斤分量的患者，這就像是在用湯匙舀海水般的工作。但是，鮫島先生，我認為如果是你，應該可以了解我們的心情。我現在說的這些絕不誇張，就在現在這個瞬間，我們也有許多拚命潛在水面下搜查證據的夥伴。」

「所以你才要帶走笘野？」

「沒錯。對於搶在你之前把人帶走，我跟你道歉。可是，早在你們開始行動之前，我們已經花了很長一段時間在追查冰糖果了。這些消息連本廳的保安都還沒有掌握，如果他們掌握了情報，一定會有來自議員的壓力。我雖然不想這麼說，但是站在本廳的角度，麻取只是一個微不足道的組織，要是覺得礙事想要毀了這個單位，那他們有太多方法可以操作情報。」

鮫島凝視著塔下的表情，塔下顯得相當地急切。

「連接角和原田的人物，也是原田那邊的人嗎？」

鮫島心中有某些預感問了這句話。塔下點點頭。

「沒有錯。這也是我們這裡掌握到的情報。不過，說不定這個人才是真正接近那危險核心的人物。可是，我們並不認為這個人因為冰糖果的地下買賣而獲得了任何具體利益。這次的案子當中，最棘手的就是這一點。像角這種黑道，我們根本不用去細想他為什麼會買賣冰糖果。但是一想到地方上的人，我們就完全不理解，他們為什麼要插手這件事。要是有完整的證據，那還另當別論。如果沒有，我們連偵訊這些人都無從下手。」

「你為什麼認為原田和『Menuetto』的酒店小姐在交往？」

「酒店小姐開的車是保時捷。我們有情報顯示這台車是原田買給她的，另外原田還給了她現金。」

「酒店小姐叫什麼名字？」

「她在店裡自稱沙貴。本名是陰山真子，真實的真，孩子的子。店裡的人大致上知道她和原田的關係，不過，目前還不知道把冰糖果給沙貴的是角還是原田。」

「又或者兩個人都有。」

「兩個人都有？」

鮫島想起角和沙貴在「Menuetto」裡的樣子。

「你的意思是說沙貴在原田和角之間腳踏兩條船嗎？」

塔下說。

「至少他們不是一般客人和酒店小姐的關係。」

「這麼一來……」

塔下把話吞了回去。

「其實，沙貴這兩三天沒有到店裡，這和角開始舉止怪異的時期剛好一致。」
「他把沙貴抓走了？」
鮫島看著塔下。
「對。我以前也告訴過你，角很有可能只知道原田這個名字，被強迫要求進行遮眼交易。但是，我認為角不可能一直甘心處在這種狀態。萬一雙方發生糾紛，單方面被切斷聯絡，黑道是不可能就這樣認栽的。」
「這麼說，跟他交往的沙貴可能是找出原田真面目的關鍵？」
「如果角這麼想，那他很可能會抓走沙貴，企圖找出原田的真面目。但是如果沙貴和角是一夥的，那事情就有點不一樣了。」
「不過對原田來說都是一樣的。」
鮫島說。
「只要原田不知道角和沙貴的關係，即使沙貴是出於自己的意願隱藏行蹤，對原田來說都是一種壓力。如果真是這樣，角一直期待能逆轉他與原田之間的關係，現在他以沙貴為材料，終於獲得了這個機會。」
「角終於顯露出本性了是吧。」
「促使他這麼做的應該是你們那邊的行動，因為最底層的藥頭被抓，讓原田那方面起了警戒心。角為了避免他們收手不幹或把貨批給其他組織，所以才抓走沙貴，或者是假裝抓走沙貴。這就是角現在行動可疑的原因。」
鮫島說。他終於釐清了整個狀況。
「鮫島先生曾說有事會發生，你的直覺並沒有錯，應該就是這件事。」

塔下用他低沉帶著熱切心意的語氣說道。

「千萬不能夠放過角，只要在角揪住原田脖子時逮到他，一定可以發現原田的真面目。」

「我們會加強監視的體制。」

說著，塔下挑著眼看鮫島。

「您願意幫忙嗎？」

「上面會怎麼說呢？你們那邊的上層。」

「這次的案子裡，有許多特例。主任那裡我會去說服他。」

「塔下先生。」

鮫島嚴肅地說。

「什麼事？」

「您為什麼要找我加入？不管麻取是多麼小的組織，有我一個人加入或沒有，應該沒什麼太大的不同，更何況我還是其他單位的人。」

「理由嘛——姑且就說，因為鮫島先生對新宿的幫派比較熟悉吧。」

「我要聽的不是這些表面的理由，你曾經把我踢出去一次，現在，為什麼又要讓我回到搜查當中，我要知道你真正的想法。」

塔下沉默片刻。他凝視著鮫島，仔細挑選自己的用字慢慢地開口。

「因為如果有你在，我心裡會覺得很踏實。說來很不可思議，但這確實是我真正的想法。這次的案子很大，說不定是我到目前為止經手的案子中最大的一樁。我並不是不相信麻取裡的同事，我非常地相信他們。他們每個人都很有兩下子，不過，我也希望你在。當我們追到角，扒下原田的真面目時，說不定到時候因為我剛剛說的理由，我們這邊就不能採取進一步的行動了。如果真的有那麼一天，能夠代替我們追查冰糖果上游直到最後的，只有你一個人——我是這樣想的。可是，如果到了那時候我才找你來，就說不過去了。」

「這就是你今天叫我來真正的理由嗎？」

塔下點點頭。

「我知道了。」

鮫島說。他並沒有再多說什麼，不過，塔下明白鮫島的心情。

「麻煩您了。」

他輕輕低下頭。

21

電話的聲音很近。聽到晶的聲音時，耕二覺得自己的身體雀躍不已。

「妳現在在哪裡？」

「車站。我要叫計程車，告訴我怎麼走吧。」

「我去接妳。」

「不用了，你還要看店不是嗎？」

耕二看了看「K&K」，還有四組客人，都是常客。平瀨還沒有來，他在等照片洗好。

「時間還早，店裡很空。」

耕二說著。景子可能馬上就要來了，他想要在景子來之前去接晶。

「知道了，那我在剪票出口的附近等你。」

「妳一個人嗎？」

「一個人。」

「等等我。」

耕二放下話筒。這是櫃檯的電話，負責收銀的女孩理繪和兩個服務生都在旁邊豎起耳朵聽著。

「她來了嗎？」

其中一個問。

「來了。」

耕二點點頭。他知道「K&K」的員工對於晶的來訪，興奮之情都不下於耕二。

「太好了！」

「是個名人呢，聽說是個搖滾歌手是吧！」

服務生們看著彼此，七嘴八舌的說著。

「唱片賣得不怎麼樣啦。」

「不過，跟那些在溫泉區走唱的演歌可不一樣吧？」

「話是沒錯。」

耕二並沒有覺得不舒服。他很想讓這些人聽聽晶的歌。自己在東京賭上了什麼，只要聽了晶的歌，他們應該就會知道。

「我去車站。」

「她會來唱歌嗎？」

他的手放在「K&K」門上時，有人這麼問。那是孝，店裡最年輕的服務生。孝買了「Who's Honey」的出道專輯。並不是聽耕二說才買，而是他原本就喜歡搖滾。孝的眼裡閃著期待，這一瞬間，耕二覺得孝這傢伙真不錯。

「嗯，應該會吧。」

耕二回答後，推開了門。

除了車站人員之外沒幾個人的剪票口旁，看到了晶的身影。她正跨在皮製舊行李箱上抽著菸。

行李箱上四處貼著貼紙，看起來應該是從二手店之類的地方買來的吧。

「喲！」

晶看到耕二咧嘴一笑。耕二心想，她真是一點都沒變。晶身上穿著黑皮褲和白T恤。看到T恤豐滿的胸前，耕二突然感到一股慾望。晶的胸部跟景子相比，似乎又大又有彈性。景子的身體屬於成熟的女人，而晶還留著一些少女般的尖挺。

這一瞬間，耕二回想起在那兩房公寓中兩坪多一點的房間裡，上下舖的下層發生過的往事。他們幾乎一句話都沒有說，就脫掉彼此的衣服重疊了身體。晶的身上可以聞到曬過太陽後衣物乾燥的香氣。

「你都沒變嘛。」

晶突然站起來，說道。

「妳也是，在留長頭髮嗎？」

最後一次見面時，晶的頭髮還像個男孩子，現在長度已經在肩膀上方搖擺了。

「嗯。」

說著，晶皺起臉。

「不適合嗎？」

「不會啊，跟我剛認識妳的時候很像。」

那時候晶在一間加油站打工，頭髮有挑染，聽她說話的方式，耕二還以為她以前是個女暴走族。

「你這麼說好像是呢。」

說著，晶又咧嘴一笑。聲音顯得有一點沙啞，一定是唱得很盡興吧，耕二有種混雜了憐愛和嫉妒的心情。

「客人多嗎？」
他問正提起行李箱的晶。
「還好，有些地方還賣了站票。」
「媽的，混得很不錯嘛。」
耕二說完。心裡複雜的情緒消失，只剩下開心。
「我們要到哪裡去？」
晶追在先走一步的耕二身後說道。
「先到飯店放行李吧，剛好在路上。」
「讓我住飯店真的好嗎？」
「是我們老闆這麼說的，不要緊啦，老闆很有錢。」
「喔。」
他沒有告訴晶老闆是女的。
兩人坐進耕二停在車站前環形車道邊的車上，開到飯店只要三分鐘左右。
飯店是今年剛蓋好的新建築物，兩人朝著櫃檯走去，穿過鋪滿大理石的大廳。大廳現在沒什麼人，亮著燈的櫃檯有兩個穿著同款式制服的男人。
「請問一下，應該有香川的名字預約了房間。」
站在櫃檯前的耕二說道。
「啊，有的，我們這裡有預約的紀錄。」
櫃檯人員的臉頓時浮現討好的笑容，他在皮製的墊板上放了住宿卡和筆。
「麻煩您填寫這張住宿卡。」

晶點點頭，拿起了筆，寫下了自家的住址和電話號碼。趁著這段時間，飯店的人準備好了鑰匙。

耕二拿起晶放在腳邊的皮箱，並不怎麼重。

「我們準備了八樓的套房。」

「啊？」

晶睜大了眼。

「這是香川小姐吩咐的。」

「不用啦……不用住這麼好。」

晶回頭看看耕二，嘟著嘴。

「真的沒關係啦。不過，妳一定要來唱歌喔。」

「你說什麼啦，唱個歌有什麼，要我唱多久我就唱多久。」

「那我們走吧。」

說著，耕二拿著櫃檯人員交出的鑰匙。

「行李讓我們拿到房間吧。」

「不用，我來拿就好。」

他們坐進門片宛如銀色鏡子的電梯裡，朝向外面的牆是整片的玻璃。

「你不用太費心啦。」

晶輕聲地突然說。

「我沒有啊。」

耕二俯瞰著夜景說道。高速公路上的燈連成一線筆直地切過了山腳，可以清楚看到稜線。電梯停在八樓，兩人踏上鋪著地毯的走廊。

「好安靜喔，是不是沒有人住啊？」

安靜的走廊上只剩下他們倆獨處，耕二感到一絲絲緊張。雖然隔了這麼久沒見，但是晶卻一點都沒變。

「是這裡嗎？」

站在走廊盡頭的門前，耕二故意這麼說。插入鑰匙，一邊轉動，一邊推開了門。房間很大，備有布製沙發組和迷你廚房的客廳和餐廳相連，餐桌上還放著水果籃。

「好棒的房間喔。」

晶輕聲唸道。耕二故意一點也不驚訝，打開了入口處的開關。

水晶吊燈和地燈點亮，正面的窗戶拉上了窗簾。

進了房間的晶正要打開窗簾，發現了遙控器，按下遙控器，窗簾便咻咻地往上疊，市區的夜景在眼前展開。

後面還有一道門，耕二推開那道門。首先是一道面對浴室的通道，在那前面還有一道門，打開之後，裡面排著兩張雙人床。

「我把妳的行李放在這裡啊。」

耕二說道，這間房間真的很棒。自己可能一輩子都沒有機會住這種房間吧。不，可能有。如果跟平瀨他們的計畫順利。不過，一想到這裡，除了希望，自己心裡彷彿也同時出現了一份沉重的包袱。

從現在開始，一切都要從現在開始。

他把行李箱放到床腳邊，回到剛剛的房間。

晶呆站在窗邊，手裡拿著應該是從水果籃裡取出的水果。

「這種房間，我還是第一次住耶。」

晶說著。

「再過不久，妳就會一直住這種房間了吧。妳還會把香檳王倒進浴缸裡泡澡呢。」

「白痴啊你。」

耕二站在晶的對面。晶有點生氣地看著耕二。

「太好了，妳能出道真是太好了。」

「嗯。」

「接下來一定要大紅大紫啊。」

「別胡說了。」

耕二突然覺得眼前的晶實在太可愛，伸手抱緊了她，晶沒有反抗，但是也沒有把身體靠上來。

耕二把嘴唇頂在晶的嘴唇上，但晶並沒有回應，他伸出舌尖想撬開晶的嘴唇，但晶也沒有打開她的嘴唇。

耕二把臉移開，晶睜大的眼睛正在瞪著他。

「我們好久不見了呢。」

耕二說，聲音有點沙啞。晶把手裡的蘋果塞在耕二的嘴巴裡。

那蘋果上面嵌著一個漂亮的齒痕。

「去唱歌吧。」

晶只說了這麼一句。但不知為什麼，聽到這句話時，耕二卻覺得很安心。

自己跟晶在這幾年來已經產生了距離，不過這距離的長度，跟自己所想像的並沒有太大的差別。說不定是這個事實讓耕二覺得安心。

而當他發現這件事時，同時又感到心痛。晶再也不是他的夥伴了，她或許還是他的「朋友」，但是她再也不能以那種形式來確認彼此友情的存在了。

而且會變成這樣並不是晶的錯，是拋棄了東京的自己。

改變的不是晶，而是耕二。

保時捷停在「K&K」的停車場裡。看到這輛車，耕二覺得心裡沉重的包袱愈來愈膨脹。

景子來了。

景子坐在「K&K」舞台正前方最好的位置上。她一個人來。身穿時尚的牛仔褲和薄皮夾克，雖然既高雅又俐落，但終究是個歐巴桑。

不管她打扮得再講究、再細緻、再年輕，站在身穿黑皮褲和T恤、把看似舊衣的運動衣綁在腰間的晶身邊，景子還是顯得很勉強。

她為什麼穿這樣的衣服來呢——看到進入「K&K」的兩人，景子站起來，耕二看到景子後忍不住要這麼想。

如果她穿著更成熟、更昂貴的套裝或連身裙來，說不定景子會贏。

晶和景子站在一起時，到底誰才是勝利者，對耕二來說根本不需要思考。景子努力想表現年輕，但明顯地失敗了。不加修飾的晶和精心打扮的景子，這是一場根本不需要打的仗。

晶顯得很自然，沒有特別使力。但是，微笑地對她說「妳就是晶啊」的景子，臉上卻相當地僵硬。她可能以為晶只是個小女孩，輕視了她。或許在她的想像中，應該是個愛唱歌的骯髒小混混，很簡單就能馴服吧。

但是晶全身閃耀著光芒。她身上散發著完成了精采舞台表演、不斷唱歌、跟歌迷一起跳舞之後的充實感，連她的眼角和站姿呈現的疲累都很有魅力。

展現笑臉卻藏不住失敗感的景子，讓耕二感到一股殘酷的快樂。如此介紹晶跟她認識，他自己也覺得很光榮。

女王陛下，您是不是很驚訝呢？

「讓您這麼費心，真是不好意思。」

晶迅速地低下頭。因為耕二跟她介紹景子就是「K＆K」的老闆，晶完全沒有因為老闆是女性而覺得疑惑或驚訝。

「快別這麼說。我聽耕二說了妳的事之後，就想請妳到我們店裡一趟。來，請坐吧。」

景子指向自己旁邊的座位。接著她看向站著的耕二，命令他：

「給晶小姐準備些什麼吧。」

這明顯地在宣示負責招待的是景子的工作，而耕二只是她的手下而已。

但耕二並不覺得不舒服。

「是的。」

他笑著說，然後看看晶。

「妳要什麼？」

「啤酒，可以嗎？」

晶說道。

「知道了，肚子餓嗎？」

「現在還不餓，如果要唱歌的話，那就等唱完吧……」

「ＯＫ！」

耕二一轉身。他知道景子馬上就會找晶說話。這個好奇的女王，最喜歡年輕人辛苦的故事了。晶走到今天這一路的歷程，她想要知道其中有什麼辛酸痛苦。

真辛苦，妳要加油啊！她會一邊這麼說，一邊發自真心地同情，也真心地祈禱對方的成功。但景子並不明白，把自己的一切都賭在一件事上、咬牙努力的年輕人心裡在想什麼，景子絕對不會懂。

妳生來就是女王。既有錢，家世又好，還是個優雅的美人。但是妳卻僅僅因為一次的失敗，就放棄了自己的人生。像妳這樣的人怎麼懂得跌倒好幾次弄得渾身泥濘，卻還是咬牙奮戰的年輕人？

到頭來，妳跟我一樣都在逃避。逃回家鄉，利用慣用的權力封住別人的嘴，製造了一個避難處。人們知道妳的失敗，但是絕對不會說出來。大家稱讚妳的美麗，卻假裝沒有發現妳心裡那奇妙的絕望。

不過是一次失敗，有什麼大不了的。絕對沒有任何人敢這樣一笑置之。

她沒有失敗。景子生來就是單身，一直在這個地方生長——人們假裝這就是事實。

為什麼呢？因為這是妳要求的。在鄉下地方，心裡的要求不需要訴諸言語。即使不明確說出要求，被支配的人也知道掌權者想要什麼。人們唯唯諾諾的浮現笑容，服從這一切。

乍看之下，這似乎象徵著純樸。但其實不然。會這麼想是因為不知道當一個人被掌權者盯上時，可能遭受什麼樣的報復。

遵從命令時臉上沒有笑容，有些人僅因為這個原因就被懲罰。他們失去工作，斷了情報，也被剝奪了安居的地方。

當然，香川家族並沒有惡意。主公大人並沒有惡意。君臨天下的人不可能對任何人懷抱惡意。

他們有的只是疑問。

那個人是不是對我們的做法不太接受呢？

這就是全部。懷抱疑問跟反抗是一樣的事。在香川家族身邊的長老們馬上就會採取手段，毀滅那個人和他的家。

耕二也知道好幾個在「Ｋ＆Ｋ」惹景子不高興，因而遭到不幸的人。但是景子並沒有惡意。

那個人啊……對，他的酒品是不是不太好呢？

這短短的一句話就能要了對方的命。

她沒有惡意，但她知道結果。自己的一句話會造成什麼樣的結果，她非常清楚。對於這一件事，她也沒有疑問。因為她從出生開始就是這樣被教養長大的。

耕二可能恨景子。雖然憎恨她，卻也愛著她。那是因為還有另一個耕二，對於只因為一次失敗，心靈就受到創傷的景子覺得憐惜。

「我可以玩一下嗎？」

晶很不好意思地說。

「什麼？妳想玩什麼？」

「鋼琴，可以讓我彈彈看嗎？」

「可以啊……那吉他呢？」

「耕二會彈吧，不過請等一下。」

「妳要一個人彈嗎？」

「嗯，彈首慢歌。」

「慢歌？」

「嗯，這次巡迴在安可曲的時候，我彈過兩次。現在正在猶豫要不要放進下張專輯裡。」

「我沒聽過妳唱慢歌呢。」

「可以嗎？」

「好啊，我們聽聽看。」

「謝謝！」

晶大步走向舞台。孝馬上關掉B．G．M的CD，而其他服務生則點亮了聚光燈的開關。不認識晶的客人們紛紛停下了對話。

不知不覺中，「K＆K」已將近客滿。景子站在坐在平台鋼琴前的晶身邊。聚光燈照在景子和晶身上。景子浮現了微笑，落落大方地開始說。

「今天非常謝謝各位光臨『K＆K』，今天『K＆K』裡有一位非常特別的來賓。那就是以《Cop》這張專輯出道的搖滾樂團『Who's Honey』主唱晶小姐。相信各位也知道，我們『K＆K』的店長耕二以前曾經在東京組過樂團。晶就是他當時的夥伴，之後他們兩個人的樂團雖然解散了，不過，晶小姐終於實現了心願，正式出道。平常光臨『K＆K』的客人，可能會覺得這家店不太適合搖滾樂。不過，我自己也聽了這張專輯。精采的音樂讓我也變成了他們的歌迷，今天和後天，我們將會請晶小姐在舞台上為各位表演，我覺得非常的光榮，也請各位藉此機會多多支持『Who's Honey』。」

拍手聲響起。

最先響起鼓掌聲的是距離舞台最遠的位置，這些裝設在牆壁內側的包廂多半是「預約席」。

裡面坐著香川昇和香川進。他們兩個跟平常出現在「Ｋ＆Ｋ」的打扮不同，都一身隨興的輕鬆打扮，也沒有帶酒店小姐在身邊。

香川昇身穿運動夾克和馬球衫，香川進則是運動衣和休閒褲，桌上立著一瓶卡慕特級ＸＯ。

在燈光昏暗的包廂裡，昇的眼鏡微微反射著聚光燈的光芒。

兩兄弟在，讓「Ｋ＆Ｋ」部分的客人之間彌漫著緊張感。兩人一上岸，先到昇家裡換了衣服後來到這裡。看到這兩個人對晶有興趣，耕二覺得很意外。如果是真的明星也就算了，才剛出道沒多久的搖滾歌手，他本以為他們不會感到太大興趣。

景子事前就告訴耕二他們會來的事。可能是太無聊了吧，或者即使對香川兄弟而言，「東京」的「名人」依然算是相當罕見的存在。

不，這是不可能的。這個地方出身又比晶成功的明星雖然不多，但也有幾位。可是，倒是沒聽過香川家和這些明星往來的消息。或許在香川集團的員工聚會曾經唱歌或打過招呼吧，也可能一起打過高爾夫球，可是，那都是公司之間的往來，而不是個人的關係。

既然如此，他們兩個人為什麼會在這裡？難道是景子把兩人叫來的？

為什麼？女王陛下的心意真是讓人難以捉摸。難道她是因為「Who's Honey」銷售成績不好，想要支持他們，才把香川兄弟也捲入這件事嗎？比方說，讓香川運輸或香川觀光用晶的歌當作廣告歌。

一想到這裡，耕二就覺得興奮和不安都逐漸攀升。他們還不知道自己身上將會面臨意想不到的威脅，他們還不知道有一群人執著地監視這對兄弟，還掌握他們「犯罪」的證據。

不管景子心中有什麼樣的計畫，而且到目前為止，這個地方都可能讓景子實現她的計畫，但是只有這一次，她是沒辦法實行的。景子和耕二的關係已經跟幾天之前完全不一樣了。

景子是不是會憎恨耕二呢？她是不是會大聲痛罵，被自己養的狗反咬一口呢？

耕二一邊害怕，也一邊期待這一刻的到來。他想要看看景子感情外露發狂的樣子。

他想看看在床上以外，景子哭的樣子。耕二知道，景子有感覺的時候眼睛會泛紅，淚水盈滿眼眶，但是總是在結束之後他才會發現。因為在進行當中，他拚命地要回應景子貪心的要求，根本沒有餘力去注意到景子的變化。

晶對大家低了頭。用比平常還沙啞好幾倍的聲音跟「K＆K」的客人打了招呼。她的問候既簡短又不帶感情，但聽起來並不刺耳。這樣的空間一定是晶覺得最習慣的大小。雖然是爵士酒吧，但仍然是一間Live House，Live House是晶歌聲最適合的地方。

坐在鋼琴前，把手指放在鍵盤上。這台鋼琴兩天前剛調完音。

「我很少唱慢歌。」

晶一邊調整麥克風的位置一邊說。她仰起頭，想要揮開垂下的髮絲，挑釁的臉注視著照在她臉上的聚光燈。

「我一直以為我不擅長唱這種歌。」

她吸了一口氣，手指開始動。

「但我覺得這間店的氣氛很適合慢歌。」

她微笑著。

「真的，我真的沒想到會是這麼漂亮的地方。嚇了我一大跳，平常我多半在新宿。在那裡唱歌或者是玩樂團，都是比這裡更髒更小的地方……」

看著晶的許多客人臉上開始浮現溫暖的微笑。

「我不是故意耍帥，只是覺得裝模作樣不太適合我……不過我最近覺得……有些好看的東西不見得就是裝模作樣。比方說，像這位老闆。」

她看著景子。

「真希望我有一天能成為這樣的女人，是不是太不自量力了呢？」

景子睜大了眼，微笑著。晶吸了一口氣。

「總之，這個地方真的很棒，待會耕二也會一起合奏。我現在真的覺得，能來這裡真好。」

晶動了手指，開始唱歌。

「雪白　冰冷的街道　聽不見笑聲

Shark　踩在凍結的柏油地

你　靜靜傾聽

沒有任何承諾　奮戰的日子

到底忍受了　多久時間　Shark

Shark　你的背影　多麼沉重」

耕二覺得胸口有股窒息的感覺。晶的指尖在跳動。這首慢歌流露出爵士的氣氛。歌詞並沒有呈現出太感傷的情緒。晶的歌聲平靜但卻藏著某種沉重和悲哀。

「鮮紅　漸溶的街道　響遍了叫聲

Shark　忍住緊咬的唇刺痛

你　冰封心靈

沒有任何承諾　Manhurt City

到底細數了　幾個夜晚　Shark

Shark　片刻寧靜　多麼遙遠」

「Shark……」

晶重複著最後的「Shark……」，漸漸淡出。現場響起一片掌聲。

「謝謝。」

晶靦腆的一笑。

「在我們樂團裡，這首歌不怎麼受歡迎呢。開玩笑的啦。其實，這首歌寫的是我男朋友……樂團的夥伴一天到晚抱怨，聽起來像是我在炫耀。」

說著，晶回頭看看耕二。

「那接下來，我就要請好久不見的耕二幫我伴奏，唱一首專輯裡的歌。這首歌還有出伴唱版，有點熱鬧，就請各位仔細聽吧。」

耕二點點頭，往前走了一步。他手裡拿著昨天從家裡帶來的電吉他Fender。現場再次對耕二響起一片掌聲。

「要彈哪一首？」

耕二覺得興奮的心情一股腦湧了上來，他問晶。

「你有聽我的ＣＤ吧？」

晶故意開玩笑的說，觀眾間響起了一片笑聲。

「嗯。」

「那就〈Stay Here〉吧。」孝舉起雙手揮舞著，他最喜歡這首歌了。

耕二拿起彈片，從前奏開始他完全都會彈。

雖然技巧不像「Who's Honey」的周那麼好。但是，自己的手指還能動。晶先開口唱。

「One、Two、One——」

前奏開始。這一瞬間，一切都變得遙遠。透過放大器，從擴音器流出來的聲音把自己全身都吸了進去。

「Get Away！」晶大叫著。

「Get Away　大家都說　最好快點遠去　這裡是城市最底層　哭喊的聲音　每夜　每夜……」

一轉眼就過去了，身體發燙。背後和腋下不斷冒出汗水，只有自己的腦袋冷靜地跟著旋律，等待主唱的停頓。

第一段結束，開始第二段，第二段結束後，跟晶的鋼琴合奏。已經好久沒有這樣即興演奏了。一開始還有一點靦腆的手指，馬上就活潑地跳動，最後甚至還開始使壞耍些小把戲。

最後，兩人互看一眼，又回到第一段。

「Get Away！」結束了這首歌。

現場響起一片鼓掌聲。晶小聲地叫：

「真不賴！」

接下來的事就好像夢境一般。他們不斷地增加即興的段子，彈起以前經常模仿的藍調歌曲。雖然手指有時會出錯，但是客人並沒有發現。

彈了五首歌，鼓掌聲還沒有停下。

結束之後下了舞台，連景子都還在拍手。孝手裡拿著濕毛巾衝了過來。

「太棒了！真是太帥了，店長！」

景子也點點頭。

「就是啊。」

耕二看著晶，晶的臉上寫滿了滿足。

「要喝什麼？」

「冰啤酒！」

孝跑開。

「謝謝妳，晶小姐，真是太棒的表演了！」

景子握著晶的手。

「謝謝妳。」

說著，晶看著耕二。

「你一直都有在彈嘛。」

耕二點點頭。晶看著耕二的眼睛，也對他點點頭。在一瞬間，耕二的胸口竄出一種既不算疼痛也不像喜悅的感覺。

孝端來啤酒，景子替晶斟了酒。

耕二將視線移開兩人身上，看看店裡。香川兄弟已經不在，但平瀨卻出現了。他一個人坐在吧檯前。平瀨的右手肘放在櫃檯上，半轉著身子，看著耕二這裡。他的嘴角浮現著笑容，眼裡露骨地表現著好奇心。他向耕二點點頭。

耕二假裝沒看到，又回看晶。

「妳累了吧？接下來妳就在這裡慢慢喝。耕二，你要好好招呼晶小姐。」

晶有點驚訝地看著景子。景子給了晶一個溫暖的笑容，然後離開兩人身邊。

「我嚇了一跳，這裡生意很不錯耶。」

晶說著。

「妳說這裡嗎？因為平常就有現場演奏啊。」

「花了不少錢吧？」

「我說過，我們老闆很有錢。」

晶點點頭，望著正在跟其他客人打招呼的景子。

「而且她人長得又漂亮，真帥。」

晶的眼神移動停在耕二的背後。

「她是我們這裡最有錢的美人。對吧，耕二？」

平瀨隔著耕二的肩膀回答晶。他拿了杯加水威士忌，坐在耕二的身旁、晶的對面，嘴角貼著很刻意的笑容。

「我是耕二的朋友，叫平瀨。我是小晶的歌迷呢，今天我特別拜託他讓我進來的。我是個鄉下人啦，還請妳多多指教。」

他伸出手，晶放下杯子，握了他的手。

「請多多指教，我是晶。」
「我真是太感動了！」
平瀨說。耕二不由得表情嚴肅地看著平瀨。
「不要這樣看我嘛。我們不是好朋友嗎？這傢伙很神氣呢，他跟我們說他跟一個職業的搖滾歌手一起搞過樂團。耕二，你還真是見外啊。」
「我可沒有這麼說。」
「沒關係啦，你害羞什麼。」
耕二努力按捺自己的怒氣。平瀨的臉皮之厚出乎他的意料，說不定這個男的認真的想要跟晶怎麼樣。
「你跟耕二同年嗎？」
晶問道。
「是啊，他在東京的時候，我們沒什麼聯絡。不過，國中的時候，經常在一起。」
晶將目光移到耕二的身上，露出了一個想要緩和耕二情緒的笑容。
「你以前很壞吧？」
「還好，這傢伙教了我不少。」
「教他認識女人的也是我喔。」
「你不要再說了。」
「幹嘛啦，裝什麼酷啊？」
「我沒有。」
「沒關係，我又不是小孩了。」

晶打了圓場。
「你看小晶都這麼說了。對了，妳剛剛唱的第一首歌真的很棒，那首歌叫什麼？」
「〈Shark〉。」
「好帥啊。」
「Shark是指鮫吧？我腦筋不好，分不清楚。」
「是鮫沒錯。」
「鮫是妳男朋友嗎？」
他終於知道平瀨的目的了。耕二說過晶的男朋友是刑警，他想要確認這一點。
「鮫是他的綽號。」
「真厲害。他是做什麼的？該不會是混黑道的吧？」
晶笑了。
「不是，不是黑道。」
平瀨的臉突然變得很認真。
「妳不喜歡黑道嗎？」
你在說什麼——耕二看著平瀨，平瀨直盯著晶的臉似乎想要抓到些什麼消息。
「黑道我看過很多，因為我在新宿長大的。不過，我還沒有看過會讓我喜歡的黑道。」
「那曾經混過黑道的人怎麼樣？」
晶的眼神突然變得嚴肅。
「平瀨先生是在說你自己嗎？」
平瀨點點頭。

「我以前很壞，高中退學之後曾經當過暴走族，後來因為前輩邀我，所以我加入了幫派一陣子。」
「聽你這麼說，確實有點像。」
「不喜歡嗎？」
「我現在並不討厭平瀨先生啊。」
「太好了！」
「因為你是耕二的朋友嘛。」
晶看著耕二，耕二無可奈何地點點頭。
「那請妳也當我朋友吧。」
「我們已經是啦。」
「喔，真是太好了。小晶，妳果然很帥。」
「平瀨先生，有玩樂器嗎？」
「沒有，我不行。讓人吹笛子我倒是挺擅長的。糟糕！我真是太下流了！」
「平瀨！」
「我知道啦，你不要這麼生氣嘛。」
平瀨把手放在耕二的肩膀上。
晶問道：
「你在這裡也有組樂團嗎？」
耕二搖搖頭。
「偶爾看看年輕人表演而已。」

「看表演？」
「我們老闆很喜歡，說以後要多多支持這些年輕人。」
他的視線很自然地跟在景子身上。現在她正靠在吧檯角落，跟常來的服裝店社長聊天，這位老闆除了車站前的店面之外，還經營了三間男裝店。
「耕二你覺得這樣好嗎？」
「是嗎？」
「嗯，沒什麼不好的。我現在已經不走這條路了，只是當作興趣偶爾還會玩玩。」
「不過，遇到像今天這種情況，還是會覺得很激動呢。」
「嗯。」
晶點點頭，看起來晶似乎猶豫著該不該繼續這個話題。
平瀨插了進來。
「這裡的老闆啊，就是那個，是香川財團的長女，還是獨生女呢。」
「財團？喔。」
晶看起來沒什麼興趣。
「有運輸公司、百貨公司，還有巴士、不動產、電視台、報社，什麼都有。那個老闆的爸爸就是所有事業的老闆。」
「還真厲害。」
「可厲害了呢，她還開保時捷。」
「那種事沒什麼關係吧。」
耕二說。平瀨說話的方式不知為什麼讓他聽來非常的煩躁。

「不過妳看，老闆看起來好像非常喜歡小晶妳呢，說不定還可以讓她把妳的歌用在香川運輸的廣告裡呢。香川運輸是老闆堂哥的。」

「是嗎？」

「廣告歌妳覺得怎麼樣，還是妳覺得在這種鄉下地方，播了也沒什麼用？」

「我沒有這樣想，不過，我不適合廣告歌。」

「小晶妳自己來拍這個廣告就好啦，妳有沒有拍過廣告？」

晶笑著。

「沒有啦。」

「要不要我去幫妳說幾句，由我去跟老闆說應該沒關係吧。」

「不要啦。」

「笨蛋，一定會很順利的啦。」

「不行啦。」

「我們一起來支持小晶啊！」

「你的心意我很感謝，但這就不用了。」

晶很肯定的搖搖頭。

「為什麼？我們不會給小晶添麻煩的，絕對不會。」

「不是這個問題。」

說著，晶看著平瀨。她直率的視線讓平瀨有一瞬間顯得倉皇。

「知道了。」

平瀨說。

「乾杯吧！」

他拿起杯子。

「敬我們的友情！」

耕二心想，這男人真是無可救藥了。但是，晶一點都沒有露出不悅的臉色，也跟著拿起啤酒杯。

「乾杯！」

「乾杯！」

三人碰了碰酒杯。

22

「剛剛真不好意思……跑來些奇怪的人。」

耕二把車停在皇家飯店的玄關。

「你在說什麼啊？」

晶笑著。

「很有趣啊。」

「那人有點奇怪。」

「他們都是你朋友吧，我沒有特別驚訝啦。」

「今天真是謝謝妳了。」

「我才要謝謝你的招待呢。」

「明天妳好好睡吧。接近中午的時候，我會打電話過來接妳。我們這裡雖然沒什麼，不過我會帶妳到處逛逛的。」

「這樣好嗎，你不會很麻煩嗎？」

「不會，明天店裡休息。我知道有個地方的海鮮很好吃，我請妳。」

耕二說著。晶看看耕二，用力地點了點頭。

「嗯！我很期待。」

晶把手放在門上。

「平瀨先生在等你吧。」

耕二無奈地點了點頭。「K&K」還沒有關門。景子和服裝店老闆出門去喝酒了。

因為晶說想睡了，所以耕二藉口要送她回飯店，離開了店裡，臨出門前平瀨在耳邊對他說——你可不要這樣就跑掉啊，我們還有工作，記得回來。

「不要緊，就讓他等吧。」

耕二粗暴地說。

「晶。」

打開門，晶看著耕二。

「什麼事？」

「妳唱得愈來愈好了，跟我們一起搞樂團的時候完全不一樣，職業歌手果然不一樣。」

「少來了！」

晶搖搖頭。

「我不說客套話，我也不是在羨慕妳。我知道妳在客氣，但是我今天真心的這樣想，妳真的很有才能，妳一定可以成為明星的。」

晶的眼眶熱了起來。

「謝謝！」

耕二吐出一口氣。

「那個『鮫』是個很厲害的傢伙吧？」

晶聳聳肩。

「其實兩個人在一起久了，我反而不知道他到底厲不厲害了。」

「——但我真的不想見他。」

耕二苦笑著，晶也笑了起來。

「誰教他是條子呢！」

「妳為什麼會跟這種人交往呢？」

晶不懷好意地笑了一下。

「不告訴你。」

「妳被他抓了嗎？」

「怎麼可能！總有一天我會告訴你的。」

耕二點點頭。

「那就明天見吧。」

「晚安。」

晶說著，她動作輕快地下了車，大步穿過飯店大廳的自動門走去。耕二隔著前車窗看著晶。

晶還在這裡時，他不想展開那個計畫。自己被景子憎恨、輕蔑都無所謂，但是，他不希望把晶也捲進來。

就算因此和平瀨吵架，現在也不能執行計畫。等到後天，晶搭上離開這個地方的車之後，要做什麼都可以。

只要不被晶知道這些事。

自己再怎麼骯髒都無所謂。

坐在吧檯前的平瀨臉上浮現了曖昧的笑。

「這麼快？難道你們穿著衣服來嗎？」
「別胡說了。」
耕二坐在他旁邊。景子還沒有回來。時間剛過一點，「K＆K」只剩下兩組客人。
耕二向酒保使了個眼色，對方馬上送上啤酒和杯子。
「她那胸部真夠嗆，聽說那個警察是個大色狼。」
「誰知道。」
「你講話幹嘛這麼衝嘛。」
平瀨用左手抓了抓耕二的肩膀，耕二任憑他去，一邊喝著啤酒。
「照片洗好了。」
「那件事等到星期一再說。」
「為什麼？你這是什麼意思？」
「晶還在的時候，我不想把事情弄得太複雜。」
「笨蛋！複雜才好啊。那個女人我是看上眼了，一定要讓香川家用她的歌當廣告歌。」
「她不是說不要了嗎？」
「那不是認真的啦，歌能賣哪有不高興的道理？她可是明星欸，不論長相或名氣都會更有知名度。到時候你看看，有沒有我們在後面使力幫忙，結果可是完全不一樣的。」
耕二揮開平瀨的手。往後退了一步，從正面看著平瀨。
「平瀨，你什麼都不懂。」
「什麼？」
「晶如果說她不喜歡，那就表示她真的討厭。她就是這樣的人。」

平瀨叼起了菸。他點上火，慢慢地吐出煙圈，他低垂的視線慢慢望向耕二。
那是一雙狂暴的眼睛。耕二心想，那是一對黑道的眼睛。
「少在那裡裝模作樣了，你這渾蛋。」
平瀨低聲說道。
「我沒有裝模作樣。」
雖然有一瞬間感到恐懼，耕二還是這麼說。
「那是你的女人嗎？」
「不是。」
「那你就不要對我的做法有意見。」
「平瀨！」
「你囉唆什麼。都告訴你我已經決定了，那個女人我一定會弄到手，而且我還會把她用在這次的計畫裡。」
耕二深呼吸了一口氣，平瀨的眼睛裡有著以往從沒見過的決心。
「聽好了。等你們老闆回來，就跟她說那件事。」
「別這樣！」
「別唱高調了，你這個渾蛋。你以為我和石渡到目前為止吃了多少苦啊，到現在你還想一個人假清高嗎？」
「你——」
「聽好了，就算你說自己和這件事無關，我還是會全部說出來的。這種事情啊，就要愈快愈好，最好趁著一股氣勢，趁著對方還不知道該怎麼做的時候，就把事情給敲定，知道嗎？今天就說。」

耕二盯著平瀨的臉。他是認真的，要是自己拒絕，對方不知會做出什麼事。

「我們想要的東西，馬上就可以到手。我們手裡已經有了線索，你幹嘛要為了一些無聊的事，在這個時候退縮呢？」

「我不想把晶捲進來。」

「怎麼會把她捲進來呢？就算我上了她，那跟這次的事情也沒有關係。」

「你為什麼就是不放過她？」

「她是我的菜啊。」

平瀨挑釁地這麼說，咧嘴一笑。

「而且她是條子的女人，這更好。不管那傢伙在新宿有多威風，這裡不是東京，一點關係也沒有。」

「不是這個問題。」

聽到耕二這麼說，平瀨把椅凳轉了一圈，正面面對耕二。

「我說你啊，是不是誤會了什麼？」

「誤會？」

「那女人是東京的女人。東京給了你什麼？東京或許給了那個女人不少好東西，畢竟她的夢想實現了。可是，東京給了你什麼？你倒是說說看啊！」

「晶並沒有錯。」

「沒錯。可是，你就這樣認為這不是任何人的錯，然後讓自己這樣爛下去嗎？」

「我一點也不恨晶。」

「我沒有要你恨誰，我看上她所以想得到她。」
「那晶的想法呢？」
「不要跟我說那些漂亮話，女人都是一樣的，先上了，之後一定會有辦法的。」
「你不要對晶出手。」
「你愛上她了嗎？」
耕二沒有說話。他自己也不知道。他並不期待晶愛上自己，也不希望晶跟那個當刑警的男友分手。
晶在這裡的時候，說不定他還會想再輕吻她一次，或者是擁抱她。
可是，即使被晶拒絕，自己也不會因此受傷。這跟在飯店房間時發生的事一樣，他或許會覺得心動和一點點失望，但自己並不會再更加沮喪。
平瀨站了起來，他對仰起眼看著自己的耕二說：
「到外面去一下，冷靜冷靜吧。」
店裡的人很不安的看著耕二和平瀨，他不想在這裡表現出怯懦的樣子。
「好啊。」
耕二不情願的站起來。孝他們很擔心地看著耕二，他並沒有交代什麼，走向通往出口的樓梯。
他站在停車場裡。地上鋪滿了小砂石，事先埋上的繩索區分出一個一個的車位。耕二的車、孝的車、廚房領班的車，還有客人開來的奧迪，以及平瀨的舊皇冠都停在這。
兩人踩著小砂礫，面對面。
「我一輩子就幹這麼一件大事。」

平瀨看來一點也不減銳氣，他對耕二說：

「在那之前我們先把話說清楚。」

「你是什麼意思？」

耕二心裡其實已經猜到了一半。他覺得自己的聲音好像有一點顫抖。

「工作歸工作，那個女人的事，我和你之間先要有個了結。」

耕二突然覺得夜晚的空氣裡有一陣風襲來。晶現在應該已經沖完澡上床了吧，說不定現在正打電話給她的刑警男友。

我——我為什麼沒有再進她房間一次呢？為什麼要故作大方地稱讚晶的歌，然後乖乖地回來呢？而現在，竟然要跟一個和晶還有自己的過去完全沒有關係、曾經混過黑道的男人在夜晚的停車場裡對峙。

平瀨的右手一閃。一道白光切過空氣，這一瞬間，耕二的鼻梁就著實挨了一記，讓他再也站不穩。平瀨往耕二的臉正中央給了一記直拳。

耕二覺得整張臉又熱又燙，開始麻痺。溫熱的觸感傳到嘴唇，從下巴滴了下來。

耕二睜著眼望向平瀨。平瀨的右手再次揮動，耕二拚命舉起左手。下個瞬間，他的心窩又遭到一擊。原來右手是假動作，對方出的是左拳。

他覺得無法呼吸，往前蹲了下來。現在彷彿只有平瀨的動作是正常的速度，而自己只能以慢動作移動身體。平瀨又跨出了一步，他雙手抓住耕二的頭，耕二維持蹲伏的姿勢，臉被往下壓下去，平瀨的右膝蓋撞向他的臉。

又是一陣衝擊。這一次的目標在嘴巴附近，他覺得嘴唇麻痺，在平瀨雙手放開時，耕二整個人往後翻倒，身旁的石礫飛散。

平瀨俯瞰著耕二。恐懼和精神上的衝擊，讓耕二無法閉上眼睛。他就這樣仰躺著和平瀨互看。

「我應該踢你的。」

平瀨很冷靜的說。

「通常呢，只要對手倒地就算贏了。接下來，就會不斷地、不斷地踢。如果覺得對方死了也無所謂，那就會對準頭或者是側腹部，盡情地、用力地踢。要是覺得死了麻煩，就會瞄準肩膀或是腳。懂了嗎？」

「懂、懂什麼？」

他原本想這麼說，但是自己的舌頭已經無法隨心所欲的動作，嘴裡有個又硬又小的東西是自己折斷的門牙。

「耕二，這場輸贏算你輸了，你就認輸吧。」

「哪有這回事——」

「有什麼意見嗎？你這個渾蛋！」

平瀨變了臉，往前逼近。耕二扭著身子想逃，平瀨的腳尖往耕二的腰部踢。

「媽的，不然我就送佛送上西天吧。」

「別這樣。」

「那你就認輸啊！快說，說你認輸了，你這個王八蛋。」

「我不說。」

「你說什麼——」

一道光射進來。平瀨抬起頭，耕二也扭動脖子。保時捷具有特色的一對車燈正望著停車場。景子踩下煞車。她從駕駛座隔著車窗，看著在車燈照亮下的耕二和平瀨，眼睛睜得斗大。……

「你們！」

景子打開車窗，探出半個身子大叫：

「你們兩個在做什麼?!」

「站起來。」

平瀨小聲地說。耕二用手撐地站了起來，從下巴滴下的血水染紅了白色襯衫的三分之一以上。景子下了車。

「沒事。」

耕二努力動著已經不太靈活的舌頭。

「怎麼會沒事呢？你看看你——」

景子看著平瀨。平瀨面無表情，滿不在乎地站著。

「你不是耕二的朋友嗎？為什麼要這麼做呢？」

平瀨沒有回答，他用下巴指指耕二，就像個被斥責之後不高興的小孩會做的動作。

「你快回答我啊！」

景子的聲音飽含著怒氣。耕二說：

「不要緊的，老闆，事情都已經過去了。」

「那我來打一一〇報警。」

她伸手往車裡抓住了車用電話。平瀨慢條斯理地說：

「打一一〇好嗎？這可是會讓堂堂香川家面子掃地的呢。」

「你在胡說些什麼？」

「你說是吧，耕二？」

平瀨看看耕二。

「耕二是個好人，他應該是有點想袒護老闆意思吧。」

「你到底在說些什麼？」

景子皺起眉頭，看著平瀨。她的雙腿輕輕地打開，站姿看來一點也不害怕。

「我有個朋友很喜歡船，他經常在港口拍些遊艇或者小船的照片。」

「那又怎麼樣？」

「你們現在做的這樁生意，挺有油水的嘛。明明已經是有錢人了，還想賺這麼多錢做什麼。」

景子沒說話。在逆光之下，耕二看不見她臉上的表情。

接著她低聲說：

「我不知道你在說什麼。」

「是嗎？那也好，就當作老闆妳什麼都不知道，那就由我們來說吧。」

「你到底想做什麼？」

「有什麼關係呢，是吧？」

「你到底想幹什麼！」

景子又說了一次。平瀨給了耕二一個暗號。

「老闆……」

耕二用右手擦了擦嘴，一陣激烈的痛楚竄過。

「香川運輸的社長和專務——」
「他們兩個怎麼了？」
「我們都知道了，老闆。」
「知道什麼？」
「那個……那個藥的事。」
景子臉上變得一點表情都沒有，她只是盯著耕二看。
「所以呢？」
「所以——」
平瀨話說了一半，景子斷然地打斷他。
「我不是在跟你說話，我現在在跟耕二說話。」
「神氣什麼，妳這傢伙！妳就儘管囂張吧，我會讓妳後悔到想哭的。」
景子慢慢地轉頭看著平瀨。
「你以為你抓住我的弱點了嗎？我看不要太神氣的是你吧，你會後悔的。」
「妳想被警察抓走嗎？」
「要是等到警方有行動，你就沒命了。」
景子冷靜地說：
「想威脅我的話，應該是對我家的事很了解才敢這麼做吧。你想跟這條街上所有可怕的大哥們為敵嗎？」
「我才不怕黑道呢。」
平瀨臉上浮現著輕笑。

「是嗎？那我也不怕你。所以現在我在跟耕二說話，你不要插嘴。」
平瀨啐了一口口水。
「愛說就去說吧，死老太婆。」
景子的表情沒有變化，她看著耕二的眼睛。
「你也是一夥的嗎？」
耕二的眼睛望向夜空。這一瞬間他心裡有了覺悟。不過，他竟覺得一股淒然和憤怒，他覺得所有一切彷彿都毀了。
耕二輕輕地點點頭。
「是嗎？」
景子低聲說。
「那就沒辦法了。」
她看著正點著菸的平瀨。
「你想跟我談交易嗎？」
「一點也沒錯。」
平瀨大大地張開嘴，慢慢吐出濃濃的煙。
「條件呢？」
「百分之五十。」
「百分之五十的什麼？」
「把你們利潤的百分之五十付給我們。如果妳像剛剛說的去找黑道的朋友，那麼我們就會把照片寄到縣警本部。我們的夥伴除了耕二跟俺，還有其他人。」

景子帶著冰冷輕蔑的視線看著平瀨。
「我沒辦法馬上回答你。」
「我想也是。看來我們得找個機會，一邊吃點好東西，一邊談談。是吧，老闆？」
「總之先給我一點時間。」
「要多久？」
「明天我會跟耕二聯絡的。」
她把視線移到耕二身上。剛剛望向平瀨時眼神裡的冰冷輕蔑，並沒有消失。
「你今天先回去吧，我不想讓這張臉出現在客人面前。」
「老闆，我明天——」
耕二正想告訴景子，這件事跟晶沒有關係。
「你身上有B.B.Call吧，開店的時候我讓你帶在身上的——」
「有。」現在因為沒有使用都放在家裡生灰塵，應該已經沒電了吧。
「如果要出門，記得帶上。」
耕二點點頭。
「那你走吧。」
車鑰匙在上衣裡，而上衣還放在店裡。
「快滾！」
景子奮力地大叫，耕二無言地低著頭。
「我送你啦。」
平瀨故意這麼說，拿出了車鑰匙。

23

進抵達四谷的公寓，已經是凌晨四點多。他本來想更早出發的，希望能盡早見到角，把冰糖果交給他，換回沙貴。

但阻止他這麼做的是哥哥昇。昇直到最後都無言的聽著進交代事情經過。他給沙貴冰糖果、給沙貴錢，讓沙貴成為他在東京的情人。還有因為沙貴知道進的本名和聯絡方式，讓角也有了知道進真正身分的機會，哥哥對這些事都沒有一點責備。

進有著被昇毆打的心理準備。要是被哥哥痛罵愚蠢，或者痛打一頓，他都沒有什麼怨言。即使如此，他還是打算拜託昇救救沙貴。

他並沒有想過要瞞著昇把冰糖果帶走，跟角交易。在角已經露出本性的現在，不透過昇這個發號施令的角色，他不認為自己能夠跟角對抗。即使這樣真的能把沙貴救回來，今後的交易也會跟以往完全不同了吧。

角的態度一定會驟然轉變。他肯定會要求冰糖果降價，在他需要的時候提供他需要的量，那麼一來，目前為止的努力就全部成為泡影了。不僅如此，自己可能還成為在流氓威脅下只能言聽計從的角色。

即使不能回到原本的狀態，至少也必須跟角的關係維持對等。這麼一來，絕對需要昇的智慧。

昇在冰冷的客廳一直靜坐聽著進的話。等到進說完，他第一句問的是：

「你也在吃冰糖果嗎？」

「我吃過。不過，只有上床的時候。」
進拚命地辯解。今後他的確打算這麼做。最近自己的體重不斷下降，褲子的腰圍變得很鬆，這樣下去被昇發現也只是遲早的事了。
昇面無表情地點點頭。
「問題有幾個。不過，我要先告訴你，從今以後，你一定要照我說的去做。」
進深呼吸，點點頭。
「我知道，我保證。」
「不准說謊。」
昇的臉變得很嚴肅。
「要是走錯一步，你跟我都完了。」
「我知道。」
進點點頭，昇看著進的臉一會兒。
「沙貴她……請你救救沙貴吧。」
「你放不下她嗎？」
「不行。」
進閉上眼睛。他知道自己的淚水湧出來了，已經有多少年沒有在哥哥面前哭了呢？
「——我好像愛上她了。那傢伙……我一想到她可能會被角那幫人怎麼對待就快要瘋了。」
「不要想，你現在要冷靜下來。你要是慌了手腳，就正中他們下懷，這就是他們一貫的做法。他們先嚇唬你，讓你沒有辦法冷靜地思考，然後再趁虛而入。」

「我知道，我會努力的……」

進抖著肩膀啜泣，又點點頭。

「但是，該怎麼做才好呢？」

「首先，你先去確認那個女孩是不是平安。」

「現在嗎？」

「不是現在，等你到東京跟角見面之前。聽好了，不能再用以往的方式見面了。」

說到這裡，昇停下來想了一想。進看著他的臉。那張小小的臉上，天庭飽滿的額頭後方，大腦正劇烈地活動著——昇露出了這樣的表情。

「——交易要在人多的地方，不要讓對方指定地點。」

「那沙貴……沙貴該怎麼辦呢？」

「讓她搭新幹線時打電話到你的手機。」

「那、是讓她到這裡來嗎？」

進睜大了眼睛。

「對，讓她到這裡來。她待在東京很危險，我會到車站接她。如果平安接到她，我會再跟你聯絡一次。在這當中你要跟角他們在一起，要不然他們應該不會放了那個女孩。」

「我知道了。」

「接到我的聯絡，你就把他們帶到冰糖果事先藏好的地方去。去找個車站的投幣式置物櫃等等、附近有派出所的地方。」

「那錢呢？」

「當然要收。他們可能會要求打折，就答應他們。」

「但是在那之後該怎麼辦呢——」
「用警察這招。」
「警察？」
「你忘了嗎？有個叫鮫島的刑警。」
「但是該怎麼辦……」
「明天我們出海去。晚上你搭車往東京，但是在那之前，先跟我到『K&K』去。」
「到景子的店裡？為什麼……」
「鮫島的女朋友在那裡。」
「女朋友，是指那個搖滾歌手嗎？」
進的心裡很亂。為什麼新宿刑警的女朋友會到「K&K」來呢？
昇點點頭說道：
「這是個很有趣的巧合，那個女人以前組樂團的夥伴人在『K&K』，是那裡的店長。」
「店長，就是被景子當作寵物的那個——」
「沒有錯，鮫島女朋友的樂團正在巡迴演唱，剛好到附近來，所以說好要過來看看。景子想讓她在『K&K』裡唱歌，我也贊成了。我告訴過景子，香川運輸的廣告正在找廣告歌。」
「景子知道這件事嗎？」
「她什麼都不知道，只是跟平常一樣，一時興起罷了。她喜歡年輕人。」
進看著昇的臉。哥哥到底想幹什麼呢？他是不是想把刑警的女友當成人質，來牽制角他們呢？如果真是這樣，這才是一個更容易毀滅的計畫吧。

但是，進很相信哥哥的頭腦。如果昇真的打算這麼做，那他一定已經擬定了肯定會成功的計畫。

「這裡的事就交給我。總之，你要小心慎重地照我的話去做。最不能發生的就是讓他們把你當作人質，女人再找就有，但是你只有一個。知道了嗎？」

「是，我知道了。」

「如果有可能被抓走，到時候你就得放棄那個女人。懂嗎？」

「好。」

「好，那明天晚上，我們到『Ｋ＆Ｋ』之後，你就開車到東京去，到四谷的公寓。」

「我也得一起去嗎？去聽那個刑警的情人唱歌——」

「萬一發生了什麼事，你必須要告訴那個刑警，你認識他女朋友。所以還是去見一面比較好。」

「知道了，我只是想，是不是該早點去東京比較好……」

「不要著急，你愈慌張愈容易中角他們的計。」

進從停在公寓停車場的ＢＭＷ行李廂及後座搬出裝滿了三十萬顆冰糖果的牛皮紙箱。長寬五十公分的四方形鋁片，一片有六百二十五顆，這樣的鋁片有四百八十張，共計三十萬顆。牛皮紙箱總共有四個，平均一箱裡有一百二十張鋁片，也就是七萬五千顆。

兩房一廳的公寓裡拉上了窗簾的客廳，現在正堆滿了紙箱。

進躺在長椅上。路上沒什麼車，所以比預計的時間還早到達，但是不安和疲憊讓他的心覺得沉重不已。

明明已經發誓不再碰，還是吃了冰糖果。離開「Ｋ＆Ｋ」跟昇道別後，一上交流道他就無法忍耐。

ＢＭＷ的置物箱裡放著三顆冰糖果，他把其中一顆放進嘴裡。

到達東京之前，進把三顆都吃完了。

從最後一次跟角說話以來，他幾乎每個晚上都沒睡好。而且，剛剛在「Ｋ＆Ｋ」聽那個女孩唱歌時，他還喝了兩杯加水威士忌。這更是糟糕。

現在一股濃重的睡意襲來。

要是因為打瞌睡而發生意外，那就真的完了——吃冰糖果可以趕走睡意，他替自己找了這樣的藉口。

而冰糖果藥效完全消失的現在，他覺得自己好像被埋在深深的泥濘裡。

頭腦沒有辦法運作。剛開始吃冰糖果的時候會覺得相當清醒，思考變得敏捷，可是，一等到藥效中斷，人就彷彿變成一個玩具木偶。

不能順利運作的不只是頭腦，身體也彷彿所有的關節都打了結。不管要站要走，每個動作都顯得相當辛苦。

進癱在長椅上，看著放在中間茶几上的電話。天馬上就要亮了，從窗簾縫隙露出來的窗外天色，正從黑色轉為深藍色。

該跟角聯絡才行。可是，想到要透過電話聽到角的聲音，就覺得心情鬱悶。想要盡早救回沙貴的心情，和想放棄一切什麼都不想管的心情，正在他的腦中格鬥。

不安的情緒逐漸膨脹。另一方面，覺得角可能會殺掉自己這種沒來由的恐懼，也不斷湧現。

——你之前倒是挺神氣的嘛，給我跪下，你這個渾蛋。

他彷彿可以聽到角這樣咒罵，角的部下們將會包圍著自己，對自己拳打腳踢，而沙貴會在旁邊被人挾持著，沙貴的衣服會被撕扯、露出她的肌膚。

沙貴正在大哭大叫，拚命求救。男人們輪流跨上沙貴的身子，而渾身鮮血和傷痕的自己卻什麼也辦不到。

接著有人拿出了利器。

角拿著匕首走近。

——我再也不想看到你這個小子！

角這麼說，將匕首的刀尖刺向進的肚子裡。

進突然睜大了眼睛。「知道厲害了吧，你這個渾小子！」他覺得自己耳邊確實聽到了這樣的叫聲。

自己全身都被汗沾濕，現在一定發出很難聞的惡臭。

不能這樣下去。照這樣看，是不可能順利脫身的。

進蹣跚地站起來，他想沖個澡，但連這點力氣都沒有。

直到救出沙貴為止，自己一定得振作才行。

他走向堆起的牛皮紙箱。要讓自己提起精神只有這個方法了。

為了不讓內容物露出來，牛皮紙箱包裝得非常仔細，外面纏了好幾卷封箱膠帶。

他先用指尖試著剝開。但是一直滑掉，讓他根本摳不到膠帶邊緣。

失敗了好幾次之後，他感到一股不耐，從喉嚨深處發出野獸般的吼聲，進用拳頭捶向牛皮紙箱。

他環視著客廳看到了邊櫃，用膝蓋蹭著往前移動，抽出邊櫃的抽屜。印了公司名稱的信封和信紙、原子筆，還有一把中型的美工刀，都散落在地毯上。

他拿起美工刀，動動大拇指，聽到咯答咯答的聲音，刀刃滑了出來。

進入迷般地盯著刀尖，一邊動著大拇指。

咯答咯答、咯答咯答。他好幾次上下推動著刀刃。咯答咯答、咯答咯答。

終於他回過神來。

他將刀刃對準了封箱膠帶，迅速滑過，「嘶」的一聲，膠帶的表面被割裂，漂亮地敞開。

貼成十字的封箱膠帶上割出了裂痕。然後收回刀刃，放進自己休閒褲的後口袋裡。

迫不及待地掀開牛皮紙箱的蓋子，閃著銀光的鋁片就在眼前。

這都是為了要救回沙貴。自己一定得吃這個藥，重拾清醒的頭腦和輕快的身體，只要救回沙貴，一切就能順利。

回到家鄉後，他再也不會碰冰糖果了。今後會跟沙貴兩個人老老實實地過日子，結婚也無所謂。就像哥哥一樣，買個房子，讓周圍的人叫沙貴一聲太太。

他覺得一陣暈眩，閉上了眼睛。原本要支撐住身體的手，撐在牛皮紙箱裡的鋁片上。

他抓住鋁片拿出箱子外。

現在，就只有現在，他允許自己要吃幾顆都無所謂。

這一切都是為了要救回沙貴。

大拇指按下透明的塑膠殼。背後的鋁紙破裂，滾出一顆圓形的藥錠。

他含進嘴裡，可以感覺到身體的熱度頓時消退，腦袋的中心迅速變得冰冷。

沒問題。沒問題。沒問題。沒問題。沒問題。沒問題。沒問題。沒問題。

一定會順利。一定會順利。一定會順利。一定會順利。

他看看手錶。手臂相當輕巧地提了起來，身體又從玩具木偶變成了人。

凌晨五點三分。

該打電話給角了。

給我等著。

我才不會讓你們稱心如意呢。

24

B.B. Call響起時，鮫島人正在車內，ＢＭＷ停在「山王王國華廈」所在的單行道入口。他已經把B.B. Call轉到震動無聲。

按下B.B. Call，看了液晶顯示螢幕，是十位數常見的號碼。

看看手錶，剛過凌晨一點。位於狹窄單行道深處的住宅區，深夜相當安靜，鮫島覺得睡意讓身體變得沉重。看來B.B. Call響得正是時候。

他從後照鏡中確認了周圍後下車。伸個懶腰，深呼吸了一口氣。為了提防自己真的想睡，他在ＢＭＷ的置物箱裡，除了咖啡壺還放了咖啡因片和牙刷。刷牙也有讓自己清醒的效果，不過這必須在附近有水龍頭，或者是隨身攜帶礦泉水的情況下才管用。

有一次，他曾經發現沒有水，附近只有可樂的自動販賣機。而其他的飲料都已經賣完，結果相當糟糕。但是嘴巴裡面同時有牙膏和可樂氣泡的味道，驅除睡蟲的效果可是相當出色。

現在還沒有要到借助咖啡因片和牙刷的地步，稍微散步一下、講個電話，應該可以清醒一點吧。

他鎖上車，走向距離三百公尺前左右的便利商店。他盡量不來這家便利商店，因為這裡離「山王王國華廈」太近了。角和他的手下萬一要買點小東西，不可能不來這家店。鮫島跟塔下他們不同，藤野組的成員幾乎都認得他的長相，要是在這種地方被撞見，等於是挑明了告訴對方自己正在盯梢。

便利商店的光線在附近投射著皓皓白光，確認過店裡沒有類似幫派成員的客人之後，鮫島才走近放在店裡自動門旁的公共電話。

警視廳本廳的偵察警官最近才開始配備行動電話。轄區警署的署員，如果沒有被編入特別搜查本部，不太可能拿到行動電話。

綠色的公共電話旁有個傘桶。今天較早在傍晚到晚上這段時間曾經下過雨，積在傘桶底部的水反射著店裡日光燈的光線。

他將電話卡插進電話機，按下號碼。

響了五聲左右之後，話筒被拿起，一個男人的聲音報出飯店名字。鮫島說出晶的名字。

「請稍等一下。」

過了一會之後。

「現在幫您接通電話。」

話筒轉為等待聲。這一次話筒馬上被拿起。晶應該是在打完B.B. Call之後，一直等在電話旁邊吧。鮫島臉上露出微笑。

「喂。」

「喂，你在哪裡？」

「在大森這邊。」

「今晚還要工作嗎？」

晶的聲音很沙啞。雖然還不到說不出話的程度，但是比平常都還嘶啞，因為這樣，聲音聽起來有幾分成熟。

「沒錯，妳那邊怎麼樣？」

「很累。」
「跟以前的夥伴見到面了嗎？」
「嗯，來了真好。」
「他有沒有變？」
「人不會沒變的，不過變得更好了。」
「是嗎？那就好。」
「嗯。」
晶沉默了一會。
「妳跟他一起唱歌了嗎？」
「唱了。他還彈吉他，看起來一直都有在彈。」
「應該特別為了妳練習過吧。」
「可能吧。」
「聽起來是個好人。」
「嗯。」
「明天也要唱歌嗎？」
「不，明天他會開車來接我，帶我到處去逛逛，然後我們要去吃點好吃的海鮮。」
「還真幸福呢。」
「是吧，要不要我帶點生魚片回去給你？」
「不用了，會臭掉吧。」
鮫島抬起眼，感覺到後面有人站著。公共電話有兩具，另外一具還空著。

晶的笑聲在耳裡響著。

「我差不多該掛了。」

「看來你一點都不擔心嘛。」

「擔心什麼？」

「沒什麼啦，我會再打給你的。」

「喂。」

「什麼？」

「多吃點好吃的啊。」

「我知道了。」

說完，晶掛了電話。鮫島放下話筒回頭，塔下和另一個陌生的男人站在他身後。

「長相被對方知道的人在附近晃來晃去，這樣我們很難辦事的。」

那個陌生男人說道，臉上浮現著不悅的表情，年紀大約四十四或四十五，頭髮全部往後梳，但頭頂已經有點稀疏。他身穿格紋襯衫、淺灰色的外套，穿著類似高爾夫球裝、褲管單折的休閒褲。

眼睛周圍的鬆弛讓他看起來有點神經質。

「鮫島先生。」

塔下插了話。

「這是我們主任情報官，板見。」

板見是塔下的上司，板見由下往上瞪著鮫島的臉。

「新宿署的掃黑連跟監的基本都不懂嗎？」

「剛好有點緊急的事，我是防犯課的鮫島。」

板見的眼睛連眨都沒眨一下。

「我們到那邊說吧。」

塔下用下巴指向距離便利商店二十公尺左右的位置，停了一台灰色的廂型車，車頂立著無線天線。

進了廂型車內後，塔下說：

「拜託鮫島先生幫忙的是我。」

「那件事一點關係都沒有，又不是本廳保安的人，憑什麼在這裡管閒事？」

板見拿出香菸後說道，他抽的是LARK。

「鮫島先生一直在注意藤野組的角。他也發現了角和冰糖果的關係，所以我才請他幫忙的。」

「你有狀子嗎？」

板見不理塔下，問鮫島。

「沒有。」

「那你打算怎麼辦？萬一發生了什麼，你要緊急逮捕嗎？你說說看，這樣辦事不是太粗糙了嗎？」

「因為目前為止還沒有明確的證據顯示那棟公寓裡有犯罪活動在進行。」

「那你為什麼要跟監？」

「因為我認為今後很可能會發生。」

板見很不耐煩地在菸灰缸的邊緣摩擦著LARK的前端。

「新宿署的防犯都這麼閒嗎？那裡現在有誰在？你倒是說說看。」

「藤野組的角還有六本木的酒店小姐陰山真子。」

「他們只是在裡面相好，你幹嘛監視呢？」

「主任。」

塔下似乎再也看不下去了。鮫島看著板見說：

「如果他們兩個只是窩在房間裡面親熱，你和我現在都絕對不會在這裡。就算他們為了找樂子，注射個一、兩劑毒品，我想我們也不會在這裡吧？我之所以會在這裡，是因為想揪出角所賣冰糖果的製造商。陰山真子身邊有個金主，那個男人就是冰糖果的製造商。我再補充一句，真子人在這個公寓裡，很有可能是二二五。」

二二五是警察無線的代碼，代表綁架的意思，取自刑法第二二五條。

板見的表情並沒有變。

「你回去吧。」

「我拒絕，我並不是你的部下。」

「要是把事情搞砸了，你能負責嗎？我們這裡有將近二十個人投在這個案子上。你不過是新宿署的一個小警察，你能負得起這個責任嗎？」

鮫島慢慢地吸了一口氣。

「上次你們把笘野帶走的時候，我並沒有干涉，我聽從塔下先生所說的，老實撤走了。這一次輪到你們了。」

「你說什麼?!」

板見怒吼了一聲。

「你想抓人應該要多少就有多少吧，這裡是你的管區嗎?!你到新宿去，滾回新宿去，看你想抓藥頭或者是毒蟲，要多少就有多少！」

「這是我的案子。」

「開什麼玩笑，你這傢伙！我要你馬上抽手！」

板見把臉湊了上來，

「我拒絕。」

「你不要小看麻取。聽好了，你不要以為警察比較偉大。這傢伙，別小看我們麻取。」

「這不是小不小看的問題吧。」

「你說什麼，渾蛋！」

板見揪住了鮫島的衣襟。鮫島揮開他的手，板見的臉因為怒氣而變得鐵青。

「塔下，逮捕這傢伙。」

「主任！」

「以妨礙執行公務現行犯的罪名逮捕他。」

「你試試看。」

鮫島低聲說。

「要是為了你無聊的面子，讓冰糖果的製造商逃走了，那我才要問問你要怎麼負這個責任？我現在說的不是厚生省或者是警察廳的問題。就在現在這個瞬間，也有許多人因為冰糖果而變成毒蟲。對這些國中和高中的孩子，你要怎麼負責任？你倒是說說看！」

板見粗亂地吐著氣息。

「你以為只有你一個人不會犯錯啊！是誰大搖大擺的在調查對象老巢附近晃來晃去

啊！」

板見右手翻起外套的邊緣，打開了手槍蓋。

「塔下，你要是不動手，我就自己來。」

「如果有議員出面，你是不是一樣還這麼神氣呢？」

鮫島說。板見的表情大變，他大大地睜著眼，臉色蒼白。議員指的是國會議員。

「你這些消息是從哪裡來的？」

「我沒有必要回答你，你倒是說說看。」

板見緊咬著牙。

「你上司叫什麼名字。」

「你自己去查。」

「你這傢伙，還真會趁人之危。」

「我怎麼趁人之危了？你因為害怕國會議員的介入，原本想隨隨便便搜查了事，現在因為警察插手，不得不查到最後，是這個意思嗎？」

板見動了手。手銬環命中鮫島的臉頰，發出了聲響。塔下按住板見的手。

「這樣不行的，主任！」

鮫島摸摸自己的臉頰。臉頰變得很熱，還有點麻。血噴了出來。他覺得身體逐漸變得熱燙。

板見的嘴角浮現出滿意的笑。鮫島很快地出了一拳，嘴唇割裂的板見往後仰。

「鮫島先生——」

「你不要擔心，我不會再出手了。」

板見從上衣口袋拿出手帕，按著嘴唇，他用飽含憎恨的眼神看著鮫島。

「我們在這裡爭吵，高興的也只有對方而已。」

塔下在板見耳邊說著。

「囉唆！」

板見用他低沉、刻意壓低的聲音說道：

「塔下，你給我緊跟著這傢伙。聽好了，如果這傢伙想要影響我們的搜查，不要緊，你就給他的腳一發子彈。」

塔下嘸了一口氣，看著鮫島。

「你的工作就只有這樣，聽到了沒有！」

「知道了。」

塔下緊咬著唇說道。

「給我滾！」

板見從緊咬的齒縫間說出這一句。

鮫島拉開廂型車的拉門，下了車，塔下也跟著他走出來。

「塔下。」

板見叫著他，接著他命令轉回頭的塔下。

「把無線電放下。」

塔下睜大了眼。但，他還是很不甘地低下頭，把行動式無線電從夾克上取下，再把耳機從耳裡拿出。他被排除在跟監的隊伍之外了。他把東西甩在座椅上。

「給我盯好他！」

板見說著，從車裡用力地將拉門關上。
鮫島無言地走著，他拿出香菸，點了火，努力想平靜自己的怒氣。
在塔下開口之前，他先說：
「不好意思。」
「不要緊。」
塔下很小聲地說，聲音幾乎聽不到。
「我的睡蟲都給趕跑了。」
聽到鮫島這麼說，塔下的臉上浮現無力的笑容。
「主任他就是這個牛脾氣，很容易發火。」
「而且他還很討厭警察，是嗎？」
「因為他有過幾次不好的經驗。」
「如果立場相反，有些警察也會這麼做的。」
「是啊，我也吃過苦頭。明明拿出身分證，還是被帶到附近的派出所去。」
兩人並肩走著。坐進ＢＭＷ後，鮫島打開置物箱。
他拉出裝滿了咖啡的咖啡壺，拿出放在那後面的急救包。
一邊看著車內的後照鏡，擦乾臉頰上的血，再貼上ＯＫ繃。
塔下安靜地坐在前座。
放回急救包，鮫島拿起咖啡壺，這是用晶給他的咖啡豆所煮的咖啡。
他把咖啡倒在蓋子裡，默默地遞給塔下。
「謝了。」

塔下聲音乾澀地說，喝了咖啡。

「真好喝，是你太太煮的嗎？」

「我還單身。」

接過空了的瓶蓋，鮫島也為自己倒一杯。

「我還以為你在打電話給你太太呢。」

「不是，但是剛剛的行動或許太過輕率了。」

「你已經確認過周圍了吧。」

「是啊。」

喝著咖啡，他覺得心情慢慢地平靜了下來。

「你有女朋友嗎？」

「有，現在正出外旅行。」

說出晶所去的地方後。塔下突然轉回頭，表情僵硬。

「她在那裡做什麼？」

他很快地問。

「觀光啊。她是個歌手，賣的不怎麼好的搖滾歌手，以前的樂團朋友在那個地方開Live House。巡迴演唱會結束後，她說要順道過去看看。」

「就是那裡！」

塔下說，眼睛閃著異樣的光芒。

過了一瞬間，鮫島也瞭解了。

「就是那裡嗎？」

「對，整個縣都在一個家族的控制之下，現在領頭的是他們家老爺。」
「那個財團叫什麼名字？」
「香川。百貨公司、運輸、不動產、報社、電視台、交通，全部都掌握在他們手裡。」
「領頭的是誰？」
「已經七十歲了。他有個兒子，不過已經生病死了，另外還有一個女兒，離過一次婚又回到家。所以現在香川財團還是由這老爺在領軍，可能不久之後會收養其中一個姪子當作養子吧——」
「姪子？」
「對，他有一個同父異母的弟弟，那邊有兩個兒子，弟弟已經死了，兩個兒子繼承了運輸公司。那兩個兒子中的弟弟，跟上次說到的原田很相像。」
「今年幾歲？」
「弟弟叫香川進，今年剛好三十。」
「哥哥呢？」
「叫香川昇，三十七歲。」
「你是從哪裡知道這對兄弟和冰糖果有關係的？」
「消息是從當地的麻取事務所來的。那附近是幫派的無風地帶，長久以來都是同一個幫派的地盤，幫派叫飯田組，當然，也跟香川財團有關係。」
「飯田組。」
他聽過名字，不過這個幫派的勢力還沒有到東京、新宿來。
「飯田組和冰糖果的關係呢？」

「沒有關係。在縣內流傳的毒品是從隔壁縣來的，飯田組過去也沒有販毒的紀錄。」
「那麼──」
鮫島看看塔下。香川兄弟跟冰糖果有關的證據，麻藥取締官事務所又是從哪裡來的呢？塔下呆呆地看著前車窗，用他沒有抑揚頓挫的聲音說：
「當地的麻取曾經對飯田組做過內部偵查。我們接獲情報，說他們有些幫派成員在種大麻，這件事本身沒什麼大不了，他們所種的大麻頂多也只能拿到一百或兩百公克。可是在搜查過程中，意外撿到了和毒品有關的大消息。」
「大消息？」
「聽說有超過一百公斤的甲基安非他命在這個縣裡。上一代飯田組幫派老大是韓國人，當時他有個兄弟被韓國當局追捕逃到這裡來藏身。那個兄弟為了答謝，把一百公斤左右的甲基安非他命原料裝在水泥袋裡放著。當然，他也付了相當的錢，從此以後，那個男的就下落不明，如果還活著，應該已經七十歲左右了吧。上一代幫派老大不知道怎麼處理這些原料，既不能拿去給警察，但是丟了又可惜。所以，他拜託跟自己認識的漁夫，把這些東西密封後沉到海裡去，上一代幫派老大把這個地方告訴自己的恩人後便過世了。而這個人並不是現在的幫派老大，而是香川運輸的前任社長，也就是昇和進的父親。」
「如果是這樣，那藥物指紋應該可以查得出來是韓國產的？」
鮫島說，塔下搖搖頭。
「男人還沒有賣過這批甲基安非他命。這是我的推測，不過，我認為這些甲基安非他命只完成了第一次的製造工程，還沒有變成產品。既然還沒有變成產品，也無法販賣。當然，也就從來沒有被主管當局押收過。沒有被押收當然就不會登錄指紋，所以沒有辦法特定出國籍。」

「可是，要從原料的狀態萃取出結晶並不簡單吧？」

「不，困難的是第一次工程，如果是完成第一次工程之後的半成品，接下來就可以簡單的製作出毒品。」

塔下在這裡頓了一頓，開始說明。

「要製作甲基安非他命，首先要把原料的鹽酸麻黃素溶於冰醋酸。然後再加入硫酸鋇等觸媒和鹽酸，之後加熱。接著過濾觸媒濃縮之後，用醚來萃取。到這裡為止是第一次工程。除了原料之外，其他東西都能馬上到手，只要有酒精燈和燒杯，每個人都能做。但困難的是在這中間會產生氯化氫。當然，因為味道和刺激性都很強，所以不能在鬧區裡製作。不過，反過來說，結束了第一次工程的半成品，接下來在哪裡都有辦法製作。」

「接下來還有什麼工程？」

「加入硝酸三氯甲烷然後冷卻。重要的是在冷卻過程中能不能順利地取到結晶，還有從這結晶的狀態，也可以判斷東西是哪裡製作。」

「做法只有一種嗎？」

「不。首先，使用的觸媒種類會影響到製作方法。有一陣子從香港來的東西，還曾經混有紅磷。到頭來，連裡面的雜質到底是什麼，都可能成為查出源頭的證據。」

「原來是韓國產……」

韓國產的興奮劑在一九八〇年前後是個高峰。當時，在韓國製造的興奮劑，跟台灣或菲律賓製的相比，純度很高，品質較好。有一陣子，在日本國內販賣的興奮劑有八成都是韓國產的，而現在逐漸取代為台灣產，這都是韓國和日本兩國當局努力取締的結果。相反的，與當時相比，跟台灣之間的「貿易」現在與中國製槍械的走私管道並列，成為兩大興盛的買賣。

「如果是韓國產的半成品，那純度應該非常高。一百公斤的東西應該可以生產出八十公斤的貨，每一顆冰糖果裡所含的甲基安非他命是〇・〇〇八公克。所以如果有八十公斤，應該可以做一千萬顆。假設末端賣價是五百圓，那就是五十億。」

「真好賺。」

「對。跟一般毒品比起來，這筆買賣要好賺多了。」

「對香川兄弟的秘密偵查呢？」

鮫島說出了自己的懷疑。既然麻藥取締官事務所已經查出了這麼多事，那就表示他們的搜查區域並不只限定在東京。

「已經進行了，在非常謹慎的前提下。」

「這件事沒有公開？」

「是的。」

搭下說道：

「這事情非同小可。要是我們秘密地搜查這件事被發現了，所長的位置一定不保。香川兄弟跟冰糖果買賣有關的證據，不能從他們地方上，一定要由我們來舉發。因為如果在地方上，對他們太有利了。要是有什麼風吹草動，證據馬上會消失。老實說，我一點也不期待縣警的幫忙。香川家族如果有行動，本部長一定馬上逃走的。」

鮫島點起菸。搭下車窗，吐出了煙霧。

現在，晶所在的那個地方，正在送出冰糖果。身在東京的晶到了那個地方，而那個地方的香川進又拿著冰糖果到東京來，為了救回陰山真子這個人質。麻藥取締官事務所必須以興奮劑取締法現行犯的名義來逮捕香川進才行，一旦失敗，所有相關人員的工作將會不保，而負責秘密搜查的取締官也會被犧牲。

正因為如此，即使有可能危及陰山真子生命危險，他也不敢貿然踏進「山王王國華廈」。

另一方面，身為一般警官的鮫島，即使在現在這個瞬間，還是可以以保護陰山真子為由強行進入，但這麼一來，香川進就不會靠近「山王王國華夏」。

「等香川進來吧。」

鮫島說。

25

ＪＲ四谷站並沒有寄放行李的地方，本來以為新宿車站應該有，結果也出乎意料。結果進只好開車到東京車站去。寄放行李處八點半才開，進在車站裡的咖啡店打發著時間。

進跟哥哥昇以手機頻繁地聯絡。昇告訴他，如果沒有找好藏冰糖果的地方，不能和角聯絡。

可是，進在四谷家吃完冰糖果後，馬上就打了電話給角。

電話打到藤野組的事務所去。角不在，接電話的人說會再回電話，進留下了行動電話的號碼，這個號碼角已經知道了。

空等著角的聯絡實在很難熬，於是進開始行動。行動的時候，他不斷吃著冰糖果。

進夾克的內口袋裡，放著二十多顆冰糖果。既然已經開始吃，到事情結束為止，都不能中斷。

八點十分，放在咖啡店桌上的手機響了。

「喂，你已經到這裡來了嗎？」

那是角的聲音。東京車站裡擠滿了出門上班的人潮。

「是，我依照你說的，把東西帶來了。」

「很好，五十萬全部都帶來了嗎？」

「我只帶了三十萬，現在只湊得到這麼多。」

「沒辦法，剩下的二十萬要等到什麼時候？」
「我會盡早準備，先讓我跟沙貴說話。」
進說話的速度變得很快。
角人在哪裡呢？電話的那一頭顯得很安靜。
「好啊，你等一下。」
「喂？」
沙貴的聲音傳進耳裡，進手緊握著電話。
「沙貴，怎麼樣？妳沒事吧？」
「嗯，沒事。」
沙貴的聲音很平靜，看來好像真的沒有什麼事。進正要繼續說話，卻發現對方的話筒好像移動了。
「就這樣，那我們約在哪裡見面呢？」
「盡量在人多的地方。」
「是無所謂，可是你帶著三十萬的貨，也……」
「在飯店大廳吧！」
「如果你能把東西帶過來，我會很感謝你的……」
「不行！」
角嘆了一口氣。
「你不相信我嗎？」
「那當然！你要我怎麼相信你？」

他的聲音變大。幾乎坐滿的咖啡店裡，人們紛紛回頭看著進。

「我要你帶著沙貴，到我指定的地方去。」

角咂舌一聲。

「那你想約在哪裡？」

「帝國飯店的大廳。」

「什麼時候？」

進看了看手錶，時間是上午八點十二分，再十八分鐘，寄放行李的地方就開了。

「九點三十分。」

「九點半嗎？好啊。」

「不要遲到了。」

說完，進掛了電話，咖啡店裡有幾個人還看著進。反正這些人都不瞭解進現在的處境。

他按下哥哥昇的號碼，雖然是星期天，但是哥哥應該已經到公司了。他取消早上所有的約會，等著進的聯絡。

「喂？」

哥哥沉著的聲音回應道。

「是我，我跟他約九點半在帝國飯店的大廳。」

「知道了，東西寄放了嗎？」

「現在正要過去，寄行李的地方還沒開。」

「先把正事辦完。」

「我知道啦！」

「不要忘記，先讓她搭上電車。」

「好。」

「記得再跟我聯絡。」

電話掛了。

進站起來。要搬運四個牛皮紙箱，就表示要在東京車站地下停車場和寄放行李處來回四次。

一想到要一個人辦這些事，他就覺得悶。

離開咖啡店開始走路，進又塞了一顆新的冰糖果到嘴裡。

搬完四個牛皮紙箱時，已經是九點多了。多虧了冰糖果的效用，他覺得自己行動敏捷，一絲浪費都沒有。

可是，正因為自己變得敏捷，對於他人慢吞吞的動作，也覺得異常地不耐。尤其是寄放行李處的工作人員，進強忍下想要破口大罵的憤怒。

他將寄放的收據放進口袋裡，坐進ＢＭＷ。發動引擎，看著後照鏡。

頓時，他覺得全身血氣全消。後照鏡裡出現了角的身影，臉上浮現著殘忍的笑看著進。

「白痴啊你！」

他在自己耳邊這麼說著。

進迅速地回頭，自己的身體再次變得冰冷。

ＢＭＷ的後座沒有任何人。

他馬上就知道，自己看到了幻影。他嚥了一口口水，覺得喉嚨非常渴，喉嚨深處變得非常乾燥。

他看看自己放在方向盤上的雙手，指尖微微地在顫抖，他使力握緊了方向盤。

手機放在前座，進迫切地覺得，現在真想打電話給昇，可是現在要是聽到昇的聲音，說不定自己會崩潰痛哭。自己的精神狀況一點一點地變得不正常，這又讓進更加地不安了。

只要再過一會兒就好。只要把冰糖果交給角，就能和這份焦躁和不安道別了。

他踩下油門。ＢＭＷ發出低沉吼聲，緩緩地移動。真奇怪，別開玩笑，怎麼可以在這時候故障！

紅色的燈亮起。哪裡不對勁？他凝神細看後發現，原來是手煞車。他忘了放下手煞車。放下手煞車後，還沒離開油門的腳用力一踩，這次車子勁道十足地衝了出去。

他一驚，急忙要踩煞車，可是已經來不及了。車子撞向停在前面的國產車前。

地下停車場的天花板很低，撞擊聲響遍了整個停車場。進啐了一聲，打了倒車檔，ＢＭＷ的前端嵌進廉價的廂型車裡。衝擊雖然不嚴重，但是廂型車的頭燈已經碎裂。

這次又響起金屬和金屬之間摩擦的惱人聲響，這些聲音真會刺激人的神經。

「媽的！」

進罵了一句。他轉動方向盤，想要讓ＢＭＷ脫身。他打回前進檔，踩下油門，輪胎發出尖銳的聲音。後照鏡裡似乎看到了幾個人影。

反正又是幻覺，不是真的。

離開地下停車場後，開往就在附近的帝國飯店。幾年前，他和大學時代的朋友每次到東京來，就會在銀座連跑好幾家店玩。那時候他經常住在帝國飯店。進想要回想當時交往酒店小姐的名字，但發現自己已經忘了。

沒辦法，進嘆了一口氣。就在這時候，他覺得鼻子後方一陣酸，眼淚也流了出來。

我到底變成什麼樣子了呢？

為什麼會變成這個樣子？恐懼、焦躁、想不起交往過女人的名字、跟流氓扯上關係、被威脅，聽從他們的話像個送貨小弟一樣把貨搬過來。

這樣下去是不行的，一定要贏過他們才行。他們一定會陷害我，把沙貴當作玩物，然後再把我幹掉。流氓就是這種人。

他們太小看我了。他們以為我是不中用的少爺，就像國中三年級那個夏天，「狂鬥會」的老大從別的地方來，看不起我這「香川家的阿進」一樣。

而他又怎麼了呢？他毀了，不，他被毀了。

他只不過是流氓。在香川家面前根本沒什麼大不了的。哥哥和我是不會輸的。要被痛宰的，將會是他們。

就算這裡是他們的地盤東京，香川家的人也不會輸給流氓。即使只有我一個人，在我的背後，也有香川家眼睛看不到的力量。

帝國飯店就在左手邊，前面左轉就是進入停車場的路了。

等著看吧，我要讓你們知道香川家的厲害。

26

「是我，你什麼時候要去接她？」

平瀨的聲音聽起來雀躍不已。耕二看看枕邊的時鐘，早上還不到九點。聽到平瀨的聲音，他反而心情變差了。

耕二是被平瀨的電話吵醒的。

「接誰啊——」

「笨蛋，還會有誰啊，當然是小晶啊。」

「不知道，她應該還在睡吧。」

「你不去接她嗎？」

「要啊，但是我們沒約好時間。」

「快點去吧，今天天氣很好呢。」

這個人到底在想什麼——耕二心想。昨天看到我跟景子那個樣子，他現在到底想幹什麼？

「你們要到哪裡吃飯？」

平瀨問。

「吃什麼飯？」

「晚飯啊，你晚上應該會請小晶吃飯吧。就當是事先慶祝，我們來好好吃一頓吧。」

這跟你沒關係吧，耕二吞下了這句話。從昨天晚上開始，平瀨就慢慢地顯露出他真正危險的一面。表面上的語氣愉快又開朗，但是背後卻又藏著要是惹惱了他，不知道會做出什麼事的可怕。如果妨礙他接近晶，還不知道他會使出什麼手段來呢。

他可能會早自己一步到飯店，哄騙晶上車，把她帶到其他地方去。而萬一晶起了一點點疑心，他會怎麼辦呢？

如果是平瀨，他什麼都做得出來。

「我想帶她到漁港那邊的『角屋』。」

「什麼嘛，那邊只是個普通的居酒屋啊。」

「那裡的海鮮很好吃。」

「你這白痴，那裡只有沙丁魚之類便宜的魚，不是嗎？」

「可是很新鮮啊。」

「你應該請她吃些鯛魚或者是比目魚等等更高級的東西啊，她可是未來的大明星啊，你懂嗎？」

「那種東西她一定吃膩了吧。」

「在東京是吧。」

平瀨用挖苦的語氣說道。

「是啊。」

「你要請她吃我們這裡最棒的東西。」

「那你倒是說說該去哪裡。」

耕二的語氣變得不耐煩。

「你等一等，我去查一下，你還不要出門啊。」

這傢伙打算一起去。耕二打從心裡感到一股不安漸漸膨脹，這讓他剛起床的不悅感又漸漸增加，甚至在生理上壓迫到自己的下腹部。

「知道了吧，耕二。」

平瀨命令式地說完，掛了電話。耕二忍住自己想用力甩下話筒的衝動，用力地咬著自己疼痛的嘴唇。

可惡，搞什麼！

耕二坐在棉被上。他現在住的地方離老家並不遠，是棟兩層木造公寓裡的一間房間。因為窗簾拉上，散亂的房間裡顯得相當陰暗。

他不爭氣地環視自己的房間，電線從音響喇叭胡亂延伸出來，耳機就丟在一旁，還有一張ＣＤ專輯《Cop》。

等晶來的這段時間，他每晚睡前都把吉他連接在喇叭上，不斷地跟ＣＤ裡的晶合奏。而現在竟然變成這樣。

耕二站起來。站得太猛讓他差點往前傾，沒穿鞋的腳尖勾到了耳機。

他滿懷著怒氣用力一踢。

連著線的耳機撞在牆上。吉他不在這，放在「Ｋ＆Ｋ」裡。

他走到窗邊，「刷」的一聲拉開了窗帘。

天氣確實很好。蔚藍到幾乎讓人難過的天空，還有綠色山脈相連的稜線，清楚地浮現在天空的背景之前。

他用力抓住窗簾，把臉壓在玻璃窗前，冰涼的觸感相當舒服。嘴唇和鼻子隱隱抽痛，感覺的出來都浮腫了。剛剛跟平瀨說話的時候，嘴巴也沒辦法好好打開。

電話響了，是平瀨。他應該是去找以前的流氓朋友詢問哪裡有適合的店吧。

「喂。」

他抓住話筒，不情願地回應。

「是耕二先生吧？」

一個陌生男人的聲音，很沉穩，聽起來有點老成。感覺就像只有四十出頭，卻故意裝成老人家說話的口氣。

「我就是。」

「我是香川。」

男人說道，耕二覺得全身僵硬。

香川，是昇，還是進？

說到這裡他想起來，昨天晚上石渡應該也監視著這兩個人。

「是……香川先生嗎？」

「事情我從景子那裡聽說了。我想，我們最好見一面。」

耕二倒吸了一口氣。好像該說些什麼，但是他不知道應該說什麼好。

「店裡今天休息吧？」

香川說。

「是的。」

不知不覺中，自己的口氣變得很有禮貌。難道是因為香川家，因為在跟香川家的人說話嗎？

「吃頓飯吧。」

香川說，說話的方式不容對方拒絕。

「你可以帶你朋友來，就是那個在東京當歌手的人。」

「可是……」

「如果想跟我談生意，也該先見一面再說。還有，聽說你們手上有照片。」

「有的。」

「照片上拍到了什麼？」

拍到了什麼？這話聽起來沉著又冷靜。你在說什麼，我們現在手上的照片，可是足以讓你們毀滅啊。

「拍到你們從船上放東西下去的照片。」

「放下什麼？」

「當然是興奮劑啊。」

「是嗎？」

香川說道。

「帶過來吧，讓我看看。」

要是平瀨的話可能會這麼說：「你說話口氣這麼大好嗎？」不過耕二卻說不出這樣的話。

「還有你的朋友，叫平瀨是吧。能跟他見面嗎？他在你那嗎？」

「不在。」

「可以告訴我他的電話嗎？」

耕二的腦中出現一絲警戒。這個男人真的是香川嗎？或者，他是受香川之命打算對平瀨做出什麼事？

比方說，從電話號碼查出平瀨的所在，企圖解決掉他。

「請告訴我您的電話號碼，我讓他打過去。」

我竟然站在平瀨這邊，這是怎麼回事。

沒辦法，這也沒辦法。至少平瀨不會想殺了我吧。但如果是香川家……香川家會怎麼做呢？他完全沒有辦法想像。

「知道了，那我要說了。」

但這個男人一點都沒有猶豫，這麼告訴耕二。接著他說出了十位數的號碼。

應該是車用電話或者是行動電話的號碼。耕二一邊重複，一邊找便條紙。

樂譜，手邊有樂譜。

「讓他盡快打來。」

「好的，我知道了。」耕二說。

他放回了話筒。事情會變成什麼樣子呢？他看著安靜下來的電話這麼想著。

晶來到這個地方，而自己和平瀨還有石渡不斷醞釀的夢想即將變成現實。

一切都變得讓他摸不清頭緒。平瀨對晶有意思，而景子也受了傷，憎恨著自己。現在連香川都想把晶帶走。

自己能保護得了晶嗎？不，在那之前，我能保護得了自己嗎？

已經逃不了了。現在，就算我放手不幹，也會留下晶一個人。晶會被留在這個陌生的地方，和一群莫名其妙的傢伙當中。

而她的刑警男友，身在距離這裡幾百公里遠的東京。他是救不了晶的。

27

賓士的車牌是練馬的號碼，整面車窗都貼上了遮光貼紙。車子從「山王王國華廈」的地下停車場開出來。看到車牌後，塔下馬上說：

「出來了。」

鮫島點點頭。二十分鐘左右，那台賓士開過兩人坐的ＢＭＷ旁，開進「山王王國華廈」裡。駕駛座上的是唐木。

鮫島看了手錶，時間是九點零七分。

「他們開始行動了嗎？」

塔下說。開在單行道上的賓士漸漸離開兩人的視線。麻取監視中的廂型車應該正停在單行道出口。

「不追嗎？」

塔下看著鮫島的臉。

「再等一等。」

鮫島說。塔下馬上就懂了他的意思。

「幌子？」

「有可能。」

當然，這並不是只因為那輛賓士除了唐木以外沒有其他人在車上。如果懷疑有人監視或跟蹤，利用幌子來欺騙監視者的目光，確實是身為專家的流氓可能採取的手法。更別說這次角還牽涉到綁架和毒品兩個大案，不可能毫無防備地出現。
「我們的人會不會發現呢……」
塔下輕聲唸著。
「還不一定就是幌子。」
「如果不是幌子……」
「那也會有人跟蹤。」
鮫島冷靜地說，塔下再次看著鮫島。
「無所謂嗎？」
鮫島沒有回答。「這不是面子的問題。」現在連說這句話都沒有意義。
過了十分鐘。
「會不會故意讓人以為是幌子，其實是真的呢？」
「山王王國華廈」的地下停車場陸續開出好幾輛車，但沒有一台觸動鮫島的直覺。角還在這棟公寓裡。
九點四十分，一輛紅色奧迪從地下停車場開出，開車的是鮫島沒見過的男人。
「是他。」
鮫島說。半是死心地正喝著咖啡的塔下全身僵硬。
鮫島將手伸向車鑰匙。下一個瞬間，他小聲地叫：
「快趴下。」
奧迪反向開在「山王王國華廈」前的單行道，筆直地朝鮫島他們這台ＢＭＷ開來。
奧迪沒有停在ＢＭＷ旁，就這樣開走。

無法看出後座有沒有人。

不過，鮫島很快地採取了行動。他發動ＢＭＷ的引擎，打了倒車檔開始後退。接著車身一轉，往奧迪前進的方向踏下油門。

「為什麼覺得是他──」

塔下說。

「我認出角的長相後做了許多調查。角跟現在的老婆在一起之前，曾經跟一個在土耳其浴工作的酒店小姐同居過，那個女的就開紅色的奧迪。」

「就是剛剛那台？」

「我沒有確認到車牌號碼，不過應該不會錯。」

他們在環狀七號線上追上奧迪，車子正開在逆時針車道。

「在那裡。」

發現開在四、五台前的奧迪，鮫島輕聲地說。奧迪的車窗也貼滿了黑色貼紙，聳立在車頂的車用電話天線就像小鬼的尖角一樣。

這台奧迪在南千束十字路口右轉，開入中原街道。這條是開往市中心的路，繼續開下去會到達五反田。

中原街道在五反田車站前與國道一號線匯流，繼續開下去會到目黑、白金方向。

不過，奧迪在跟山手通的十字路口打了往左的方向燈。車速並不快。

山手通是條環狀線。

從外往內依序是環八、環七、山手通，環狀愈來愈小。

奧迪在山手通上也走逆時針車道，接著連接到玉川通、國道二四六號後往左轉，進入下行車道。

真是奇妙的走法。如果想開上二四六，那直接開上環七的逆時針車道就好了。但是這輛車卻先開進內側，然後再往外側開。

二四六號和中原街道都是從東京中心部穿過山手通或環七、環八，往外呈放射狀延伸的道路。

但是接下來奧迪的前進方式更不可思議。他從二四六號再次開回環七，也就是又回到了原本的道路。

這表示它故意在繞遠路。

這絕對是提防跟蹤的開法。

從世田谷區的上馬開入環七時，鮫島跟奧迪之間又拉開更大的距離。他開在同一條車道上，中間隨時保持隔著五台車以上。

奧迪回到環七後開始加速，看來並沒有發現被跟蹤。車子在跟甲州街道相交的大原十字路口右轉，這是開往新宿方面的路線。

「新宿嗎……」

塔下低聲唸著。可是，如果只是想去新宿，不會走這樣的路徑。

「他們該不會是要去組裡的事務所吧？」

「如果是，那就表示我們在跟蹤的其實是幌子。」

假如角現在要去跟香川見面，那目的地絕對不會是藤野組的事務所。如果被逮到，所有幫裡的人都會被冠上某種嫌疑。

奧迪在新宿車站前左轉，開進有著超高層大樓群的新宿副都心。

28

快要十點五十分了。

進開始焦急，他不知道環視了帝國飯店大廳多少次。別說是沙貴和角的身影了，就連看似角的手下的流氓也不在這裡。

發生什麼事了嗎？打電話給昇好了。

飯店大廳的人潮出入頻繁，光是這樣就已經讓進焦躁不安。四處交雜的各國語言，那些尖銳的交談聲就像在切割金屬般刺激著他的神經，引起他的疼痛。

他覺得頭痛，英語一個字一個字刺進自己的耳朵。

吵死了！進拚命地忍住想這麼大叫的衝動。

對了！電話、打電話。他拿出行動電話，電源是打開的。他突然覺得顯示螢幕上浮現了幾個數字。進睜開了眼睛。

只要打這個號碼，沙貴就在那裡，這個號碼是不是在這麼告訴自己呢？他完全沒有操作電話，顯示螢幕不可能出現數字啊。

電話突然響起，進大吃一驚，把電話丟了出去，電話掉落在飯店大廳鋪了地毯的地上。坐在旁邊沙發的白人替他撿了起來，交給進。進什麼也不說，一把搶過電話。白人瞪圓了眼睛。

「喂！」

進接起了電話。周圍的人都在看進，因為他聲音相當大。但是他才顧不得這些。

「小進？是我。」

是沙貴的聲音。

「妳在哪裡?!」

進的聲音又更大了。穿著制服的門房欲言又止地看著進，進瞪著他，你以為我是誰啊。

「我在新宿的希爾頓飯店。」

「妳說什麼?!」

「出了點錯。拜託你，快點來嘛。」

電話掛斷了。

進呆呆的看著行動電話。我明明再三告訴他們要到帝國飯店來的，他們到底以為我是誰，竟敢這樣瞧不起我！

「……請問？」

「這位先生。」

進回頭，那門房站在他身後。

「非常的抱歉，是不是可以請您小聲一點呢？」

「什麼？你說什麼？」

「我是說請您說話……」

門房看來很困擾。

「說話？」

重複了一次之後，進這才發現自己把所有的情緒都化為聲音說了出來。

他看了看周圍。大廳的所有人都看著進，嘲笑著他。他們都知道這是個嗜毒成癮的瘋子，都在嘲笑著他。
「別小看我！」
進大叫，開始奔跑，他一邊跑一邊咒罵。可惡。可惡。可惡。可惡。
他們把我當猴子耍，他們以為只要有沙貴在他們手中，我就像猴戲裡的猴子一樣任憑他們玩弄。
坐進停車場裡的ＢＭＷ。收費處的人看著這裡。連那傢伙也在笑我。你這傢伙哪有資格嘲笑我，我可是比你偉大好幾十倍，不，好幾百倍的大人物呢！
他把停車券和揉成一團的一萬圓鈔票從窗戶丟出去，猛然踩下油門。
新宿、新宿，該怎麼去才好呢？
他拚命想記起東京的道路。眼睛深處非常疼痛，無法集中思考。他還有點想吐，全身都布滿了綿密的濕汗。
他單手離開方向盤，從口袋裡取出冰糖果，撕開鋁片，把一顆冰糖果塞進嘴裡。接著又塞了一顆，然後又放了一顆進嘴裡咬碎。
快點！快生效啊！
強烈的激動好像稍微平息了。進拿起行動電話。
按下昇的號碼。
「——喂。」
一聽到昇沉著的聲音，進就哭了出來。
「哥哥，那些傢伙竟敢耍我。」
他抽抽噎噎地哭。

「怎麼了？你冷靜地說。」
「我叫他們到帝國飯店來，是帝國飯店，我真的有叫他們到帝國飯店。我明明說了，可是那些傢伙，他們現在竟然在新宿……」
「什麼？你說什麼，你仔細說清楚。」
「我真的告訴他們是帝國飯店了啊。」
「貨呢？」
「貨已經寄放了。」
「寄放在哪裡？」
「在東京車站、在東京車站的行李寄放處。」
在這時候，冰糖果的效果終於慢慢開始生效。全身的不快感正漸抒解，不舒服的感覺也漸漸消退，到剛剛為止那股想吐的作嘔感，就像假的一般頓時消失。
「啊啊……」
進吐了一口氣。
「你怎麼了？還好吧。」
「沒事。哥、你是不會懂的。你、總是在那裡溫溫吞吞的，大哥，你是不會懂的。」
他開始打嗝。
「你在說什麼，進？」
「沒什麼。」
進強忍住呵欠，不斷地打著嗝。
他發出慘叫，握著方向盤的右手手指突然變成噁心的毛毛蟲。那是一個有明顯曲線，混雜著咖啡色和綠色的毛毛蟲。

「喂！」

他仔細一看，毛毛蟲的樣子逐漸消退又變回了手指。好，這也是幻覺。只要在心裡暗自唸著「回來吧」就會恢復原狀。我不要緊、不要緊、不要緊。

「不要緊。」

「進，你有點奇怪啊。」

「我才不奇怪呢。」

進開始嗤嗤地笑。如果我告訴哥哥，自己的手指變成了毛毛蟲，昇會說什麼呢？

「你現在在哪裡？」

「新宿啊，我要到新宿去。」

「別去！」

「為什麼?!難道你要我就這樣當縮頭烏龜嗎？」

「對方想要設陷阱害你，所以才會故意改變地點的。你千萬不要到新宿去。」

「他們想怎麼樣就怎麼樣，我只要沙貴回來就好。然後……等這件事過了之後，我會讓他們知道厲害的。」

「進。」

說完之後，昇沉默了下來。

「怎麼了！你到底想說什麼？」

「——你不太正常。」

「我很正常。」

「不，你很奇怪。」
哥哥果斷地說。
「你是不是吃了什麼，你吃了冰糖果嗎……」
「不吃怎麼行呢？」
進很快地反駁，昇什麼都沒說。
「你在開車嗎？」
他終於開口問。
「對啊，我得到新宿去。」
「進，我拜託你，千萬不要出事。」
「不要緊的，你也知道我開車技術很好的。」
「你聽我說，我們訂好的計畫你沒有忘記吧？」
「我沒忘。讓沙貴搭上新幹線，然後等你打電話來，對吧。」
冰糖果的藥效斷了。剛剛明明吃了三顆，藥效這麼快就斷了。身體裡的血液逐漸上升，冷卻的血一邊咕嚕咕嚕地被煮沸，一邊上升。
「哥，帶我去醫院。」
進開始哭。
「我變得好奇怪。我生病了，帶我去醫院，幫我治病。」
「我知道。你別擔心，進。我知道。」
昇安慰著他。
「聽好了，你要做的事很簡單。只要讓她搭上新幹線，這樣就好。」

「嗯，搭上新幹線是吧。」

「對。接到我的電話，你就把行李的寄物收據交給角。這樣就夠了，然後你也搭新幹線回來。」

「就像高中時候一樣？」

「對，就像高中時候一樣。」

「我會回去，哥，我會回去的。你一定要等我啊。」

「我等你，我當然會等你。」

他的腦子雖然不記得，但是身體卻記得開往新宿的路，進的眼裡開始看到都廳的建築物。

29

穿過入口大門的希爾頓飯店大廳摩肩擦踵。剛好有一團外國旅客到達，人潮相當擁擠。各式大小行李箱緊緊堆在門房腳邊，在櫃檯前排成了一條長龍。

連接到二樓的樓梯下有個咖啡廳，咖啡廳裡也有許多客人。角人就在樓梯內側的位置裡，他和六本木酒店小姐陰山真子中間隔著另一個男人坐著，眼神不斷地在注意四周。塔下一個人坐在他們的斜前方。

鮫島人在櫃檯裡。他跟西新宿幾乎所有飯店的櫃檯人員都很熟，不過彼此之間除非有特別的事，通常不會打招呼。這是以待客為工作的飯店人員和刑警之間不言自明的默契。

飯店大廳或咖啡廳是在新宿擁有事務所的流氓「談生意」的好地方。跟其他從地方到東京來的「交易對象」相約，然後再帶到自己的地盤去，而為了布下監視網，刑警們也會頻繁地到飯店來。當然，跟飯店櫃檯人員日久也就熟了。但話雖這麼講，飯店也不可能輕易把顧客資料透露給警察。即使是罪犯，只要不是直接對飯店行使的犯罪，飯店都會堅守顧客的秘密。

鮫島現在正位於飯店的櫃檯內，採取角的眼睛不容易看到的低姿勢。在櫃檯前排隊的客人眼中看來或許很奇怪，但他已經顧不得這麼多了。因為角認得鮫島的長相，他絕對沒有辦法靠近。

正在喝冰咖啡的塔下站了起來，他背向角等人走向櫃檯。

塔下站在距離鮫島位置數公尺的外側。發現他的女性櫃檯工作人員正要走近，他卻輕輕搖搖頭。他的眼睛沒有轉向鮫島，直接說道：

「我想打電話，告訴我們的人這裡的事。因為我沒有帶無線電出來。」

「公共電話在左邊。他們三個人狀況怎麼樣？」

鮫島問。

「看來很鎮定。女人看起來不像被害人，雖然很緊張，但是她還在笑。」

鮫島看看角等人。因為距離遠，再加上被其他客人擋住，所以看不出他們表情的變化。

「你認得原田的長相嗎？」

「認得。我看過照片，我們這邊收到了照片……」

「——真是辛苦啊。」

其中一位櫃檯工作人員走過鮫島背後時打了聲招呼。

「真不好意思。」

「哪裡。」

他心裡一定覺得相當麻煩，但是卻一點都沒有表現在臉上，還是露出了微笑。

鮫島從斜下方仰望著塔下。

「要是原田來了怎麼辦？以現行犯逮捕嗎？」

「我想盡量避免在這裡逮捕他。」

塔下猶豫著。

鮫島點點頭，在人這麼多的地方逮捕非常危險。可是話雖如此，如果等到原田和角等人分開，就很難掌握證據。他不認為原田會把冰糖果帶到這個地方來。

「我想等到所有人到齊，他們應該會換地方吧。那個時間就是我們的目標。」

塔下動了動下巴。

「我會把我們的人安排在停車場。」

他離開櫃檯，走向公共電話的方向。

鮫島的視線再次回到角等人身上。如同塔下所說的，這三個人的樣子確實和鮫島所想像的不同。首先，如果陰山真子是被角等人強行抓來，那麼她不可能被帶到飯店大廳這種醒目的地方。如果要用飯店，至少會讓她在客房裡等原田。

這麼說來，真子又是為了什麼目的跟角共同行動的呢？

她跟角一起躲在「山王王國華廈」的理由又是什麼呢？

可能性只有一個。真子從原田「變心」到角身上，而為了配合角設計原田的計畫，她才會跟角共同行動，讓原田不安。

角和真子待在這裡是為了等人，目的相當明顯，而他們等待的對象是原田，大概也十之八九不會有錯。

不過，如果原田到這裡來不是被威脅，那麼真子存在的理由就令人無法理解。

原田果真還是相信真子是被當作「人質」。

鮫島心想，一旦原田發現真子的背叛，會演變成什麼狀況，那還真是一場好戲。角完全不把原田放在眼裡。如果原田跟角一樣，同樣是道上中人，那或許不會採取這麼大膽又危險的做法吧。

角企圖從原田身上奪走他的一切。不只是關於冰糖果交易的主導權，還有他的女人，他想要徹底整垮原田。

角的目的，在於狠狠的挫挫原田的銳氣，讓他變成一個人偶。不管原田的家世有多好，背後有多麼有權的人在替他撐腰，他還是不可能以個人身分跟一個流氓對等抗衡。

鮫島發現角是個腦筋非常好的流氓。而與一個腦筋好的流氓為敵，一般人是絕對不可能贏的。

角一定會徹底的折磨原田吧。他會奪走他的一切，徹底折磨他讓他變得可笑。原田將會知道自己身為一般老百姓的脆弱，結果還是跪倒在角之前。在這之後，等待著原田的將會是無盡的地獄。往前走也是地獄，往後退也是地獄。即使他再也不想碰冰糖果，角也一定不會允許他這麼做。

流氓把進監牢稱作「服勤」，認為是自己工作的一部分。相對的，一般人如果背上了前科，就等於自己在社會上的生命終結。這兩者同樣染指犯罪，但是他們喪失東西的大小卻是無法比擬的。

不論原田是基於什麼樣的動機開始販賣冰糖果，他或許沒有意識到，這將會奪取他的社會地位。他心裡一定想著，要極力避免自己成為犯罪者，陷入被制裁的立場。在這一點看來，原田並沒有勝過角。角對原田或許多方退讓，不斷地烘托他，任憑他任性、甚至愚蠢的行為。他或許一直在扮演一個被原田利用的單純流氓吧。

不過，這一切只不過是他為了露出真面目張牙舞爪的布局。即使原田知道自己被耍而憤怒發狂，他只要撂下一句「有本事的話就來啊」，那一刻勝負就已經定了。

借用角這些流氓的說法，原田已經「被做掉了」。如果原田極力希望逆轉他們之間的關係，就勢必要動員他手上所有的權力。

可是到了這個地步，要付出多大的犧牲，是他無法想像的。就如同塔下所擔心的，他很可能對厚生省施加壓力，封鎖麻藥取締官事務所的行動。接下來就是警察了。權力者對權力者的交易將會在黑箱中進行。最後，總有一方會徹底毀滅。

最後總會露出馬腳。無心的一句話或者不自然的金錢流向，總會被人察覺。不管是政治家或者官僚，他們擔心的並不是被逮捕或者入監服刑。對他們來說，這種狀況比惡夢還要遙遠。他們所恐懼的是更早出現的「謠言」，或者自己和這件事有所牽連的「疑雲」。光是這樣，就可能逼他們放棄總理的寶座或者退出政界，放棄政務官的職位等等。對於一心只想往上爬的政治家還有官僚來說，這就意味著「死亡」。

但是，鮫島當然不會讓這些掌權者只接受精神上的「死亡」。法律之前，人人平等，他們必須為自己所犯下的罪，被課處應當的刑罰。

犯罪行為的揭露阻斷了晉升之道，他們所受到的傷害，比一般人所想像的還要嚴重。但鮫島並不認為這樣就足夠了。承擔社會重大責任的人，如果犯下背叛了這份責任的罪，當然必須要承受更重的刑罰。

讓人恐懼刑罰而減少犯罪，這種想法是司法相關人員很容易陷入的迷思。可是，既然這些人都志得意滿地認為「反正這些法律都是自己訂的」，讓他們戴上自己親手編的荊冠，也是理所當然。

塔下離開公共電話，回到咖啡廳。

咖啡廳櫃檯裡的分機響了。身穿制服的工作人員拿起話筒，對穿著長裙的女服務生說了幾句話。

「——角先生、角先生……」

女服務生在各個座位之間來回走動，呼喚著客人的名字。

角留下真子和另一個男人，站了起來，走向櫃檯。角將話筒抵在耳邊，同時對周圍放出嚴厲的視線。

他說了兩句話就放回話筒，對留在座位上的另一個男人使了眼色。男人和真子一同站起來。

看來塔下的聯絡應該來不及了。如果角他們要動身離開這裡，鮫島就必須搶先一步到停車場去才行，因為塔下並沒有辦法馬上離開座位。

角等人前往停著奧迪的地下停車場機率是二分之一。如果他們走向其他地方，那塔下應該會追過去。鮫島迅速地判斷，然後奔出櫃檯，他小心不被角他們看到，跑向員工用樓梯。在飯店內盯梢時通常會使用員工出入口，所以他對這些位置相當熟悉。

角的奧迪停在接近地下停車場電梯間的一角。鮫島把ＢＭＷ停在接近出入口的地方。想搶先角等人一步的鮫島，從員工用出入口來到地下停車場。他開始奔跑，他注意著電梯間，現在很有可能跟角等人撞個正著。如果可能，他希望能夠先將ＢＭＷ開出停車場。

鮫島坐進ＢＭＷ，插上鑰匙，接著他再次看看電梯間的方向。一個男人站在那裡。

那個人穿著皮夾克和毛呢休閒褲。鮫島的腦中閃過了某個念頭。男人雖然背向著鮫島，可是鮫島總覺得有點在意。

那個人似乎想做什麼，男人的背後散發著異樣的緊張感。鮫島的手離開了鑰匙，男人回過頭來，似乎在警戒著周圍。那是一個膚色白皙、長相端正的男人。不過，鮫島馬上就看出這個男人發生了什麼事。

他發作了。男人的眼睛透露出毒品成癮者特有的瘋狂。

為什麼在這裡會有個中毒的人在？他還想不出答案，電梯的門就開了。角領在前頭，真子和另一個男人也跟著出現。

男人插在夾克口袋裡的手抽了出來。下個瞬間，女人尖銳的慘叫聲響遍了地下停車場。

30

昇都已經計畫好了。你不可以去大廳，要在地下停車場等——哥哥是這麼說的。

昇查出希爾頓飯店的電話，把角叫出來。接著他一定是指示角到地下停車場跟進見面。

昇說，現在不能在對方所準備的狀況中進行交易，即使只是把會面地點從飯店大廳改到地下停車場，也能有效地破壞角可能設計的圈套。總之，一定要盡量避免聽從對方指示行事。

進在BMW裡等著，電話鈴響了。

「是我，我剛剛跟他聯絡了，他馬上就會下來。」

昇命令進不要下車，在車門上鎖的狀況下，隔著車窗跟角談話。在人少的地下停車場跟對方對峙，千萬不能冒著與對方面對面的危險。

進心想，這是害怕角的想法。這跟懼怕流氓的暴力沒什麼兩樣，一定得給他們一點顏色瞧瞧才行。我要讓他們知道，哪怕只有一個人與香川家的人為敵，會有什麼下場。

在他們殺了自己之前，自己一定要先動手。就算安全逃離現場，角一定會放出手下來追殺自己。他絕對不會讓我和沙貴安全地逃離東京。

一想到這裡，進就彷彿看透一切了。角想要的是沙貴，他想要的是沙貴那醉人的身體，所以他才會把沙貴搶走。

這麼說來，這幾天以來，角不可能對沙貴什麼都沒做。他一定是把沙貴關起來，貪求了她的身體。那些骯髒的流氓，粗暴地強佔了沙貴的身體。角打算殺了我，然後同時拿到冰糖果和沙貴。

一股幾乎要把他的視野都染紅的憤怒，驅動了進。他的手在身上摸索著，一定有、一定有、一定有的。

他的右手緊緊地握住了美工刀刀柄平坦又堅硬的觸感。

他下了車。接下來就要用這東西，讓自以為已經獲勝的角挫挫銳氣。這出乎意料的反擊，一定會讓他大吃一驚吧，待會就可以一口氣逆轉形勢。

他發動車子的引擎，沒關上車門，就這樣往電梯間走去。

電梯的燈亮了，下樓的箭頭亮起，電梯正往下降。他們就在這裡面，還有沙貴。

終於可以見到面。終於可以救她了。

電梯的門打開。他看見了角，還有沙貴，以及另一個陌生的男人。

角驚訝地睜開眼，然後又馬上重整了情緒，臉上浮現淺笑。

「原田先生。」

那瞧不起人的語氣，讓進失去了理智。他拔出美工刀。

沙貴大大睜著眼，嘴裡發出慘叫。

「你這傢伙！」

角的手下發出叫聲，進的右手大幅度地揮舞著。

一回神，才看到角一臉訝異地仰望著進。他的左手用力地按著下巴下方，嘶啞的聲音喃喃地唸著：

「你這個王八蛋……」

左手手指指尖一點一滴滲出血來，剛剛那美工刀一揮割破了角的喉嚨。

「現在知道我的厲害了吧，不要小看我！」
進怒吼著，接著他看著沙貴。
「沙貴，過來！過來這裡。」
「小子！敢這麼做，以為我們會放過你嗎？老大，你沒事吧！」
「住手！」
進用右手制止了打算向前的手下。他的手扶著電梯的牆壁，上面留下了一個鮮血的手痕。
「沙貴！」
「不要！」
沙貴用力地搖頭，接著看著角。
「你沒事吧?!」
怎麼可能?!但是，沙貴的眼裡卻有著恐懼和憤怒。為什麼——
「沙貴，我是來救妳的。妳快過來！」
「神經病！你在說什麼啊！」
沙貴怒吼著。
為什麼——這個想法他說也說不出口，卡在喉嚨。沙貴靠在角身邊。
「你沒事吧，沒事吧，得叫救護車才行，快叫救護車……」
看著這一幕，進的世界從鮮紅色一點一點地慢慢變成灰色。顏色漸漸褪去，所有的東西都沒了顏色。
「你快給我讓開。」

角的手下大叫，將肩膀撐住角的腋下。角的臉色蒼白，染成一片鐵灰。

背後傳來了叫聲，這麼大叫著：「你們在幹什麼！」在幹什麼？問我在幹什麼？我是來救沙貴的啊。

進突然從背後被推了一把。怒氣再次將他的視野染成血紅，又想要我嗎？這個渾蛋！

進發出了叫聲，揮舞著小刀。這次他什麼都沒割裂。又是一個陌生的男人臉龐出現。角的手下又來了嗎？我才不會輸給你！他衝進電梯裡，抓住沙貴的手。

「沙貴，過來、過來、過來、過來。」

「我不要，放開我！」

沙貴扭著身體。他們對沙貴做了什麼？對了，他們一定是給她注射了藥。憤怒讓進的身體變得輕盈。

有個東西打中了自己的左肩，他並不覺得痛。但他一氣之下回頭看，那個陌生的男人拿著特殊警棒堵在身後。

「我宰了你！」

他揮動著刀片，沙貴的慘叫再次響起。得救沙貴走才行，一定要把藥從沙貴的身體裡清乾淨才行。

男人往後退。

「放下刀！我是警察！」

「要把她的藥清乾淨才行啊。」

進回了他一句。

「聽我的話把刀子丟掉，我帶你去醫院。」

「不是我，笨蛋！是沙貴，要把藥從沙貴的身體裡清乾淨啊！」
「你在說什麼鬼話。」
流氓大吼。
「不是我，我沒有吃藥！」
「別說那麼多，妳快過來。」
沙貴往後退。她還想抵抗，於是進把刀片伸向她的臉前。沙貴嚥了一口氣，老實地聽話。
進快要流出眼淚。只要再一下、只要再一下，沙貴。很快地，我就會讓那些不好的藥離開妳的身體，我會幫妳的。
他一驚。差點忘了還有買賣要做。他從夾克拿出行李寄放處的收據，丟給癱坐在電梯地上的角。
「拿去吧！」
角低垂著灰色的臉。這時候，照顧角的流氓終於忍不住站起來，他從上衣的下襬抽出了某個東西。
進不管這麼多，開始奔跑。他沒注意到，自己幾乎像是拖著沙貴跑。一聲轟響穿透了地下停車場。那是什麼？是什麼都無所謂。總之，現在要帶沙貴趕快逃離這裡。
「快放下！」
背後聽見了這樣的叫聲。要放下什麼？他到底要我放下什麼？
沙貴的身體很重。但進還是使出了渾身的力量拖著沙貴。他看見車門敞開的ＢＭＷ。
轟聲再次響起，同時還響起了叫聲。他已經搞不清楚其他人到底在說什麼。

他把沙貴推進ＢＭＷ的前座。

「我會幫妳的、我會幫妳的、我會幫妳的……」

進不斷重複地唸著。他關上前座的門，自己也坐進駕駛座，用力踩下油門。

ＢＭＷ像是被狠狠踢了一腳般地猛往前進，急速轉彎讓輪胎發出了慘叫聲。

太好了、太好了。他衝破停車場出口的閘門，跳回地面上。就這樣開吧，開回家，開回故鄉。

「沙貴——」

他看看旁邊。恐懼一把揪住了進的心臟，沙貴米色的襯衫上被血染得鮮紅。

31

在電梯間面對面時，鮫島想起了角手下的名字。那是一個叫佐瀨的男人，這個人向來血氣方剛，平常是管理藤野組旗下一間約會俱樂部的經理。

佐瀨面色蒼白，而在身邊的角比佐瀨臉色更鐵青。看看站在電梯入口男人手中的東西，鮫島了解到底發生了什麼事。

角被刺殺了。

男人的美工刀割破了角的喉嚨。角癱倒在地，腳邊漸漸積了一大攤血。

佐瀨發出怒吼聲。鮫島抽出特殊警棒。搞不好佐瀨會殺了這個男人。

他用警棒打了那男人，企圖先逮捕他。但是沒有用，男人已經完全發狂了。

「我宰了你！」

男人大叫。他眼睛往上吊，嘴角的唾液積成一堆白色泡沫。

「把刀丟掉！我是警察。」

雖然覺得沒用，鮫島還是這麼說。果然，男人滿口都是沒意義的話。可是從他說話的內容，鮫島察覺到男人就是原田。

原田已經陷入妄想狀態。他口口聲聲說，要替陰山真子把藥清除掉。

原田抓住真子的手腕，想把她帶走。佐瀨靠在角身邊。光看一眼鮫島就知道，角已經快沒命了。

原田突然丟出了一張紙片，看起來像是什麼收據。這張紙掉在角身體下積成的血泊中。

「拿去啊。」

原田用尖銳得意的聲音說著。這一瞬間，佐瀨的表情扭曲。他站起來，抽出放在外套下脊椎骨旁的手槍。那是銀色的左輪。鮫還來不及制止，佐瀨就開了槍。

「把槍丟掉！」

鮫島大叫。最糟的狀況發生了。鮫島身上沒有帶槍，而佐瀨已經氣到完全失去理智了。佐瀨似乎沒有聽到鮫島的警告，還繼續開槍。佐瀨不可能不認識鮫島，但是他現在腦中只有殺了原田這個念頭。

「佐瀨！」

鮫島對他怒吼。雖然想去追原田，但是又不能放著佐瀨不管。如果去追原田，就等於讓自己暴露在佐瀨的火線上。

「閃開！」

佐瀨大叫著正要追上去。鮫島明知危險，還是擋在他面前。佐瀨開的槍不只會傷到原田，還有可能打中真子。

「把槍丟掉，佐瀨。我是新宿署的鮫島！」

「囉唆！給我閃開！要是不閃我連你一起轟掉！」

他將槍朝向鮫島的那一剎那，鮫島揮下警棒，警棒命中佐瀨的右手腕。可以聽到骨頭碎裂的聲音，佐瀨發出呻吟，槍掉在地上。

「你這渾蛋——」

但佐瀨仍然往鮫島身上撲去。大哥在眼前被刺傷的憤怒讓他一怒之下，宛如不受控制的野獸般暴走。鮫島的下巴被佐瀨的肩頭一撞，蹣跚了腳步。

「快住手！」

「你他媽的條子，不要攔我！」

鮫島被撞開，背撞在水泥柱上，差點喘不過氣來。接著佐瀨用他的左手嵌住鮫島的喉嚨。鮫島把佐瀨的手往下揮，用警棒往他的心窩打。佐瀨正要往前跌，鮫島又用警棒打向他的後頸，接著抱住佐瀨的頭，用膝蓋撞向他的臉。

佐瀨的鼻梁斷裂，鮮血頓時噴洩。佐瀨這才一屁股坐在地上，似乎暈了頭。

鮫島抓住他的右手，放入兩腳之間一扭。他從皮套抽出手銬來銬上，拉著佐瀨的身體靠在停在附近的廂型車保險桿上。

「鮫島先生！」

鮫島聽到聲音轉回頭。塔下正拿著手槍跑過來。

「快叫救護車！原田逃了！」

塔下張大了眼睛，看著電梯裡。

鮫島把佐瀨留在當場，拔腿狂奔。原田拉著真子跑去的方向跟鮫島停ＢＭＷ的位置，剛好是隔著電梯間的相反方向。

鮫島發現途中走道上飛散的血跡。原田和真子其中有一個人受傷了？或者是，原田刺傷了真子？

輪胎發出刺耳的哀鳴，接著是一陣撞擊聲。是出入口的方向。鮫島一轉身，開始跑。

撞擊聲是在閘門處響起的，一輛逆向行駛在單行道上，往入口處衝去的車撞破了閘門。是原田。

鮫島往自己的ＢＭＷ跑去。

「你要去哪裡，鮫島先生?!」

塔下大叫，他正抱起角的身體。

「去追原田！」

鮫島叫著回答他，坐進ＢＭＷ。他發動引擎，穿過被撞壞的閘門爬上回到地面的坡道。可是一回到地面，他就踩下煞車。

鮫島連原田開的是什麼車種都不知道。

往來的車輛一眼望去，並沒有讓人覺得異常的地方。既沒有到處衝撞的車，也沒有危險到讓人狂按喇叭的危險駕駛。

鮫島咬著唇。因為佐瀨，讓原田給逃走了。

但原田已經完了。就算原田受到多大權力的保護，他也無法逃過法網。

不過，現在還有一點讓鮫島不安的因素。那就是現在發狂狀態的原田陷入的被害妄想。刺傷角後，現在原田的妄想成了現實。暴走的原田，之後還可能不斷繼續傷人。

32

看到平瀨停在皇家飯店停車場的舊皇冠，耕二知道自己不好的預感應驗了。

冷靜點——他一邊對自己這麼說，一邊走進大廳。沒幾個客人的空盪大廳裡灑滿了陽光。平瀨一個人坐在圓形的沙發上避開陽光，手裡拿著運動報。

他發現穿過玻璃門的耕二，眼光望了過去。

「喲！」

你為什麼在這裡——耕二吞下了這句話，不能讓平瀨看穿自己的心情。

「我等你很久了呢，我想你差不多也快出來了。」

平瀨說得一派輕鬆。香川打電話來之後，耕二打了電話給平瀨，然後馬上就離開了住處。先讓晶回去——他現在只想到這個方法。把晶叫起來，讓她盡早搭上回東京的列車，這才是最好的方法。否則，他總感覺會發生相當糟糕的事，要救晶只有讓她離開這裡，才是唯一的方法。

可是，這已經行不通了。平瀨彷彿看穿了耕二的計畫，比他先一步到飯店來。

平瀨並沒有責備耕二沒等他的電話，說道：

「我接到了一通電話。」

耕二突然抬起頭看著平瀨。

「誰打來的？」

「還會有誰，他啊。因為你沒打電話給我，所以對方好像查了我的號碼。這很簡單啦，我們這裡這麼小。」

接著他用緊咬不放的眼神看著耕二。

「你打算毀了我們的交易嗎？」

那語氣聽起來也並不像在生氣。

「沒有，我並沒有這樣想。」

耕二說道。

「那你為什麼不打電話給我？如果我們的團隊合作不順利，對方也會很頭痛的吧。」

平瀨捲起報紙，輕輕地打了耕二的頭，發出了「砰」的一聲。耕二抑制住自己的怒氣。

從昨天晚上以來，平瀨的舉止就好像是自己的大哥一樣。

「那要去哪裡吃飯？」

耕二問道。結果平瀨卻以唱歌般的語氣回答他：

「改變計畫。」

「變了？」

「我要先把小晶帶到對方那裡去，對方說想見她。」

「為什麼？」

「這種事我怎麼會知道，大概是看上她了吧。」

說著，平瀨咧嘴一笑。

「要在哪裡見面？」

「先別管那麼多，你先打電話吧。」

平瀨沒有回答問題，用眼光示意著放在前檯桌上的飯店分機。

「你要把她帶到哪裡去？」

「你很囉唆耶，快點打電話。」

耕二倒吸了一口氣。

「平瀨，我們是一個團隊吧？」

「是碼頭啦，碼頭。」

平瀨啐了一聲，顯得很不耐煩。

「碼頭？」

「是啊。他說要讓小晶搭遊艇，從海上欣賞一下我們這個城市，然後再去吃點好吃的。畢竟是對方推薦的餐廳，跟我們想的一定不一樣吧。」

耕二吐了一口氣。說不定事情並不會變得太糟，如果跟香川在一起，平瀨也不敢太大膽吧。

「快打電話啊。」

「好啦。」

不知道晶會怎麼說，但是現在只能拜託她聽從這邊的安排了。

耕二打了電話。他告訴晶平瀨也一起，晶只說沒關係。她已經吃完早飯，在房間裡等著了。

耕二和平瀨等著晶下樓來。電梯門打開，穿著成套牛仔裝的晶走下來，牛仔夾克裡是黑色的背心。她那豐滿的胸前讓平瀨看傻了眼。

「真不賴。」

平瀨輕聲地這麼說。

從電梯裡走出來的晶停了一下。她仔細地打量著耕二的臉。
「你怎麼了？臉怎麼變成這樣？」
「沒什麼。」
說著，耕二閃開了視線。他又想起了昨晚的事。
「你們吵架了？」
晶看看平瀨，平瀨臉上浮現了令人作嘔的笑容。
「也沒有啦，昨天晚上妳走了之後，這傢伙有點不上道。他喝太多了，在餐廳裡大鬧。」
「你被人打了嗎？」
「是醉客。」
耕二說著，視線又回到晶的身上。
「沒事的。偶爾會這樣的，都是些喝多了的客人。」
晶顯然並不接受這個理由，但是她並沒有再追究。
「嗯。」
「那我們走吧。」
平瀨說。
「開我的車去吧，開兩台車也太麻煩了。耕二，你的車就放這兒吧。」
耕二點點頭。
「要到哪裡去？」
晶問道。

「去海邊怎麼樣？昨天來的客人聽到小晶妳的歌聲很感動，說要招待妳去遊艇玩呢。」

平瀨說：

「是吧，耕二。」

「嗯，是我們老闆的朋友。」

耕二無奈地附和。晶說：

「其實你們不用太客氣，耕二。我可以坐車，走路也無所謂。」

「不是啦，小晶，那個人很想見妳啦。」

晶看著平瀨。

「應該不是要談昨天晚上那件事吧？」

她再三確認，平瀨急忙揮揮手。

「不是、不是，那跟廣告歌一點關係都沒有。他真的只是想見小晶妳，是個很奇怪的人啦。對吧，耕二？」

耕二把頭髮往上撩，斜眼看著平瀨點點頭。

「走吧。」

平瀨插進晶和耕二的中間，雙手搭在兩人的肩膀上。被平瀨推著走的晶看看耕二，而耕二卻沒辦法看晶的臉。

平瀨讓晶坐在前座，開著皇冠。在途中，他一一為她介紹這街上的種種，其中也包含了連耕二都不知道的事。

平瀨對這個地方的了解出奇的詳細，甚至讓人懷疑這些知識他到底從哪裡得到的。

晶好像也有一樣的想法，她開口問：

「平瀨先生，你對這裡還真熟呢。」

「是吧。我高中的時候參加過歷史研究會，騙妳的啦。我告訴過妳，我曾經參加過幫派吧。」

「嗯。」

「有很多事情都是待在幫派裡的時候學的，特別關於地理，我們被要求徹底的了解。在第幾丁目第幾號、蓋了什麼大樓、主人是誰、財力狀況好不好等等，還有他選舉的時候投票給誰。我們還學了縣政和市政的歷史，這些事不知道是不行的，市議會的誰從哪裡拿到錢，那個人可能是左派支持公會的人，不過很愛打麻將等等。這些東西全部都要記在腦子裡，這樣你就會知道將來想要賺錢該從哪裡下手。光是知道人孔蓋的批發管道，就是一筆大錢呢。」

「搞了半天全都是錢嘛。」

耕二說。

「那當然啦，錢就是流氓的全部。哪裡給錢我們就往哪裡走，不然你想想，當流氓的人他還可能有什麼？」

「什麼意思？」

「像我，成績太差沒有辦法上好學校，老師也討厭我。家裡有錢也就算了，偏偏還很窮，要是這樣下去，我這輩子根本就過不了什麼好日子。想吃好吃的、開好車、跟漂亮女人交往，根本都是不可能的。當流氓的最清楚別人有多討厭自己。可是，當了流氓之後這些願望全部都可以實現，別人會對自己鞠躬哈腰，還可以有錢。錢就是全部。」

「那你為什麼不當流氓了？」

晶問道。皇冠開過海岸邊，廣大的填海地被分成一塊一塊的，上面幾乎還沒有蓋任何建築物。這裡的填海地是當地出生的議員說服國家，由國家和縣各付一半的預算而進行的。而現在這邊所支付的工程費用，幾乎都落入香川財團企業的口袋裡。

香川家先蓋了碼頭，然後在碼頭旁邊蓋了度假公寓，接下來準備要蓋飯店。

現在空地大部分都是香川財團下倉庫公司和運輸公司所有。

在這個地方，只要名為公共事業，就意味著是豢養香川財團的事業，就連耕二也知道這一點。

而管理這所有一切的就是景子的父親。但是，景子的父親現在幾乎不在人前出現。能夠見到他的，只有幾位香川集團中企業的社長和國會議員，還有景子。

在填海地上零零落落的鐵皮建築物上，幾乎都有寫著「香川」之名的招牌。

「再過五年這附近就厲害了。這裡會有一個龐大的海濱度假區。在碼頭旁邊放沙，然後把防波堤塊沉在外海，這麼一來就可以製作一個不會有大海浪的海水浴場了。妳看到那些類似倉庫的建築了吧。那只有現在才有，等到蓋了海濱度假區，地方政府還會再出錢。香川財團下的不動產公司會讓地方政府買下這附近的土地，而建設工程還是由香川集團的建設公司來承包。完成後的度假區會由香川集團下的觀光公司，以破天荒的低價買回。每一次交易就有數十億、數百億的錢流進香川家。全部都是本家，都進了老闆他爸爸的口袋裡。」

以前，平瀨曾經跟耕二這麼說明過。

「——不混黑道的理由是嗎？」

被晶這麼問道，沉默了一會兒的平瀨，半開玩笑地這麼說。

「你要是不想說，沒關係，抱歉了。」
「因為我沒有天分吧。」
耕二說。
「天分？」
「我頭腦不夠好。」
「怎麼會呢？」
「其實也不只因為這樣。」
聽到平瀨這麼說，耕二有點驚訝。
「其實我本來就不想當流氓。」
「這我還是第一次聽到。」
「我想也是，因為我從未說過啊。」
平瀨從後照鏡看著耕二笑了一笑，但那張笑臉卻讓耕二一點都不感到親切。
「因為就算幹流氓，也不見得馬上就能拿到大筆錢啊。我們一直被當作軍隊使喚，在這段期間都只是個小棋子。等到能自由用錢，都是過了三十五，要不然就是當上幹部，或者是有蹲苦窯的覺悟，敢做些危險的買賣。我高中的時候，看到混流氓的學長皮包裡放著十萬塊，覺得真厲害。但是等到過了二十，看起來覺得很蠢。我想賺錢，我想要學該怎麼賺錢。」
耕二並不知道平瀨這些話有幾分是真的，說不定他只是想在晶面前假裝自己是個能利用流氓的聰明人吧。
沒有人開口。就在這時候，平瀨說了。

「另外還有一點。」
「還有一點。」
「對。有一件事，我無論如何都想知道。」
「那是什麼？」
「你馬上就會知道了。」
說著，平瀨又笑了。
耕二發現皇冠已經開過了通往碼頭的入口。再往前走就是漁協的新大樓，前方是現在已經不使用的倉庫，是條死路。
「喂，碼頭已經過頭了。」
「我知道，我會在前面迴轉的。」
平瀨開過蓋在漁協入口的新大樓前。
路愈來愈窄，路況也愈來愈差，道路兩旁是連接不斷張著鐵絲網的柵欄。
「前面是死路。」
「別擔心。」
道路為了防止暴走族入侵設計成曲折形。皇冠在這個地方轉了彎，正面是一個閘門，路就在這裡中斷了。
閘門是打開的。
「看，閘門是開的，可以在這裡迴轉。」
說著，平瀨開進了閘門，開上了還沒整地的填海地裡，雜草長得與人同高。但是可能因為相關人員的車輛頻繁出入，在車走的寬度以內，土都被踏得相當結實。

不過，看來平瀨並沒有要迴轉，他繼續開著車。再往前走，就只有海了。海邊之前有個廢棄的倉庫，那是建設漁協大樓時，工程人員放置材料等的建築物。

穿過了雜草叢，正面是海，左手邊就是廢棄的材料倉庫。

平瀨將皇冠停在倉庫前。

「好了。抱歉啦，小晶。」

說著，平瀨突然將手伸往前座，打開置物箱蓋。

看到平瀨拿出的東西，耕二止住了呼吸，那是一把白木的匕首。

「你要做什麼——」

平瀨沒有回答，他將匕首抽出刀鞘。

「你們兩個都給我下車。」

「你幹什麼——」

「囉唆！給我下車！」

平瀨怒吼著。

33

「──喂，快帶我、帶我去醫院……」

沙貴像說夢話般、不斷重複地說著。

「不要緊，只是小小擦傷而已，妳看……」

進拚命忍住心裡的恐懼，抱起沙貴。

自己是怎麼從新宿到四谷公寓的，他完全不記得。到了公寓的停車場，把沙貴從椅子上抱下來時，堆在ＢＭＷ前座地上的血泊幾乎讓進吐了出來。

子彈射穿了沙貴的左側腹部。射進脊椎骨旁邊的子彈，穿過側腹部約二十公分左右的肉，再穿出來。他用ＢＭＷ上的毛巾按著沙貴的側腹部，將她搬進房間。

血流了好多。但這是好事──他這麼告訴自己。血流得愈多，就表示沙貴體內不好的藥都流出來了。

沙貴現在躺在拉上窗簾的客廳裡那張皮製長椅上。中間的茶几上，丟著幾片冰糖果的鋁片。

「好痛、我好痛啊，小進……」

「不要緊、不要緊的，很快就會好的。」

「帶我去看醫生啊。」

進蹲在沙貴身邊，溫柔地搖搖頭。

「沙貴的病啊，不是醫生治得好的。」

接著，他伸手去拿放在茶几上的冰糖果。

「要吃嗎？啊？」

進打開一顆，放進自己嘴巴。沙貴一直痛苦地微張著眼睛，抬頭看著他做這些動作。

冰糖果一點都沒有效，看來一顆是不夠的。

沙貴開始咳嗽，進急忙把手放在她脖子下。沙貴吐了，嘔吐物潑在進胸前，那是咖啡色的液體。

「我好難過……我要死了、要死了啦。」

「不要緊的，妳再多吐一點也沒關係，那些不好的藥會全跑出來的。」

「你很奇怪耶。」

「奇怪的是妳啊，角對妳怎麼了？」

「沒怎麼樣……」

進又把一顆冰糖果放進嘴裡，跟剛剛那一顆一起咬碎。

「不要騙我了！」

進怒吼著，搖晃著沙貴的身體。沙貴閉著眼睛，「啊」的發出老嫗般的叫聲。

進心裡的溫柔頓時消失，把一切封閉為灰色的激烈憤怒再次燃燒。

「妳被角注射了不好的藥，妳被當作那傢伙的玩具。我為了想救妳，堆了一車的冰糖果，連夜開車來啊！」

沙貴閉著眼睛，沒有回答。進粗暴地解開沙貴襯衫的釦子。打從兩人開始獨處，他就想要得不得了。

包覆在紫色襯衫下的雪白酥胸露了出來。沾染在襯衫上的血，讓胸罩下面也變了顏色。

進大睜著眼。他看到沙貴胸口有好幾個吻痕，簡直像野獸啃咬過的痕跡般，數不清的吻痕留在隆起的白色乳房上。

「這是什麼?!妳說這是什麼?!」

沙貴沒有回答，只是大叫著。

「妳跟角上床了對吧，你們上床了吧！上床了吧！上床了吧！」

沙貴微微睜開眼。那眼神就好像看著鬼怪一樣，充滿了恐懼和輕蔑。

「——鄉、巴、佬。」

沙貴斷斷續續地說著。進一拳揍向她的臉頰。沙貴的脖子晃了晃往旁邊一傾。這一刻，進就後悔了。

「沙貴，對不起。我喜歡妳、我愛妳。要我跟妳結婚也沒關係，我真的愛妳。」

「真的愛我……就帶我去醫院……」

「我不是說了嗎，要把妳身體裡的藥逼出來才行啊。」

進將額頭埋在沙貴白色胸部上。

「不好的藥……那是什麼？」

「角給妳注射的藥啊。」

「哈？」

沙貴說。

「哈哈。」

沙貴在笑。

「你、真的是無可救藥的鄉巴佬。」

她輕蔑地吐出這句話。
「你的那什麼冰糖果，一點都沒什麼，跟你的那個一樣。」
「——妳什麼意思。」
進覺得整顆心都凍結了。
「角哥會給我更好的貨，很有效、的東西，他那個也很棒。」
「妳！」
進大叫，聲音變得尖銳。
「妳！」
「要注射啦，然後馬上就會超High的。你的冰糖果……根本是小鬼的玩具。」
進嚥下口水。他覺得喉嚨好渴，回到這裡之後，已經喝了好幾公升的水。
「妳果然跟角睡了！」
沙貴冰冷地斜眼看著進。
「已經睡很久了。」
進倒吸了一口氣。乾渴的喉嚨逐漸膨脹緊塞，讓他無法呼吸。
他正要開口，行動電話就響了。

34

「這個渾蛋。」

鮫島下車打開車門時，聽到怒吼聲響遍了停車場。

怒吼的是麻藥取締官事務所的板見。板見滿臉脹紅，塔下站在他身旁，可是一臉蒼白。

在他們兩人面前，警視廳搜查一課和新宿署刑警課正在進行現場採證。

隔了稍遠的位置，桃井和警視廳保安二課的下居這位警部補站在一旁。下居是興奮劑毒犯專門班的負責人，他的班員也參與了現場採證。

鮫島朝板見和塔下走近。板見發現鮫島，一臉沒趣。

「鮫島先生！」

塔下說。

鮫島追著救護車，一起到了角被送進的醫院裡。

板見往前跨了一步。

「你這小子給我記住，你把我們的跟監全給毀了！」

鮫島眼神銳利的看著板見。

「掉進陷阱的是你們吧。」

「你說什麼，這個小子?!」

塔下按住幾乎要上前來毆打的板見。

「主任！」

「放手，你這個渾蛋！」
鮫島嚴肅地說。
「是誰把無線電從塔下先生身上拿走的？難道你想說，這樣任由角行動會比較好嗎？」
板見氣急攻心，突然上前揪住了鮫島。鮫島揮開他的手，板見也不敢再有更多動作，只是大口大口地吐著氣。
「這件事我一定會提出嚴重的抗議的。」
他的食指指著鮫島。採證中的警官們不知道發生了什麼事，紛紛停下手邊的工作，看著三人。
「你要抗議些什麼呢？」
話聲響起，原來是桃井，下居也在他身邊。
「你是誰？」
「這是新宿署防犯課課長桃井先生。」
下居說道。下居和板見似乎互相認識。
「這小子是你的部下嗎？」
板見忿忿怒吼，桃井很平靜地聽著。
「雖然說是我部下，但階級跟我一樣呢……」
「那就把新宿署長帶來！這種傢伙就讓他去跑外勤，或者是守派出所算了。」
桃井的表情一點都沒有變。
「關於這件事情，我們會慎重考慮。不過，我聽說麻藥取締官事務所，掌握了傷害角犯人的情報是吧？」

「那是使用原田這個假名的男人，本名叫香川進。」

鮫島說。板見則別過臉去，

「我不知道。」

他從上衣拿出了香菸，叼在嘴裡。

「總之，我們也布了幾條線下去。包含鮫島告訴我的消息。不過，如果你們手邊有詳細的情報，可不可以告訴我們呢？」

「我拒絕。」

板見說。

「香川是我們追了好幾年的目標。」

「他現在也是個殺人的兇嫌。」

鮫島說。塔下一驚，看著板見。

「他現在大量出血，藤野組的人全部都聚集在醫院，要是不趕快抓到香川，就會被藤野組的人超前。」

鮫島說完，板見的表情並沒有變。

「主任——」

「囉唆！」

下居開了口。

「板見先生，查出香川可能就是製造者確實是你們的功績。但是，批發的角如果死了，連香川也瘋了的話，那麼冰糖果的管道就很難查清了。」

「我們會查出來的。」

「這件事分秒必爭。」

鮫島說。

「放人逃走的是你吧，你怎麼還有臉這麼大搖大擺地跟你的夥伴到這裡來？」

「這是命案。」

「我不管是不是命案，香川是我們的人。」

板見把菸拿離了嘴唇，丟在地上踩熄。

「香川逃走的時候，丟下了一張類似收據的紙張，那張紙現在成為命案的證據。」

鮫島說。板見猛然回頭看著鮫島。

「所以呢？」

「香川把冰糖果運來是為了要交給角。他打算用這些冰糖果來交換陰山真子，可是，香川因為自己吃了太多冰糖果而發作了，所以他才會傷了角。」

「收據現在在我們這裡。」

下居看了鮫島一眼說。

「你打算跟我談交易嗎？」

「只要有了這張收據，絕對可以押收到大量的冰糖果。可是，如果到那時候香川被做掉了，就沒有辦法查出管道的上游。看樣子，他們是想讓香川一個人背下所有的罪。」

下居說。

「在那之前，我們就會抓到製造者了。」

板見逞強地說。

「你們辦得到嗎？」

鮫島說。

「你是什麼意思?!」

板見再次發怒。

「香川家是個足以對厚生省施加壓力的家族吧。如果現在這個瞬間，香川跟老家聯絡了，你們就再也沒有辦法行動了，不是嗎？包含你們現在潛伏在對方那裡的人。」

「不要小看我們，你這小子。」

板見往鮫島面前走近了一步，塔下說：

「主任，鮫島先生所說的並沒有錯。總之，要是不早一點抓到香川，事情就會愈來愈難辦，我們還是跟警察聯手比較好。」

「你這沒用的東西！」

板見痛罵著塔下。

「要是覺得警察好，你就去當警察好了！」

塔下嚥了一口氣。鮫島也不甘示弱地說：

「誰才是沒用的東西！」

「你說什麼？」

「你在想什麼我都清楚。你之所以不願意配合通緝香川，就是因為你的上頭已經有人施加壓力了不是嗎？要是把情報交給警察，就沒有辦法阻止搜查。所以你才想只靠麻取的力量來查香川這個案子。」

板見的臉色一變。鮫島終於看穿了板見的真面目，在板見內心不只有反警察的情感，更重要的是，關於香川這個大人物，高層想要怎麼應對。他之所以一再看鮫島不順眼，也是因為鮫島讓他沒有辦法如自己所願的控制搜查，而越發焦躁。這份焦躁的根源，就來自對於上層組織的「畏懼」。

一定不是所有的麻藥取締官都是像板見這樣的人。總之，板見這是不管在警察或者警察之外的官方機構裡，都常常可能看到的典型官僚心態。

但是到目前為止，或許沒有人這樣清楚地指責過他吧。下居驚訝地看著鮫島。

「像你這個樣子，整個麻取都會被人看不起。」

板見似乎說不出話，重複著粗淺的呼吸。接著，他突然仰望著天花板，緊咬著牙，說道：

「把收據給我。」

「你先告訴我香川在哪裡？」

下居很快地說。板見看也不看這些警察說道：

「香川擔任董事的運輸公司在品川區有間公寓，還有香川自己在學生時代住東京的時候，那間公寓現在應該也還留著。」

「公寓的住址呢？」

「在大森。」

「那學生時代的公寓住址呢？」

「不知道，並沒有用香川進的名字登記。」

「香川是哪個學校畢業的？」

鮫島看著塔下問他。塔下一邊看著自己的上司一邊回答，是一所私立的知名大學。

「香川是從附屬高中直升的。」

「查查當時的學籍簿就知道了。」

鮫島說。板見沒有回答，這些事他早就已經知道了。但是他卻沒有任何行動，這就證明了，板見相當害怕秘密偵查的行動被發現。

「我去查。」

鮫島簡短地對桃井說。

「一課會不高興的。」

下居急忙說，鮫島告訴他：

「一課在追的是殺害角的犯人。我現在和塔下取締官一起追查在六本木酒店小姐，同時也是興奮劑常用者陰山真子。」

「你不能亂來啊。」

「我只要知道香川人在哪裡，我不會出手的。人就交給一課。」

下居嘆了一口氣，看看桃井。

「我可不管啊。」

桃井沒有回答。

「主任——」

塔下看看板見。

「隨便你們！」

板見忿忿地說。塔下凝視著板見，像是在忍耐著什麼，但他終究只說了句：

「我先失陪了。」

然後便別開眼神，轉向鮫島。下居一副不敢置信的樣子，輕輕搖了搖頭，輕聲說著：

「這到底怎麼回事……」
「鮫島警部。」
桃井開了口。
「你回署裡，把槍帶上。中毒的犯人固然危險，藤野組的追殺也很危險。」
「我知道了。」
說著，鮫島走向ＢＭＷ。
「等等，等等！」
下居一邊大叫、一邊跑著追過來。
「可惡，現在連搜查本部都還沒有成立。鮫島先生，這個請你帶上吧。拜託你隨時聯絡。」
他遞出一個攜帶式的數位無線電機器。
「要是查出犯人在哪裡，請你一定要跟我們聯絡，不然，我一定會被一課他們給宰了的。」
鮫島接過無線電，微笑著。
「我一定會跟你聯絡的。」
他打開ＢＭＷ駕駛座的車門，看看塔下。塔下欲言又止地看著自己的上司板見。
而板見卻別過了臉。
塔下緊咬著牙，無言地坐進了鮫島的身旁。
「我對你感到很抱歉。」

車子開出地面後鮫島說，塔下並沒有回答。
過了一會兒，他輕輕地嘆了氣說：
「我雖然早就知道鮫島先生不是一般的刑警……」
「剛剛我太衝動了。」
塔下看著鮫島低聲說：
「這些話以前也有人說過，只不過從外人的嘴裡說出來，老實說打擊真的很大。別看我們主任那個樣子，其實他是個很不錯的麻取。畢竟，是我一個人衝得太過頭。」
鮫島視線看著前方開口，新宿署已經快要到了。
「如果是在一般公司裡，有時候說不定人際關係會比工作本身更重要吧。」
塔下無奈地笑了。
「鮫島先生，你真是從骨子裡都是個刑警呢。你怎麼會變成個官僚呢？」
「我當上官僚的時候，壓根也沒想到自己會對刑警的工作這麼著迷。」
塔下很不可思議地看著鮫島，但是他並沒有再多問。
鮫島跟塔下進了新宿署防犯課，可能因為剛好是午休，課裡一個刑警都沒有。
鮫島習慣性地看了看自己的桌子，上面放了幾張便條紙，其中一張寫著：
「有位男性數次來電，說有急事，並未回答姓名及聯絡方式。」
牆壁上的時鐘指著十二點四十分。
「你等我一下。」
說完，鮫島前往手槍保管庫。他在保管庫裝上了皮套，插入裝填五發三八口徑子彈的新南部兩吋手槍。

回到課裡，值班的新刑警正拿著話筒說：
「是您的電話，就是那個打來好幾次的人，要接嗎？」
「我接。」
鮫島等著電話轉過來，在自己的桌上接了電話。
「我是鮫島。」
「終於找到你了。」
是個年輕男人，聲音裡帶著一點點口音。
「你是哪位？」
「是誰都好，名字本身沒有什麼意義。」
男人說道。鮫島換了個語氣，
「你還真會說話。找我有什麼事？」
「你們那裡現在正在追查一個人吧。」
「我們永遠都在追查人，這就是我們的工作。」
坐在鮫島椅子上的塔下仰望著鮫島。
「那……如果我說原田，你是不是比較清楚？」
「原田先生？這是你的名字嗎？」
塔下露出緊張的神情。
「開什麼玩笑。我跟原田先生連見都沒見過，我只是幫人傳話啦，是原田先生的朋友。」
「拜託你什麼？」

「現在這通電話，除了你之外，還有別人在聽嗎？」
「不，其他人可沒這麼閒。」
「那我就說了，你最喜歡的女孩外出旅行，可能要晚點才會回去啊。」
鮫島突然覺得頭的後方一陣冰涼，但他裝出冷靜的樣子，說道，
「我聽不懂你在說什麼。」
「那我也沒辦法，我只是受人所託。」
「那個人叫什麼名字？」
「我不知道。我呢，就是個幫忙傳話的。」
「你要是裝模作樣小心吃苦頭。」
「喲，『新宿鮫』還真是可怕呢。」
男人說。
「你要說的只有這些嗎？」
「還有些細節，我之後會再跟你說。」
「我可沒有意思要聽你說。」
「那，你外出旅行的女朋友，可就永遠回不去囉。」
「你知道光是傳這些話，就要被關幾年嗎？」
「無所謂。總之，我希望你們能讓原田先生順利離開東京。這件事你就好好想想吧，知道了嗎？鮫島先生。」
男人快速地說完，掛斷電話。
鮫島深呼吸了一口氣，放回話筒。

「怎麼了？」

塔下問。

「沒事，不好意思讓你久等了。」

鮫島拿出手冊，找出「Who's Honey」成員的電話號碼。

他離開了防犯課，從走廊上的公共電話撥電話，打了第二通電話才找到樂團團長周。

「我是鮫島，你好。」

「那傢伙回來了？」

「不，還沒。她今天有跟你聯絡嗎？」

「不，沒有。」

「你有沒有聽說她朋友開的那間店叫什麼名字？」

「不……我沒聽說，發生了什麼事了嗎？」

「沒有、沒什麼事，謝謝你了。」

說完，鮫島掛了電話。他從B.B.Call的螢幕叫出晶告訴他的飯店電話號碼，號碼他存了起來。

他撥了飯店的電話號碼，請飯店接通到房間。但沒有人接電話。

「新宿鮫」——男人剛剛這麼說，這意味著他知道鮫島是誰。

晶成了人質，鮫島咬著嘴唇，在那裡的晶成了人質。

不過為什麼呢？晶跟冰糖果一點關係都沒有。更別說，應該沒有人知道晶是鮫島的情人。但是，跟原田有關係的冰糖果製造者，竟然會宣稱晶是他們的人質。

可能是虛張聲勢。綁架警察的情人當作人質，要求警方放過自己的夥伴，至少這不像是流氓或職業罪犯會想出來的手段。

對專業罪犯來說，被逮捕或服刑在某種程度上來說，是已經預設的風險，重要的是將眼前的損害抑制到最小限度。如果讓警官或警官的家人受到傷害，或者當作人質，這或許是與當局者為敵的反政府主義偏激分子可能採取的行動。但是對於沒有思想背景的職業罪犯來說，不太可能用這種手段。

冰糖果製造者中可能有具備偏激思想的人參與。鮫島的腦袋裡，除了晶可能被奪走的恐懼之外，也同時在思考這些事。

但是，從塔下那裡獲得的情報，跟這些推論完全不一致。原田也就是香川進來自的家族，是一個對當地財界、政界都有影響力的家族。

既然如此，那又是為什麼？到底是誰知道鮫島和晶之間的關係？唯一可能的就是晶從前的樂團夥伴。鮫島只能判斷那個男人跟冰糖果的製造商有關，情報就是從這裡流出去的。

可是，晶跟這種參與犯罪的男人從前一起組樂團，現在感情還很好，這讓鮫島不敢想像，也不願想像。如果這是真的，那麼這個事實跟晶被當作人質這件事，帶給鮫島的衝擊同樣巨大。

他知道彼此活在不同的世界裡。眼裡看到一樣的東西，也會有完全不同的感受方式。但即使如此，鮫島也還是相信晶，也愛著晶。

兩年之前，他曾經差一點失去晶。那時候讓鮫島清楚地知道，對自己而言，晶這個人到底有什麼價值。這跟晶希望自己在鮫島心裡扮演什麼樣的角色無關。對鮫島來說，在那次事件之後他徹底了解，晶對他來說是個無可取代的存在。

他不知道未來會如何，但是至少現在他的心情一點都沒有變。

為什麼會這樣？他心裡只有這句話，為什麼會變成這樣？

與其思考理由，鮫島的心中現在更多的是混亂，他現在能肯定的只有一件事。

不管有多麼不安，不管他有多麼害怕殘酷的可能。

現在絕對不能將這威脅告訴第三者。

從現在開始到逮捕香川進的過程中，無論發生了什麼難以預測的狀況，都不能夠讓其他人，包括搜查相關人員知道，鮫島有「弱點」掌握在別人手中。

直到逮捕香川進為止。「逮捕」這個結果，絕對不能夠有變數。

這並不是出於他的使命，也不是對自己職務的忠誠。

而是一種信念。

跟塔下一起離開新宿署的鮫島，前往香川進的母校。大學方面可能會要求出示搜索令，雖然申請搜索令並不會有什麼問題，但是為了節省時間，兩人首先到了大學內附設高中的教務處。

他們在這裡查出了香川進高中時的住址。為了以防萬一，鮫島還確認了香川進的親戚在同一所學校有沒有學籍紀錄。他查到了香川進的大伯是這所學校的畢業生，擔任大學理事。不過，鮫島同時也查出他擔任理事是二十年前的事，這個人幾年前就已經過世了。

香川進高中的住址是新宿區四谷一丁目的公寓。在當時的學籍簿上，同居人寫著「兄、香川昇」，上面還有電話號碼。

鮫島把所有的資訊都抄寫下來，然後跟塔下一起前往四谷。

如果公寓是租來的，那麼過了十五年後的現在，住戶很可能是其他人。

但是學籍簿上所記載的住址，離四谷車站只有幾分鐘，離赤坂迎賓館也很近，算是東京都內黃金地段的公寓。即使在當時要租下這房子也要花上一筆可觀的租金，以香川家不在乎這點錢的財力推測，他們以分讓形式購買的可能性比較高。

四谷和位於新宿的藤野組本部，開車只要十分鐘就能往來。如果香川進潛伏在這公寓裡，而藤野組也查出了這件事，那麼現在一刻也不能再等。

對藤野組來說，香川進不只是殺了幹部的犯人，他手中還有跟冰糖果買賣相關的情報，這買賣已經成了組織裡攸關存亡的生意。而且如果藤野組跟香川進的關係友好，那也就罷了。事到如今，如果進被逮捕，除了會查出對幫裡不利的證據，所有進所犯的罪，藤野組都要吃下相同的罪名。

既然有了「殺害幹部」這個名正言順的理由，藤野組當然想封了進的口。最好比警察早一步——如果有必要，同時找到也無所謂——殺了進。

即使抗拒警察的制止也要殺了進，接下來就只要供出「為大哥報仇」這個動機就行了。藤野組裡有好幾個人願意做這樣的事。

藤野組現在一定也拚命的在找進的下落。

進殺了角、正在逃亡這件事在佐瀨被逮捕之後傳遍幫裡。

「如果香川人在那裡，你要怎麼辦？」

從高中前往四谷的車裡，塔下問。

「先確認他人在不在。如果在，我會馬上聯絡。要是藤野組的人找上門來，光靠我們兩個是保護不了他的。這次藤野組即使知道有刑警在，他們也不會手下留情，因為這是攸關他們幫派生死的重要人物。」

「賣冰糖果會讓他們連頭目也被抓走嗎？」

「應該很難。不過曾經因為賣甲苯而興盛的藤野組，因為真壁這位幹部候補入監，曾經有一段時期幾乎瓦解。在那之後，因為泡沫經濟時期，賣春行業興盛讓他們起死回生。等到泡沫經濟瓦解後，現在他們一定放了不少力量在冰糖果上。而且現在冰糖果的負責人角被殺了，上面就沒有辦法用供出角來了結這件事。為了要讓死去的角一個人承擔所有的罪，只有殺掉香川這個方法。」

「但是這麼一來，他們不怕香川家報復嗎？」

「要等到更上層的『本家』施壓，他們才會開始報復。但是『本家』也害怕香川胡亂說話會延燒到自己身上。不管香川家要怎麼算帳，在有動靜之前，只要藤野組先解決了香川，反正到時就是『兩者皆罰』的局面。」

「藤野組的上面——」

「是關東共榮會，是間老店。如果政治家施壓，他們也有足夠的勝算。」

「原來如此。所以他們是利用上意下達中間這段時間，是吧？」

鮫島聽完塔下的話點點頭。對香川進或者藤野組而言，所剩的時間都不多了。藤野組一定拚命的想要在今天之內做個了結。

而且還有晶。

鮫島偷偷地咬著唇。如果藤野組先殺了香川進，晶會怎麼樣呢？來電威脅的人在想什麼呢？

姑且不管他們讓香川進逃亡的可能性，要是讓藤野組搶先一步，那事情就太糟糕了。香川進一死，很可能就會失去救出晶的線索。

車子開到四谷車站前。鮫島在四谷第一中學的角落左轉。他們的目標是蓋在中學後方一角的公寓。

「是那一棟。」

塔下手指著一棟八樓高的厚實建築物。和這幾年來新蓋的高級公寓不同，雖然沒有繁複的裝飾，但是每間房間都很大。長方形的窗戶可以俯瞰從迎賓館到赤坂的方向。建築物前閃著綠燈，顯示有地下停車場。

香川進在高中、大學都從這棟樓的七〇一號房通勤。

從房間號碼七〇一推測，那可能是七樓的某個邊間。

鮫島停下車，拿出望遠鏡。他放下車窗，將望遠鏡放在眼睛前。

看過去最左邊的房間放下窗簾，而最右邊則敞開著窗簾。不過因為角度關係，他只能看得到天花板。

「這麼大的一棟公寓應該有管理員吧。」

塔下說。一點也沒錯，但是這裡跟便宜的公寓不同，這種高級公寓管理員跟住戶之間的關係很深，要是隨便問訊，管理員可能會將消息通報給本人。

鮫島和塔下下了車，公寓蓋在左右各有一車道的馬路邊，入口就在通往地下停車場入口的旁邊，突出的遮簷下是一扇大玻璃門。

爬了幾層階梯，穿過玻璃門。裡面是一個大廳，右邊是集合式的信箱，左邊是管理員室。後面則是電梯間，並排著兩台電梯。

大廳裡很灰暗，空氣冰冷，給人安靜沉著的印象。

管理員室的窗戶拉著窗簾。

「先看看信箱吧。」

鮫島說著，走向了信箱。七〇一的銀色箱子上，什麼標示都沒有。看不到信箱的內容，門上有號碼鎖。

「看來還是得找管理員呢。」

塔下說，鮫島也覺得沒其他方法。與其直接上七樓確認，最好還是先找管理員。

拉上窗簾的小窗旁裝著一個對講機，塔下按下按鈕。

可以聽見鈴聲在窗戶另一端響起，足見建築物裡有多麼的安靜。

沒人回答。

「星期天休息嗎？」

塔下回頭看鮫島，鮫島沒說話。

這時候電梯的門開了，是右邊的電梯。一個穿著牛仔褲和毛線上衣，四十歲左右的男人出了電梯。他看起來並不像上班族，膚色曬得很黑，看來家境富裕。男人面露焦躁的表情朝鮫島他們這邊走過來，他按下兩人眼前管理員室的按鈕。知道沒人回答後，啐了一聲：

「真是的！」

男人唸著。

「怎麼了？」

鮫島問。男人回頭看著鮫島和塔下，露出狐疑的表情。

鮫島出示了警察手冊。這時候男人突然激動地開口。

「我在下面停車場的車位停了一輛陌生的車。你們是刑警，應該可以想想辦法吧？」

「陌生的車？」

「是啊，真是氣死我了。我只不過出門三十分鐘，回來以後他竟然就大大方方的停在我的位置上。」

「是什麼樣的車？」

「賓士。真是俗氣的傢伙，還裝上了金色的標誌，窗戶弄得全黑。應該不是我們這裡的住戶吧，本來想過來跟管理員抱怨的——」

再次按下對講機。

「管理員通常都在嗎？」

「在啊，他住在這裡，所以一定會有人在的，真奇怪……」

「鮫島先生。」

塔下露出緊張的表情。鮫島走向窗戶旁邊的不鏽鋼門，敲了敲。

「有人在嗎？我是警察。」

接著他看著小窗。窗簾在搖晃，一張男人的臉隱隱約約的露出來，但又馬上退了回去。不過，看到的這一瞬間，鮫島馬上奔向電梯。

「快點，塔下先生！」

這時候，管理員室的門猛然被打開。

「幹什麼，吵死了，你們這些傢伙！」

一眼就可以看出是流氓的男人衝了出來。塔下轉回去面對他。

鮫島直覺管理員室已經被藤野組的追兵佔領了。搶走備份鑰匙的另外一組，正朝七樓前進。現在衝出來的人一定是聽到警察這兩個字後，企圖想在這裡拖延鮫島的盯梢者。

「你——」

「怎麼樣，你這渾蛋！」
塔下和流氓扭打在一起。
「別管他！不要管他！塔下先生，他是故意要拖延時間的！」
「什麼?!」
又是兩個流氓從管理員室衝出來。其中一個是熟面孔，他是藤野組的成員。
塔下揮開抓住他的流氓的手，
「我是麻藥取締官事務所的，不要抵抗！」
他大叫。
「囉唆！」
身穿牛仔褲的男人大吃一驚不斷往後退。自己所住公寓的管理員室，突然衝出幾個面目猙獰的流氓，也難怪他受到驚嚇。
剩下兩個人衝向鮫島。其中一個人抱住鮫島的腰，另一個人全身撞了上來。
鮫島重重地摔在電梯間的走廊上。
「刑警又怎麼樣，媽的！有種來打啊！」
流氓跨在鮫島身上大叫著。
「可惡！」
鮫島雖然有了受襲的準備，但是腰和左肩還是重重地一摔，他發出了呻吟。右手伸向插在腰間的新南部。這些傢伙早料到自己會以妨礙執行公務的罪名被逮捕，這麼說來，另一支前往七樓的小組應該還沒出發多久——鮫島忍住痛，在腦裡一角這麼盤算著。
他抽出新南部。撲向鮫島胸口的流氓，額頭被槍口一指，頓時倒吸了一口氣。

「開槍啊！有膽你就開槍啊！」

他嘴裡這麼說著，但還是放開了鮫島。鮫島站起來。塔下還在跟最先衝出來的流氓扭打著。這些人身上一定帶有刀或槍，但是他們並沒有拿出傢伙，這就表示他們無意傷害鮫島。而往樓上出發的那些人身上一定全副武裝。

鮫島朝著腳邊發射了新南部，槍聲貫穿了大廳的空氣，在大廳的所有人都凍僵了。

「下一槍會打穿你們的身體！」

鮫島怒吼著。

塔下來到鮫島身邊。他的嘴唇腫脹，額頭也見血了。他瞪著這幫流氓，從腰間抽出手槍。這是一把七點六二口徑的勃朗寧，佩戴在衣服下也不太醒目的小型自動手槍，警視廳很多ＳＰ都佩戴這種槍。

他拉下滑門，把第一顆子彈送進彈倉。

鮫島按下電梯的按鈕，電梯門打開。他抓住下居交給他的無線電交給塔下。

「知道怎麼用吧，請求支援。」

塔下睜大了眼。

「鮫島先生！」

他不敢置信地說：

「你打算一個人去嗎？」

「這些人和樓上的人都已經有被抓的準備了，也就是說他們打算殺了香川。」

「你一個人去太胡來了！」

他知道。但是，晶出現在他腦袋裡。如果只為了查出冰糖果的管道，自己到底會不會一個人上樓呢？鮫島自己也不知道。

「我不能放著他們不管。」

「這我知道，但是——」

話說了一半，塔下閉了嘴。因為他察覺到鮫島的表情中有種迫切。

鮫島沒有再說什麼，坐進了電梯。他按下七樓的按鍵。

電梯門關上，開始上升。

他用力地深呼吸，吐出的氣讓喉嚨顫抖。他很害怕。這次連藤野組的流氓們，都會全力反抗鮫島吧。他在丹田又使了力。

自從新宿御苑的槍擊戰以來，還是第一次嘗到這樣的恐懼。當時鮫島背負著跟自己並肩作戰而不幸殉職的台灣刑警遺志，一股強烈的使命感驅動著他。

而現在——現在驅使他的不是使命感。不，嚴格地來說，這或許也是一種使命感，但是這份使命感不是出於身為警官的身分，而是出於要救自己所愛的晶，而產生的使命感。

鮫島的左手無意識地摸著錢包裡的內袋。裡面有一張照片，上面是兩個已經去世的台灣人，毒猿劉鎮生，還有刑警郭榮民。

他緊咬著唇。鮫島忍住想對照片說話的衝動，告訴自己該振作。

電梯到了七樓。

35

事情來得很突然，進還在跟昇通電話。
聽到進刺殺角，昇驚訝得說不出話來。
「為什麼會變成這樣?!」
「沒辦法，我也沒辦法啊！」
「他們對你怎麼了嗎？」
「什麼怎麼了！他們想殺我啊……」
進的聲音變成了哭聲。他自己也不知道該怎麼辦，只能依靠哥哥，像個孩子般啜泣。他現在只希望有人來安慰自己，這是一場夢，全部都是夢。
「那你呢？你有沒有受傷？」
「我不要緊。不過、他們開了槍，打中沙貴……」
電話講到一半，沙貴的狀況開始惡化。她雖然張著眼睛，但是卻只盯著一點不動，進找到她的手用力握緊，但她並沒有反應。
「聽好了，你要冷靜，先穩住。」
昇不斷這麼說，不只是說給進聽，同時也是說給自己聽。
「辦法我有，我已經有準備了。重要的是你要趕快離開那裡，離開東京。只要回到這裡來，一切都好辦。」
「不行，已經不行了啦。我不能放著沙貴不管……而且我、我還殺了人。」

「你振作一點！你要是現在放棄，就什麼都完了。」

「警察一定會追來的。哥，我會死的。我不會給哥哥和香川家帶來麻煩，我會在這裡死的，跟沙貴一起死。」

「笨蛋！你在說什麼，你要是死了，什麼都沒辦法解決！聽好了，那邊的刑警我已經想好對策了。聽到了沒！你有沒有在聽？」

「有……我在聽。」

進一邊吸著鼻涕一邊說。他覺得身體一陣冷，很不舒服。全身的皮膚變得粗糙。皮膚上的微細毛孔彷彿一個一個打開。寒毛豎立，就像生物般在蠢動。

他還覺得想吐。總之，只能說渾身不舒服。

哥哥又開口說。

「——島，鮫島，他是新宿署的刑警。你聽好，要是有大批刑警到你那裡去，一切就完了。現在還來得及。我想讓鮫島制住流氓，所以才跟他聯絡的。」

「聯絡？什麼聯絡？是哥聯絡的嗎？」

「不是。這邊也有些奇怪的傢伙，放話威脅我。我本來想等你回來再說的，不過事到如今也顧不得那麼多了。是景子那間店的店長，還有他的朋友，一群小混混。他們要的是錢，我剛好可以利用他們。他們想在冰糖果的生意參一腳。」

「他們做……做了什麼？」

舌頭變得不靈活。

「他們抓住了鮫島的女朋友，晶。你聽好了，她叫晶。你一定要記住晶這個名字。」

「晶、晶是吧？」

「對，她被抓來當人質。鮫島會幫你，他一定已經開始行動了。所以——」
哥哥說到這裡，玄關響起一陣激烈的聲音。
「等等、有人來了。」
「鎖呢？門上鎖了嗎？」
哥哥的聲音變得尖銳。
「有，還有鐵鍊也拴上了，可是——」
進拿著行動電話走到走廊，他的動作頓時僵住。
門是開的。
他明明上了鎖，但是玄關的門鎖卻打開了。
被往內推開的門，只剩下鐵鍊卡住。一隻手從門縫裡插進來，正在摸索著鍊條的栓頭。
發現鍊條解不開，對方開始激動地搖著門。門被關上好幾次，又用力打開。鐵鍊因為重量繃得死緊，然後又鬆開。看樣子這個動作會一直重複到檯座被拔落。
鐵鍊一繃緊，就發出偌大的聲響，讓房間的玻璃也跟著顫巍巍地搖動。
「鎖被打開了，他們正要拆開鐵鍊！」
「媽的！開門！喂！」
「叫你開門你聽到沒！」
怒吼聲在門的另一邊此起彼落。
「流氓！是流氓。他們來報仇了。」
「打一一〇，快打一一〇！」
「可是——」

「你聽我說，警察會幫你的。事到如今，我會往藤野組上面去想辦法。現在先打一一〇再說！」

「我會被抓、會被警察抓走的！哥，我殺了人啊。」

「他說不定還沒死，而且對方是流氓，他也有要攻擊你的意思，手上又有人質。不要緊，你的罪很輕的。」

進輪流看著小小的行動電話和玄關門口。哥哥的聲音就在耳邊，但是現在固定鐵鍊的檯座下方已經開始被撬起。那檯座一脫離，自己必死無疑。流氓們會湧進來，一刀一刀地宰了自己。

進的喉嚨發出既不是哀鳴也不是慘叫的尖銳聲音。

進一個轉身，跑回客廳。他一把抓起放在茶几上的冰糖果鋁片。把手裡抓到的冰糖果都用雙手大拇指指腹按下，塞得滿嘴。

喀哩喀哩地嚼碎，吞下。途中還差點噎住，他用力地咳了一陣，感覺有東西從胃裡翻湧上來。

一陣嘔吐。但是吐出來的只有牽著白色絲線的唾液和溶化一半的冰糖果碎片。

「進、你怎麼了？進！」

放在茶几上的電話大叫著。玄關依然不斷傳來聲響。

進走近躺著的沙貴，蹲在她身邊。他擦了擦沙貴黏答答的嘴角，將額頭抵在她動也不動的胸口。

「為什麼會變成這樣呢……」

他輕聲唸著，但沙貴沒有回答。

「好奇怪，太奇怪了。」

沙貴稍微動了動身體。進一驚，抬起頭來。沙貴看著進，眼中已經沒有憤怒或輕蔑。

進回望著她。

沙貴的嘴巴在動。她的聲音痛苦又嘶啞，貼近耳朵也聽不清楚。

「大家、都蠢斃了……」

「是嗎？」

進顫抖地說，沙貴並沒有回答他這句話。

「但是沙貴，我喜歡妳啊。像妳這種女人，我們鄉下沒有的。我好喜歡妳，我想永遠跟妳在一起……」

沙貴沒有回答。

36

電梯門打開。瞬時，走廊響起了叫聲。叫聲的來源是鋪著地毯的寬敞走廊，出電梯的右邊盡頭。

鮫島往那個方向看，正好看見一群男人正朝著往內開的不鏽鋼門湧入。

鮫島快步奔跑。

他聽到咒罵、喊叫以及哀鳴混為一體的激烈聲響，當中還混雜著重物傾倒和玻璃碎裂的聲響。

他衝進房內。

鐵鍊在往內側敞開的門把下搖晃著，下面吊著被卸下的檯座。一群人正在室內互相扭打。

「不要動！警察！」

鮫島拿穩了新南部，大叫著。人群潰散。鮫島看見在人群當中、用拿美工刀的手摀著臉蹲伏的男人。

「你是誰？」

男人很快就被遮擋起來，手拿著匕首身穿戰鬥服的年輕男人衝到鮫島面前。

「你想抵抗嗎？」

鮫島把新南部槍口朝下，拉了扳機。轟聲大響，在男人右膝稍下方彈過。男人就像被飛腳掃過一般，應聲倒在地上。

「痛死我了！」

他大叫著在地上翻滾。

「可惡！」

許多槍聲重疊著。位於人群中心的男人再次出現在鮫島的視線中，他站起來胡亂揮舞著美工刀。槍聲再次響起，閃過黃色的閃光。男人的身體彎成ㄑ字形，頸背彎著跌倒在地。

「快住手！」

拿著大型柯爾特軍用自動手槍的流氓，繼續瞄準倒地男人的身體。這間房裡的流氓有身穿戰鬥服的小混混和這個拿柯爾特的男人，還有手拿匕首和銀色左輪的其他兩人。

鮫島把新南部槍口朝上，發射了子彈。子彈擊碎正面拉上窗簾的玻璃窗。持軍用自動手槍的男人一個沒站穩，驚訝地看著鮫島。他臉色蒼白、眼角往上吊。

「去死吧！」

他還是繼續瞄準倒地的男人。鮫島則繼續射擊。這次則命中了男人的手。他用兩手握住自動手槍，突然轉了個方向，射出子彈。男人就這樣癱倒在地。

「快放下！快把槍放下！」

鮫島怒吼著。流氓面面相覷，紛紛丟下武器。鮫島雙手握著新南部，在自己的臉正前方伸直了手臂，接著他踏進室內。他只剩下一發子彈了。

走廊上有傾倒的大壺，還有走廊和客廳隔間的玻璃門碎片散落著，這些東西在鮫島的鞋下發出噼哩啪啦的響聲。

鮫島持續把手槍瞄準流氓們。他很想衝上前去看看倒地男人的狀況，但情勢非常危險，他的目光不能離開這些流氓。被丟下的手槍和匕首，還放在他們的腳邊。

鮫島突然發現周圍非常安靜。除了倒在他眼前身穿戰鬥服的小混混發出的低吟以外，沒有任何聲音。

整棟建築物都因為剛剛交錯的怒吼和槍聲而驚嚇，正沉潛著聲息。

包含鮫島在內，所有站著的人都動著肩膀呼吸著。

這些流氓有的瞪著鮫島，有的眼睛低垂，從鮫島看不見的位置注視著那倒地的男人。

鮫島沒有動。不，他動不了。他的喉嚨乾澀，握著槍的兩手就好像被石膏固定著一樣無法動彈。

雙方的對峙或許只過了幾分鐘，但對鮫島來說，卻漫長得好像過了幾小時。

突然，瞪著鮫島的流氓表情一變。混雜著憎恨和焦躁的眼睛，很明顯地將視線從鮫島身上移開，完全失去了興趣。

鮫島知道這其中的理由。疊了好幾重、一邊迴響一邊接近的警車警笛聲逐漸明顯。

警笛聲漸漸變得大到難以忍受，然後戛然停止。過沒多久，機動隊和穿防彈背心的刑警們就湧進這個房間。

他花了不少力氣才放下手槍。大批警官湧進房裡後過了一陣子，鮫島的雙手依然僵硬。但是他靠強烈的意志力放下了雙手。

救護車還要一會兒才會到。

鮫島走近被警察包圍的男人，男人頭下被塞進了代替枕頭使用的防彈背心。

「不能動他。」

下居仰望鮫島，防彈背心是下居的。

男人現在是個名副其實的血人。他身上中了好幾顆子彈還有刀傷，而鮮血布滿全身，已經分不清楚血是從哪裡流出來的。他眼睛微微張開，重複吐著短淺的呼吸。

下居的視線從鮫島回到男人身上，表情就快哭了出來。他打從心底希望男人能保住一命。

房裡還有另一個呈瀕死狀況的人，那是陰山真子。真子躺在吸飽了深色鮮血的長椅上，其中一個偵察警官正把外衣蓋在她身上。

鮫島蹲在男人身邊。

「香川！你聽得到嗎？香川！」

他叫著。

男人快要閉上的眼瞼痙攣著。

「香川！」

無法聚焦的眼神投向鮫島。

「啊、啊。」

不知道這是在回應鮫島的叫喚，或只是單純的呻吟，男人發出了聲音。

「我是鮫島，你知道嗎?!我是新宿署的鮫島！」

下居驚訝地看著鮫島。他無法理解鮫島為什麼要把自己的名字告訴一個快死的人。

但香川卻有所反應。看似眨眼的痙攣愈來愈激烈，他急忙想抓住鮫島。

「冰糖果是你做的吧！」

「啊……」

男人想動嘴。他張開紫色的嘴唇，舌頭上上下下地動，好像在找什麼東西。

的脈搏。

「ㄐ、ㄐㄧ……」

下居湊上耳朵。

「晶、晶……」

男人只說了這句話就閉上眼睛，開始呻吟，呻吟聲拉長然後停止。下居很快地摸了摸他的脈搏。

「非常微弱……」

他進入了昏睡狀態，鮫島無言地瞪著香川的臉。

晶，這個男人剛剛確實說了這個字，這個男人是想告訴我關於晶的事嗎？

如果是這樣，他是怎麼知道晶的名字的。這個男人從昨天開始就在東京，至少，在昨天晚上，他應該已經離開了家鄉。

如果晶真的被綁架、監禁，那也是昨天深夜跟鮫島講完電話之後的事，這個男人不可能在現場。

鮫島環視室內。就算這個男人香川真的是製造冰糖果的人，也不可能單獨一個人犯下這些罪。這就表示，現在這一刻還有他的共犯挾持著晶。

救護車到了。急救隊員判斷香川跟真子馬上需要進行止血處理，室內再次一片騷動。香川和真子當場被脫下衣服。

剛剛那一場亂鬥和子彈把屋子裡的家飾破壞殆盡，這是一個不帶生活味、相當詭異的房間，包含沙發組在內的家具，看來都像是刻意擺上去的。

玻璃桌面的中央茶几上有裂痕，冰糖果的鋁片散落在桌上。

他看到滾落到桌下的行動電話。

做。

鮫島戴上手套。從維持現場的觀點看來，這是違反規則的行為。但是，他不得不這麼

撿起行動電話。螢幕是暗的，但是他看到了棒狀圖示表示手機的電源是打開的。

他將電話放在耳邊，聽到了沙沙的雜音，一驚：這通電話連接到哪裡？如果這是香川的電話，就表示香川在受襲之前，跟共犯正在說話。而且，那個人一直透過電話聽著襲擊的狀況。

「鮫島先生。」

下居叫了他。在急救隊員進行止血處理的途中，香川死亡了。把聽診器放在香川胸前的隊員搖搖頭說：

「不行了。」

而真子則馬上被送出去。

「不要說不行，快想想辦法，不能讓這傢伙死！」

保安二課一位刑警大聲地說。

「你這麼說我也沒……我知道了——」

「總之，先把他送到醫院去吧。要是送去醫院還不行，那就放棄了。」

下居居中調解。

「拜託好不好，心臟停止、瞳孔放大又沒有脈搏，這個人再怎麼看都已經不行啦——」

「拜託你！」

下居大叫。急救隊員頓時閉上嘴，看看自己的夥伴，然後將香川的身體放在擔架上，加以固定。

「去幫忙。」

下居對偵察警官說。氣氛很尷尬，兩名偵察警官去幫忙急救隊員，把香川抬出去。

「——你聽得到嗎？」

鮫島對著電話說。他想賭一賭，對方也有可能什麼都不說就掛上電話。

電話另一頭很安靜，但是，鮫島感覺到一定有人。他確信一定有一個人用力地將電話壓在耳邊。

「我是新宿署的鮫島。」

所有室內的偵察警官都停下了手邊的工作，看著鮫島。

「你聽得到我的聲音吧？」

下居睜大了眼睛，向鮫島發出詢問的視線，鮫島輕輕點點頭。

「——情況怎麼樣了？」

一個男人的聲音突然說道。這跟打電話到新宿署的那人聲音完全不同，聲音相當沉穩。

「你是問香川進的情況嗎？」

「沒錯。」

因為過度緊張，鮫島覺得自己的胃好像打了個結。該不該告訴他真相呢？如果告訴他，晶會怎麼樣呢？

「可能沒救了。」

「……」

電話那一頭沒有說話，對方終於開了口。

「是你殺的嗎？」

「是流氓殺的。我——想阻止他們，但是來不及。」
「——你有心理準備吧？」
「什麼意思？」
「那就算了。」
「等等！」
「你沒有遵守我們的要求。」
「我怎麼能遵守那種要求？那會讓你們的罪更重的。」
「都是你們的錯。」
不是的，鮫島很想這麼說，但他忍住了。現在應該讓這個男人把怒氣全部都朝向自己。與其朝向晶，不如朝向自己。
「——或許是吧。」
鮫島忍住情感，這麼說道。
男人輕輕地吐出一口氣。
「你打算怎麼辦？」
鮫島反問對方。
「你不恨我嗎？」
男人沒有回答。
「你們已經完了，不管怎麼樣，你們已經完了。」
這句話對方也沒有回答。鮫島下定決心說：
「你不想見我嗎？你不想知道香川進身上發生了什麼事嗎？」

「你是說，你能夠說明這一切？」

男人的聲音哽咽。鮫島一驚，那男人在哭。

「是，我可以。」

鮫島堅定地說。

「那你就來吧，到這裡來。在你來之前，人我會好好保管的。」

說完，男人掛上電話。

鮫島把電話拿開耳邊。

「他掛了。」

「請把電話給我。」

下居說，鮫島把電話給了他。

「有重播鍵。按下這個鍵，說不定可以知道他之前在跟誰說話。」

下居按下了按鈕。

「出現了，準備好了嗎——」

偵察警官急忙準備筆記。

「〇三，三二三二——」

聽到這裡，鮫島便失去了興趣。電話上顯示的是東京的電話號碼。抄筆記的偵察警官又重複了一次。

鮫島拿出手冊，打開。

「知道這是哪裡的電話號碼嗎？好像是新宿附近。」

「是藤野組本部。」

重播鍵只有在這支電話撥出去的時候才會記住電話號碼。這只能證明香川最後撥出去的電話，是撥到藤野組本部。

但是剛剛那個男人不可能身在藤野組本部。

「這個待會再慢慢查，可能還有其他的電話號碼。」

說著，下居將行動電話收進放證物的袋子裡。

「我到下面去一下。」

鮫島說著。雖然他必須要參加現場採證，但是，在這之前他還有該做的事。

搭電梯下到一樓。這裡早樓上一步已經在進行現場採證。

塔下人在樓下，他正失神地坐在大廳的椅子裡。

一樓的採證，主要以管理員室為中心。鮫島到管理員室去看了一下，知道藤野組的特攻部隊威脅管理員夫婦，搶走七〇一室的鑰匙，還把這對夫婦給綁住。

但夫婦並沒有受傷。

對於在大廳樓下所進行的威嚇射擊，鮫島接受了短時間的偵訊。後來，他在七樓也做了同樣的事，這件事很有可能會另行召開審問會。

偵訊結束後，鮫島坐在塔下對面。現在這裡全是警察，沒有人會來找塔下說話。

塔下安靜地看著鮫島。他顯得疲倦、受傷，面無表情。

「你通知事務所了嗎？」

鮫島問，塔下點點頭。

「主任今天應該會對藤野組進行強制搜索吧，但是我被排除在外。」

「之後呢？」

塔下抬起眼，看著鮫島。原本茫然的光芒慢慢地變得銳利。

「這就要看你們了吧。不管怎麼樣，冰糖果的製造者這下應該完蛋了。」

「如果警視廳不行動，麻取就不行動嗎？」

「這我沒有辦法斷定。但是，現在香川已經死了，他的夥伴大可把貨全部處分掉，讓香川一個人背上所有的罪名。而且，對於一個死人的名譽，上面也無從施壓。」

現在的問題在於搜查要什麼時候結束。香川進犯下殺人罪，又有服用冰糖果的事實，所以搜查當局需要擔心上面的壓力。但這都是因為香川進已經死亡，如果警方將搜查之手伸進香川家的其他人，那就很可能會遭到相關人員的施壓。

「——不會就這樣結束的。」

鮫島說。塔下狐疑地看著鮫島。

「這是什麼意思？」

「香川的共犯情急之下抓了人質，要我放香川一馬。」

塔下睜大了眼睛。

「那——」

鮫島點點頭。

「我不知道他們是從哪裡得知，他或者是他們，很可能把我的女朋友當作人質。」

晶可能已經被殺了。如果製造冰糖果的集團希望事情就此結束的話，晶的生命就很危險。

「怎麼會……」

塔下呆呆地吐出這一句。

「你為什麼不——」

「我說了情況也不會改變，因為我們並沒有辦法阻止藤野組的報復。」

塔下不可置信的注視著鮫島。

「你這個人……」

「當然，我不會讓事情就這樣結束的，我要去見他。」

鮫島斷然地說。

「現在嗎？」

「這樣太胡來了。發生這種事，現在警視廳不會讓你過去的。」

鮫島點點頭。

「我有辦法。」

鮫島說。塔下搖搖頭。

「我真不敢相信，你實在是……」

塔下看著自己的腳邊，突然抬起了頭。看著鮫島的臉。

「好，那我也豁出去了。」

塔下說完，拿出了手冊。他寫了幾行字後，撕下這一頁交給鮫島。

「你去找這個男人，我也會跟他聯絡。我想他一定可以提供對鮫島先生有幫助的情報的。」

鮫島看著紙張，在「石渡照久」這個名字下面寫著一排電話號碼。

「這是我們的秘密搜查官。」

塔下說。

37

昇放下話筒，身體往後倒在椅背裡，椅子發出輕微的軋軋聲。他閉上了眼睛。進要死了。

這個笨蛋。這個驕寵又天真，明明膽子小又愛逞強的傢伙。

這個笨蛋。昇曾經深信，進打從骨子裡是個火爆分子。雖然不怕他，但也一直以為兩人會走上完全不同的人生。他從來不曾想要跟弟弟走上相同的人生。

改變他想法的是那年夏天。

東京的夏天。儘管心裡覺得煩厭，跟進一起度過的東京夏天，還是帶來了改變。

那時候昇已經決定，要過一個跟香川家毫無瓜葛的人生。

躲在本家的傘下、巴著分得的一部分，永遠安逸活在本家陰影下的人生，他想要就此斷了關係。

他打算打工賺錢，離開四谷的公寓。他也有心理準備，如果可能，連學費都要靠自己的力量賺來。

昇下定這個決心，是在這年夏天開始不久之前。前所未有的決心和勇氣在那一天被徹底粉碎，他的自尊深深受創，這份痛苦讓他決定要獨立。

而這份決心，卻在那年夏天被進破壞了。為了照顧小七歲的弟弟，昇斷送了自己達成目標的時間。

現在想想，那樣的決定只不過是感傷的產物，進剝奪了時間，充其量只代表了自己的行動計畫天真不成熟。

不過昇還是認為，那年夏天確實改變了自己的命運。他到車站去迎接言行舉止愚蠢不堪、只讓自己感覺不快的弟弟，帶他到想去的地方，照顧他三餐。

他永遠忘不了當他帶進到自己常去的定食店時，進在東京吃第一餐時的那一幕。

——這怎麼這麼難吃啊！

進點的漢堡肉定食剩了一半以上，大聲地抱怨著。昇默默地吃著東西。

離開父母親身邊，在這個地方已經生活了三年多。剛開始一個人吃東西的時候，昇也有一樣的感想：東西怎麼這麼難吃。

但他現在已經不這麼想了。因為習慣了，習慣東京的生活，是讓舌頭從家裡溫熱美味的料理，習慣定食屋裡半冷不熱、難以下嚥的飯菜開始的。

——不喜歡就別吃。

昇說著。進別過臉去，伸手拿起堆在桌上封面骯髒的漫畫雜誌，說道：

——哥，你有菸嗎？

那口氣帶著奇怪的討好。昇停下筷子，看著弟弟。接著他環視著定食店，沒有人在注意這對兄弟。客人多半是單身年輕男子，手裡拿著漫畫一邊看一邊默默動著嘴。

——哥，有香菸嗎？

那時候進的這一句話，開啟了兄弟真正的牽絆。昇從襯衫口袋拿出七星菸和打火機。進老練地抽出一根，點了火。

沒有人看這抽菸的高中生一眼。

要是在鄉下，進是最常受人注目的一個。昇是「香川分家的溫柔大哥」，而進則是「愛闖禍的阿進」。

不過在東京，他們只是兩個平凡不過的年輕人。

沒過幾天，昇就知道進的本性其實是個好強又愛撒嬌的孩子。知道這個事實的同時，他也獲得了弟弟的信賴和尊敬。進把一切都告訴了昇。

上了高中，再也不能像現在這樣逞威風，自己可能會被外地來新組成的暴走族盯上，這讓他很害怕……等等。

進很恐懼。除了害怕被修理，他更害怕周圍以往對「香川家的阿進」的眼光會因此改變。

知道這件事後，昇知道弟弟也受困於香川家的桎梏中，而他也想替弟弟化解這份恐懼。

終於，昇除掉了進恐懼的對象。但很諷刺地，這都要歸功於昇過去曾經想逃開的香川家力量。

當時，昇已經不再想要逃離香川家的勢力了。

那年夏天，促使昇決定要脫離香川家的原因，他從來沒跟任何人說過。

進說出了自己恐懼的對象，昇替他除掉。但是不管昇對進說什麼，進也不可能替昇做任何事。

所以他沒說。

兄弟的關係是單方向的。進信賴著昇，完全依賴著他。

昇沒有依賴進，因為他深知弟弟的軟弱和愚蠢。

但是他疼愛進，覺得弟弟可愛。

現在知道進即將死亡，他內心受到極大的震撼，陷入無邊的深深悲慟。毫無疑問，昇對進的愛遠勝過對自己的妻子。

他只想馬上動身奔往東京，陪在進的身邊。

但是他不能動身。

昇張開眼睛，自己正在這張已經坐慣了的香川運輸社長室椅子上，窗戶外可以看到從以前到現在絲毫沒變的山景。

他或許憎恨這個結果，但是並不後悔。接下來要降臨在自己身上的命運，無論是什麼他都願意接受。

跟那年初夏決定要拋棄一切活下去時，有著差不多強烈的痛苦和悲傷。不，說不定現在比當時更加痛苦。不過，自己會戰勝這一切的。

地位或名聲，他已經一點都不在意。要是會覺得可惜，也不會開始做這種事。

有人敲了社長室的門。

「進來。」

昇用乾啞的聲音回應。門靜靜地開了，門外站著那年初夏讓昇下了那份決心的始作俑者，香川景子。

兩人有片刻什麼都沒說，只是互相凝視，景子從來沒有看起來這麼糟糕過。

頭髮凌亂，臉上幾乎沒化妝。她眼睛下有黑眼圈，這還是第一次看到，現在這黑眼圈和眼周的鬆弛，讓景子看起來比實際年齡更老。

「——現在怎麼了？」

景子終於開了口。看來她沒有經過星期日上班的秘書許可，就逕自進來了——昇看著景子的臉這麼想著。景子當然可以這麼做，在這個城市只有景子和她父親可以這麼做。那個老傢伙，很快就要死了。

「進死了。」

昇告訴景子。景子大大地睜著眼，她的語氣像在低喃，但又十分激烈。

「為什麼?!」

「他被東京給吞了……」

景子踉蹌地往前走。

「你在說什麼——」

昇伸出手。

「給我一根菸吧。」

長男出生時他戒了菸。一向對昇言聽計從的妻子，只有這麼一次，用嚴厲的口氣要求昇不要在嬰兒面前抽菸。

景子從手裡拿著的小皮包掏出香菸和打火機。

昇點起菸，深深吸了一口。肺好像在抗拒，讓他呼吸困難。視線被淚水遮掩得模糊。

「快告訴我，到底發生什麼事了？」

景子語氣強硬地說，昇仰頭看著景子。

「我不是說了嗎？他死了，被殺了。」

「被誰?!」

「應該是流氓吧，不是警察。」

「——為什麼？」

「交易不順利。那些傢伙的手下被抓，我們打算結束跟他們的關係，結果他們把進在東京交往的女人抓走當作人質。」

景子繼續睜大了眼，看著昇。

「進為了救那女孩，帶著所有的冰糖果到東京去，就在昨天我們見面之後。他……他……他刺傷了流氓的幹部。怎麼幹了這種傻事呢？他快點把冰糖果交給對方、把女孩帶回來就沒事了啊。那傢伙太膽小，因為太膽小，所以才太衝動……」

「——警察呢？」

「很快就會過來了。我想要設法幫進。昨天那個歌手，就是一個新宿刑警的女朋友。」

「你說什麼！」

「一個叫鮫島的刑警。我本來想用那個歌手對鮫島施壓，不過已經太遲了。」

「你到底都做了些什麼事？」

景子的眼睛裡浮現了難以置信的表情。

「是妳很疼愛的那小子還有他的夥伴幹的。我告訴他們，如果要我接受他們的條件，就得先幫個小忙。」

「你讓耕二做什麼了?!」

景子的聲音變得很嚴厲。昇看著景子，景子的眼睛因為憤怒而發光。

「妳愛上那小子了嗎？」

「快說……你讓耕二做什麼了?!」

「即使他反咬妳一口，妳還是覺得他可愛嗎？」

「我沒有問你這些！我問你叫他做什麼了！」

昇微笑著，搖搖頭。

「我讓他把那女孩帶來，先關著。」

「他們現在在哪裡？」

昇沒有回答，又點了一根菸。

景子呆呆站著。她為什麼不動手——昇心想。快來揍我啊，我讓妳打。這麼一來，那一瞬間我們的肌膚就能互相碰觸。

「妳知道了又怎麼樣？」

「你在說什麼，你這樣做……」

「不要緊的，不會給本家添麻煩的，一切都會由我和進來承擔。」

「我不是在說這些——」

「妳就是在說這些！」

昇怒吼著。

「現在已經走投無路了。流氓如果沒死也剩半條命，進也會死。裝了好幾箱的冰糖果會落入警察手裡！已經無路可走了！我跟那個刑警說過話，在電話裡。我要他到這裡來，告訴我進最後到底怎麼了，如果他想救他女人一命的話。」

景子安靜了下來。景子的喉嚨發出聲響，就好像正把往上翻湧的東西拚命抑制住一樣，響著喉頭。

「——為什麼？」

昇看著景子。

「為什麼？妳還是第一次問嘛。妳從來就沒問過我，我要妳介紹東京的流氓時，妳沒問，知道我讓他們賣冰糖果時，妳也沒問為什麼。妳現在終於問了啊。」
景子慢慢地抬起眼睛。
「因為我想，如果這是你想要的話。」
「為什麼要聽我的？因為是分家拜託的嗎？因為這是本家的義務嗎？」
「跟這沒有關係吧。」
景子閉上眼睛。
「是嗎？——妳變了。」
「你還在恨我嗎？」
「我怎麼可能恨妳呢？」
「——我應該跟你道歉的。我一直、一直都想，我應該跟你道歉的。」
「但是妳不能，因為本家的人不能跟分家低頭。」
「你不要用這種口氣跟我說話。」
「妳就是這樣跟我說話的。我們是堂兄妹，妳是這麼說的。可是堂兄妹還是可以結婚，妳還記得我曾經這麼說嗎？」
景子無言地點點頭，淚水從圓睜的眼中滴落。
「然後妳還接著說，可是我不能嫁到分家去。」
景子用她積滿淚水的眼睛看著昇。
「——你一直都……？」
「對。」
昇低聲說。那年初夏，他約了高中二年級的景子，租車出去兜風。景子已經不是處女了，昇聽說，她玩得很兇。她當時在東京唸女子大學附中，經常到六本木去玩。就連那時候，那麼招搖的她還是顯得美麗到刺眼。

要是她拒絕，直接說昇是無趣的男人，那該有多好。要是她說，因為你太俗氣了，所以我不想跟你上床，昇倒還覺得好過。

他一直都喜歡景子，從小就喜歡。

「還好妳跟那個無聊的男人離婚了。」

「你為什麼不去救我？」

「救妳？去哪裡救妳？當下人的要怎麼救女王殿下呢?!」

景子吐出一口氣，一口深深長長的氣。

兩人無言了好一陣子。香川運輸公司很安靜，就好像乾嚥著口水、側耳靜聽兩人對話一樣。

當然這是不可能的。在這裡的談話，不可能洩露一點點到走廊外。

「以後會怎麼樣呢？」

景子說。

「該怎麼樣就怎麼樣吧。」

昇說著。說完這句話的那一瞬間，他發現自己好像變得相當輕鬆。

對了，這下終於走出來了。到了現在這個地步，自己才終於從香川家的陰影下走出來。然後披上另一件犯罪者的外衣。

打個比方，這就好像一件骯髒的雨衣。內側緊貼著肌膚，發出惡臭。冰冷的雨水打下，那觸感會直接傳到身體，而且上面還處處有破洞，讓雨水滲入。

即使如此，也不在香川家的傘下。

到了現在昇才知道，自己其實確信這一刻總有一天會來臨，而同時他也領悟到，這才是讓他脫離香川傘下唯一的辦法。

他可以想像，當世人知道這些事的時候，街上的行人們會有多驚訝。

——為什麼要做這種傻事？

——他到底想要什麼？

這些聲音想必到處都聽得見。

「去跟妳爸爸說吧——不過，不用管我跟進。我已經想好對策，不會讓事情延燒到妳跟本家的。」

「不能讓你這麼自私亂來。」

「自私？」

「不是嗎？你和進兩個人愛怎麼樣就怎麼樣。然後進死了、你完了，所以你就叫我到一邊涼快去，這不是太自私了嗎？」

昇凝視著景子，他不了解景子想說什麼。

「妳在擔心什麼？」

「我沒有擔心什麼！」

景子激動地揮動拳頭。

「我不會讓你這樣胡來！」

「——因為我不過是分家的人嗎？」

「笨蛋！」

景子大叫。接著她往前跑來，她撞倒桌上的電話、掃開筆筒撲到昇身前。

「笨蛋！笨蛋！笨蛋！笨蛋……。」

堅硬的拳頭無數次地打在肩膀、臉、額頭上。在疼痛當中，昇感到自己似乎聽到了一直渴望聽到的那句話、一直想知道的那份心情。

他覺得無比幸福。

38

「——你、你為什麼要這樣……」

耕二斷斷續續地低聲唸著。他已經連一根手指都無法動彈了。稍微想大口呼吸，胸部就會閃過彷彿有東西穿刺過的銳利疼痛。肋骨斷了。倒在處處沾滿油污、堆積不少灰塵的舊倉庫地上後，平瀨還不斷踢了他好幾腳。

——去死、媽的，你去死吧！

他叫了好幾次、踢了好幾次。耕二只覺得他想要自己的命。恐懼油然升起，耕二開始啜泣。

「這是客戶的要求，要把小晶關起來。」

耕二慢慢動著眼珠。平瀨現在正坐在一個倒放的汽油桶上，蹺著腳。他身邊放著行動電話。

沒看到晶。到這裡來後不久，平瀨就把晶帶到倉庫後面那個曾經是小辦公室的房間裡去了。

平瀨在那裡對晶做了什麼，耕二並不知道。大約十分鐘後，平瀨回來，耕二對他說：

——你為什麼要這樣做？這件事跟晶沒關係吧！

平瀨給的回答，就是現在這個渾身是血、整張臉腫脹、趴在地上的自己。

平瀨顯得很冷靜。他在痛揍耕二的時候，完全不在意監禁晶的倉庫後方。這代表什麼意義，讓耕二很害怕。

「我這個人該下手的時候是不會留情的。」
說著，平瀨點起菸。
「你、你不害怕嗎……」
「怕什麼？你懂不懂啊，我的靠山是天下的香川家呢，連國會議員都要給他下跪，管他是警察還是什麼，沒什麼好怕的啦。」
平瀨仰望著倉庫天花板，吐著煙。鐵架上鋪著塑膠板的天花板，投射黃色的光線，空曠的空間瀰漫著腐臭餿水般的機油味。
平瀨丟掉香菸，拿起身邊的行動電話，按下號碼，把電話放在耳邊。就這樣過了一會兒，他咂舌一聲，又把電話放回原處。
他重複同樣的動作好幾次。平瀨在做什麼，連耕二也看得出來。
他聯絡不到石渡。
石渡很聰明。他一定是看到平瀨實在太亂來，為了避免牽扯在內，搶先一步逃走了。能幹的石渡不見蹤影，而愚蠢的我就像現在這樣全身被痛毆，被打到半死，甚至連最重要的朋友都牽連進來，讓她遭遇這種慘事——慘事，要是晶被殺了該怎麼辦？
「喂，平瀨，我拜託你。這件事跟晶沒有關係吧，你放了她吧。」
「笨蛋，你到現在還在說這種話？當心我踹你，媽的。她怎麼會沒關係呢？要是現在放了她，你就等著看吧。」
聽到他這些話，耕二頓時放下心。晶還活著。
「可惡！石渡那個渾蛋。」
平瀨喃喃唸著，他用鞋跟踹著汽油桶的側身，鞋尖上是耕二乾掉血跡的點點飛濺。

平瀨慢慢搖著頭。
「要不要把小晶帶過來，我們輪流上……」
「不要這樣……」
平瀨拍了自己的膝蓋幾下，探出身子。
「其實你跟小晶上過床吧？」
「沒有。」
平瀨跳下汽油桶，一步一步地走近，距離愈短，耕二的身體就愈隨著恐懼而僵硬。
平瀨蹲下，耕二看到他插在皮帶的刀柄。他抓住耕二的劉海，把他的臉拉高。
「不要騙我了，你們睡過了吧？」
耕二眨著眼，眼淚又快要掉出來。
「……你們睡過了對不對？」
耕二被抓著頭髮，激烈地搖動，疼痛竄遍全身。
「有……」
他終於回答。
「怎麼樣？滋味不錯吧？」
「不記得了，已經是很久以前了。」
平瀨露出舔著舌頭的表情。
「她濕不濕？緊不緊？」
「我忘了……」
「少給我裝蒜，你這個渾蛋！」

額頭被甩在地上，眼冒金星，剛止住的鼻血再次激烈地噴出來。

「就你一個人佔盡好處啊。你聽好了，那個女人遲早會被殺。殺了她之前我先來跟她大幹一番，你看著吧，我會讓她爽到哀嚎的。」

「啊、啊……」

耕二發出了呻吟。除了呻吟，他沒有其他事能做。

「──對了，你們老闆怎麼樣？她三字頭的對吧？很飢渴吧？」

平瀨繼續說著，彷彿沒聽到他的呻吟聲。

「怎麼這些好事都到你一個人身上呢？哪天我也想跟你們老闆來一次。她看起來超夠勁的啊，是不是很快就融化了？是吧？喂！」

他用指尖戳著耕二低垂的頭，說道。

不知從哪裡傳來了笛聲，叮鈴、叮鈴地響著。

「喔。」

平瀨站起來。以為是笛聲的聲響，其實是行動電話。

「喂！喂！」

平瀨抓起電話，說著。

「對，我都照你說的辦了，什麼時候可以過來這裡──」

他皺著眉，側耳聽著。

「嗯，我知道了，這樣好嗎？可是……啊，好。喔，還有，那這次的酬勞──是多少啊？不錯嘛，給現金嗎？什麼時候？今天？太棒了啊。我售後服務很好的啦……知道了，我等你。」

掛斷電話，他又回到耕二旁邊。

「他說先給兩千萬，不錯吧，接著再慢慢談賣藥的生意吧。」

他說得像唱歌一樣輕快。接著，他馬上又拿起行動電話，打到石渡家裡去。聽到沒人接，他又不耐地咂舌。

「真是……這麼多蠢蛋煩死人了。」

平瀨又點起一根菸，很不耐煩地連續吐著煙。表情看起來很認真，或許是在盤算些什麼。

「——算了，結果還是這樣。反正，他終究不是那塊料。」

他自言自語地說著，然後低頭看著耕二。

「不過，你也算是幫了點忙啦，多虧有你才拉得上你們老闆這條線，石渡也出了不少力。」

「你在說什麼……」

耕二聲音嘶啞地說著。

「我不是正在告訴你嗎？我是怎麼有今天的。」

「平瀨……你、你很奇怪啊。」

「你不懂就閉上嘴。」

平瀨說這話的時候一點都不顯得生氣。

「你很快就會知道一切。」

39

「停職處分？」
桃井皺起眉。
「現在馬上嗎？」
四谷公寓的現場採證結束，接受完本廳搜查一課簡單偵訊的鮫島回到了新宿署防犯課。
「是。」
鮫島點點頭。
「請現在馬上將我停職處分，理由就當作是接到麻藥取締官事務所的抗議吧。」
「這需要請署長判斷。」
桃井仰頭看著站在桌前的鮫島。
「沒有時間了，本廳的保安二課和搜一很可能會要我把手上案子的情報全交出來。」
「你不想給？」
「不是。」
鮫島搖搖頭。
「要說明發生的狀況，即使不是現在時間也多的是。可是，要制止現在正不斷發生的事，已經沒多少時間了。」
桃井拿下老花眼鏡，課裡還有幾個刑警。
「我們到食堂去吧。」

鮫島點點頭，桃井拿起掛在椅背上的外套。

他一邊走一邊問：

「關於手槍的使用，他們怎麼判斷？」

「我想應該沒有問題，雖然很遺憾救不了香川進。」

「搜一的反應呢？」

鮫島看著桃井的臉。

「他們好像很遺憾我是個警官。」

「給修理了嗎？」

「那應該是接下來的事吧。」

桃井的眼角也刻著苦笑般的皺紋。

這也難怪。香川進和企圖狙擊香川進的藤野組特攻隊，本來都應該是搜查一課的獵物。他們能容忍的界線頂多只到保安二課和搜查四課。而現在轄區警署新宿署的一介防犯課員竟然跑進來攪局。今後如果有人主張救不了香川進都是鮫島的責任，也一點都不奇怪。

搜查一課的刑警們並不隱藏他們對鮫島的憤怒。就算鮫島是個落魄的「官僚」，他們對鮫島還是有「你以為你是誰」的不滿。

正式的偵訊之後才會開始。在這過程中鮫島是否有違反職權、職務規定的行為，將會進行徹底調查。

這無所謂。不管再怎麼被調查、被逼問，現階段應該都找不出足以讓鮫島失去警察這份工作的過失。

但是現在沒有時間了。香川進的共犯可能挾持了晶當人質，他們以釋放人質為條件，指名要跟鮫島對決。

目前警方不可能接受犯人的說法。正在對晶進行中的犯罪，別說新宿署了，根本不是發生在警視廳管轄內的案件。

如果要請求縣警本部協助，就必須先說明一切再提出要求。而且一旦牽扯到地方名門，縣警高層肯定會對動用各種相關人士收集情報、確認事實。

結果很可能以跟事實不符而拒絕協助。就算運氣好對方答應協助，進行事實確認所需的時間，估算最少也要個一天一夜，而且這些消息絕對會洩露到共犯者耳中。

鮫島跟那男人在電話中交談時有種感覺。在共犯者中，這個男人跟香川進關係特別親密，至少在講電話的時候，他無意將一切罪過推到香川進身上。

也就是說，麻藥取締官事務所原本擔心香川家對搜查當局施加壓力的想法，並不存在這個男人腦中。不過反過來看，這可能也是一個失去夥伴，再也沒有畏懼的犯罪者把一切都豁出去的表現。

正因為如此，鮫島才認為需要聽從對方的條件。共犯並不打算以香川進的死亡讓搜查停擺、結束這個事件，他反而走上一條追求自我毀滅的道路。

這到底是為什麼？鮫島並不知道。

或許，這個理由可能跟晶有關係。

正如香川進打算利用流氓，卻反被設計、自我毀滅，共犯的那個男人身上是不是也正在發生某些自己始料未及的事呢？

他的行動似乎早已覺悟到即使讓香川進背負所有的罪，再利用名門的政治力量，都一樣逃不了毀滅的命運。

如果有人握有解謎的關鍵，那只有麻藥取締官事務所的那位潛入搜查員了。包含接觸共犯的方法，一切都只能寄望石渡這位搜查員。

兩人在食堂一角面對面，桃井問：

「沒有時間的原因是什麼？」

「香川進在家鄉有共犯，那個人很可能才是主犯，我想跟那個男人談談。」

「談談？」

「香川進的公寓裡掉了一支通話中的行動電話，香川似乎把他在這裡的行動一一跟共犯報告。」

桃井的目光從鮫島的臉上移開，他看看食堂入口的方向，問他：

「你想要自己逮捕那個可能是主犯的男人嗎？」

「不。」

鮫島深深吸了一口氣，很快地說：

「晶在那個男人手上。他本來以放了晶為條件，要我幫忙香川進逃離東京。但是現在知道香川死了，希望我跟他說明發生了什麼事。」

桃井沉默了一會兒。臉上的肌肉完全沒有動靜，一直凝視著相同方向。

他終於開口。

「這下麻煩了。」

「是。」

「他對你懷恨在心？」

「有可能，因為我沒能救香川。」

「他在哪裡？」

鮫島說出那個城市的名字。

「保守王國啊……」

「是，香川家跟那裡的政、官、財界全部都有關係。」

桃井慢慢吸了一口氣，然後吐了出來。

「沒有時間了——的確是啊。」

「時間拖得愈久，狀況就會愈惡化。我猜那個男人跟香川進的關係非常親密。」

「但不管有多親密，只要不是香川家的人，想利用他們的力量並沒有那麼簡單。」

「有一點讓我覺得很奇怪。」

「奇怪？」

「挾持警察的女朋友當人質、要警方放過共犯這種想法。」

「確實很奇怪，這不是黑道會有的想法。」

「我在想，這個共犯會不會也是跟香川家有關係的人。」

「為什麼這麼想？」

鮫島停頓片刻，接著開口。

「這些全部都是我的猜測。香川家的家世背景如何，我聽塔下取締官說過了。聽說香川家在當地握有絕對的掌控力。當然，黑道也在香川家的保護傘下。但儘管如此，香川進並沒有透過當地的黑道，而是使用假名直接跟東京的藤野組接觸。其中一種可能性，是香川進不想要依賴香川家的力量。但是我認為這應該解釋為他不想讓當地人知道香川家跟毒品買賣這種犯罪有關。

而當火一燒到香川進身上，共犯利用某種方法知道我跟晶的關係，綁架了她，企圖用這個當把柄來牽制我的行動。這種方法換個角度來看，是種不了解警察組織的笨拙方法。而且想出這個計畫的並非香川進，好像是一直待在當地的共犯。

我第一個想到的是，共犯或許曾經參加過左翼過激派活動。如果不是，那到底是什麼樣的人，才會有這種想法呢？我想這個人應該向來習慣站在支配一切的立場。在利害關係明顯、強者歷來存在的地方上，他總是能讓別人遵從自己的意志，或者應該說，即使自己不採取行動，他也已經習慣所有事物都會自動往對自己有利的方向行動。這種人若想讓不及自己影響力的對手聽從命令，控制住對方身邊的人來施加壓力，應該是比較容易想到的計畫吧。」

「既然這樣，對方還是會使用政治力量囉？」

桃井的聲音顯露著他的疲憊。

「是的。不過，他要求跟我直接見面，也可以視為他無意行使這種政治力量。」

「即使被逮捕也無所謂嗎？」

「如果香川進的死讓他遭受很大的打擊，而且他還是個不能假裝跟香川進毫無關係的人，那麼會這麼想也是很自然的。」

「如果他想把一切都嫁禍給香川進，那會怎麼做？」

「因為某種理由，導致他無法這麼做。可能是察覺到麻取的秘密搜查，也可能是發生了其他的意外。」

「什麼樣的意外？」

「不知道。」
桃井嘆息著。
「你確定她真的被當作人質嗎？」
「從昨天深夜以後我就聯絡不到她。要是有事，她會打我的B.B.Call，可是並沒有。」
桃井的眼神嚴峻。
「她有可能遭遇生命危險嗎？」
「如果共犯改變心意，打算把一切都推給香川進置身事外的話……」
這將會是最糟的劇本。共犯者會殺死晶，解決屍體，徹底假裝無關。
「那你需要停職處分的理由又是什麼？」
「搜一現在不希望有絆腳石。我把警察手冊和手銬放在這裡，手槍在本廳鑑識那邊，這是存根——」
鮫島將手伸向口袋，桃井打斷他。
「沒有這個必要。查清冰糖果買賣管道，也是本署防犯課待解決的懸案。我會當作不知道她被當作人質這件事。我要你繼續進行已經死亡的香川進犯罪背景的調查，那邊的縣警我會去聯絡，不過這要等到明天早上。你現在馬上出差。」
「課長。」
鮫島驚訝地看著桃井，桃井的表情嚴肅。
「現在本廳搜一跟保安應該已經跟縣警聯絡了。如果你猜得沒錯，共犯真的是香川進的親人，那麼我們就沒有多少時間。不管怎麼樣，一定要搶先當地縣警接觸到共犯才行。」
「這怎麼行，搜一不會就這樣老實接受，到時候責任會追究到課長身上的。」

「我是新宿署防犯課的課長，我有權限不顧慮本廳搜查一課的想法命令我的部下。雖然階級同樣是警部，但你既然是本署防犯課員，就必須要遵守我的指示。關於對你進行的停職處分，等到跟署長討論後再行決定。但這必須等到麻藥取締官事務所或者是本廳搜查一課提出正式處分要求再說。」

桃井很堅決地說。鮫島凝視著桃井，低下了頭。

「謝謝您。」

「動作快。」

這就是桃井的回答。

40

「——謝謝您特地打電話來，麻煩您了……」

說完，昇放下了話筒。是縣警本部的刑警部長打來的電話，警視廳搜查一課有聯絡，內容主要是通知弟弟進的死。死因是受到槍擊、利器刺傷導致大量出血。犯人當場被逮捕。

刑警部長用相當有禮的口氣表達了哀悼，並且說，等到查明演變成這種結果的詳細事實之後，將再通知。他還說，如果有需要，可以由香川運輸東京分店的人代為進行身分確認。另外遺體因為需要解剖，要過幾天才能歸還。

進把冰糖果批給東京暴力團這件事，刑警部長或許知道吧。到了明天他一定還會再用那愚蠢至極的客氣口吻打電話過來，說想請教些事情吧。

說不定他還會說，想搜查進的公寓。

全都告訴你也無所謂——昇看著自己在玫瑰木桌面上緊緊交握的拳頭，這麼想。

遲早縣警也會認真追查誰是共犯，開始戰戰兢兢地偵訊自己。

無所謂，那就一五一十地回答。如果警察想要共犯，就拿去吧。這樣最好，這樣就不會波及到景子。

還要繼續保護本家嗎？

不。不是保護本家，是為了保護景子，這是自己一輩子唯一真心愛過的女人。

昇打開關閉的閘門，開車入內。已經很久沒有自己開車外出了。這個地方開賓士很引人注目，昇選擇了妻子出門買東西用的國產轎車。

閘門的鑰匙只有兩把，一把在今天早上叫平瀨到香川運輸總公司時，跟行動電話一起給了他，另外就是現在自己手裡的這把。從耕二在電話裡的語氣聽起來，昇感覺到他似乎並不信任自己，所以他直接跟平瀨通了電話。

要求耕二跟平瀨聯絡，是一項測試。昇昨天深夜接到景子的聯絡後，馬上聯絡了香川運輸總務部裡的一個男人。

男人是為了防止公司跟警察或流氓之間有糾紛而雇用的警察ＯＢ之一。運輸公司經常有以前加入過暴走族的年輕人來就職，其中可能有手腳不乾淨的，跟人共謀偷貨。為了預防這種狀況，雇用了這個曾是縣警防犯部少年課刑警的男人。

男人很快就查出平瀨的底細。打電話給耕二時，昇手邊已經有了平瀨的電話號碼和住址，不過他還是先跟耕二聯繫，這是因為他實在無法把在「Ｋ＆Ｋ」工作的耕二跟景子告訴自己的恐嚇內容聯想在一起。

他知道景子把耕二當「寵物」般疼愛，可能也跟耕二說過絕不會告訴其他人內情。但是儘管不常見面，昇並不認為耕二是個會利用自己的立場來賺錢的人。

不，或許應該這麼想。

就算耕二是個會為了錢而輕易背叛的人，昇也不想承認景子會把這種男人放在身邊。

於是，昇讓人調查從景子那裡聽來另一個叫平瀨的男人。

平瀨的經歷很精采。暴走族、高中退學、暴力團見習生，接著連當流氓都不成氣候。他的口頭禪是「我要幹一票大的」，父親酗酒又有暴力傾向，母親跟男人的關係很不檢點，在他高中輟學的同時，就離開了家。

流氓的大哥裡有人認為平瀨是個「不管做什麼都不上不下的半吊子」，也有人因為「這人很奇怪，看來什麼都不怕，不知道骨子裡在打什麼主意，讓人感覺很毛」而討厭他。但不管是哪一種評價，都很難在組織裡往上爬。在正式加入幫派之前平瀨脫離黑道，或許也是因為察覺到這一點。

就算成為正式幫派分子，平瀨應該也會是個「問題人物」吧，曾經當過刑警的男人這麼說。竟然有人連在聚集了社會上問題人物的黑道社會，都無容身之處——昇心裡有一種奇妙的感慨。

什麼樣的人才會變成這種「問題人物」呢？昇問了那個退職刑警。退職刑警的答案很簡單。

——跟在一般人的社會一樣；比起組織的規矩，更重視自己想法的人。如果等到有了一定的地位，或許還行得通，但還是個小混混就這樣，肯定會被排除。雖然說是見習的身分，但現在的流氓可沒有多餘的心力來好好管教這些不守規矩的傢伙。

這麼說，擬定這次恐嚇計畫的會是平瀨嗎？是平瀨慫恿耕二的嗎？他們兩人誰才是主腦呢？

為了知道這一點，昇先打了電話給耕二。這通電話同時也有意刺探平瀨和耕二之間的團隊合作有多緊密。

答案出來了，平瀨才是主犯。

既然如此，那可以說再好不過了。因為在綁架新宿署刑警的女朋友當作人質這個計畫裡，需要有一個因為野心而迷失方向的笨蛋。平瀨正是最佳人選。

在香川運輸的社長室見面時，平瀨的說話方式已經自以為跟昇站在對等的地位。

昇對這一點有些許的驚訝。如果是當地人，不管處在任何立場，勢必都會意識到香川這個名字。比方說，在電話裡耕二的不自在，就是一種典型的反應。

不管怎麼樣，平瀨以另行收取「報酬」為條件，答應綁架晶，甚至還願意幫忙聯絡鮫島。

平瀨一心以為自己手裡拿到的是一張不可能沉沒的豪華客輪一等艙船票，自以為擁有了錢和香川家的各種後盾。現在想想，這實在是一種滑稽的誤解。

平瀨所搭的船其實已經有單邊船艫浸水，另一端正好不容易探出水面，處於即將沉沒的狀態。

船名是「香川兄弟號」。對平瀨來說，或許可以稱為「鐵達尼號」吧。

車開到廢棄倉庫旁，才終於看到平瀨停在這裡的車，茂密叢生的雜草形成絕佳的掩護。

這片土地是進行港灣事業的香川建設在今年初轉讓給香川運輸的。昇判斷遲早會用到這塊地，於是交代總務更換閘門的鎖。這是為了預防使用目的未定時，有閒雜人等接近。

正因為是香川家的人，所以在這個城市裡，才會有可保守的秘密和難以保守的秘密。

下了車，昇踏進倉庫內部。倉庫是座建地面積超過四百平方公尺的縱長型建築，以鐵架組成。後面的部分跟港邊的高堤相鄰。堤防的高度距離海面將近八公尺，想從靠海那邊進入這片土地是不可能的。

倉庫沒有門。不過在進入後馬上就堆積著看來像巨大線圈般捲著電線的木製汽油桶，所以看不見後面的狀況。這附近的天花板是鍍鋅波形鐵皮，非常昏暗。

從明亮屋外走進來的昇，頓時覺得腳下不穩，止住了腳步。裡面傳來說話聲，沒有抑揚的尖銳聲音，是平瀨。

繞過汽油桶，來到明亮的一角。屋頂是塑料板，黃色的光線從天花板照射下來。鐵架的樑跟樑之間，架著半透明開始變色的塑料板。水泥地沾滿了油污，還積著水，朝著屋樑延伸出好幾根鐵柱。

平瀨坐在倒在接近倉庫最後方的汽油桶，耕二則蹲在距離他兩公尺左右的位置。

平瀨發現有人，話說到一半停了下來。昇正朝他走近。

平瀨的臉上浮現笑容，他猛然從汽油桶上一躍而下。

「辛苦啦。」

昇站住。

「這是怎麼回事？」

耕二看來不成人形。他渾身是血，看來被打到幾乎無法動彈。

「這沒什麼啦。不過是方針有點不同，給他一點教訓。」

看著耕二，他突然有種混雜了同情和快感的奇妙情感，昇避開了眼神。

「她人在哪？」

「在後面，安靜得很呢。」

平瀨回答時的眼神有著黑暗的期待。

「報酬您帶來了嗎？」

「在這裡。」

昇遞出提在手裡的紙袋，裡面真的放了現金兩千萬圓。

「貪財啦。」

昇的視線又回到耕二身上。
「他沒有生命危險吧？」
「這個嘛，誰知道呢？死了也無所謂吧。」
平瀨無所謂地說。
「這麼多辦事不牢靠的人，真傷腦筋呢。」
簡直像上司感嘆部下無能時的口氣。
昇覺得心裡湧上一股嫌惡，但他努力不讓情感外露，不能讓這種小混混看到自己人性的弱點。
「接下來怎麼辦呢？」
平瀨問。
「總之我先去見見她，你待在這裡。」
平瀨點點頭。昇往後面的小房間走去。轉過身走了幾步後，平瀨說：
「請問——」
「什麼？」
昇反問，但沒有停下腳步。
「你還記得『狂鬥會』嗎？」
昇停下了腳步。似曾相識的名字，但他一時想不起來。
「你說什麼會？」
「『狂鬥會』啊。」
平瀨又說了一遍。昇轉回頭。

「幹掉他們老大的，是香川先生吧。」

平瀨的眼睛閃閃發亮。昇想起來了，是那個盯上進的暴走族，他找來當地的流氓解決掉對方。都已經是十年前的事了。

「我不知道你在說什麼。」

「不要裝傻嘛。」

平瀨的臉上頓時笑開來，但是他的眼睛並沒有在笑。

「那個老大，對我很好呢。」

昇突然覺得胃的附近開始發冷，這是恐懼。昇對平瀨這個小混混，感到了恐懼。

「你到底想說什麼？」

昇努力不讓對方看到自己的動搖，凝視著平瀨。

「我只是想知道，是不是香川先生下的手？」

「那件事跟我無關。」

昇抑制住恐懼，說著，

「要說有，可能是我弟弟吧。」

「──是嗎？」

平瀨乾脆地點點頭。

「那下次我遇到進先生的時候再問他吧。」

沒有下次了──昇忍住想這麼說的衝動。

平瀨的表情看不出變化。昇覺得，平瀨的反應與其說是相信了昇說的話，更像是聽到了如同預期的答案。

「問了又怎麼樣？」

雖然覺得不該問，昇還是開了口。

平瀨沒有馬上回答。昇發現他的眼睛空虛地望著地板。

「我想讓他知道。」

平瀨繼續低著頭，說著。

「知道什麼——？」

「知道我曾經在『狂鬥會』裡，受到那個老大很多照顧。」

昇悄悄地沾濕嘴唇，他覺得喉嚨很渴。

「你恨他嗎？」

平瀨抬起頭，那是一張沒什麼表情的臉。平瀨的臉上失去了表情，讓人覺得他到目前為止的開朗態度，或許全部都是演技。

「就算是，我也不會怎麼樣。我只是想知道而已。」

昇深呼吸了一口氣——出乎意料的局面。現在不是背對這個男人、跟鮫島女友談話的時候。昇這才發現，原本以為只是個愚蠢角色的小混混，沒想到非常危險。總務部那個男人說過，之前幫派裡的大哥曾經說，平瀨心裡有種令人發毛的詭異，潛藏著不知道這個人會做出什麼事的恐怖。

「那個老大叫什麼名字？」

「他姓前田。」

前田，對了。確實叫前田，他父親是汽車銷售公司的員工，因為調職從縣外搬來。當時是用砂石車把他推到護欄邊壓死的，在深夜的國道上。

——事情處理完了。

接到這通聯絡電話，是在隔天早晨。砂石車的司機去自首，現在搬離這個地方，到別處生活了。

警察因為被害人是暴走族，所以也沒有進行太嚴厲的偵訊。

「你想報仇嗎？」

「怎麼會，都已經是陳年舊事了嘛。」

平瀨笑了。但是在這個瞬間，昇確信，這個傢伙、這個小混混從很久以前，就已經瞄準了自己兄弟。恐嚇，也是為了要復仇。

「那你想怎麼樣？」

「沒怎麼樣啊，我這邊的條件都已經告訴過你了。」

「百分之五十是嗎？」

「沒有錯，只要讓我加入，成為你們的生意夥伴，就夠了。」

然後總有一天會全部吞掉——這才是真正的目的吧。想到這裡，昇感覺恐懼似乎變淡了。

「有什麼好笑的？」

「好笑？」

「你在笑啊，香川先生。」

「沒什麼好笑的啊。」

「可是你不是在笑嗎？」

平瀨皺著眉，開始覺得不安。

「是嗎？」

突然之間，一切都變得好可笑。自己為什麼要把鮫島叫來。見了面，又能怎麼樣？聽他說了進最後一刻的樣子，又能怎麼樣？

就放了那女孩吧。到這個地步，她已經沒有用處了。

一回神，平瀨已經走到自己面前。他馬上想往後退。但，太遲了，平瀨的手抓住昇的衣領。

「發生了什麼事？」

「放手，什麼都沒有。」

他故作平靜地說。白色的光從平瀨手邊閃過，匕首抵在鼻梁。

「告訴我！到底為什麼！」

眼前的平瀨有著跟以往完全不同的表情和語氣。

41

新幹線在下午四點二十分滑入月台。在這一站下車的，除了鮫島，只有寥寥幾個乘客。可能因為是星期日的傍晚，車裡人並不多。

踏上月台的鮫島，筆直地走向出口樓梯。他沒有聯絡上塔下所說的秘密搜查官，但鮫島已經下定決心，要去見香川進的哥哥昇，一定可以從他身上獲得某些線索。

坐在出口樓梯附近板凳上看著報紙的男人站起來，很自然地與鮫島並肩走著。

「是鮫島先生吧？」

鮫島停下腳步，回頭看著男人。年齡大約二十八、九，梳著七三分頭，戴著不講究的膠框眼鏡，繫著領帶。

「我是──」

男人輕輕點了頭。

「是塔下先生聯絡我的，我叫石渡。」

鮫島一方面覺得安心，同時也覺得奇怪。

「你怎麼會在這裡──？」

「因為一直找不到我，所以塔下先生用了緊急聯絡法，通知我你搭的車班。」

鮫島確實在東京車站打了電話給塔下。塔下告訴自己的石渡電話，打了好幾次都不通。

「你出門了嗎？」

「不，不是的。」

石渡臉上沒什麼表情，真要說，算是個長相陰沉的男人。

「車子在下面，到車裡再詳談。」

新幹線的車站跟在來線車站不同，是另蓋的新建築物。周圍還沒有太多建築，放眼望去，令人覺得空蕩的站前環狀道路邊停著一輛掀背式國產車，那就是石渡的車。

石渡坐進駕駛座，慎重地固定好安全帶，發動了車子之後才開口。

「因為有需要，所以我才故意讓人聯絡不上的。」

「有需要？」

石渡嘆了一口氣，現在他的表情看來像是隨時都要哭出來。

「你的女朋友啊。我的工作是找到香川昇、進製造冰糖果的證據，也就是查出冰糖果的私造工程。到某一個階段，都進行得很順利。他們兩人用表親香川景子名下的遊艇，進行冰糖果的精製、製作錠劑的作業。」

「在船上？」

「對。雖然說是遊艇，不過相當大型，在半製品狀態的興奮劑中加入其他混入物製成錠劑的工程，在船艙就有充分可用的空間。只要把船開出海，下錨固定就行了。」

「那製造冰糖果的——」

「就只有他們兄弟兩人，看起來沒有其他人參與製造。」

「只有兩個人……」

「鮫島先生或許覺得不可思議，不過在這個地方很難想像那兩人做這種事會尋求第三者的幫助，因為他們就是這麼特別的人。」

「那包裝呢？外面賣的冰糖果都裝在塑膠鋁片裡。」

「那應該是另外處理的，可能是包給縣外的小型專門業者做的吧。」

「那你故意失去聯絡的理由是什麼？」

車子開在看似市區主要幹道的路上。經過縣政府、市政府、電視台、警察本部等建築物排列的一區，接著可以看到百貨公司和大型超市、銀行等等。

「前天我拍到了香川兄弟從遊艇上將包裝完的成箱冰糖果搬出的照片，那時我身邊還有一個叫平瀨直實的男人。他以前是暴走族，在當地幫派飯田組見習幫中規矩，卻中途逃跑，是個粗暴的傢伙。平瀨似乎對香川兄弟有個人的怨恨，所以利用自己在流氓時期獲得的知識盯上香川兄弟，尋找恐嚇的材料。他不只粗暴，還有點小聰明，是個很難對付的男人。我因為其他案子原本在秘密調查飯田組，後來認為冰糖果很可能跟香川兄弟有關，所以決定跟平瀨聯手。因為他想要我的藥物知識。在飯田組裡面，就算有人隱隱約約知道香川兄弟跟冰糖果有關，也沒有人有膽子去追根究柢，在這一點上對香川兄弟懷有怨恨的平瀨，就完全不在意。平瀨還有另一個獲得香川兄弟周邊情報的消息來源，那就是他國中同學國前耕二。國前就是你女朋友從前的樂團夥伴，現在是香川景子的小白臉。」

「那在這裡開Live House的是——」

「是國前耕二。正確來說，國前是店長，老闆是香川景子。店名叫『K＆K』。那天晚上你女朋友在『K＆K』表演後，香川進就到東京去了。我跟蹤他跟到一半，但是他開得非常快，後來跟丟了。到了今天早上，平瀨打電話到我住的地方。昨天晚上平瀨威脅香川景子，說自己掌握了香川兄弟製造冰糖果的證據，如果不希望事情曝光，就讓他也在冰糖果這樁生意裡參一腳。到了這個時候，我的工作就等於結束了。把拍到的照片帶回東京，再加上目前為止準備好的材料，要求香川兄弟任意同行，案子應該可以有個了結。沒想到平瀨竟然接受香川昇的委託，幫忙綁架你女朋友，還強制要求我也幫忙，這就超出我潛入搜查的界限了。眼看事態進入預料之外的發展，我決定聯絡東京的主任情報官。」

說到這裡，石渡停了一停，看著鮫島的臉，說道：

「你好像惹得主任情報官非常生氣呢。」

「可能吧。」

鮫島忍住想盡早問出晶消息的心情，回答他。

「主任情報官的判斷是暫且按兵不動。當然，他也嚴格禁止我參與綁架的共犯行動。」

鮫島緊咬著牙。板見知道晶被綁架，但他卻一句話都沒有警告鮫島。

這件事塔下並不知道，也就是板見一個人都藏在心裡。

如果晶有什麼萬一，自己絕對不會放過板見。

石渡終於注意到鮫島表情的變化。

「我忘了先告訴你，我想鮫島先生的女朋友應該沒有生命危險。因為香川昇命令絕對不能傷了她。」

聽到這句話，鮫島才覺得心裡稍微輕鬆了一些。

「所以你才故意讓別人聯絡不到你嗎？」

「對。所以當塔下先生聯絡我，告訴我在東京到底發生什麼事的時候，我才下定決心要跟鮫島先生接觸。塔下先生告訴我，要是沒有鮫島先生，我目前為止費盡苦心掌握的秘密搜查情報，可能都會毀在主任情報官手裡。」

「這我就不知道了。」

「姑且不管這個問題，明明知道有年輕女性被綁架、監禁，他卻叫我什麼都別做，接到這種指示我自己也很難受。雖然這跟我的職務並沒有關係……」

「您的工作真是辛苦啊。」

鮫島改為鄭重的語氣說道。

「反正我就是這種角色啦。」

石渡露出了靦腆的笑容。

「沒有人看得出我的身分，所以也還好啦……」

或許真是如此吧。年紀雖然輕，卻有一張陰沉的臉，大概不會有人想到這個男人竟然是麻藥取締官吧。但即使如此，這個男人身上背負的任務，肯定是孤獨又嚴苛。

「現在因為我故意不跟他聯絡，所以也不知道她被平瀨帶到哪裡去。可能是在香川昇的指示之下，關在某個地方吧。」

「國前耕二呢？」

石渡搖搖頭。

「我也聯絡不到他。」

鮫島突然問：

「香川昇的聲音聽起來如何？」

「我沒有直接跟他說過話……關於香川昇，我去看過他車站對面的住處。隔著圍牆看到家裡停著的不是他太太的車，是他自己的車。香川昇去公司時，都是司機開其他車來接的。但是他太太卻在院子裡跟小孩玩。」

鮫島想了想，問道：

「香川昇開什麼車？」

「賓士。太太開三菱晶鑽。」

「所以消失的是晶鑽？」

「對。」

「可能是朋友借了車，或者是香川昇本人刻意挑選了比較不引人注目的車……」

鮫島輕聲唸著。

「總之，我們現在先到你女朋友住過的皇家飯店去。」

鮫島點點頭。雖然可能性極小，但是有可能留下晶去向線索的，也只有那裡了。

「這是這個市裡等級最高的飯店，當然也是香川財團名下的財產。」

皇家飯店就在主要幹道上。建地寬敞，飯店蓋在這片土地略往內退的地方，留出的前庭為停車場。

石渡把車開進停車場，來到並排的一台車前時踩下煞車。

「這是國前的車。」

那是一台舊型的馬自達ＲＸ-７。

石渡把掀背車停在旁邊的空位。兩人下了車，石渡把手掌放在ＲＸ-７的引擎蓋上。

「是冷的。」

停車場沒有管理員，兩人走向飯店。

穿過玻璃自動門，是鋪滿大理石地面的橫長型寬敞大廳，水晶吊燈投射著溫暖的光線。

鮫島走近櫃檯，出示了警察手冊。

「有一位名叫青木晶的女性住在這間飯店吧？」

「青木小姐──」

櫃檯人員是一位穿著制服夾克的年輕女性。發現鮫島的警察手冊後，同樣身穿制服的三十多歲男性走上前來，敲著手邊的電腦。

「是八二〇一號的客人沒錯。不過她目前外出，不在房間裡。」

他回頭看看放著鑰匙的櫃子，這麼說。

「房間裡沒有其他人嗎？」

石渡問。

「是的，我想應該沒有人在。」

「有人看到她出門時的狀況嗎？」

「這個……我記得，好像有人來接她，然後青木小姐就跟他們一起離開了……」

「那大概是幾點？」

「應該是快中午的時候……」

「來接她的是什麼樣的人？」

「其中一位在辦理住房登記時也跟她在一起，另一位──」

聽完對方描述的長相後，石渡確認那就是平瀨。晶是跟國前還有平瀨三個人一起出門的。

「他們看起來有沒有什麼奇怪的地方？」

「沒有……我想應該沒有什麼特別的地方。」

「可以讓我看一下那間房間嗎？飯店的人在旁邊也沒關係。」

鮫島說完，櫃檯人員猶豫了一下，但還是同意了。

連同離開櫃檯的員工，三人搭進了電梯。他們在八樓出了電梯，踏上走廊。八一〇一是位於走廊盡頭的房間。

「這間是套房。」

櫃檯人員說道，插入鑰匙，推開了門。鮫島和石渡走進房裡。

房務人員已經進了房裡，寬敞的房間整理得相當整齊。穿過兼作餐廳用的客廳，進入臥室。行李箱放在衣櫃旁，放眼望去的私人物品只有放在床邊的隨身聽耳機。

鮫島聽了隨身聽，裡面放的是「Who's Honey」新歌的試聽帶。

「這房間真豪華，住一晚要多少錢啊？」

石渡問。

「一個晚上七萬日圓。」

櫃檯人員露出警戒的表情。

「住宿費是青木小姐她——？」

鮫島問。他心想，自己不知道有多久沒有叫晶的姓了。

「不……」

櫃檯人員支吾其詞。

「是哪一位付的呢？」

石渡問。櫃檯人員猶豫著。

「這，不太方便——」

「我們認為青木小姐可能被捲入重大犯罪當中。」

鮫島說。

「——是香川小姐。」

「香川，是誰？」

「是景子小姐。」

櫃檯人員說完，低下了頭。石渡看看鮫島，鮫島點點頭，示意離開房間。

坐進車裡的兩人前往香川運輸總公司。總公司大樓離皇家飯店並不太遠，不過公司裡的人說香川昇雖然來過公司，但下午四點就離開了。司機說，他直接把香川昇送回家了。

石渡當場打了電話到香川家。香川昇的妻子說丈夫回來後馬上出門了，至於去了哪裡，她並不清楚。

「要到哪裡去？」

手放在車子的方向盤上，石渡說。

「進的死訊，香川昇應該已經收到正式的通知了。」

「這麼說，他現在正跟鮫島先生的女朋友在一起？」

「很有可能。平瀨直實和國前耕二應該也在。」

「會在哪裡呢？」

石渡緊咬著唇。鮫島看出這個老實的麻藥取締官感到很重的責任，如果不遵從板見的指示，或許有機會知道晶被監禁在哪裡。

「有一個人可能會知道。」鮫島說。

「是香川景子嗎？」

石渡看著鮫島。「對。」

後面的小房間鋪著木頭地板，地板上插著一把匕首。

「哎呀呀，這下該怎麼辦呢？」

平瀨故意哎聲說道，把頭髮往上撩。香川昇用相當冷靜的表情看著平瀨。平瀨打開雙腿蹲下，他讓香川端正跪坐著。但即使如此，香川還是散發著某種威嚴。即使頭髮蓬亂，臉頰上有尖利的傷痕，還不斷汩汩流著血，他也都沒有失去這份威嚴。耕二看著他，心裡有種很不可思議的訝異。

耕二靠在晶的膝前。他覺得很不舒服，不斷劇烈的想吐和頭痛，混雜了血的嘔吐物積在小房間一角。

「離開這個地方，對你比較好。」

香川說。

「不要命令我！你這個混帳！」

平瀨大叫，拔出了匕首抵在香川喉嚨。他低聲說：

「是你吧，就是你們這對兄弟毀了一切。」

香川閉上眼睛。

「兩千萬你已經拿到了吧。」

「那只是九牛一毛吧，你靠那些藥賺了多少！」

「幾乎沒賺到什麼錢。」

「什麼？」

「本來打算現在才要開始賺的，一開始是以明知道虧錢的便宜價錢批出去。」

「你少胡說了。」

「真的，但是現在進變成這樣，一切都結束了。」

香川睜開眼睛，眼眶泛著淚。耕二很不可思議地聽著跟自己一起被拉到這小房間來的香川，在平瀨那近似拷問的質問下回答的事。

掌握了香川兄弟販毒的證據，以為終於有賺大錢的機會，沒想到沒過多久，香川的弟弟被殺，警察也出動了。

「警察那邊你一定有辦法應付的吧？」

「到了現在這個地步，已經不可能了。」

「但你總有些辦法吧？」

「現在行動的不是縣警，是警視廳。」

「警視廳又怎麼樣！有多了不起！」

「我跟警視廳的刑警通過電話。」

「是鮫島嗎？那種角色沒什麼好怕的。」

耕二的背後感覺到晶的膝蓋動了動。

「所以你才綁走我的嗎？」

晶開了口，平瀨和香川同時轉回頭。

「沒錯。」

香川終於回答。

「我想萬一進跟流氓之間起了糾紛，說不定可以派上用場。查了鮫島刑警的背景後，知道妳是他的女朋友。」

「耕二，你是因為這樣才叫我來的嗎？」

「不、不是……」

耕二好不容易擠出回答，晶的眼神很認真。香川說：

「是巧合，我是偶然知道妳要到這裡來的。」

平瀨叼著菸，點起火。

「你啊，結果只會用些不弄髒自己手的方法。畢竟是香川家高貴的大人物嘛，你利用弟弟、利用我，還真聰明呢。」

他忿忿地說。

「他怎麼說？」

「他？」

「鮫。」

晶說。「鮫」這個字唸起來有股莫名的溫暖，香川也注意到這個聲響。晶睜大的眼睛入迷地望著香川。香川說：

「他說，他會來，會來見我。」

「那他一定會來。」

晶說著，語氣很平靜，那口氣就好像仰望著黑暗的天空說：快下雨了。

「話可不要亂說啊，小晶。」

平瀨發出甜膩的聲音。

「這裡可不是東京呢。東京轄區警署的刑警，到這裡來什麼都辦不到。所以他是不會來的，對吧？」

他看著香川，香川沒說話。

晶終於開口，口氣好像在開導對方。

「你不了解他。那個人說要來，就一定會來。」

平瀨整張臉笑得扭曲。

「妳很愛他嘛，小晶。」

「——他還問我，你不恨我嗎？」

香川說完，平瀨突然看著他。香川繼續說：

「他說：『我沒能救得了進，你不恨我嗎？』」

「說什麼漂亮話啊。」

平瀨呸地一口吐出口水，然後他挑著眼看向晶。

「東京的條子屁些什麼我不管，在這裡，我有我的方法。」

「——你很快會知道的。」

晶低聲說。

「吵死了！妳這賤貨。妳再敢神氣小心我就幹得妳哭不出來！」

晶的表情一變。始終冷靜的表情，變得像一隻不受控制的野獸般，眼睛閃著光。

「你想怎樣就怎樣，要是以為靠你那破爛貨色可以稱心如意，那你就大錯特錯了！鄉巴佬！」

平瀨大大吸了一口氣。下個瞬間，他一拳揮向晶的臉。晶的嘴唇破裂，血滴四濺，晶整個人往後飛。

「我現在就讓妳知道！」

耕二拚命抓住平瀨的休閒褲。

「住、住手！你快住手啊——」

平瀨看著耕二，輕聲地說：

「你去死吧！」

接著，他揮下了匕首。

43

車開在主要街道往高速公路的方向。「Ｋ＆Ｋ」位於市區東側，它不在大樓裡，而是一間時尚的獨棟店鋪。木框嵌著玻璃的正面立著「Ｋ＆Ｋ」的小招牌，看板沒有亮燈。後門有個鋪了石礫的停車場，裡面只停了一台黑色保時捷。

「是香川景子的車。」

石渡輕聲說。

兩人下了車。石渡看看手錶。

「今天應該沒營業。」

秋天的太陽西沉得很快，石礫上延伸著長長的影子。

「過去看看吧。」

鮫島說。繞過停車場，走向前有門廊的「Ｋ＆Ｋ」正面。

「Ｋ＆Ｋ」的內部亮著燈。緊靠著玻璃窗邊密密擺著成排的觀葉樹盆栽，溫暖的間接照明照亮了葉片。

站在入口門前的石渡回頭看著鮫島。

「鮫島先生。」

門扉的玻璃上貼著一張女人手寫字跡的紙張。

「本店因故需暫時休業，敬請見諒。『Ｋ＆Ｋ』店主。」

鮫島稍稍吸了一口氣，推開了門。

點著燈的正面，往後方延伸出一條細長的走廊。走廊兩側有紅酒架，上面滿滿地排著酒瓶。

正面部分功能類似候位廳。明亮的只有這附近，愈往後面走就愈暗。

店裡沒有人，鮫島穿過堆滿紅酒的走廊。

走廊前面變得寬廣。正面後方是吧檯，中央有擺放了平台鋼琴的舞台，左右靠牆高出一階，是豪華的皮製沙發。進去之後的左邊是拉了黑色窗簾的寄物櫃檯。

只有細光束聚光燈照在平台鋼琴上，其他的燈全部都關掉了。

鮫島穿過走廊後站住，發現落在平台鋼琴上尖銳光帶的彼端有個人影。

香菸的煙霧飄蕩在光帶中。相當安靜，有種闖進半夜裡的錯覺。

人影在動。緊鄰著光帶外側，站著一個身穿黑色連身裙的女人。素著一張沒化妝的臉，五官端正，她正單手撩起落在額前的頭髮。

「不好意思，本店今天沒有營業。」

她低垂著眼說道，聲音很安靜。往後梳的頭髮留到肩頭，閃著美麗的光澤。

「是香川景子小姐嗎？」

鮫島說，女人抬起頭，正面面對鮫島。她的美讓人覺得既纖細，又宛如玻璃工藝般脆弱。不僅如此，還有種高貴的氣氛。跟她那對大眼睛相比，挺拔的鼻梁和嘴唇、下巴，全都雪白又纖細。

女人睜大了眼睛，看著鮫島。

「是。」

「我是東京警視廳新宿署的鮫島，這位是關東信越地區麻藥取締官事務所的石渡先生。」

女人的眼睛微微睜大。黑色連身裙的低領口露出雪白鎖骨，一邊閃亮一邊上下起伏。

「請問您知道香川昇先生現在在哪裡嗎？」

鮫島說。女人無言地凝視著鮫島。與其說她在猶豫該不該回答，看起來更像在尋找適當的字眼。

「——你是晶小姐的——」

「對，晶是我女朋友。」

打斷猶豫的香川景子，鮫島告訴她。香川景子深深吸了一口氣。

「我，其實——我不確定她人在不在昇那裡。我問過，但他不說。」

「您認為香川先生跟晶在一起嗎？」

「……對。」

「那國前耕二呢？」

香川景子驚訝地抬起眼。

「我想……應該在一起吧。」

一邊說著，她一邊垂下了眼。

石渡往前走了一步。

「您有一艘遊艇是嗎？」

「是的。」

「我聽說香川昇和進這對兄弟經常使用您的遊艇。」

「這我知道。我沒有船舶執照，所以船一向讓昇或進開。」

「船上沒有其他船員嗎？」

「有是有……」

「船現在在哪裡？」

「應該在碼頭。」

「待會可以讓我們看看船裡嗎？」

「請便，我最近很久沒上船了。」

說著，香川景子沉默了一會兒，眼睛看著舞台的地板。

「您最近有旅行的計畫嗎——」

石渡問道。香川景子搖搖頭。

「不，沒有。」

「我知道了。」

石渡看看鮫島，鮫島一直凝視著香川景子。

「她——」

香川景子開了口。

「昨天她在這裡唱了歌。她的歌非常棒，我覺得她真的很有天分。」

抬起頭，她跟鮫島四目相交。

「不過我這樣說一個專業歌手，可能有點失禮——」

「歌是她的全部。」

「那你呢？你的存在對她來說呢？」

「應該沒有唱歌重要。」

「那對你來說呢？工作跟她之間……」
鮫島沉默了。
他終於開口答道。
「如果失去了晶，我想我應該還是會繼續當警察。但那時候的自己會是什麼樣的狀況，我不敢想像。」
「你為什麼不想擁有她？跟她結婚，讓她待在自己身邊——你沒有自信嗎？還是……」
銳利的眼光盯著鮫島不放。
「因為跟搖滾歌手結婚會阻礙警察生涯，所以才不結婚的嗎？」
「不是。」
鮫島說。
「我對身為警察的將來，並沒有抱著太大希望。」
「為什麼？警察機關的人我不熟，但我認識的幾個官僚都對將來抱有很強的希望。難道刑警不同嗎？」
「我不知道其他刑警是不是不同，但我自己不一樣。」
「你犯了什麼錯嗎？」
「——或許吧。」
鮫島平靜地回答。
「鮫島先生您的階級是？」
「警部。」
香川景子眨著眼。

「既然是警部，應該是幹部吧。」

「算是吧。」

「我離了婚的丈夫在通產省工作，他以高級官僚的身分進了通產省。是個腦筋非常好的人，不過關於怎麼讓女人幸福，他卻很無能。你不跟她結婚，也是因為沒有把握給她幸福嗎？」

「……她的幸福，要由她來決定。結婚這件事，如果只有我希望或者只有她希望結婚，都不會帶來幸福。她現在要是結婚了，就不能自由唱歌。不管這是不是事實，她是這麼相信的。對我來說重要的是這一點。」

「你不打算導正她錯誤的想法嗎？」

「錯誤？」

「結婚之後就不能自由唱歌，這對你來說難道不是錯誤嗎？」

「唱歌的是她不是我。她身為一個歌手的幸福，即使跟身為她的情人的我的幸福不一致，要選擇哪一邊也是她的權利。是不是錯誤，討論這個問題並沒有太大的意義。」

香川景子輕輕地吐了一口氣。

「您的名字是鮫島先生吧？」

「沒錯。」

「大家都稱呼您鮫是嗎？」

「是有人這麼叫我。」

「她唱了關於你的歌。是首慢歌，非常美的歌。」

她慢慢環視舞台。

「這間店對我來說很珍貴。雖然說珍貴的東西不只一樣，但要是失去了這間店，我應該會失去活下去的勇氣。」

「——有誰要從妳手中奪走這間店嗎？」

「不知道。」

香川景子搖搖頭，接著她說：

「我不知道昇在哪裡，但是應該有辦法可以知道。」

44

匕首刺了下去，但是刺在距離耕二側腹部數公分的地板上。平瀨露出滿臉的笑，看著睜大眼睛的耕二。

「騙你的啦。我們是朋友，我怎麼會殺你呢？要是這麼做，小晶一定會討厭我的。」

接著他回頭看著昇。

「你手上還有藥吧？」

「只有還沒製成錠劑的半成品。」

「離這裡多遠？」

「四十公里吧。」

平瀨一笑。

「真不錯，東西在船上嗎？」

「不是。」

「那在哪裡？」

昇緊閉著唇，盯著平瀨的臉。

現在是關鍵時刻。

除了瘋狂還有幾分小聰明的這個危險男人，想要把雙方的立場逆轉過來，現在是唯一的機會了。

「我問你東西在哪裡啊？」

「現在這種狀況，我沒辦法告訴你。」

「你說什麼，渾蛋！」

「你先把刀給我，我再告訴你。興奮劑是你的，那兩千萬也是。不過你不放下刀，我是不會告訴你的。」

「老頭，你腦子壞啦？這傢伙要是給了你，我就完啦。」

「殺了你這種人我也沒什麼好處。」

「什麼叫你這種人！」

平瀨怒吼著。昇移開視線，看著耕二。耕二爬向倒地的女孩身邊。女孩看來因為被毆打、倒地時的撞擊而失神，嘴巴周圍染了鮮血。

「怎麼樣？」

昇問。

「老頭。」

平瀨盯著昇的臉。

「你還想擺社長的架子嗎？我可不是你的部下。還是說，你這位大人該不會以為所有人都會聽你的話吧？」

女孩發出呻吟的聲音，耕二摟著她的肩。

「晶、晶……」

女孩張開眼睛。看來似乎有腦震盪的跡象——看著她空洞的視線，昇這麼想著。女孩開始咳嗽，吐出積在嘴裡的血。

「對不起啊，小晶。我就是控制不住自己的脾氣。」

平瀨故意道歉。女孩的眼睛轉向平瀨的臉，臉上慢慢恢復了表情。

真不可思議。這女孩的臉上一點恐懼都沒有，打從一開始就是這樣。自從第一次在這裡見面，這女孩的臉上從來沒有出現過一點恐懼，有的只是憤怒和莫名心急的焦躁。

「妳是不是討厭我啦？」

平瀨裝瘋賣傻地說。

「牙斷了。」

這就是晶的回答。

「妳個性怎麼這麼強呢，小晶啊？妳害怕啊！我想看妳哭的樣子。要不然我就要逼妳哭囉。」

「你不要太過分了。」

昇說，平瀨回頭看著他。

「快點拿著興奮劑走人吧。現在警察應該已經開始在找我了。」

「要走，我會把你們全殺光再走。」

這時候電話開始響起。小房間裡變得昏暗，掉在地上的行動電話閃著亮光。

大家都沉默著，注視著不斷發出聲響的行動電話。

「誰打來的？」

平瀨說。

「電話是我的，應該是在找我的人吧。」

「不准接。」

看著電話，昇看著平瀨。

「你不想要興奮劑嗎？」
「你神氣什麼！」
電話不斷響著。
「那我把電源關掉吧——」
平瀨正要伸手。就在這時候，耕二撿起了地上的電話。
「你這個渾蛋！」
動作快到讓人訝異，他哪來這些體力。抓住電話，他身體一邊往前傾倒，一邊從小房間的門往外跑，他拖著腳逃進倉庫裡。平瀨拿著匕首追在後面。
「喂！喂！」
耕二對著電話開始說話。
昇站起來，離開小房間。平瀨大叫：
「你他媽的渾蛋！」
抓住匕首衝向耕二。
「老闆！」
耕二喘著。
「是老闆。對不起，我是耕二……」
耕二一個踉蹌，匕首刺在他側腹部上。
「我現在在港邊的舊倉庫……」
「放下電話，你這個渾蛋！」
平瀨雙手抓住耕二的右腕，耕二膝頭一彎。

「老闆……對不起，真的很抱歉……」

耕二開始哭。

平瀨用力搖著耕二的手，但耕二還是拚命地把行動電話抵在耳邊。昇忍不住開始跑過來，用盡全身力量往平瀨背後撞。

「請妳原諒我，老闆……」

平瀨被絆住腳步，回頭。他眼睛往上吊。什麼都沒說，先痛毆了昇的肚子一陣。他抓住身體往前彎的昇的頭髮，用膝頭又是一陣痛踢。沉重的衝擊和「喀咧」的鼻骨碎裂聲，從昇的臉部穿透到後腦部。昇的臉一陣熱燙，同時眼前也暗了一片。昇整個人摔在地上。

遠遠傳來「哐啷」的聲音。他眨了眨眼，臉的下半邊麻痺，溫熱的液體迸流不止。昇遮住鼻子，睜大了眼睛。壞掉的行動電話掉在地上。

平瀨不斷踢著蜷縮成一團蹲在一角的耕二。他不停踢著耕二，「咚！咚！」的惱人聲音響遍了倉庫。

聲音每響起一次，耕二的身體就跟著搖動一次，但是臉頰緊貼著地板的耕二已經一動也不動。

45

「耕二！」

將話筒抵在耳邊的香川景子發出近似哀鳴的叫聲。

「喂！耕二、耕二?!」

她倒噓了一口氣，看了看站在身旁的鮫島。

「在港邊……應該是碼頭後面放舊建築材料的倉庫。昇的公司今年初從我父親那裡買下的。」

鮫島看看石渡。

「我知道。」

石渡點點頭。

「可以請您打一一〇嗎——？」

鮫島問香川景子。香川景子點點頭。鮫島從香川景子的手裡接過話筒，放在耳邊。嘟——嘟——只聽到通話中的訊號。

46

「耕二……你怎麼這麼傻……」

整個人癱坐在地下的平瀨喃喃唸著。

「我真的殺了你、我竟然真的殺了你。都是你不好！都是你不聽我的……我本來想跟你一起幹的……」

平瀨連雙肘都染上了血，雙手最前方是剛從耕二體內抽出發著亮光的匕首。

倉庫裡包圍在一片黑暗當中。四面八方傳來蟲聲，幾乎讓人感到頭暈。

「耕二！」

他聽到叫聲。女孩靠在小房間的門上，看著不再動彈的年輕人。

「不行！」

下個瞬間，她朝平瀨衝過來。昇急忙抱住她的身體。

「放開我。」

女孩扭著身體，不顧一切地發狂，想衝向平瀨面前。

平瀨這才回過神來。

「怎麼！我怎樣了！」

他推開昇，抓住女孩身穿的牛仔夾克，拖著女孩的身體，脫掉她的夾克。

「你這渾蛋——」

丟掉手裡的夾克，平瀨撕破女孩的背心。在胸罩包覆下的豐滿胸部露了出來。平瀨將匕首的刀刃抵在她胸前。

「脫掉。」

女孩的眼睛閃閃發光。

「要脫你自己來脫！」

「妳……」

他一把抓下胸罩。女孩的膝蓋往平瀨下腹部用力一踢，平瀨發出呻吟彎下身子。女孩迅速轉身，朝倉庫出入口跑去。平瀨發出野獸般的叫聲，追在她身後。

「我說！」

昇大吼著。

「我告訴你東西在哪，你快回來！」

47

閘門上著鎖。柵欄的高度有兩公尺多，從最上面開始全部都鋪著有刺鐵絲。

「怎麼辦？」

柵欄另一端是茂盛濃密的雜草，再往前方就看不清楚了。車頭燈前有蛾和小蟲在飛舞。

鮫島沒有回答石渡，他下了車。微風從柵欄彼端吹來，風裡帶著濕氣和潮水的香氣。

「這對面是什麼？」

「是海。有一座高防波堤，不能過去。」

石渡從放下的駕駛座車窗說著。

鮫島突然一驚，轉回頭，他好像隱約聽到了叫聲。他看看石渡，石渡也露出緊張的表情回望著他。

「你聽到了嗎？」

「聽到了。」

鮫島說。石渡吸了一口氣，換了檔。

「請離開一點，我試試看能不能強行衝破。」

引擎發出呻吟聲，掀背車往後退。這裡的路規劃成曲折形，所以後退也只能退個四到五公尺。

鮫島往後退了幾步。石渡預熱引擎兩三次，提高轉數，接上離合器。

掀背車往前猛衝，發出哐啷的聲響，車的前端陷入閘門當中。不過因為有兩側柱子的支撐，閘門還沒有倒。

「我再試一次。」

說著，石渡再次讓掀背車往後退。閘門鐵絲刮著車體的尖銳聲音穿入耳中。掀背車再次衝向閘門，閘門彎成く字形。

「就這樣衝過去！」

鮫島說著，攀上掀背車的引擎蓋。鞋底搆到了即將傾倒的彎曲閘門最上方的鐵絲。他用自己的體重施壓，但鐵線雖然搖晃，卻沒有斷裂的跡象。

鮫島順勢跳過閘門。

人倒在雜草中。

「沒事吧？」

「沒事。」

他回答石渡，站起身來。雜草叢當中可以看到車輪壓過形成的路徑。

「再一次應該就會破了。」

石渡說，再次準備把掀背車往後退。

鮫島開始走在車輪痕跡上。雜草的高度幾乎跟人同高。可能因為這塊填海地原本就飽含水分，再加上幾乎沒有人進來的關係吧。

車頭燈的亮光消失在車輪痕跡前的那片黑暗當中。愈往前走，就愈聽見震耳欲聾的蟲鳴聲。

就在這時候，他又聽到了叫聲。是個男人的聲音，是種沒有意義，但混雜著憤怒和痛苦，讓人聽了毛骨悚然的叫聲。

鮫島開始奔跑。一開步跑馬上就被凹凸的地面絆住，亂了腳步。

背後傳來衝撞聲。尾音拖得極長的金屬聲之後，引擎聲變得尖銳。

但鮫島頭也不回地跑。車輪的痕跡在途中轉了彎，鮫島踏上車頭燈照不到的黑暗當中。

「——來啊！」

聽到男人的聲音。鮫島往那個方向前進，他又聽到一陣啪噠啪噠快跑的腳步聲。

突然間，雜草叢到了盡頭，鮫島來到一片整過地的空間。左前方是一座橫長型黑暗的建築物，建築物前方看來停著兩台車。

一陣光從背後照過來，終於突破閘門的石渡把車開了過來。

接著鮫島屏住了氣。因為他清楚地看到正面迎著光、瞇著眼的晶往這裡跑過來。晶身穿牛仔褲，但上半身全裸。鮫島稱為「火箭波」的豐滿胸部完全袒露著，嘴邊也沾著血。

「晶！」

鮫島大叫，晶驚訝地睜大眼睛，逆光讓她看不見鮫島的臉。同時鮫島也注意到緊追到晶身後的另一個男人。

那男人燙著一頭鬈髮，身穿顏色鮮豔的運動服，胸前染著大量鮮血。年齡大約二十五左右。表情看來已經失控，完全看不清周圍的狀況，手裡還揮著染著血的匕首。

鮫島往前跑，撞上晶後緊抱她的身體倒在地面。晶的胸部壓在鮫島身體上，發出「嗚」的呻吟聲。

男人一邊發出吼叫一邊揮著匕首。因為衝過來的勁道太大而往前倒，匕首刺在地面上，小石頭發出火花。

鮫島推開晶站了起來。男人將匕首從地面拔出來。只看他一眼，就知道他雙手離不開匕首的刀柄。

「你什麼東西啊！」

男人尖銳地大叫。這聲音似曾相識，是打電話到署裡的男人。

但鮫島沒有要回答他的意思。他從腰間的套子抽出特殊警棒，往男人臉上打。男人想用匕首擋住警棒，但鮫島這一擊使出渾身解數，遠遠超過男人的力量。男人的額頭破裂，噴出血來。男人眼冒金星、腳步站也站不穩，可是他卻沒有跌倒。

「我宰了你。」

匕首從上往下揮。鮫島避開了匕首，往男人的腰部踢。男人的身體往後方搖晃，後背撞在停著的晶鑽上。

鮫島往前跨，警棒打在男人的脖子上，同時一腿掃過他的雙腳。男人跌坐在地上。右手離開匕首，只剩左手緊握著。鮫島又用膝蓋撞向男人的臉。男人的頭夾在鮫島的膝蓋和晶鑽的車門之間，強力的勁道讓車門凹入了一塊。

鮫島抓住男人扭曲不成形的衣領，把他拉起來，匕首從他的手中掉下。

男人的臉沾滿了鮮血，鼻梁凹陷，額頭也破了，門牙斷了好幾顆。但他還沒有失去意識，瞇著充滿憎恨的眼，凝視著鮫島。

「讓我告訴你我是誰，我是鮫島，新宿署的鮫島。」

鮫島仔細看著男人的臉，氣喘吁吁地告訴他。男人的表情沒變，他的眼睛在動。

他看到站在鮫島背後的人。

「石、石渡……你終於，來了……」

男人用混濁的聲音說。

「殺了這傢伙，快，石渡……」
石渡站在鮫島身邊。男人睜開眼睛，看著石渡。
「我叫你殺了他，快……」
「這不可能。」
鮫島冷靜地說。
「為什麼，為什麼不可能……殺了他，石渡……」
男人從缺落的牙齒露出「咻咻」的氣音還吹著血泡說著。石渡沒回答，他一邊看著男人，一邊將手伸進上衣前。
「平瀨，我真正的工作是麻藥取締官。」
他伸出的手裡握著手銬。看到手銬的男人大大張著嘴，那叫聲幾乎響遍附近這一帶，他一邊發出叫聲一邊想抓住石渡，瘋狂的樣子讓人難以想像他這些力氣是哪裡來的。
鮫島用右手壓住男人脖子，把他推在車身上。
「你的手銬先留著。」
鮫島把男人拖到地面，膝蓋抵在他背後，把他的手抓到後面銬上自己的手銬，男人不再動彈。
鮫島站起來，脫掉上衣。
雙手遮在胸前的晶呆站著，他把上衣披在晶肩上。晶的身體僵硬，眼睛不斷注視著趴倒在地的男人背影。
「晶。」
她好像沒聽到，一動也不動。

「晶！」

晶終於動了眼睛。看著鮫島胸膛，然後慢慢仰起臉。

「我在等……」

晶輕聲說。

「妳說什麼？」

鮫島溫柔地問。

「沒什麼。」

晶搖搖頭。接著她緊抱著鮫島，像個孩子般放聲大哭。

48

鮫島走進了倉庫，晶用力緊握住他的手。石渡手裡拿著手電筒跟在後面。

晶停下腳步。手電筒的光環照在趴在地上、已經斷氣的年輕人臉上。

晶什麼都沒說，雙手環繞在鮫島的腰上，垂下臉。

「是國前耕二。」

石渡輕聲說。三人低頭看著眼前的光景有好一會兒。

倉庫後方的暗處傳來踩踏地面的清脆聲響。石渡迅速拿起手電筒。

光線中浮現一個身穿西裝渾身是血的男人。鼻梁斷了，外套和襯衫上因為血和灰塵而濘成一片。

這人的長相跟香川進驚人地相像。身材比進瘦，個子雖小，卻給人知性的印象。

男人稍微瞇著眼，凝視著鮫島和石渡。

「是香川昇先生嗎？」

鮫島問他。男人點點頭，受傷腫脹的嘴唇動著。

「現在怎麼了？」

「平瀨直實已經被逮捕了。」

男人輕輕點了頭。

「你……你就是鮫島刑警嗎？」

「是的。」

男人的喉結動著。

「我對你很抱歉……我沒有意思要傷害她……」

說到這裡他頓了頓，垂下眼。接著抬起頭。

「進他——」

他說：

「那小子他……是不是很痛苦？」

「應該很痛苦吧，如果是正常狀態的話。但是他因為興奮劑而陷入幻覺，不知道有沒有感覺到痛苦。」

香川緩緩地搖頭。

「他就等於是我殺的，一切都是我策畫的。冰糖果的事也是……進他，那小子只是想幫我而已。」

鮫島什麼都沒說。

「我是個膽小鬼。我弟弟雖然被興奮劑毀了，但是他為了救自己喜歡的女人，跑到東京去。我永遠待在這裡。我總是在這裡，命令他做這個、做那個……最後還眼睜睜看著他被殺……」

香川的嘴唇在顫抖。

「為什麼呢？」

鮫島問。

「像你這種身分的人，為什麼要販毒呢？我不認為你是為了錢，到底為什麼？」

香川沒有馬上回答。

「為什麼呢……」
他終於輕聲地說。
「可能是因為，想弄髒自己吧。」
「弄髒？」
「我想把自己的一切都弄髒，在我身邊的這整個世界。」
這是鮫島無法理解的一句話。鮫島搖搖頭，抱緊了晶。晶身體的溫暖和顫抖傳了過來。
香川吸了一口氣。
「還有剩下的興奮劑，在外面的車裡。是我從進住的地方搬來的……」
石渡很快地看了鮫島一眼，遞出手電筒。鮫島接過，往外跑去。
過了一會兒，他回到倉庫裡。
「那些興奮劑是你的嗎？」
「對，本來打算丟掉的。」
香川說，點點頭。石渡拿出手銬。
「現在以違反興奮劑取締法的現行犯逮捕你。」
手銬在手電筒的光線裡閃閃發光。石渡把手銬銬在香川的雙手，他並沒有抵抗。
晶離開鮫島的身體。一回頭，她蹲在國前耕二的遺體前。鮫島安靜地站在她身邊。
「——對不起。」
鮫島說。晶抬起頭看著他。
「都是我不好。」
「不是。」

晶說，聲音很僵硬。

「不是你的錯，絕對不是。可是，我好難過——」

說到一半，她開始哭。

鮫島就這樣站著，看著她。晶沒有動。

遠方傳來警笛聲。慢慢地愈來愈近，鮫島發現蟲叫聲突然停止。警笛停下，好幾台車轟隆隆的尖銳引擎聲傳到倉庫內部。

晶動了動，她怯怯地伸出手，替國前耕二闔上他睜開的眼睛。

接著她站起來，把臉埋在鮫島的肩上，靜靜地啜泣。

本小說為虛構作品，與特定個人、團體等概無關係。

作者謝辭

以下為本作品參考書籍：

《興奮劑精神病——臨床與基礎》

《痲藥中毒——從覺醒劑到古柯鹼、嗎啡》

《這就是痲藥——從照片看現代病根》

《興奮劑！不可不知的犯罪地下帝國生態》

另外，日本經濟報社的野田幸雄先生也給予許多珍貴意見。

「週刊讀賣」編輯部中村良平先生，該社前主編伏見勝先生，以及讀賣報紙出版局吉弘幸介先生的多方關照，光文社Kappa Novel編輯部的「鮫番」渡邊克郎先生，本次也給了許多建議。

在此一併致上謝忱，感謝各位。

大澤在昌

謎人俱樂部

歡迎加入**謎人俱樂部**！為了感謝您對皇冠出版的推理、驚悚小說的支持，我們特別規劃推出讀者回饋活動，您只要按照規定數量蒐集每本書書封後摺口上的印花（影印無效），貼在書內所附的專用兌換回函卡上，並詳填個人資料後寄回，便可免費兌換謎人俱樂部的專屬贈品！詳細辦法請參見【22號密室】官網：www.crown.com.tw/no22/

□集滿4個印花贈品（二款任選其一）：

A：【推理謎】LOGO皮質燙銀典藏書套一個

（黑色，25開本適用，限量1000個）

B：【推理謎】吉祥物『獨角獸』圖案皮質燙金典藏書套一個

（咖啡色，25開本適用，限量1000個）

□集滿8個印花贈品（二款任選其一）：

C：【推理謎】LOGO皮質燙金證件名片夾一個

（紅色，11.5cm x 8.6cm，限量500個）

D：【推理謎】吉祥物『獨角獸』圖案環保購物袋一個

（米色，不織布材質，41.5cm x 38.6cm，限量1000個）

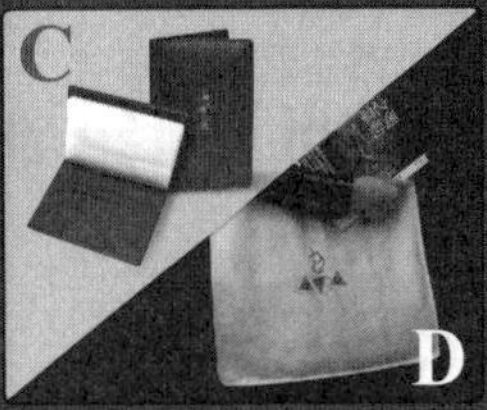

□集滿12個印花贈品（三款任選其一）：

E：【推理謎】LOGO不鏽鋼繩鑰匙圈一個

（限量500個）

F：【推理謎】吉祥物『獨角獸』圖案馬克杯一個

（白色，320cc容量，限量500個）

G：【密室裡的大師特展】限量專屬T-SHIRT

（黑色，限量150件。尺寸分為XXL、XL、L、M、S，各尺寸數量有限，兌換時請註明所需尺寸，如未註明或該尺寸已換完，則由皇冠直接改換其他尺寸，恕不另通知，並不接受更換尺寸）

【注意事項】

◎本活動僅限台灣地區讀者參加。

◎贈品兌換期限自即日起至2011年12月31日止（以郵戳為憑）。

◎贈品圖片僅供參考，所有贈品應以實物為準。

◎所有贈品數量有限，送完為止。如讀者欲兌換的贈品已送完，皇冠文化集團有權直接改換其他贈品，不另徵求同意和通知。贈品存量將定期在【22號密室】官網上公佈，請讀者在兌換前先行查閱或直接致電：（02）27168888分機114、303讀者服務部確認。

◎皇冠文化集團保留修改或取消謎人俱樂部活動辦法的權利。辦法如有更動，將隨時在【22號密室】官網上公佈。

國家圖書館出版品預行編目資料

無間人形・新宿鮫Ⅳ / 大澤在昌著；詹慕如譯.
-- 初版. -- 臺北市：皇冠, 2011[民100].8
面;公分.--(皇冠叢書;第4146種)(大澤在昌作品集;04)
譯自 :無間人形 新宿鮫Ⅳ
ISBN 978-957-33-2828-5(平裝)

861.57　　　　100013945

皇冠叢書第4146種
大澤在昌作品集 4

無間人形・新宿鮫Ⅳ

作　　者—大澤在昌
譯　　者—詹慕如
發 行 人—平雲
出版發行—皇冠文化出版有限公司
台北市敦化北路120巷50號
電話◎02-27168888
郵撥帳號◎15261516號
皇冠出版社(香港)有限公司
香港上環文咸東街50號寶恒商業中心
23樓2301-3室
電話◎2529-1778　傳真◎2527-0904
出版統籌—盧春旭
責任編輯—許婷婷
版權負責—莊靜君
外文編輯—蔡君平
美術設計—王瓊瑤
行銷企劃—林泓伸
印　　務—江宥廷
校　　對—鮑秀珍・施亞蒨・許婷婷
著作完成日期—1993年
初版一刷日期—2011年8月

法律顧問—王惠光律師

讀者服務傳真專線◎02-27150507
電腦編號◎532004
ISBN◎978-957-33-2828-5
Printed in Taiwan
本書特價◎新台幣399元　港幣133元

謎人俱樂部贈品兌換卡

我要選擇以下贈品（須符合印花數量）：□A □B □C □D □E □F □G 尺寸：______

1	2	3	4
5	6	7	8
9	10	11	12

本人同意皇冠文化集團得使用以下本人之個人資料建立該公司之讀者資料庫，以便寄送新書或活動相關資訊。

我的基本資料

姓名：______

出生：______年______月______日　性別：□男 □女

職業：□學生 □軍公教 □工 □商 □服務業

□家管 □自由業 □其他______

地址：□□□□□ ______

電話：（家）______（公司）______

手機：______

e-mail：______

您所填寫之個人資料，依個人資料保護法之規定，本公司將對您的個人資料予以保密，並採取必要之安全措以免資料外洩。本公司將使用您的個人資料建立讀者資料庫，做為寄送新書或活動相關資訊，以及與讀者連繫之用。您對於您的個人資料可隨時查詢、補充、更正，並得要求將您的個人資料刪除或停止使用。

我對【大澤在昌作品集】系列的建議：

寄件人：

地址：□□□□□

北區郵政管理局登

記證北台字1648號

免 貼 郵 票

〔限國內讀者使用〕

10547

台北市敦化北路120巷50號

皇冠文化出版有限公司　收